다크타워 1

종이책의 감성을 온라인으로
황금가지의
온라인 소설 플랫폼

인기 출판소설 무료 연재 중!

STEPHEN KING

다크타워 1

스티븐 킹 장편소설 | 장성주 옮김

최후의 총잡이

황금가지

THE DARK TOWER I
: THE GUNSLINGER
by Stephen King

Copyright © Stephen King 1982, 2003
All rights reserved.

Korean Translation Copyright © Minumin 2009, 2017

Korean translation edition is published by arrangement with
Stephen King c/o The Lotts Agency, Ltd. through Danny Hong Agency.

이 책의 한국어판 저작권은 대니홍 에이전시를 통해
The Lotts Agency, Ltd. 와 독점 계약한 ㈜민음인에 있습니다.
저작권법에 의해 한국 내에서 보호를 받는 저작물이므로 무단 전재와 무단 복제를 금합니다.

차례

서문 9

총잡이 21
중간역 115
신탁과 산 181
느림보 돌연변이 225
총잡이와 검은 옷의 남자 295

❖ 일러두기 ❖

▶ 「다크 타워 시리즈」 1부 『최후의 총잡이』는 1970년부터 12년간 집필된 스티븐 킹의 초기작입니다. 작가 데뷔 전부터 긴 시간 동안 집필하였기 때문에 원서에 내용상 오류 등이 있으며, 2003년 스티븐 킹이 이 오류를 수정하여 새로운 개정판을 출간하였는데, 본 판본은 개정판본입니다. 그러나 오류들이 여전히 남아 있어, 일부의 경우 부득이하게 원서와 달리 내용에 맞게 수정하였습니다.
▶ 1부 『최후의 총잡이』는 전체 시리즈의 프롤로그 성격을 띠고 있기 때문에, 등장인물의 행동이나 상황, 세계관 등이 시리즈를 거듭하며 이해되도록 구성되어 있습니다.
▶ 저자의 의도에 따라 본문 중 겹따옴표 처리 등이 표준 표기법과 다를 수 있습니다.

에드 퍼먼에게 바친다

이 시리즈의 한 권 한 권에
희망을 걸어 준 그에게

서문

 작가들이 자기 작품에 관해 쓰는 이야기는 대개 잘 모르고 하는 헛소리다.* 당신이 『서양 문명의 위대한 서문 100편』이나 『미국인이 가장 사랑하는 서문 모음집』 같은 제목의 책을 한 번도 본 적이 없는 이유가 바로 그것이다. 이는 물론 나의 자의적인 판단이지만, 서문과 여는 글을 적어도 50편 이상 썼을 뿐 아니라 아예 글쓰기 지침서까지 한 권 쓴 사람이라면 그렇게 판단할 자격은 충분하다고 본다. 그런 내가 이 글은 읽을 가치가 있는 드문 예외라고 말한다면, 당신은 내 말을 진지하게 받아들여도 좋을 것이다.

 몇 년 전, 나는 내 소설 『스탠드』(1978)의 개정 증보판을 내놓아 공분을 샀다. 내가 그 책 때문에 마음을 졸인 것도 당연했는데, 왜냐면 나의 애독자들이 가장 사랑하는 소설이 언제나 『스탠드』였기 때문이다(가장 열성적인 '『스탠드』 팬들'로 말할 것 같으면 내가 1980년에

---

* 이 헛소리에 관한 더 자세한 설명은 내 책 『유혹하는 글쓰기』를 참조하라.

죽었다고 해도 세상이 딱히 더 비참해지지는 않았을 것이다.*).

스티븐 킹 팬들의 상상 속에서 『스탠드』에 필적할 만한 이야기가 있다면, 필시 롤랜드 디셰인이라는 인물의 사연과 그가 암흑의 탑을 찾아가는 여정일 것이다. 그리고 지금 나는…… 젠장! 『스탠드』 때와 똑같은 짓을 저질러 버렸다.

그런데 실은 똑같은 짓이 아니다. 부디 그 점을 알아 주셨으면 한다. 또한 알아 주셨으면 한다, 내가 *한* 짓이 무엇이고, 왜 그렇게 했는지를. 당신한테는 별일 아닐지 몰라도 나한테는 *굉장히* 중요한 일이다. 따라서 이 서문은 (바라건대) 스티븐 킹의 헛소리 법칙에서 예외라고 할 수 있다.

우선 『스탠드』의 원래 원고가 편집상의 이유가 아니라 재정상의 이유로 크게 줄었다는 점을 알아 주셨으면 한다(제본상의 이유도 있었지만 그 얘기는 꺼내고 싶지도 않다.). 내가 1980년대 말에 개정 증보판에 추가한 부분은 이미 써 놓았던 원고를 고친 것이다. 또한 책 전반에 걸쳐서도 손을 봤는데, 주된 이유는 『스탠드』의 초판과 개정판 사이 8, 9년 동안에 (적절한 표현인지 모르겠지만) '만개'한 에이즈 확산 사태를 담고 싶어서였다. 그 결과물은 원래 판본보다 10만 단어가 더 길어진 책이었다.

『최후의 총잡이』의 경우에는 원래 판본이 얇았기 때문에 이 책에 추가된 양은 고작 35쪽, 약 9000단어이다. 전에 『최후의 총잡이』를 읽으신 적이 있다면 아예 처음 보는 내용은 두세 장면밖에 안 될 것이다. 물론 다크 타워 순수주의자들은(그런 사람이 놀랄 만큼 많다는

---

* 1980년은 이전 판 『스탠드』가 페이퍼백으로 출간된 해이다. ─ 옮긴이

것은 인터넷만 확인해도 알 수 있다.) 이 개정판을 다시 읽으려고 할 텐데, 대개는 호기심 반 짜증 반에서 그렇게 할 것이다. 그 심정은 나도 이해가 가지만, 그래도 이 점은 인정해야겠다. 나는, 그들보다 롤랜드와 그의 카텟*을 아직 만난 적이 없는 이들에게 더 마음이 쓰인다.

열렬한 팬들이 있는데도 불구하고, 다크 타워 이야기는 내 애독자들 사이에서 『스탠드』보다 훨씬 덜 유명하다. 이따금 낭독회를 할 때 나는 청중에게 내 소설을 한 권 이상 읽으신 분이 계시거든 손을 들어 보시라고 부탁한다. 애초에 아이 봐 줄 사람을 고용하거나 낡은 승용차에 기름을 더 채우는 식으로 여분의 지출을 해 가면서까지 그 자리에 오는 수고를 한 사람들이다 보니, 거의 모두 손을 들어도 그러려니 하게 된다. 다음으로 다크 타워 이야기를 한 권 이상 읽으신 분은 계속 손을 들고 계시라고 부탁한다. 내가 그 말을 꺼내면 낭독회장에 솟은 손들 가운데 적어도 절반은 가차 없이 내려간다. 결론은 명확하다. 내가 1970년부터 2003년까지 33년이라는 세월 동안 막대한 시간을 들여 쓴 책들이건만, 읽은 사람의 수는 따져 보면 얼마 안 된다는 뜻이다. 그럼에도 일단 읽은 사람은 열광하게 되고, 나 스스로도 꽤 열과 성을 다해 쓰고 있다. 어쨌거나 미완으로 끝난 소설 속 인물들의 불우한 안식처로 롤랜드가 슬금슬금 기어드는 꼴을 참고 보지 못할 만큼은, 열심이었다(초서의 이야기 속에서 캔터베리로 향하던 순례자들이나 찰스 디킨스가 미완으로 남긴 『에드윈 드루드의 비밀』에 나오는 그 많은 인물들을 생각해 보라.).

생각건대 나는 늘 짐작했던 것 같다(머릿속 깊숙한 곳에서 그랬을

---

* 운명에 의해 하나가 된 사람들을 가리킨다.

것이다, 왜냐면 또렷이 생각한 적이 있는지는 기억이 안 나니까.). 다크 타워 시리즈를 마무리할 시간이 있을 거라고, 아마도 정해진 시간이 되면 하느님이 예약해 둔 이벤트 회사에서 사람이 찾아와 이런 노래를 들려줄 거라고. "딩동댕, 딩동댕/ 책상 앞으로 돌아가라, 스티븐/ 탑을 완성할지어다." 그런데 어떻게 보면 그 비슷한 일이 실제로 일어났다. 이벤트 회사에서 보내 준 사람이 아니라 플리머스 미니밴한테 딱 걸리는 바람에 다시 시작하게 되기는 했지만. 그날 나를 치었던 차가 조금만 더 컸더라면, 또는 조금만 더 정확하게 치었더라면, 아마도 화환은 정중하게 사양합니다, 킹 씨 가족은 애도해 주신 조문객 여러분께 감사를 전합니다 하는 식으로 흘러갔을 것이다. 그리고 롤랜드의 원정은 영원히 미완으로 남았을 것이다, 적어도 내 손으로 끝내지는 못한 채로.

아무튼, 내 몸뚱이가 다시 내 것이라는 느낌이 슬슬 들기 시작하던 2001년에, 나는 이제 롤랜드의 이야기를 마무리할 때라고 결론지었다. 그래서 다른 일은 죄다 제쳐 놓고 시리즈 마지막 세 권을 쓰기 시작했다. 늘 그랬듯이 이 세 권 역시 독자들의 요구에 응하기보다는 나 자신을 위해 썼다.

이 글을 쓰고 있는 2003년 겨울, 시리즈의 마지막 두 권은 아직 퇴고가 덜 끝난 상태이지만, 세 권의 원고 자체는 지난여름에 이미 완성됐다. 그리고 5부 『칼라의 늑대들』과 6부 『수재나의 노래』가 편집 단계를 거치는 사이에, 나는 맨 처음으로 돌아가서 마지막 전체 수정 작업을 시작할 때가 됐다고 판단했다. 왜냐고? 왜냐면 7부작인 이 시리즈의 각 권은 별개의 이야기가 아니라 『다크 타워』라는 기나긴 소설 한 편의 부분들이기 때문이고, 그 시작이 끝과 어긋나 있었기 때문이다.

내가 퇴고에 임하는 자세는 오랫동안 크게 변하지 않았다. 글을 쓰면서 고쳐 나가는 작가들도 있다지만 내 공격법은 언제나 일단 뛰어들어서 전력으로 돌진하는 것, 서사의 칼날을 쉬지 않고 휘둘러서 가능한 한 무뎌지지 않게 유지하는 것, 그럼으로써 소설가의 가장 간악한 적인 의심을 앞지르는 것이다. 뒤를 돌아보면 너무 많은 의심이 고개를 쳐들게 마련이다. 내가 만든 인물들이 얼마나 그럴듯할까? 내가 쓰는 이야기가 얼마나 재미있을까? 솔직히, 이게 과연 재미가 있을까? 누가 신경이나 쓸까? 그러는 나는?

나는 소설의 초고가 완성되면 좋든 나쁘든 간에 원고가 익을 때까지 한쪽에 치워 놓는다. 그렇게 반년이든 1년이든 2년이든 아무래도 상관없는 시간이 흐른 후에, 더 냉정한(하지만 여전히 애정 어린) 눈으로 다시 원고를 마주하고 퇴고를 시작한다. 그런데 다크 타워 시리즈의 각 권을 저마다 완성된 책으로 퇴고해 놓고서 7부인 『암흑의 탑』을 완성하고 보니, 비로소 이 시리즈의 전체적인 상이 눈에 들어왔던 것이다.

지금 당신이 손에 들고 있는 이 첫째 권을 다시 늘춰 보았을 때, 내 머릿속에는 명백한 진실 세 가지가 저절로 떠올랐다. 우선 『최후의 총잡이』는 새파란 애송이가 쓴 책이며, 따라서 새파란 애송이의 책에 나타나는 문제들을 고스란히 담고 있다는 점이었다. 다음으로 이 책에는 수많은 오류와 출발상의 실수가 담겨 있는데 속편과 비교하면 그 점이 더욱 명확해진다.* 마지막으로, 『최후의 총잡이』는

---

* 한 가지만 예를 들어도 전체를 알 수 있을 것이다. 앞서 출간된 『최후의 총잡이』에서 파슨은 마을 이름이었다. 나중에 나온 책들에서 파슨은 어쩌된 영문인지 사람 이름으로 바뀌었다. 반

이어지는 속편들과 목소리 자체가 달랐다. 솔직히 말해 꽤 읽기 힘든 책이었다. 그 점에 대해서는 몇 번이고 사과를 했거니와, 『세 개의 문』에서 진짜 이야기의 목소리와 만날 수 있을 테니 꾹 참고 읽어 달라고 독자들에게 부탁한 바 있다.

『최후의 총잡이』에는 롤랜드가 낯선 호텔 방에 비뚜름하게 걸린 그림을 바로잡을 법한 남자로 그려진 장면이 있다. 나 역시 그런 부류이다. 그리고 어느 정도는, 퇴고라는 작업도 이와 비슷하다. 비뚜름하게 걸린 그림을 바로잡고, 진공청소기로 바닥을 밀고, 변기를 윤이 나게 닦는 일인 것이다. 이 책을 퇴고하는 동안에 나는 수많은 집안일을 해치웠고, 그러면서 이미 완성했지만 마지막 광내기와 세부 손질이 필요한 작품을 눈앞에 둔 작가라면 누구나 원하는 기회를 얻었다. 바로 *제대로 된* 작품을 만들 기회 말이다. 일단 결과물이 어떻게 나올지가 눈에 보이면, 다시 처음으로 돌아가서 아귀가 맞게 정리하는 것이 미래의 독자와 스스로에 대한 의무이다. 내가 이번에 하고자 했던 일이 바로 그것이다. 그러면서 항상 염두에 둔 점은 시리즈의 마지막 세 권에 감춰진 비밀들, 개중에는 내가 무려 30년 동안 끈질기게 지켜 온 것도 있는 그 비밀들을 폭로할 만한 가필이나 수정을 하지 않는 것이었다.

서문을 끝맺기 전에 겁도 없이 이 책을 쓰려고 했던 애송이에 관해 한마디 해야겠다. 그 애송이는 글쓰기 세미나에 너무 많이 참가한 탓에 그런 세미나에서 선전하는 작법에 너무도 익숙해지고 말았다. 작가는 스스로가 아니라 남들을 위해 글을 쓴다, 이야기보다는

란의 수괴 존 파슨, 즉 롤랜드가 어린 시절을 보낸 도시 국가 길르앗이 무너지도록 조종한 그 사람이다.

문체가 더 중요하다, 명징함과 단순함보다는 모호함이 더 나은데 보통은 모호함이야말로 웅숭깊고 문학적인 정신의 징표이다, 뭐 그런 신념들 말이다. 그 결과 나는 몹시도 가식적인 모습으로 처음 등장한 롤랜드를 보고도 그러려니 했다(수없이 많은 불필요한 부사들은 굳이 말할 것도 없고). 나는 이처럼 공허한 헛소리들을 힘이 닿는 데까지 걷어냈고, 그 점에 관해서만큼은 추호도 후회하지 않는다. 다른 곳들, 즉 이야기가 유독 매혹적이라서 글쓰기 세미나의 작법을 잊어버리고 싶다는 유혹에 빠질 수밖에 없었던 곳들은, 작가라면 누구나 수정할 만한 일반적인 부분을 제외하면 원래 썼던 대로 거의 고스란히 남겨 두었다. 내가 다른 책에서 언급했듯이 처음부터 잘하는 것은 하느님만이 할 수 있는 일이기 때문이다.

어쨌거나 이 책의 이야기가 진행되는 방식을 틀어막거나 바꾸고 싶지는 않았다. 흠은 있을지언정 그 나름의 특별한 매력을 지닌 이야기라고 생각했기 때문이다. 너무 철저하게 바꿔 버리면 1970년 늦봄과 초여름에 걸쳐 총잡이의 이야기를 처음 썼던 그 애송이와 연을 끊는 셈이 될 텐데, 나는 그러고 싶지는 않았다.

내가 *정말로* 하고 싶었던 일은, 가능하면 이 시리즈의 마지막 권이 세상에 나오기 전에, 다크 타워 이야기를 처음 펼친 새 독자들에게 (또한 기억을 되살리고 싶은 오래된 독자들에게도) 더 선명한 출발점과 롤랜드의 세계로 조금 더 쉽게 들어서는 입구를 제공하는 것이었다. 또한 그들에게 앞으로 벌어질 사건들의 전조를 더 효과적으로 보여 주는 책을 선사하고 싶기도 했다. 부디 내 뜻이 이루어졌기를 바란다. 그리고 만약 당신이 롤랜드와 친구들이 여행하는 그 불가사의한 세계를 처음 방문하는 독자라면, 아무쪼록 그곳에서 목격하는 경이로운 일들을 즐겁게 만끽하시길 바란다. 무엇보다도, 나는 신기한 이야기를 하고 싶었다. 혹시 당신이 조금이라도 암흑의 탑의 주문에 걸려든다면, 나는 1970년에 시작해서 거의 2003년이 되어서야 완성한 작업이 성공했다고 받아들일 것이다. 그러나 롤랜드라면 누구보다 먼저 그 정도 세월은 아무것도 아니라고 지적할 것이다. 사실, 암흑의 탑을 찾아 나선 사람에게 시간은 조금도 중요하지 않다.

2003년 2월 6일

……돌, 잎사귀, 찾지 못한 문. 잎사귀, 돌, 문.
그리고 잊어버린 그 모든 얼굴들.
벌거벗은 채 외로이 우리는 유랑에 나섰다.
어두운 태 속에 있을 때 우리는 어머니의 얼굴을 몰랐다.
어머니의 육신이라는 감옥에서 세상이라는
말할 수 없이 답답한 감옥으로 우리는 들어섰다.
우리 가운데 자기 형제를 아는 이 누구인가?
우리 가운데 누가 아버지의 마음을 들여다보았는가?
우리 가운데 영원한 죄수로 남지 않은 이 누구인가?
우리 가운데 영원한 이방인이자 외톨이가 아닌 이 누구인가?

……아아, 탄식하는 바람을 타고, 방황하는 유령이여, 다시 돌아오라.

— 토머스 울프
『천사여, 고향을 보라』에서

19

재개

제1장

총잡이

1

 검은 옷의 남자는 사막을 가로질러 달아났고, 총잡이는 그의 뒤를 쫓았다.
 그 사막은 그야말로 사막의 극치, 하늘에 맞서 사방팔방으로 영원토록 이어질 것처럼 드넓었다. 하얗게 이글거려서 눈도 뜨기 힘든 그 메마른 땅에는 지평선 위로 삐죽삐죽 서서 흐릿하고 뿌옇게 일렁이는 산맥, 그리고 달콤한 꿈과 악몽과 죽음을 선사하는 마귀풀 말고는 특징이랄 것이 없었다. 드문드문 서 있는 묘비가 곧 이정표였다. 두꺼운 백토 표층 사이로 군데군데 끊어진 길이 한때는 중요한 도로였기 때문이었다. 승합 마차와 짐마차가 그 도로를 따라 달렸다. 그 후로 세상은 변질해 버렸다. 텅 비어 버렸다.
 총잡이는 잠시 어지럼증을 느꼈다. 배가 휘청 기울어지는 듯한 그 느낌 때문에 온 세상이 거의 한눈에 간파할 수 있을 것처럼 덧없게 느껴졌다. 어지럼증은 이내 가라앉았고, 이제껏 딛고 걸어 온 땅 거죽 아래의 세상이 그러하듯이, 총잡이 또한 계속 나아갔다. 그는 서두르지도 꾸물거리지도 않고 묵묵히 먼 거리를 걸었다. 잔뜩 부푼 소시지처럼 생긴 가죽 물주머니가 허리께에 걸려 있었다. 물주머니는 거의 가득 차 있었다. 그는 긴 세월 동안 *케프*를 수련하여 이제는 5단계 정도에 이르러 있었다. 만약 그가 마니교의 성자였다면 갈증을 아예 느끼지 않았을 테고, 탈수 상태에 빠진 자기 몸을 냉정하고 무심하게 관찰하다가 이성이 반드시 그래야 한다고 명령할 때에만 갈라진 입술과 어둡고 텅 빈 내장에 물을 흘려보냈을 것이다. 그러나 그는 마니교도커녕 인간 예수의 신도조차도 아니었고, 스스로를 조금도 성스럽게 여기지 않았다. 그는 평범한 순례자일 뿐, 다시 말해 진정으로 확신할 수 있는 것은 갈증뿐이었다. 그럼에도 물을 들이켜고 싶은 충동은 딱히 느껴지지 않았다. 이 모든 사정이 막연히 그를 기쁘게 했다. 이 땅이, 목이 타게 하는 이 땅이 바로 그것을 요구했기 때문이었다. 그리고 기나긴 삶을 살아오는 동안 그는 적응의 명수가 되어 있었다.

 가죽 물주머니 아래에 권총 두 정이 꽂혀 있었다. 주인의 손에 꼭 맞도록 세심하게 무게를 맞춘 무기들이었다. 총에 각각 덧붙은 철판은 총잡이가 아버지에게서 물려받으면서 붙인 것이었다. 그의 아버지는 체중이 아들보다 더 가벼웠고 키도 큰 편이 아니었다. 총 띠 두 줄이 사타구니 위쪽으로 엇갈리게 채워져 있었다. 가죽 총집은 기름을 어찌나 많이 먹였던지, 이 땅의 야만스러운 태양 아래서도 갈라지지 않았다. 권총의 손잡이는 노랗고 결이 고운 백단향이었다. 생가죽 끈에 묶인 총집은 허벅지 옆으로 축 늘어져 걸음을 옮길 때

마다 조금씩 흔들거렸다. 총집에 쓸린 자리는 청바지의 색이 바래서 (게다가 천까지 얇아져서) 빙긋 웃는 입처럼 보이는 포물선 한 쌍이 새겨져 있었다. 총 띠에 줄줄이 꽂힌 총탄의 놋쇠 약협이 회광기처럼 햇빛을 반사했다. 남은 총탄은 이제 많지 않았다. 가죽 총 띠에서 조그맣게 뽀득거리는 소리가 났다.

비와 먼지에 시달려 색을 알아보기 힘든 총잡이의 셔츠는 목깃이 끌러진 채였고, 단추 대신 여미는 생가죽 끈 한 가닥이 손으로 뚫은 구멍들을 지나 나른하게 대롱거렸다. 모자는 사라지고 없었다. 한때 지니고 다니던 뿔피리도 마찬가지였다. 죽어가던 친구의 손에서 떨어진 그 뿔피리는 오래전에 잃어버렸다. 총잡이는 그 둘 모두 그리웠다.

완만하게 솟은 모래 언덕의 꼭대기에 오르자(다만 모래는 한 톨도 없었다. 사막의 땅바닥은 단단했고, 일몰 후에 부는 강풍조차도 가루 연마제처럼 고운 흙먼지만 날라다 쌓을 뿐이었다.) 바람이 불어가는 쪽에 밟아서 꺼트린 모닥불의 흔적이 보였다. 해가 맨 먼저 고개를 숙이는 쪽이었다. 이렇게 사소한 징표들은 검은 옷의 남자가 인간일 거라는 가정에 번번이 힘을 실어 주었고, 그때마다 총잡이는 흐뭇해졌다. 마른버짐이 핀 우둘투둘한 양 뺨을 입술이 슬며시 밀었다. 고통에 찬, 소름 끼치는 웃음이었다. 총잡이는 땅바닥에 쭈그리고 앉았다.

총잡이가 쫓는 사냥감이 땔감으로 삼은 것은 당연히 마귀풀이었다. 이 근처에서 불에 탈 만한 것은 그것뿐이었다. 마귀풀은 그을음이 섞인 시들한 불을 피우며 천천히 탔다. 변경에 사는 사람들은 그 조그만 불에도 악마가 산다고 했다. 그래서 풀을 태우면서도 불은 보려 하지 않았다. 악마가 최면을 걸고 손짓하다가 결국에는 불을 들여다보던 사람을 잡아가 버린다면서. 다음번에 그 불을 들여다본 멍청한 사람은 앞서 잡혀간 사람을 만날 거라면서.

불에 탄 마귀풀은 종횡으로 교차하며 이제는 눈에 익은 표의 문자 같은 무늬를 하고 있다가, 총잡이가 성급히 뻗은 손에 닿자 알아볼 수 없는 회색 재로 부스러져 내렸다. 그 자리에 남은 것은 까맣게 탄 베이컨 한 줄뿐이었고, 총잡이는 그것을 먹으며 곰곰이 생각했다. 늘 이런 식이었다. 총잡이는 이제 두 달째 사막을 가로질러 검은 옷의 남자를 쫓는 중이었건만, 끝도 없이 막막하고 소름 끼치게 단조로운 연옥 같은 폐허를 지나오는 동안 발견한 단서라고는 검은 옷의 남자가 모닥불을 깨끗이 꺼트리며 남긴 표의 문자뿐이었다. 깡통 하나, 병 한 개, 물주머니 한 개도 찾지 못했다(총잡이는 이제껏 물주머니 네 개를 버렸다, 뱀이 벗어 놓은 허물처럼). 똥 덩이 하나도 안 보였다. 총잡이는 검은 옷의 남자가 땅에 묻었거니 하고 짐작했다.

어쩌면 모닥불은 메시지, 한 번에 한 자씩 쓴 대문자인지도 몰랐다. *너무 바짝 쫓아오지 마, 파트너.* 그런 뜻일 수도 있었다. 아니면 *끝이 가까워졌도다*이거나. 또는 아예 *와서 잡아 봐라*든가. 그 흔적들이 무슨 의미인지는 중요하지 않았다. 메시지라고 한들, 총잡이는 메시지에는 관심이 없었다. 중요한 것은 이곳의 흔적이 앞서 본 것들과 마찬가지로 다 식어 있다는 점이었다. 그럼에도 소득은 있었다. 총잡이는 그 남자가 가까워졌다는 것을 알았지만, 그것을 어떻게 알았는지는 알 수 없었다. 어쩌면 일종의 냄새 때문인지도. 그 또한 중요하지 않았다. 뭔가 변화가 보일 때까지 계속 나아갈 작정이었고, 아무 변화도 안 보인다고 해도 어차피 계속 나아갈 작정이었으므로. 신께서 물이 있으라 하시면 물이 있을 것이다, 옛사람들은 그렇게 말했다. 신께서 있으라 하시면 물이 있을 것이다. 이런 사막이라고 해도. 총잡이는 일어서서 손을 털었다.

다른 흔적은 없었다. 단단한 땅바닥에 희미한 흔적이 남았다고 한들 면도칼 같은 바람이 당연히 쓸어가 버렸을 것이므로. 인간의 분변도, 내팽개친 쓰레기도, 그런 것을 땅에 묻은 자국 하나도 보이지 않았다. 아무것도 없었다. 오로지 동남쪽 방향의 옛 길을 따라 이어진 싸늘한 모닥불 자국과 머릿속에서 정확하게 작동하는 거리계뿐이었다. 물론, 거리계에는 또 다른 기능이 있었다. 동남쪽을 향해 끌어당기는 힘은 단순한 방향 감각이 아니었다. 심지어 자력보다도 강력했다.

총잡이는 땅에 앉아 물주머니의 물로 살짝 목을 축였다. 그러고는 이날 일찍 느꼈던 짧은 어지럼증을, 세상으로부터 풀려나는 것만 같았던 그 느낌을 곱씹었다. 그것이 무엇을 의미하는지 궁금해졌다. 왜 그 어지럼증 때문에 뿔피리와 최후까지 함께했던 옛 친구가 떠올랐을까? 둘 다 까마득히 오래전에 예리코 언덕에서 잃어버렸는데? 그에게는 아직 총이, 아버지의 총이 있었고, 그 총들이 더 소중했다. 뿔피리보다도…… 심지어 친구보다도.

아닌가?

묘하게 심란한 의문이었지만 분명한 답은 오직 하나인 것 같았기에, 총잡이는 그 생각을 지웠다. 나중에 다시 고민할 수도 있을 듯싶었다. 사막을 훑어보던 그의 눈이 해를 향해 올라갔다. 이제 해가 천천히 기울어 가는 머나먼 하늘의 사분면은, 불길하게도 정서향이 아니었다. 그는 일어서서 총 띠에 꽂혀 있던 해진 장갑을 꺼낸 다음, 자기 몫의 모닥불을 피우기 위해 마귀풀을 모으기 시작했다. 그러고는 검은 옷의 남자가 남긴 재 위에 올려놓았다. 갈증에 목이 탈 때 그랬던 것처럼, 그는 이 얄궂은 상황에서 쓰라린 쾌감을 느꼈다.

총잡이가 걸낭에서 부싯돌과 부시를 꺼낸 것은 한낮의 열기가 식어서 땅바닥이 서늘해지고 검은 지평선에 비웃음 같은 주황색 선이 내려앉은 후의 일이었다. 그는 총을 무릎 위에 올려놓고 동남쪽을, 그쪽에 있는 산맥을 가만히 응시했다. 누군가 새로 피운 모닥불에서 일직선으로 올라오는 기다란 연기가 보일 거라는 기대는 없었고, 깜박이는 주황색 불빛이 보이기를 바라지도 않았지만, 그래도 가만히 응시했다. 응시하는 것 역시 그가 할 일 가운데 하나였거니와, 나름의 씁쓸한 만족감도 있기 때문이었다. *집중하지 않으면 아무것도 안 보이는 법이다, 이 굼벵이 놈아.* 코트라면 그렇게 말했으리라. *신들이 뚫어 주신 눈구멍을 벌리란 말이다, 무슨 말인지 알겠냐?*

그러나 아무것도 없었다. 이제 가까워졌다고 한들 전과 비교해서 그렇다는 것뿐이었다. 황혼녘에 연기가 보일 만큼은, 또는 윙크처럼 깜박이는 주황색 모닥불이 보일 만큼은 아니었다.

총잡이는 부싯돌로 부시를 긁어서 잘게 찢은 마른 풀에 불똥을 튀겼다. 그러면서 오래되고 강력한 수수께끼의 주문을 중얼거렸다.

"불꽃으로 어둠을 쫓으리니, 나의 종마는 어디로 갔을까? 여기서 몸을 뉘어도 될까? 여기서 잠들어도 될까? 이 야영지에 불의 축복이 내릴지어다."

생각해 보면 신기한 일이었다. 어린 시절에 익힌 말과 방식 중에는 길가에 떨어져 그대로 버려지는 것도 있었고, 꼭 달라붙어 평생토록 함께 말을 달리는 것도 있었다. 그런 것들은 세월이 흐를수록 점점 더 무거워져서 지니고 다니기가 버거웠다.

총잡이는 환각을 일으키는 연기가 황무지 쪽으로 흘러가도록 바람을 등진 채 조그만 모닥불 앞에 누웠다. 이따금씩 회오리치는 모래 바람을 빼면 바람은 일정한 방향으로 불었다.

머리 위의 별들 역시, 눈도 깜박이지 않고 가만히 빛났다. 수백만 개의 태양과 그 주위로 도는 세계들. 아찔하게 펼쳐진 별자리들, 저마다 원색으로 타오르는 차가운 불길들. 총잡이가 올려다보는 사이에 하늘은 보랏빛에서 흑단 빛깔로 물들어 갔다. 별똥별 하나가 노모성(老母星) 아래로 한순간 장쾌한 포물선을 긋고는 꺼지듯이 사라졌다. 마귀풀이 천천히 타들어가 새로운 무늬를 그리는 동안 모닥불의 불길은 기이한 그림자를 던졌다. 무늬는 표의 문자가 아니라 단순한 십자 모양이었지만, 그 나름의 간명하고 또렷한 형태 때문에 조금은 으스스해 보였다. 총잡이가 멋 부릴 생각은 조금도 없이 오로지 잘 타게 할 생각으로 땔감을 쌓았기 때문이었다. 거기에는 이분법적인 세계관이 보였다. 낯선 호텔 방에 비뚜름하게 걸린 그림을 바로잡을 법한 남자가 보였다. 불은 쉬지 않고 느리게 타올랐고, 눈부시게 환한 속불꽃에서는 유령들이 춤을 췄다. 총잡이는 그 유령들을 보지 못했다. 그가 잠든 사이에 두 가지 무늬가, 멋들어진 무늬와 실용적인 무늬가 하나로 합쳐졌다. 바람소리는 뱃속에 암 덩이를 품은 마녀의 신음이었다. 가끔 내리 부는 고약한 바람이 연기를 휘몰아 총잡이 쪽으로 뻐끔뻐끔 흘려보냈고, 총잡이는 그 연기를 조금씩 들이마셨다. 조개에 들어간 자잘한 이물질이 진주가 되듯이 연기는 총잡이의 꿈이 되었다. 총잡이는 이따금 바람과 함께 신음했다. 별들은 전쟁과 십자가형과 부활을 방관했듯이 총잡이의 그런 모습 또한 방관할 뿐이었다. 이 또한 그에게는 기쁨이었을 것이다.

2

앞서 총잡이가 노새를 끌고 산지 끄트머리의 언덕을 내려왔을 때, 노새의 눈은 이미 생기를 잃고 더위에 지쳐 툭 튀어나와 있었다. 마지막 마을을 통과한 때는 삼 주 전, 그 후로는 버려진 마차 길과 변경 주민들의 움집이 다닥다닥 모여 있는 마을이 어쩌다 눈에 띌 뿐이었다. 그런 마을은 이미 황폐해져서 한 가구씩만 남아 있었는데 대개는 나환자 아니면 미치광이였다. 총잡이는 미치광이들을 대할 때가 더 편했다. 어떤 미치광이는 총잡이에게 스테인리스로 된 실바 나침반을 주면서 인간 예수에게 전해 달라고 했다. 총잡이는 진지하게 그것을 받았다. 혹시라도 인간 예수를 만나면 전할 작정이었다. 만날 거라는 기대는 안 했지만, 무슨 일이 벌어질지는 아무도 몰랐다. 한번은 '타힌'을 본 적이 있었는데 큰까마귀의 머리를 한 남자였다. 그러나 그 기형 생물은 총잡이가 외친 인사를 듣고 달아나며 사람 말일지도 모르는 소리로 까악까악 울어댔다. 어쩌면 욕을 퍼부은 것일 수도 있었다.

마지막 움집을 본 때는 닷새 전. 이제 더는 사람 구경을 못 할 거라는 생각이 슬슬 들 무렵에 총잡이는 산지 끄트머리의 풍화된 언덕 꼭대기에 올랐다. 그리고 그곳에서, 이제는 눈에 익은 움집 특유의 납작한 초가지붕을 발견했다.

움집 주인은 몹시도 부스스한 새빨간 머리카락을 거의 허리까지 기른 의외로 젊은 남자였다. 그는 군데군데 빈자리가 보이는 옥수수밭에서 열심히 잡초를 뽑고 있었다. 노새가 숨이 차서 힝힝거리는 소리를 내자 남자가 고개를 들었다. 이글거리는 파란 눈 한 쌍이 대번에 총잡이의 몸통을 표적처럼 겨누었다. 남자는 비무장 상태였다. 총잡이의 눈에는 화살도 석궁도 보이지 않았다. 남자는 두 손을 치켜들어 낯선 이에게 짧은 인사를 건네더니 다시 밭으로 몸을 숙였고, 그렇게 허리를 굽힌 채 마귀풀과 헛자란 옥수수 줄기를 어깨 너머로 획획 던지면서 움집 바로 옆의 고랑을 손보기 시작했다. 이제 가려 줄 것 하나 없이 탁 트인 사막에서 똑바로 불어오는 바람에 남자의 머리카락이 어지럽게 휘날렸다.

가죽 물주머니를 비뚜름히 맨 노새의 고삐를 쥐고서, 총잡이는 언덕을 느릿느릿 내려왔다. 그러고는 다 시든 것처럼 보이는 옥수수 밭 가장자리에 멈춰 서서 물로 입을 축인 다음, 메마른 땅에 침을 뱉었다.

"그대의 작물에 생명을."

"그대에게도 생명을."

움집 주인은 그렇게 답례하며 일어섰다. 허리에서 뚜두둑 소리가 또렷이 났다. 그는 두려워하는 기색 없이 총잡이를 훑어보았다. 턱수염과 머리카락에 거의 뒤덮이다시피 한 그의 얼굴에는 나병의 기미가 보이지 않았고, 눈빛 또한 조금 사납기는 해도 정상 같았다.

"기나긴 나날과 즐거운 밤들을 누리시기를, 낯선 이여."

"부디 그 두 배의 복을 누리시길."

"그럴 것 같지는 않네요." 움집 주인은 그렇게 답하고는 무뚝뚝하게 웃었다. "가진 거라고는 옥수수하고 콩밖에 없어서요. 옥수수는 공짜로 자라지만, 콩을 구하려면 뭘 좀 줘야 해요. 가끔 팔러 오는 사람이 있어요. 왔다가 금방 가 버리지만요." 그의 입에서 짧은 웃음이 터져 나왔다. "유령들을 무서워하거든요. 새 대가리 인간도 무서워하고."

"나도 봤소. 새 대가리 인간 말이오. 나를 보고 달아나더군."

"예, 그 친구는 길을 잃었어요. 알굴 시엔토라는 곳을 찾는다던데, 가끔은 블루 헤이븐인가 블루 헤븐인가, 그렇게도 부르더군요. 어느 쪽이 맞는지는 모르겠지만. 혹시 들어 본 적 있어요?"

총잡이는 고개를 저었다.

"뭐…… 해치는 것도 아니고 눌러앉아 귀찮게 하는 것도 아니니, 알아서 하라죠. 당신은 사람인가요, 유령인가요?"

"사람이오. 당신은 말하는 게 꼭 마니교도 같군."

"한동안 같이 살았거든요. 근데 저는 그렇게는 못 살겠더라고요. 너무 오지랖이 넓어요, 그 사람들. 틈만 나면 세계의 구멍이나 찾아다니고."

'그건 사실이지.' 총잡이는 생각했다. 마니교도들은 여행의 달인이었다.

두 남자는 잠자코 서로를 가만히 바라보았다. 그러다가 움집 주인이 손을 내밀었다.

"저는 브라운이라고 합니다."

총잡이는 그 손을 잡고 흔들며 자기 이름을 밝혔다. 그러는 사이에 야윈 큰까마귀 한 마리가 나지막한 초가지붕에서 깍깍거렸다. 움집 주인은 손짓으로 그 새를 슬쩍 가리켰다.

"저 녀석은 졸탄이에요."

자기 이름을 들은 큰까마귀는 다시 깍깍대다가 브라운에게로 날아왔다. 그러고는 브라운의 머리에 내려앉아 발톱으로 덥수룩한 머리카락을 꽉 틀어쥐고 자리를 잡았다.

"나가 죽어." 졸탄이 명랑하게 깍깍댔다. "나가 죽어 버려, 네가 타고 온 말이랑 같이."

총잡이는 귀엽다는 듯이 고개를 끄덕였다.

"콩, 콩, 노래하는 열매." 큰까마귀는 그 모습에 신이 나서 읊어댔다. "먹으면 먹을수록 방귀가 더 나오지."

"당신이 가르친 거요?"

"저것 말고는 배울 마음이 없는 것 같아요. 한번은 주기도문을 가르치려고 했는데." 브라운은 움집 지붕 너머를 잠시 바라보았다. 모래가 날리는, 황량하고 단단한 사막의 땅 쪽을. "여긴 주기도문이 어울리는 땅이 아닌가 봐요. 당신은 총잡이죠. 맞죠?"

"그렇소."

총잡이는 쭈그리고 앉아서 담배쌈지를 꺼냈다. 졸탄은 브라운의 머리에서 날아오르더니 날개를 퍼덕이며 총잡이의 어깨에 내려앉았다.

"총잡이들은 오래전에 사라진 줄 알았는데."

"이제 생각이 바뀌었겠군. 안 그렇소?"

"내륙계에서 왔나요?"

"오래전에." 총잡이는 선선히 인정했다.

"거기 뭐가 남아 있긴 한가요?"

총잡이는 그 질문에 아무 답도 하지 않았지만, 그의 표정은 더 묻지 않는 게 좋을 거라고 얘기하고 있었다.

"먼저 간 사람을 쫓고 있나 보군요."

"그렇소." 피할 수 없는 질문이 뒤를 이었다. "그 사람이 지나간 지 얼마나 됐소?"

브라운은 낸들 아냐는 듯이 어깨를 으쓱했다.

"글쎄요. 여기선 시간이 희한하게 흘러서요. 거리하고 방위도 엉터리고요. 2주는 더 됐어요. 두 달은 안 됐고요. 그 사람이 가고 나서 콩 장수가 두 번 들렀어요. 한 달 보름은 된 것 같네요. 아마 틀렸겠지만."

"먹으면 먹을수록 방귀가 더 나오지." 졸탄이 재잘거렸다.

"그 사람이 여기서 묵고 갔소?" 총잡이가 물었다.

브라운은 고개를 끄덕였다.

"여기서 저녁을 먹었어요, 보아하니 당신도 그럴 것 같지만. 밥을 먹고 나서 같이 얘기를 했죠."

총잡이가 일어서자 까마귀는 다시 지붕으로 날아가서 깍깍댔다. 총잡이는 까닭 모를 조바심에 몸이 떨렸다.

"그 사람이 뭐라고 했소?"

총잡이를 보던 브라운의 눈 한쪽이 동그래졌다.

"별말 안 했어요. 이 땅에 비가 오기는 하냐, 언제부터 여기 살았냐, 부인은 먼저 저세상으로 갔냐, 뭐 그런 얘기. 아내가 마니교도였냐고 묻기에 그렇다고 했죠, 이미 아는 것 같아서. 얘기는 주로 제가 했어요. 전 평소에는 말수가 적은 편인데도요." 브라운이 잠시 입을 다물자 모진 바람소리만 들려왔다. "그 사람 마법사죠, 맞죠?"

"마법사로 특히 잘 알려졌소."

브라운은 천천히 고개를 끄덕였다.

"그럴 줄 알았어요. 옷소매에서 토끼를 꺼내더라고요, 내장까지 다 발라서 바로 솥에 넣을 수 있는 토끼를. 혹시 당신도?"

"마법사냐고?" 총잡이가 웃음을 터뜨렸다. "난 그냥 인간이오."

"그럼 절대 못 잡을걸요."

"꼭 잡을 거요."

둘은 서로를 마주 보았다. 흙먼지가 피어오르는 마른 땅에 서 있던 움집 주인과 사막으로 이어진 단단한 땅에 서 있던 총잡이는 문득 서로의 마음을 깊이 공감했다. 총잡이가 부싯돌로 손을 뻗었다.

"자요."

브라운이 유황성냥을 꺼내더니 때가 낀 손톱에 그어 불을 붙였다. 총잡이는 담배 끄트머리를 성냥불에 대고 연기를 한 모금 빨아들였다.

"고맙구려."

"물주머니를 채우고 싶으시겠죠." 움집 주인은 그렇게 말하며 돌아섰다. "뒤쪽 처마 밑에 샘이 있어요. 가서 저녁을 차릴게요."

총잡이는 옥수수 밭을 조심스레 지나서 집 뒤쪽으로 갔다. 샘은 손으로 판 우물 아래에 있었다. 부슬거리는 흙이 무너지지 않도록 돌이 둘러쳐져 있었다. 금방이라도 무너질 듯한 사다리를 타고 내려가면서 총잡이는 이 우물의 돌 벽을 쌓는 데에 적어도 2년은 걸렸으리라고 짐작했다. 돌을 파내고, 실어와서, 쌓기까지. 물은 맑았지만 느리게 차올라서 물주머니 여러 개를 채우기까지는 시간이 걸렸다. 두 번째 물주머니에 물을 채우는 사이에 졸탄이 우물 턱에 내려앉았다.

"나가 죽어, 네가 타고 온 말이랑 같이." 졸탄이 충고했다.

총잡이는 위를 올려다보고 흠칫했다. 우물 바닥까지는 4미터가 조금 더 됐다. 브라운이 바위를 던져서 머리를 박살내고 소지품을 죄다 털어가는 것쯤은 식은 죽 먹기였다. 미치광이나 나환자라면 그릴 리 없었지만 브라운은 어느 쪽도 아니었다. 하지만 총잡이는 브라운이 마음에 들었고, 그래서 그 생각을 머릿속에서 지우고 신께서 있으라 하신 물을 마저 챙겼다. 그 일을 빼면 신께서 무엇을 바라시든 *카*가 알아서 할 일, 그의 소관이 아니었다.

움집의 문으로 들어서서 계단을 내려와 보니(엄밀히 말하면 토막이라고 해야 할 그 집은 밤의 냉기를 모아서 저장할 수 있도록 지하에 만들어져 있었다.), 브라운은 단단한 나무로 만든 조잡한 주걱으로 조그마한 잉걸불에다 옥수수를 밀어 넣는 중이었다. 회갈색 담요의 양 끄트머리에 이 빠진 접시가 한 장씩 놓여 있었다. 불 위에 걸린 냄비에서는 콩을 삶을 물이 막 끓기 시작한 참이었다.

"물 값도 치르겠소."

브라운은 고개를 들지 않았다.

"아시잖아요, 물은 신께서 공짜로 주신 선물이란 거. 콩이야 파파 독이 가져다주지만."

총잡이는 쿡쿡 웃으며 거친 벽에 등을 기대고 앉아서, 팔짱을 끼고 눈을 감았다. 잠시 후, 옥수수 구워지는 냄새가 코를 스쳤다. 브라운이 마른 콩 한 봉지를 냄비에 붓자 조약돌이 쏟아지듯 와르르 소리가 났다. 지붕에서는 쉬지 않고 돌아다니는 졸탄의 발소리가 이따금 탁 탁 탁 들려왔다. 총잡이는 피곤했다. 마지막으로 들렀던 툴 마을의 참극을 뒤로 하고 이곳까지 오는 동안 하루에 열여섯 시간, 어떤 날은 열여덟 시간씩 이동했기 때문이었다. 게다가 지난 열흘하고 이틀 동안은 자기 발로 걸었다. 노새는 이제 고된 삶의 끝자락에 이르러 있었다. 숨을 쉬는 것은 그저 습관이라서였다. 한때 총잡이가 알았던 시미라는 소년에게도 노새가 있었다. 이제 시미는 없었다. 이제는 모두 다 사라지고 둘뿐이었다. 총잡이, 그리고 검은 옷의 남자. 총잡이는 이 땅 너머에 다른 땅이, '중간 세계'라는 푸르른 땅이 있다는 소문을 들었지만, 믿기 힘든 소문이었다. 이곳에서 푸르른 땅 같은 것은 어린아이의 상상 같았다.

탁 탁 탁.

2주. 브라운은 그렇게 말했다. 아니면 길어 봤자 6주라고. 어느 쪽이든 상관없었다. 툴에는 달력이 있었고, 그곳 주민들은 검은 옷의 남자가 마을에 들러서 노인을 치료해 준 일 때문에 그를 기억했다. 마귀풀 때문에 죽어가는 흔한 노인이었다. 서른다섯 살 먹은 노인. 만약 브라운의 기억이 옳다면 총잡이는 툴을 떠난 이후 꽤 긴 거리를 좁힌 셈이었다. 그러나 이 앞은 사막이었다. 그리고 사막은 지옥일 터였다.

탁 탁 탁······

새야, 너의 날개를 빌려주렴. 펼쳐서 열풍을 타고 날아가련다.

총잡이는 잠에 빠져들었다.

3

한 시간 후에 브라운이 총잡이를 깨웠다. 어두웠다. 조명이라고는 재를 덮어서 암적색으로 깜박이는 잔불뿐이었다.

"노새가 죽었어요. 딱하게도. 이제 저녁 다 됐어요."

"어떻게?"

브라운은 낸들 아냐는 듯이 어깨를 으쓱했다.

"옥수수는 굽고 콩은 삶고, 다른 수가 있나요? 식성이 까다로운 편이에요?"

"아니, 노새 말이오."

"뻗어 버렸어요, 그게 다예요. 늙은 것 같던데요." 뒤이어 살짝 겸연쩍은 듯이. "졸탄이 눈을 파먹었지 뭐예요."

"음." 총잡이는 그럴 줄 알았다는 눈치였다. "괜찮소."

식탁 노릇을 하는 담요 위에 앉고 나서 브라운은 짧은 식전 기도를 올려 다시금 총잡이를 놀라게 했다. 정령에게 비와 건강과 풍작을 비는 기도였다.

"당신은 내세가 있다고 믿소?" 브라운이 자기 접시에 구운 옥수수 세 개를 올리는 사이에 총잡이가 물었다.

브라운은 고개를 끄덕였다. "여기가 내세인 것 같아요."

4

콩은 총알처럼 단단했고, 옥수수는 질겼다. 바깥에서는 땅에 닿을 듯이 낮은 처마 주위로 거센 바람이 훌쩍이며 우는 소리를 냈다. 총잡이는 게걸스럽게 허겁지겁 먹으면서 물을 넉 잔 마셨다. 절반쯤 먹었을 무렵, 기관총처럼 요란하게 문을 두드리는 소리가 났다. 브라운이 일어서서 졸탄을 안으로 들였다. 새는 집 안을 가로질러 날아와서 한쪽 구석에 시무룩하게 웅크리고 앉았다.

"노래하는 열매." 졸탄이 중얼거렸다.

"저 녀석을 잡아먹을 생각은 안 해 봤소?" 총잡이가 물었다.

움집 주인이 껄껄 웃었다.

"말하는 짐승은 고기가 질겨요. 새도, 개너구리도, 인간도. 먹기가 영 힘들죠."

저녁을 다 먹고 나서 총잡이가 담배를 권했다. 움집 주인 브라운은 냉큼 받아 들었다.

자. 총잡이는 속으로 생각했다. *이제 질문을 퍼부을 시간이지.*

그러나 브라운은 아무것도 묻지 않았다. 오래전 갈란 땅에서 재배한 담배를 피우며 꺼져가는 잔불을 응시할 뿐이었다. 토막 안에는 이미 서늘한 기운이 또렷했다.

"우리를 시험에 들게 하지 마옵시고." 졸탄이 느닷없이 내뱉었다. 종말을 알리는 예언처럼.

총잡이는 총이라도 맞은 것처럼 움찔했다. 문득 이 모든 것이 환각이라는 확신이 들었다. 검은 옷의 남자가 그에게 주문을 걸어서 몹시도 답답하고 상징적인 방식으로 무언가 말하려는 중이었다.

"툴이라는 곳을 아시오?" 총잡이가 느닷없이 물었다.

브라운은 고개를 끄덕였다. "거길 거쳐서 이리로 왔어요, 나중에 한 번 다시 들러서 옥수수도 팔고, 위스키도 한잔했고요. 다시 갔던 그해에는 비가 내렸어요. 한 15분은 내렸을 거예요. 땅이 입을 벌리고 빗물을 빨아들이는 것 같더군요. 한 시간 후에는 평소처럼 다시 하얗게 말라 버렸지만요. 하지만 옥수수는…… 맙소사, 정말 굉장했어요. 옥수수가 쑥쑥 자라는 게 눈에 보였거든요. 그건 그래도 괜찮았어요. 하지만 옥수수가 자라는 소리까지 들리는 거예요, 꼭 비가 내린 덕분에 옥수수에 입이 생긴 것처럼. 듣기 좋은 소리는 아니었어요. 땅거죽을 뚫고 나오느라 한숨을 쉬고 신음하는 것 같아서."

그는 잠시 입을 다물었다. "옥수수가 좀 남길래, 챙겨서 팔러 갔어요. 파파 독이 대신 팔아 주겠다고 했지만 사기를 칠지도 모르니까요. 그래서 제가 직접 갔던 거예요."

"마을을 안 좋아하나 보군."

"예."

"난 거기서 죽을 뻔했소." 총잡이가 말했다.

"진짜요?"

"맹세컨대 정말이오. 그리고 거기서 신의 손길이 닿은 남자를 죽였소. 다만 그 신은 가짜였소. 실은 소매에서 토끼를 꺼내는 남자였지. 검은 옷의 남자."

"그 남자가 당신을 잡으려고 함정을 판 거군요."

"당신 말이 옳소, 알아주니 고맙구려."

둘은 어둠을 뚫고 서로 마주 보았다. 한순간 여기서 모든 것이 끝나리라는 분위기가 감돌았다.

자, 이제 질문이 쏟아지겠지.

그러나 브라운은 여전히 말이 없었다. 손에 쥔 담배가 타들어가서 꽁초로 변하자 총잡이가 담배쌈지를 톡톡 두드렸지만, 브라운은 고개를 저었다.

졸탄은 폴짝폴짝 뛰어다니는 꼴이 무슨 말을 하려는가 싶더니, 이내 잠잠해졌다.

"무슨 일이 있었는지 듣고 싶소?" 총잡이가 물었다. "나는 평소에는 나불나불 떠들지 않는 편이오만……."

"얘기하는 게 더 편할 때도 있죠. 제가 들어 드릴게요."

총잡이는 첫머리를 어떻게 시작할지 궁리했지만 적당한 말이 떠오르지 않았다.

"가서 물부터 빼고 와야겠소."

브라운은 고개를 끄덕였다.

"옥수수 밭에다 좀 부탁할게요."

"기꺼이."

총잡이는 계단을 올라가 어둠으로 들어섰다. 머리 위에서 별들이 반짝였다. 바람은 거칠게 고동쳤다. 오줌 줄기가 메마른 옥수수 밭 위로 포물선을 그리며 흔들렸다. 검은 옷의 남자가 그를 여기로 끌어들인 것이었다. 실은 브라운이 검은 옷의 남자일 가능성도 아예 없지는 않았다. 어쩌면 그는······.

총잡이는 그 쓸데없이 불쾌한 생각을 머릿속에서 지워 버렸다. 그가 대처하는 법을 아직 깨우치지 못한 불의의 사태는 단 하나, 스스로 미쳐 버릴 경우이기 때문이었다. 그는 움집 안으로 돌아갔다.

"제가 마법으로 만든 환각인지 아닌지 판단이 섰나요?" 브라운이 물었다. 재미나다는 표정으로.

총잡이는 흠칫 놀라서 조그마한 계단에 멈춰 섰다. 그러다가 천천히 내려와 바닥에 앉았다.

"그 생각도 언뜻 들더군. 환각이 맞소?"

"맞는다고 해도 저야 모르죠."

대번에 마음이 놓이는 대답은 아니었지만, 총잡이는 그냥 넘어가기로 했다.

"당신한테 툴 이야기를 해 주려던 참이었소."

"그 마을, 요즘은 활기가 좀 있나요?"

"죽었소. 내가 죽여 버렸지." 한마디 덧붙일까 하는 생각도 들었다. 그리고 이제는 너를 죽일 거다, 이유를 대라면 그저 뜬눈으로 밤을 새고 싶지 않다는 것뿐. 하지만 총잡이가 그런 짓을 할 만큼 타락했을까? 그렇다면 왜 굳이 여행을 계속하는 걸까? 이미 자신이 쫓는 존재만큼이나 타락해 버렸다면, 어째서?

브라운이 말했다. "총잡이여, 나는 당신한테서 바라는 게 없어요. 그저 당신이 떠난 후에도 무사히 여기 남고 싶을 뿐이에요. 살려 달라고 빌 생각은 없지만, 그렇다고 해서 조금 더 살아 보고 싶은 마음이 없다는 말은 아니에요."

총잡이는 눈을 감았다. 머릿속이 거칠게 소용돌이쳤다.

"정체를 밝히시오." 총잡이가 잠긴 목소리로 물었다.

"그냥 사람이에요. 당신한테 해를 끼칠 생각이 없는 사람. 그리고 당신이 얘기하면 들어줄 용의가 있는 사람이기도 하죠."

그 말에 총잡이는 아무 대꾸도 하지 않았다.

"운을 띄워 줘야 얘기할 마음이 들 것 같군요. 그렇게 할게요. 툴 이야기를 좀 들려주시겠어요?"

브라운의 말에 총잡이는 흠칫 놀랐다. 이번에는 할 말이 떠올랐기 때문이었다. 처음에는 나직하게 띄엄띄엄 튀어나오던 말들이 서서히 결을 갖추더니, 차분하고 살짝 단조로운 이야기로 변해 갔다. 총잡이는 자신도 모르게 묘한 흥분을 느꼈다. 그렇게 밤이 깊도록 이야기했다. 브라운은 한 번도 끼어들지 않았다. 까마귀 역시 말이 없었다.

5

  총잡이는 프라이스타운에서 노새를 샀다. 그 노새는 툴에 도착할 때까지만 해도 여전히 쌩쌩했다. 해는 이미 한 시간 전에 기울었지만 총잡이는 계속 나아갔다. 처음에는 하늘에 비친 마을의 불빛에 의지하여, 나중에는 홍키통크 피아노로 연주하는 「헤이 주드」의 섬뜩할 정도로 또렷한 음률을 따라서. 도로는 샛길이 하나둘 덧붙으면서 넓어졌다. 머리 위쪽으로 여기저기 가로등이 보였지만 모두 망가진 지 오래였다.
  숲은 오래전에 등 뒤로 멀어졌고, 이제는 우중충하고 평평한 초원이 풍경을 대신 채웠다. 막막하고 황량한 들판은 큰조아재비와 키 작은 떨기나무에 다시 자리를 내주었다. 으스스하고 황폐한 사유지에 웅크린 저택 안에서는 분명 악마들이 돌아다닐 듯싶었다. 주인이 이미 떠났거나 쫓겨난, 부루퉁하게 흘겨보는 듯한 텅 빈 오두막도 있었다. 이따금 보이는 움집은 밤이면 흔들리는 불빛 한 점으로, 낮이면 근친결혼 때문에 비슷한 얼굴을 한 일가족이 묵묵히 밭을 가는 광경으로 사람이 산다는 것을 알 수 있었다. 작물은 주로 옥수수였지만 콩과 포크베리도 있었다. 가끔 껍질을 벗긴 오리나무 장대 사이에 비쩍 마른 소가 서서 총잡이를 멍하니 바라보곤 했다. 마차가 네 번, 두 번은 지나온 쪽에서, 두 번은 향하는 쪽에서 다가와 곁을 지나갔다. 뒤쪽에서 온 마차는 거의 빈 채로 총잡이와 노새를 피해 지나갔지만, 숲이 있는 북쪽을 향해 돌아가는 마차에는 사람이 더 많았다. 이따금씩 짐마차의 흙받기 판에 발을 올린 채 지나가는 농부는 총을 찬 남자를 쳐다보지 않으려고 조심했다.

흉측한 풍경이었다. 프라이스타운을 떠난 후로 소나기는 두 번 내렸다. 매번 마지못해 내리는 정도였다. 큰조아재비마저도 누렇게 떠서 기운이 없어 보였다. 멈출 것 없이 그저 지나가야 할 곳이었다. 검은 옷의 남자는 흔적도 보이지 않았다. 아마도 마차를 타고 지나간 모양이었다.

길이 한 차례 굽어졌다. 총잡이는 그 굽이를 지나 쯧쯧 소리로 노새를 세운 다음, 툴 마을을 내려다보았다. 대접처럼 둥그런 분지에 자리 잡은 마을이었다. 싸구려 금속에 박아 놓은 가짜 보석 같았다. 띄엄띄엄 보이는 불빛 몇 개는 대부분 음악 소리가 들려오는 곳을 둘러싸고 있었다. 거리는 네 군데로 보였는데 그중 세 군데가 마차 도로와 직각으로 이어졌다. 그 도로가 마을의 큰길이었다. 아마 카페가 있을 터였다. 없을지도 몰랐지만, 그래도 어쩌면. 총잡이는 쯧쯧 소리로 노새를 출발시켰다.

이제 길을 따라 집들이 점점이 서 있었지만 거의 빈 집이었다. 총잡이는 조그마한 공동묘지를 통과했다. 해묵은 나무 묘표가 기울어진 채 빼곡히 꽂힌 묘지에는 마귀풀이 무성하게 자라 있었다. 150미터쯤 더 가자 너덜너덜한 팻말이 나왔고, 거기에는 이렇게 적혀 있었다. 툴.

페인트가 벗겨져서 알아보기가 힘들었다. 조금 더 가자 팻말이 한 개 더 나왔지만 이번에는 아예 읽을 수가 없었다.

마을에 들어서자 반쯤 인사불성이 된 얼간이들이 「헤이 주드」의 마지막 긴 후렴구를 목청껏 부르는 소리가 들려왔다. "나아나아나아 나아나나나…… 헤이, 주드…….' 생기라고는 조금도 없는 소리, 썩은 나무의 구멍으로 부는 바람 소리 같았다. 오로지 따분하게 쿵

쾅거리는 홍키통크 피아노 소리만이 검은 옷의 남자가 유령들을 소환하여 이 버려진 마을을 채웠다는 생각에 깊이 빠지지 않도록 막아 주었다. 그 생각에 총잡이는 슬며시 웃음이 나왔다.

거리에 사람들이 있었지만 많지는 않았다. 검은 바지에 높은 목깃이 달린 똑같은 블라우스를 입은 여성 세 명이 맞은편 판자 보도를 따라 지나갔지만, 총잡이를 유심히 보지는 않았다. 어두워서 거의 안 보이는 몸통 위의 얼굴들은 꼭 눈이 달린 희끄무레한 공이 둥둥 떠가는 듯했다. 판자로 막아놓은 식료품점 앞 계단에는 밀짚모자를 꼭 눌러쓴 점잖은 노인 한 명이 앉아서 이쪽을 응시했다. 빼빼 마른 재단사도 느지막이 들른 손님과 함께 총잡이를 지켜봤다. 재단사는 바깥을 더 자세히 보려고 진열창 안쪽에서 등불을 치켜들었다. 총잡이가 고갯짓으로 인사를 보냈다. 재단사도 손님도 답인사를 하지 않았다. 총잡이는 그들의 시선이 자신의 엉덩이 옆에 낮게 걸린 총집에 꽂히는 것을 느낄 수 있었다. 열세 살쯤 돼 보이는 소년 하나, 그리고 소년의 여동생 아니면 여자 친구로 보이는 소녀 하나가 한 블록 앞쪽에서 거리를 건너가다가, 희미하게 흠칫했다. 아이들이 발을 디딜 때마다 조그맣게 먼지 구름이 일었다. 이 마을의 가로등은 대부분 켜져 있었지만 전등이 아니었다. 간유리로 만든 등갓이 기름때에 절어 침침해 보였다. 개중에는 박살난 것도 있었다. 망하기 직전으로 보이는 임대용 마구간이 한 군데 보였다. 도로를 따라 운행하는 마차 덕에 근근이 버티는 모양이었다. 휑하니 열린 마구간 문 옆의 흙바닥에 사내아이 셋이 구슬로 만든 원을 둘러싸고 말없이 쭈그려 앉아서, 옥수수 껍질로 만 담배를 피우고 있었다. 마구간 마당에 아이들의 그림자가 길게 드리워졌다. 한 아이는 모자의 띠에 전갈 꼬리가 꽂혀 있었다. 다른 아이 하나는 살짝 튀어나온 왼쪽 눈이 막혀 있었다.

총잡이는 노새를 탄 채로 아이들 곁을 지나 어두컴컴한 마구간 안쪽을 들여다보았다. 등불 한 개가 을씨년스럽게 빛을 비췄다. 그림자 하나가 휙 치솟아 흔들렸다. 키가 훌쩍한 멜빵바지 차림의 노인 한 명이 힘쓰는 소리와 함께 쇠갈퀴를 크게 휘둘러 흩어진 목초 더미를 다락으로 올리는 중이었다.

"안녕하시오!" 총잡이가 외쳤다.

쇠갈퀴가 흔들리더니 마부가 노리끼리한 눈으로 이쪽을 돌아보았다.

"그쪽도 안녕하시오!"

"나한테 노새가 한 마리 있소만."

"좋겠구려."

총잡이는 조잡하게 주조했지만 묵직한 금화 한 개를 어두컴컴한 허공에 휙 던졌다. 금화는 오래돼서 거스러미가 일어난 판자 바닥에 부딪혀 팅 소리를 내며 반짝였다.

마부는 앞으로 나와서 몸을 숙여 금화를 집은 다음, 눈을 가늘게 뜨고 총잡이를 바라보았다. 시선을 아래쪽으로 내려 총 띠를 보고 나서 그는 떨떠름하게 고개를 끄덕였다.

"얼마나 매어 두실 겁니까?"

"하루나 이틀. 어쩌면 더 길지도."

"금화를 거슬러 드릴 돈이 없는뎁쇼."

"거슬러 달라고 한 적 없소."

"어차피 총질로 번 거면서." 마부가 중얼거렸다.

"뭐라고 했소?"

"별 말 안 했습니다."

마부는 노새의 고삐를 잡고 안쪽으로 이끌었다.

"솔질도 좀 해 주시오!" 총잡이가 외쳤다. "명심하시오, 나중에 와서 냄새를 맡아볼 거요!"

노인은 돌아보지 않았다. 총잡이는 구슬 원을 둘러싸고 쭈그려 앉은 소년들 쪽으로 걸어 나왔다. 아이들은 대화하는 두 사람을 시종 경멸스러운 듯이 지켜보았다.

"기나긴 나날과 즐거운 밤들을 누리기를."

총잡이가 스스럼없이 인사를 건넸다.

답인사는 돌아오지 않았다.

"너희, 이 마을 아이들이냐?"

대답이 없었다. 다만 모자에 꽂힌 전갈 꼬리는 예외였다. 그 꼬리는 살짝 까딱거리는 것처럼 보였다.

한 아이가 엉망으로 뒤틀린 옥수수 껍질 담배를 입에서 떼더니, 초록색 묘안석 구슬을 집어서 흙바닥의 원 안으로 던져 넣었다. 구슬은 개구리를 맞혀서 원 바깥으로 튕겨냈다. 아이는 묘안석 구슬을 집어서 다시 던질 준비를 했다.

"이 마을에 카페가 있느냐?" 총잡이가 물었다.

아이들 중 한 명이 고개를 들었다. 가장 어린 아이였다. 입가에 커다랗게 발진이 나 있었지만 두 눈은 크기가 똑같아서 가지런했고, 이 똥통 같은 곳에서는 오래가지 못할 천진함이 가득 담겨 있었다. 넘치는 호기심을 숨긴 채 자신을 바라보는 아이의 모습에 총잡이는 감동하는 한편으로 오싹함을 느꼈다.

"셰브네 가게에서 햄버거를 팔 거예요."

"저 싸구려 술집 말이냐?"

아이가 고개를 끄덕였다. "예." 아이 친구들의 눈꼬리가 적대감 때문에 흉하게 올라갔다. 아이는 외지인에게 친절하게 말을 건넨 대가를 치를 것 같았다.

총잡이는 모자챙에 손을 살짝 갖다 댔다. "고맙다. 이 마을에 말을 할 정도로 똑똑한 사람이 있다니 반갑구나."

총잡이는 그 자리를 떠나 판자가 깔린 보도로 올라선 다음, 셰브의 주점을 향해 걸음을 옮겼다. 다른 아이들 중 한 명이 경멸하듯 또렷이 내뱉는 목소리가 들려왔다. 변성기도 채 지나지 않은 어린애의 목소리였다. "풀쟁이 자식! 찰리, 너 언제부터 여동생이랑 붙어먹을 놈이 된 거야? 이 풀쟁이 자식아!" 퍽 하는 소리와 울음소리가 그 뒤를 이었다.

셰브의 주점 앞에는 환한 등유 남포등 세 개가 있었다. 한 개는 양쪽 옆에, 한 개는 축 처진 용수철 문 위쪽의 못에 걸려 있었다. 「헤이, 주드」를 합창하던 소리는 이미 잦아들고 이제는 피아노가 다른 오래된 발라드 곡을 연주했다. 목소리들이 끊어진 실타래처럼 웅얼거렸다. 총잡이는 바깥에 잠시 서서 안쪽을 들여다보았다. 바닥에는 톱밥이 깔려 있었고, 기울어진 테이블 곁에는 침을 뱉는 그릇이 놓여 있었다. 톱질대 위에 걸쳐 놓은 칠도 안 한 나무판이 이 술집의 바였다. 바 뒤쪽의 지저분한 거울에 피아노 연주자의 모습이 비쳤다. 그 남자는 피아노 의자에 오래 앉는 사람의 직업병인 새우등을 하고 있었다. 피아노는 상판이 벗겨져서 연주하는 동안 나무 해머가 오르락내리락하는 모습이 훤히 보였다. 바텐더는 머리가 지푸

라기 빛깔인 여자였고, 지저분한 파란색 드레스 차림이었다. 드레스의 한쪽 어깨끈이 안전핀으로 고정되어 있었다. 가게 안쪽에는 여섯 명쯤 되는 마을 사람들이 목을 축이며 심드렁하게 워치 미 카드 게임을 하는 중이었다. 여섯 명으로 이루어진 다른 무리는 피아노 근처에 띄엄띄엄 모여 있었다. 바에 있는 사람은 너덧 명. 그리고 문 옆 테이블에 엎드려 있는 부스스한 반백 머리의 노인이 한 명. 총잡이는 안으로 들어섰다.

고개를 돌린 사람들의 시선이 총잡이와 그의 총으로 향했다. 무슨 일인지 모르는 연주자가 계속 치는 피아노 소리를 빼면 잠시 정적이 흐르다시피 했다. 이윽고 여성 바텐더가 바를 닦기 시작하자 모든 것이 원래 모습으로 돌아갔다.

"워치 미." 구석에 있던 노름꾼 중 한 명이 이렇게 말하더니 테이블의 하트 세 장에 스페이드 네 장을 던지며 판을 끝냈다. 하트를 들고 있던 남자는 욕을 지껄이고 돈을 던졌다. 뒤이어 다음 판이 벌어졌다.

총잡이는 바에 있는 여인에게 다가갔다.

"고기 있소?"

"그럼요." 여인은 총잡이의 눈을 똑바로 마주 보았다. 어릴 적에는 예뻤을 얼굴이었지만, 그 후로 세상은 변질했다. 이제 그녀의 얼굴에는 응어리가 울퉁불퉁했고, 이마를 가로질러 검푸른 흉터가 새겨져 있었다. 흉터를 가리려고 짙게 바른 분이 오히려 더 눈길을 끌었다. "안전한 소고기예요. 순종이거든요. 비싸긴 하지만."

퍽이나 순종이겠군. 총잡이는 속으로 생각했다. 아이스박스에 있는 고기는 눈이 세 개든가 다리가 여섯 짝이든가, 아니면 그 둘 다 해

당하는 소한테서 얻은 거겠지. 내가 보기엔 그럴 것 같소, 레이디 사이.

"햄버거 세 개하고 맥주 한 잔. 부탁하겠소."

주점 안의 공기가 다시금 미묘하게 흔들렸다. 햄버거 세 개. 입맛을 다시는 소리, 슬며시 도는 식욕과 함께 흘러나온 군침을 혀로 핥는 소리가 들렸다. 햄버거 세 개라니. 이곳 주민들이 햄버거 세 개를 한꺼번에 먹는 사람을 구경이나 해 봤을까?

"그럼 5돌라예요. 돌라가 뭔지 알아요?"

"달러 말이오?"

여인이 고개를 끄덕인 것으로 보아 달러를 돌라라고 발음하는 모양이었다. 어차피 총잡이의 짐작일 뿐이었다.

"맥주도 포함한 가격이오?" 총잡이가 슬며시 웃으며 물었다. "아니면 맥주 값은 따로?"

여인은 웃음으로 답하지 않았다.

"맥주도 포함한 거예요. 단, 계산은 선불이에요."

총잡이는 바에 금화를 올려놓았다. 그러자 모두의 눈길이 그 금화로 쏠렸다.

바 뒤편의 거울 왼쪽에 이글거리는 숯불 화덕이 있었다. 여인은 안쪽의 조그만 방으로 들어갔다가 종이로 싼 고기를 들고 돌아왔다. 그러고는 고기를 패티 세 개로 나누어 불판 위에 올렸다. 고기 굽는 냄새는 정신이 아찔할 정도로 강렬했다. 총잡이는 아랑곳하지 않고 무심하게 서서 어렴풋이 살필 뿐이었다. 흔들리는 피아노의 음률을, 조금씩 느려지는 노름꾼들의 손을, 술집 손님들의 곁눈질을.

그러다가 거울을 보았을 때, 웬 남자가 등 뒤 저만치에 다가와 있었다. 남자의 머리는 거의 다 벗어지다시피 했고, 손은 허리띠에 총집처럼 걸린 무시무시하게 커다란 사냥칼의 자루를 쥐고 있었다.

"가서 앉아." 총잡이가 말했다. "명을 재촉하지 마라, 얼간아."

남자는 우뚝 멈췄다. 그러고는 무심결에 개처럼 이를 드러내는가 싶더니, 잠시 침묵이 흘렀다. 이윽고 남자는 자기 테이블로 돌아갔고, 주점 안은 원래 분위기로 돌아갔다.

맥주는 이가 빠진 기다란 유리잔에 담겨서 나왔다.

"금화를 거슬러 줄 돈은 없어요." 살짝 가시가 돋은 목소리였다.

"어차피 기대도 안 했소."

여인은 화가 난 표정으로 고개를 끄덕였다. 본인한테는 이득이건만, 돈 자랑을 하는 총잡이의 모습에 분통이 터진 모양이었다. 그럼에도 여인은 금화를 받았다. 잠시 후, 오래돼서 탁한 빛을 띤 접시에 햄버거가 담겨서 나왔다. 고기 가장자리는 여전히 붉은 빛을 띠고 있었다.

"소금 있소?"

여인은 바 아래에서 오지그릇을 꺼내어 총잡이에게 내밀었다. 총잡이는 덩어리진 소금을 손가락으로 부숴서 뿌렸다.

"빵은?"

"없어요."

뻔한 거짓말이었지만 총잡이는 그 이유를 알았고, 그래서 따지지 않았다. 머리가 벗어진 그 남자는 가장자리가 시퍼런 눈으로 총잡이를 노려보고 있었다. 갈라지고 홈이 팬 테이블 위로 주먹을 쥐었다 폈다 하면서. 남자의 콧구멍은 맥박과 함께 벌렁거리며 고기 냄새를 흠뻑 들이마셨다. 적어도 냄새만큼은 공짜였으므로.

총잡이는 쉬지 않고 고기를 먹었다. 맛을 음미하기보다는 그저 고기를 잘라서 입에 넣을 뿐이었다. 그 고기를 남긴 소가 어떤 모습을 하고 있었을지 상상하지 않으려고 애쓰면서. 순종 소. 여인은 그렇게 말했다. 그래, 분명 그렇겠지! 그리고 돼지들은 환하게 빛나는 밀수꾼의 달 아래서 코말라 춤을 출 테고.

거의 다 먹어 치운 총잡이가 맥주 한 잔을 주문하고 담배를 말려고 했을 때, 누군가 그의 어깨에 손을 얹었다.

총잡이는 문득 실내가 다시 한 번 고요해진 것을 눈치챘다. 그리고 공기 또한 팽팽하게 긴장된 느낌이 났다. 뒤를 돌아보니 주점에 들어설 때 문 옆 테이블에 잠들어 있던 남자의 얼굴이 똑바로 보였다. 끔찍한 얼굴이었다. 숨결에서 독한 마귀풀 냄새가 진동했다. 두 눈은 이미 생기가 없었다. 눈을 떴으되 보지 못하는 자의 번들거리고 이글거리는 눈이었다. 안쪽으로 돌아가 버린 그 눈은 황폐한 꿈의 지옥을 향해 고정되어 있었다. 손쓸 도리가 없는 꿈들, 악취가 풍기는 무의식의 늪에서 해방되어 떠오른 꿈들이었다.

바 뒤편에 있던 여인이 나지막이 신음을 토했다.

남자의 갈라진 입술이 뒤틀려서 올라가자 이끼가 낀 듯한 초록색 이가 드러났고, 총잡이는 그 이를 보며 생각했다. *이제는 태워서 연기를 마시는 정도가 아니군. 씹는 거다. 이 인간은 마귀풀을 아예 씹고 있어.*

그리고 곧바로 떠오른 생각. 이놈은 죽었다. *죽은 지가 벌써 1년은 된 놈이다.*

그리고 뒤이어. *검은 옷의 남자가 한 짓이다.*

둘은 서로를 마주 보았다. 한쪽은 총잡이, 한쪽은 광기의 선을 넘어 버린 남자였다.

남자가 입을 열자 총잡이는 아연실색했다. 남자가 길르앗의 귀족어로 말했기 때문이었다.

"금화를 좀 주지 않으시겠소, 총잡이 사이. 딱 한 개만, 어떻소? 가엾은 이 몸을 위해."

귀족어라니. 한순간 총잡이는 그 말이 머릿속으로 들어오는 것을 거부했다. 아득한 옛날의 언어였다. 맙소사! 수백 년, 수천 년 전의 말이었다. 이제 귀족어는 더 이상 존재하지 않았다. 그가 마지막이었다. 최후의 총잡이였다. 다른 이들은 모두……

멍한 정신으로, 총잡이는 가슴 주머니에서 금화를 꺼냈다. 갈라지고 딱지가 앉은 썩어가는 손이 금화를 받아서 어루만지다가, 그을음이 섞인 등유 남포등의 불빛을 향해 쳐들었다. 금화에서는 자랑스러운 문명의 광채가 비쳤다. 황금빛의, 그러나 피처럼 검붉은 광채가.

"아아……." 알아듣기 힘든 찬탄이 터져 나왔다. 그 늙은 남자는 휙 돌아서서 자기 테이블로 돌아갔다. 금화를 눈앞에 들고 돌리면서, 반짝이는 황금빛을 비추면서.

주점 안은 순식간에 텅 비었다. 박쥐 날개처럼 생긴 용수철 문이 정신없이 열렸다가 닫혔다. 피아노 연주자는 건반 뚜껑을 쾅 소리가 나게 닫고는 희극 오페라의 등장인물처럼 성큼성큼 걸어서 손님들 뒤를 따라 빠져나갔다.

"셰브!" 여인은 피아노 연주자의 등에 대고 악을 썼다. 두려움과 독기가 묘하게 뒤섞인 목소리였다. "셰브, 썩 돌아오지 못해! 이 망할 인간아!" 총잡이가 들어 본 이름일까? 그런 것 같았지만, 당장은 골똘히 생각하거나 기억을 더듬을 여유가 없었다.

한편 늙은 남자는 자기 테이블로 돌아갔다. 그는 너덜너덜한 상판 위에 금화를 튕겨 빙그르르 돌아가게 한 다음, 살았으되 죽은 눈으로 멍하니 바라보았다. 그는 금화를 한 번 더, 다시 한 번 더 튕겼고, 그러는 사이에 눈꺼풀이 스르륵 처졌다. 네 번째로 튕기고 나서는 금화가 멈추기도 전에 테이블 상판에 머리를 기댔다.

"봐요." 여인은 성난 목소리로 조그맣게 말했다. "당신 때문에 내 손님들이 다 달아났어요. 속이 후련해요?"

"다시 올 거요."

"오늘 밤에는 안 올걸요."

"저 사람은 누구요?" 총잡이는 손짓으로 풀쟁이를 가리켰다.

"가서 엿이나 드세요. 총잡이 *사이*."

"꼭 알아야겠소." 총잡이는 화를 꾹 참았다. "저 사람 혹시……"

"아까 당신한테 이상한 말투로 얘기하더군요. 전에는 그런 말투를 쓴 적이 한 번도 없었는데."

"나는 어떤 남자를 찾는 중이오. 당신이 아는 남자일 거요."

여인은 총잡이를 가만히 응시했다. 화가 누그러져 가는 눈빛이었다. 이내 생각에 잠긴 눈빛이 그 자리를 대신했고, 뒤이어 총잡이도 전에 본 적이 있는 축축한 흥분의 빛이 떠올랐다. 금방이라도 무너질 것 같은 주점 건물은 뭔가 골똘히 생각하는 듯 혼자서 삐걱거렸다. 멀리서, 개가 시끄럽게 짖었다. 총잡이는 기다렸다. 여인은 총잡이가 자신의 감정을 눈치챈 것을 깨달았고, 그러자 흥분의 빛은 자포자기로, 외칠 입이 없는 어리석은 욕구로 바뀌었다.

"내 꽃값이 얼만지 정도는 알겠죠. 전에는 몸이 근질거려도 알아서 해결했는데, 이제는 그것도 힘드네요."

총잡이는 여인을 지그시 바라보았다. 어둠 속에서는 흉터가 잘 보이지 않았다. 여인의 몸은 사막과 모래바람과 고된 일에도 처지지 않고 여전히 늘씬했다. 한때는 예뻤을 법한, 심지어 아름다웠을 법한 여인이었다. 어차피 상관없었다. 메마르고 컴컴한 자궁 속에 송장벌레들이 둥우리를 틀었다고 해도 상관없었다. 모두 이미 정해진 일이었다. 어딘가에서 누군가의 손이 카라는 책에 다 적어 놓은 일이었다.

총잡이는 두 손을 들어 여인의 얼굴을 감쌌다. 메마른 여인의 몸속에도 물기가 조금은 남아 있었다. 눈물을 흘릴 만큼은.

"*보지 마요! 그렇게 심술궂게 볼 것까진 없잖아요!*"

"미안하오. 심술부릴 생각은 없었소."

"남자들이란, 핑계까지 하나같이 똑같다니까!" 여인이 외쳤다.

"가게 문을 잠그고 불을 끄시오."

여인은 흐느끼며 손으로 얼굴을 가렸다. 총잡이는 얼굴을 감추는 여인을 보고 흐뭇해졌다. 그 손이 흉터를 가려 주었기 때문이 아니라, 여인이 부끄러움을 타던 처녀 적의 모습으로 돌아갔기 때문이었다. 비록 몸까지 처녀로 돌아가지는 않았다고 해도. 드레스의 어깨끈을 고정한 안전핀이 침침한 불빛 속에서 반짝였다.

"저 사람이 뭘 훔쳐갈 것 같소? 그렇다면 내가 쫓아내리다."

"아뇨." 여인이 속삭였다. "노트는 도둑질은 안 해요."

"그럼 불을 끄시오."

여인은 총잡이가 앞장을 서고 나서야 얼굴에서 손을 떼고 남포등을 하나씩 차례로 껐다. 심지를 아래로 감고 숨을 훅 불어 불꽃을 끄면서. 그런 다음 어둠 속에서 총잡이의 손을 쥐었다. 그 손은 따뜻했다. 여인은 총잡이를 위층으로 이끌었다. 불빛이 없는 그곳에서는 어떤 행위도 숨길 필요가 없었다.

6

 총잡이는 어둠 속에서 담배를 말아 불을 붙인 다음, 한 개비를 여인에게 건넸다. 방 안에 여인의 향기가 감돌았다. 싱그러운 라일락 향기가 애처로웠다. 사막 냄새가 그 향기를 뒤덮었다. 총잡이는 자신이 눈앞에 펼쳐진 사막을 두려워한다는 것을 깨달았다.
 "그 사람 이름은 노트예요." 여인이 말했다. 앞서와 똑같이 가시가 돋친 목소리였다. "성은 없고 그냥 노트예요. 죽은 사람이죠."
 총잡이는 잠자코 기다렸다.
 "그 사람, 하느님의 손길이 닿았어요."
 총잡이가 입을 열었다. "하느님 같은 건 본 적이 없소만."
 "언제부턴지는 모르겠지만 항상 이 마을에 있었어요. 노트 말이에요, 하느님이 아니라." 어둠 속에서 여인의 날카로운 웃음소리가 들렸다. "노트는 한동안 변소 치는 일을 했어요. 그러다가 술독에 빠졌죠. 마귀풀 냄새도 맡기 시작했고요. 나중에는 아예 말아서 피웠어요. 아이들은 노트 뒤를 따라다니다가 나중에는 개를 풀어서 그 사람을 물게 했어요. 그 사람, 다 떨어진 바지에 초록물이 들어서 냄새가 진동하더군요. 무슨 말인지 알아요?"
 "음."
 "풀을 씹기 시작한 거예요. 그러다 결국에는 아까 그 자리에 앉아서 아무것도 안 먹는 지경이 됐어요. 아마 왕이 된 기분이었을 거예요, 적어도 자기 머릿속에서는요. 아이들은 궁정의 광대였을 테고, 개들은 왕자였겠죠."
 "그랬군."

"노트는 이 가게 바로 앞에서 죽었어요. 아이들과 개를 뒤에 달고서 판자 보도를 쿵쿵거리며 걸어와서는. 그 사람 장화는 오래된 열차 조차장에서 주운 작업화였는데 너무 튼튼해서 닳는 법이 없었죠. 몸이 꼭 철사 옷걸이를 구부려서 감아 놓은 것처럼 바싹 말랐더군요. 눈은 지옥 불을 다 모아 둔 것처럼 이글거렸는데, 입은 웃고 있었어요. 수확제 때 아이들이 샤프루트나 호박에 칼로 새기는 웃는 얼굴처럼, 섬뜩하게. 흙냄새에다 썩는 냄새, 마귀풀 냄새까지 진동했어요. 입가에서는 초록색 피 같은 풀 즙이 흘러내렸고요. 아마 가게에 들어와서 셰브의 피아노 연주를 들으려고 했던 것 같아요. 그러다가 문 바로 앞에서 멈추더니, 고개를 휙 쳐들었어요. 나는 그걸 보고 노트가 역마차 소리를 들었나 보다 했어요, 역마차가 도착할 시간은 아니었지만요. 그러다가 노트가 토했는데, 시커먼 토사물에 피가 가득했어요. 히죽히죽 웃는 입에서 토사물이 뿜어 나오는 게 꼭 배수관에서 구정물이 쏟아지는 것 같았어요. 냄새만으로도 돌아 버릴 것 같았죠. 노트는 두 팔을 쳐들더니 그대로 뻗어 버렸어요. 그게 끝이에요. 그렇게 히죽히죽 웃는 얼굴로 자기 토사물을 뒤집어쓴 채 죽어 버린 거예요."

"멋진 이야기로군."

"아, 그럼요. 생키 사이. 이 마을도 멋진 곳이고 말이죠."

여인은 총잡이 곁에서 떨고 있었다. 바깥에서는 바람이 울음을 그치지 않았고, 어딘가 멀리서 문이 쾅 닫히는 소리가 났다. 꿈결에 들리는 소리 같았다. 벽 안쪽에서는 쥐들이 뛰어다녔다. 총잡이는 머릿속 한구석에서 이 마을에 쥐가 살 만큼 풍족한 곳은 여기뿐일 거라고 생각했다. 그가 여인의 배에 손을 얹자 여인은 놀라서 몸을 잔뜩 옹송그렸지만, 긴장은 이내 누그러졌다.

"검은 옷의 남자 말인데."

"그 사람 얘기를 기어이 들어야겠다, 이거죠? 그냥 같이 한번 뒹굴고 잠드는 걸로는 직성이 안 풀리니까."

"기어이 들어야겠소."

"알았어요. 얘기해 줄게요."

여인은 총잡이의 손을 두 손으로 쥐고서 이야기를 시작했다.

7

그 남자는 노트가 죽은 날 오후 느지막이 툴에 도착했다. 사나운 바람이 부슬거리는 표토를 벗겨내어 겹겹의 먼지구름을 일으키고 뿌리째 뽑힌 옥수수 대를 풍차처럼 휘날리며 지나간 날이었다. 마부인 주발 케널리는 임대용 마구간에 자물쇠를 채웠고, 몇 안 되는 다른 상인들은 진열창에 덧문을 달고 덧문 위를 다시 판자로 막았다. 하늘은 오래된 치즈처럼 샛노랬고 구름은 그 하늘을 가로질러 쏜살같이 날아갔다. 방금 지나온 황량한 사막의 하늘에서 무슨 소름 끼치는 광경이라도 내려다본 것처럼.

총잡이가 쫓는 사냥감은 짐칸에 방수포가 쳐진 다 망가져 가는 마차를 타고 도착했다. 그의 얼굴은 반갑게 인사하는 사람처럼 활짝 웃고 있었다. 주민들은 마을에 들어서는 그 남자를 가만히 지켜보았다. 늙은 케널리는 한 손에는 술병을, 다른 손에는 둘째 딸의 늘어지고 뜨끈뜨끈한 왼쪽 젖가슴을 쥔 채 창가에 누워 그 남자가 문을 두

드린다고 해도 절대로 나가지 않겠노라고 다짐했다.

그러나 검은 옷의 남자는 마차를 끄는 밤색 말의 고삐를 당기지 않은 채 지나갔고, 마차 바퀴는 바람이 끈질기게 움켜쥔 흙먼지를 거품처럼 휘날리며 굴러갔다. 그 남자는 사제, 아니면 수사인지도 몰랐다. 흙먼지가 뿌옇게 앉은 검은색 로브를 입고 있었던 것이다. 헐렁한 후드가 머리와 얼굴을 가렸지만, 오싹하고 흐뭇하게 웃는 입까지 가리지는 못했다. 로브 자락이 물결처럼 펄럭거렸다. 로브 밑단 아래로 슬쩍 보이는 장화는 묵직한 버클이 달려 있었고 앞코가 네모났다.

남자는 셰브네 주점 앞에 마차를 세우고 말을 묶었다. 말은 고개를 숙여 땅바닥을 보며 푸륵거렸다. 마차 뒤로 돌아간 남자는 한쪽 포장을 풀고 낡은 안장을 꺼내어 어깨에 걸친 다음, 용수철 문을 지나 주점으로 들어섰다.

앨리스는 그 남자를 흥미로운 듯이 주시했지만, 다른 사람들은 그가 온 것도 알아차리지 못했다. 단골 술꾼들은 이미 엉망으로 취해 있었다. 셰브는 당김음이 잔뜩 들어간 주법으로 감리교 찬송가를 연주했고, 앞서 폭풍을 피하려고 주점에 들어왔다가 노트의 장례식에 참석한 늙수그레한 건달들은 찬송가를 따라 부르느라 목이 다 쉬어 있었다. 인사불성 직전까지 취한 셰브는 자신이 여전히 살아 있다는 사실에 흥분하고 도취하여 피아노를 정신없이 빠르게 연주했다. 손가락이 베틀의 북처럼 날아다닐 정도였다.

꽥꽥거리며 악을 쓰는 사람들의 목소리는 바람소리를 능가하지는 못했지만, 가끔은 위협하는 것처럼 보이기도 했다. 한쪽 구석에서는 재커리가 에이미 펠든의 치마를 머리 위로 젖히고 무릎에 수확제 부적을 그려 주고 있었다. 다른 여자들 몇 명이 그 주위에 둘러서 있었다. 모두 열에 들떴는지 홍조를 띤 얼굴이었다. 그러나 박쥐 날개 모양의 용수철 문으로 스며든 뿌연 석양빛은 그런 그녀들을 비웃는 듯했다.

노트는 주점 안 한복판에 붙여 놓은 테이블 두 개 위에 눕혀져 있었다. 작업화가 불가사의한 브이(V) 자 모양을 그렸다. 누군가 눈을 감기고 눈꺼풀 위에 동전을 올려놓았지만, 입은 헤벌쭉 웃는 표정으로 벌어져 있었다. 두 손은 마귀풀의 잔가지를 쥔 채 가슴 위에 포개져 있었다. 그의 주검에서는 독약 같은 악취가 풍겼다.

검은 옷의 남자는 후드를 뒤로 젖히고 바 앞으로 다가갔다. 앨리스는 그를 응시하면서 몸속에 도사린 익숙한 욕정과 두려움이 뒤섞인 기분을 느꼈다. 남자는 종교적인 상징물을 전혀 지니고 있지 않았지만, 어차피 겉모습만으로는 아무것도 알 수 없었다.

"위스키." 남자가 말했다. 부드럽고 듣기 좋은 목소리였다. "고급으로 주시오, 예쁜 아가씨."

앨리스는 카운터 아래로 손을 뻗어 스타 위스키 병을 꺼냈다. 근처에서 밀조한 저질 위스키를 고급이라며 내놓을 수도 있었지만, 그러지 않았다. 앨리스가 술을 따르는 동안 남자는 가만히 지켜보았다. 남자의 눈은 커다랬고, 환하게 반짝였다. 실내가 너무 어두워서 눈동자 색은 정확히 알아볼 수 없었다. 앨리스의 욕정이 더욱 강해졌다. 뒤편에서는 고함과 왁자지껄하게 떠드는 소리가 가라앉지 않고 이어졌다. 남자 구실도 못하는 얼간이 셰브는 그리스도의 군대가 어쩌고 하는 찬송가를 연주하는 중이었고, 누군가 밀 아주머니를 꼬드겨 노래를 시켰다. 박자를 벗어나서 귀에 거슬리는 아주머니의 목소리가 송아지의 머리를 내려치는 뭉툭한 도끼처럼 주점 안의 소음을 가르고 퍼져 나갔다.

"어이, 앨리!"

앨리스는 화가 난 채로 주문을 받으러 갔다. 낯선 남자의 침묵 때문에, 색을 알 수 없는 그의 눈과 자신의 근질대는 사타구니 때문에 화가 났다. 앨리스는 자신의 욕정이 두려웠다. 다스릴 수 없을 만큼 변덕스러운 욕구였다. 어쩌면 몸이 변하는 신호, 이제 폐경이 시작된다는 신호인지도 몰랐다. 툴에서 늙은 여자의 삶은 겨울 석양처럼 짧고 신산하게 마련이었다.

앨리스는 맥주 통이 다 빌 때까지 술을 따른 다음, 새 통을 꺼냈다. 셰브한테 부탁할 만큼 어리석지는 않았다. 그는 부탁하면 개처럼 냉큼 달려올 테지만, 통을 따다가 실수로 자기 손가락을 잘라 먹거나 온 사방에 맥주 거품을 쏟을 위인이었다. 낯선 남자의 눈이 맥주 통을 가는 앨리스의 모습을 따라 움직였다. 앨리스는 그의 시선을 느낄 수 있었다.

"장사가 잘되는군." 앨리스가 돌아섰을 때 남자가 말했다. 그는 위스키 잔을 비우지 않았다. 그저 양 손바닥 안에서 굴리며 따뜻하게 덥힐 뿐이었다.

"상을 치르느라 그래요."

"돌아가신 분은 나도 봤소."

"건달들이에요." 목소리에 문득 증오가 묻어났다. "다 똑같은 쓰레기들이죠."

"신이 난 게지. 저 사람이 죽어서. 자기들은 살아 있는데."

"저 사람, 살아 있을 땐 다른 건달들의 호구였어요. 죽어서까지 호구 노릇을 하다니 말도 안 돼요. 그건 정말……." 앨리스는 말끝을 흐렸다. 할 말을 찾지 못해서, 또는 너무 끔찍한 말이라서.

"풀쟁이였소?"

"그래요! 아니면 뭐였겠어요?"

비난하는 말투였지만 남자는 시선을 피하지 않았다. 앨리스는 얼굴이 붉어지는 느낌이 들었다.

"죄송해요. 혹시 신부님이세요? 이렇게 시끄러운 분위기는 불편하시겠네요."

"신부는 아니오, 불편하지도 않고." 남자는 위스키 잔을 단번에 비웠지만 찡그리는 기색조차 없었다. "한 잔 더 주시오. 마음을 담아서 한 잔, 우리 이웃 세계에서 하는 말처럼."

무슨 말인지 당최 알 수가 없었지만, 앨리스는 두려워서 차마 묻지 못했다.

"먼저 돈 색깔부터 확인할게요. 죄송해요."

"죄송할 것까지야."

남자는 카운터 위에 조잡한 은화를 올려놓았다. 한쪽 모서리는 두껍고 반대쪽은 얇은 은화였다. 그러자 앨리스는 나중에 한 번 더 하게 될 말을 꺼냈다.

"거슬러 드릴 돈이 없네요."

남자는 됐다는 대답 대신 고개를 젓고는 앨리스가 술을 따르는 모습을 다시금 멍하니 지켜보았다.

"그냥 지나가시는 길인가요?" 앨리스가 물었다.

남자는 한참동안 대답이 없다가, 앨리스가 다시 물으려고 하자 짜증스러운 듯이 고개를 저었다.

"시시한 얘기는 그만둡시다. 고인을 배웅하는 자리니까."

앨리스는 움찔했다. 언짢은 한편으로 놀랐기 때문이었다. 맨 처음 떠오른 생각은 이 남자가 성직자이면서 자신을 떠보려고 거짓말을 했다는 것이었다.

"좋아했던 거로군." 남자의 말투는 덤덤했다. "그렇지 않소?"

"누구를요? 노트요?" 앨리스는 웃음을 터뜨렸다. 심란한 마음을 감추려고 짜증이 난 척하면서. "저기요, 말이 되는 소리를……"

"당신은 마음이 여린 사람이오, 조금은 겁에 질려 있고." 남자는 말을 이었다. "그리고 고인은 마귀풀을 먹으면서 지옥의 뒷문을 찾고 있었지. 그러다가 지금은 저렇게 누워 있소. 이제 지옥의 뒷문은 닫혔고, 당신은 그 문이 열리지 않을 거라고 생각하지. 당신이 걸어 들어갈 차례가 되기 전까지는. 안 그렇소?"

"뭐예요, 벌써 취한 거예요?"

"미스타 노오튼, 그 양반은 꼴까닥했소." 남자가 읊조렸다. 비꼬듯이 살짝 이죽거리는 말투로. "사람은 누구나 결국에는 죽는 법이오. 당신도, 다른 누구도."

"내 가게에서 나가요."

앨리스는 구역질이 날 것처럼 속이 울렁거렸다. 그러나 아랫도리에서는 여전히 뜨뜻한 기운이 일렁거렸다.

"괜찮소." 부드러운 목소리. "다 괜찮소. 기다리시오. 그냥 기다리는 거요."

남자의 눈은 파란색이었다. 앨리스는 문득 마음이 편해졌다. 무슨 약이라도 먹은 것처럼.

"사람은 누구나 죽게 마련이오." 남자가 말했다. "알겠소?"

앨리스는 멍하니 고개를 끄덕였고, 남자는 큰 소리로 웃었다. 유쾌하고 우렁찬, 꾸밈없는 그 웃음소리에 사람들이 고개를 돌렸다. 남자는 휙 몸을 틀어 사람들을 마주 보았다. 그렇게 순식간에 관심의 표적이 되었다. 밀 아주머니의 노랫소리는 불안하게 흔들리다가 째지듯이 날카로운 음을 허공에 남기고 잦아들었다. 피아노를 치던 셰브의 손 역시 불협화음과 함께 우뚝 멈췄다. 그들은 불안한 표정으로 낯선 남자를 바라보았다. 바람에 실려 온 모래가 건물 외벽에 부딪혀 바스락거렸다.

내려앉은 정적은 떠날 생각을 하지 않았다. 앨리스는 숨도 제대로 쉬지 못했다. 바 아래를 내려다보니 어느새 자신의 두 손이 배를 누르고 있었다. 사람들 모두 그 남자를 바라보고 있었고, 남자도 사람들을 보고 있었다. 이윽고 발작 같은 웃음이 다시 터져 나왔다. 우렁찬, 진솔한, 숨길 수 없는 웃음이었다. 그러나 따라서 웃고 싶은 충동을 느끼는 사람은 아무도 없었다.

"내가 기적을 보여 주겠소!" 남자가 사람들을 향해 외쳤다. 사람들은 대꾸 없이 남자를 지켜보기만 했다. 이미 마술을 믿을 나이를 지났는데도 마술사 앞에 이끌려 간 고분고분한 아이들처럼.

검은 옷의 남자가 앞으로 불쑥 나서자 밀 아주머니는 그를 피해 물러섰다. 남자는 사나운 웃음을 머금은 채 아주머니의 불룩한 배를 손바닥으로 쳤다. 아주머니는 자신도 모르게 까르륵 웃었고, 검은 옷의 남자는 고개를 획 들었다.

"이제 괜찮아졌지, 안 그렇소?"

밀 아주머니는 다시금 킬킬 웃다가, 갑자기 울음을 터뜨리고는 정신없이 문으로 뛰쳐나갔다. 다른 이들은 아주머니의 뒷모습을 말없이 지켜보았다. 모래 폭풍이 불기 시작했다. 원형 스크린 같은 하얀 하늘에 그림자들이 꼬리를 물고 넘실거렸다. 피아노 곁에 있던 남자는 손에 든 맥주도 잊은 채 군침이 도는 사람처럼 나직한 신음을 흘렸다.

검은 옷의 남자는 죽은 노트의 머리맡에 서서, 아래를 내려다보며 빙그레 웃었다. 바람이 울부짖고 악을 쓰며 쿵쿵거렸다. 뭔가 큼직한 것이 실내가 흔들릴 정도로 세게 건물 옆벽에 부딪혔다가 쿵쿵 튀면서 멀어졌다. 바에 서 있었던 남자들 중 한 명은 간신히 정신을 차리고 더 조용한 쉼터를 찾아 떠났다. 섬뜩할 정도로 큰 걸음으로 성큼성큼 걸으면서. 하늘에서는 이름 모를 신이 기침이라도 하는 것처럼 천둥소리가 울려 퍼졌다.

"좋아!" 검은 옷의 남자가 빙그레 웃었다. "그래, 시작해 볼까!"

남자는 노트의 얼굴을 세심하게 겨누고 침을 뱉기 시작했다. 주검의 이마에서 번들거리던 침이 야윈 콧날을 타고 진주처럼 반짝이며 흘러내렸다.

바 아래쪽에서는 앨리스의 두 손이 더욱 바쁘게 움직였다.

피아노 연주자 셰브는 미친 사람처럼 웃다가 몸을 수그렸다. 그러다가 가래를 토하며 기침을 했다. 큼지막하고 끈적끈적한 가래 덩어리가 사방으로 튀었다. 검은 옷의 남자는 큰 소리로 칭찬하며 셰브의 등을 두드렸다. 셰브가 히죽 웃자 금니 하나가 반짝였다.

달아나는 사람도 있었다. 나머지는 노트의 주위로 모여들어 느슨한 원을 그리며 둘러섰다. 노트는 얼굴부터 수탉의 볏처럼 쭈글쭈글하게 살이 처진 목과 윗가슴까지 침으로 번들거렸다. 이 메마른 땅에서는 너무나 귀한 액체였다. 그러다가 비처럼 쏟아지던 침이 무슨 신호인 것처럼 뚝 그쳤다. 거칠게 몰아쉬는 숨소리가 들려왔다.

검은 옷의 남자는 느닷없이 노트의 주검 위로 휙 날아올랐다. 펼쳐지는 잭나이프처럼 부드러운 호를 그리면서. 물이 튀는 것처럼 우아한 도약이었다. 남자는 두 손으로 건너편에 착지해서 한 바퀴 공중제비를 돌고 똑바로 서더니, 빙그레 웃고 다시 도약했다. 구경꾼 중 한 명은 자신도 모르게 박수를 치다가 흠칫 물러섰다. 두 눈이 공포로 흐릿했다. 그는 침이 질질 흐르는 입을 한 손으로 가린 채 문을 향해 달아났다.

노트는 검은 옷의 남자가 세 번째로 도약했을 때 꿈틀거렸다.

구경꾼들 사이로 소리가, 끙 하는 신음이 퍼져 나갔고, 침묵이 그 뒤를 이었다. 검은 옷의 남자는 고개를 젖히고 울부짖었다. 숨을 들이마시는 동안 그의 가슴은 얕은 리듬을 타고 빠르게 움직였다. 남자는 다시 더욱 빠르게 왕복했다. 한쪽 잔에서 반대쪽 잔으로 물을 따랐다가 다시 원래 잔으로 따르는 것처럼 매끄럽게 노트의 주검 위를 타넘었다. 주점 안에 들리는 소리는 남자의 사납고 거친 숨소리와 점점 커지는 폭풍의 고동 소리뿐이었다.

어느 순간 노트가 메마른 숨을 깊이 들이쉬었다. 그의 두 손이 무턱대고 테이블을 쾅쾅 두드렸다. 셰브는 악을 쓰며 뛰쳐나갔다. 여성 한 명이 뒤따라 달아났다. 두 눈이 휘둥그레져서, 머릿수건은 풍선처럼 부푼 채로.

검은 옷의 남자는 다시 노트를 뛰어넘었다. 한 번, 두 번, 세 번. 테이블 위의 주검은 이제 부들부들 떨고 있었다. 주검은 흡사 몸속에 거대한 태엽장치가 숨겨진 커다란 인형처럼, 그러나 본질적으로는 생명이 없는 인형처럼 떨면서 쿵쿵 테이블을 쳤다. 상한 고기와 분뇨와 부패물의 악취가 파도처럼 밀려와 숨통을 막았다. 그러다 어느 순간 주검이 눈을 떴다.

앨리스는 마비되어 아무 느낌도 없는 두 발이 자신을 뒤로 이끄는 기분이 들었다. 등에 부딪힌 거울이 부르르 떨렸고, 아득한 공포가 엄습했다. 앨리스는 불을 깐 황소처럼 맹렬한 기세로 달아났다.

"자, 이것이 당신을 위한 기적이오." 검은 옷의 남자는 앨리스의 등 뒤에 대고 헐떡이며 외쳤다. "나는 당신에게 기적을 바쳤소. 이제 편히 잘 수 있을 거요. *저런 것도 되돌릴 수 있다는 걸 알았으니. 물론 굉장히…… 아주 빌어먹을 만큼…… 우스꽝스럽긴 하지만!*"

그러고는 다시 껄껄 웃기 시작했다. 웃음소리는 앨리스가 층계를 뛰어오르는 동안 조금씩 잦아들다가, 바 위층의 방 세 칸으로 통하는 문에 빗장을 채우고 나서야 멈췄다.

앨리스는 그제야 키득키득 웃기 시작했다. 문 옆에 쭈그리고 앉아서, 몸을 들썩이면서. 웃음소리는 바람소리와 섞여 점점 커지다가 애달픈 통곡으로 바뀌었다. 앨리스의 귀에는 노트가 부활하면서 내던 소리가 자꾸만 메아리쳤다. 주먹으로 관 뚜껑을 무턱대고 두드리는 소리였다. 앨리스는 궁금했다. 되살아난 노트의 뇌 속에 무슨 생각이 남아 있을까? 그는 죽어 있는 동안 무엇을 보았을까? 어디까지 기억할까? 가르쳐 주려고 할까? 저세상의 비밀들이 지금 아래층에서 기다리고 있을까? 앨리스 생각에 그런 궁금증의 가장 끔찍한 점은, 자신이 마음속 한구석에서 간절히 답을 알고 싶어 한다는 점이었다.

한편 아래층에서는, 노트가 몽롱한 상태로 마귀풀을 찾아 모래폭풍 속으로 걸어 들어갔다. 이제 바의 유일한 손님이 된 검은 옷의 남자는 노트가 나가는 모습을 지켜보는지도 몰랐다. 어쩌면 여전히 빙그레 웃고 있을지도 몰랐다.

그날 저녁 앨리스가 한 손에는 남포등을, 한 손에는 굵직한 장작을 든 채 용기를 내서 아래층에 내려갔을 때, 검은 옷의 남자는 마차와 함께 사라지고 없었다. 그러나 노트는 있었다. 잠시도 떠난 적이 없는 사람처럼 문 옆 테이블에 앉아 있었다. 마귀풀 냄새가 났지만 생각보다 지독하지는 않았다.

노트는 고개를 들어 앨리스를 보며 쭈뼛쭈뼛 웃었다.

"안녕, 앨리."

"안녕, 노트."

앨리스는 장작을 쥔 손을 내리고 남포등에 불을 붙이기 시작했다. 노트에게 등을 보이지 않은 채로.

"나한테 하느님의 손길이 닿았어." 노트가 이윽고 입을 열었다. "난 이제 불사신이야. 그 남자가 그렇게 말했어. 그렇게 약속했어."

"잘됐네요, 노트."

앨리스는 손이 떨린 나머지 들고 있던 심지를 떨어뜨렸다가 다시 주웠다.

"이제 풀 씹는 건 그만둬야겠어. 더 씹고 싶은 마음이 안 들어. 하느님의 손길이 닿은 사람이 풀을 씹는 건 옳은 일이 아닌 것 같아."

"그럼 그만두면 되잖아요?"

앨리스는 분노가 실린 자신의 목소리에 놀라 노트를 다시 보게 되었다. 끔찍한 기적이 아니라, 한 사람의 인간으로. 눈앞에 있는 것은 그저 반쯤 몽롱한, 처량하게 쭈뼛거리는, 슬픈 표정의 남자일 뿐이었다. 앨리스는 이제 그가 두렵지 않았다.

"안 씹으면 몸이 떨리거든. 그러면 또 씹고 싶어져. 멈출 수가 없는 거야. 앨리, 당신은 언제나 나를 상냥하게 대해 줬어……." 노트는 흐느끼기 시작했다. "난 이제 오줌이 줄줄 흐르는데도 참을 수가 없어. 나 어떻게 된 거지? *도대체 뭐가 돼 버린 거냐고?*"

앨리스는 테이블로 다가가서 머뭇거렸다. 어찌해야 좋을지 알 수가 없었다.

"그 남자는 내가 풀을 끊게 할 수도 있었어." 노트가 울먹이는 목소리로 말했다. "나를 부활시키는 재주가 있다면 풀을 끊게 하는 것쯤은 일도 아니었다고. 불평하는 건 아니야…… 불평할 생각은 없어……." 그는 유령이라도 본 사람처럼 주위를 두리번거리며 소곤소곤 말했다. "불평을 했다간 나를 단번에 죽일지도 몰라."

"아마 시늉만 할 거예요. 장난을 꽤 좋아하는 사람 같았으니까."

노트는 셔츠 안쪽에 대롱거리던 작은 쌈지를 꺼내어 마귀풀 한 움큼을 손바닥에 덜었다. 앨리스는 무심코 풀 쌈지를 쳐서 멀리 날려 버리고는 냉큼 손을 움츠렸다. 겁에 질린 표정으로.

"나도 어쩔 수가 없어, 앨리, 정말 어쩔 수가 없어."

노트는 풀 쌈지를 주우러 절뚝절뚝 뛰어갔다. 그런 노트를 말릴 수도 있었지만, 앨리스는 꼼짝도 하지 않았다. 그러는 대신 다시 남포등을 켜기 시작했다. 해가 지고 얼마 되지도 않았건만 벌써부터 피곤했다. 하지만 그날 밤에 들른 손님은 이날의 구경거리를 죄다 놓쳐 버린 늙은 케널리뿐이었다. 그는 노트를 보고도 별로 놀란 기색이 아니었다. 아마도 누구한테서 사정을 들은 모양이었다. 그는 맥주를 시키고 셰브가 어디 있냐고 묻고 나서 앨리스의 몸을 더듬었다.

나중에, 노트가 앨리스에게 다가오더니 엄밀히 말하면 살아 있다고 하기 힘든 손을 덜덜 떨면서 쪽지 한 장을 내밀었다.

"그 사람이 전하랬어. 하마터면 잊을 뻔했지 뭐야. 그랬으면 그 사람이 돌아와서 날 죽였을 거야, 틀림없어."

종이는 소중히 다뤄야 할 귀한 재화였지만, 앨리스는 그 쪽지를 건드리고 싶지도 않았다. 왠지 묵직하고 지저분한 느낌이 났다. 쪽지 겉면에는 한 단어만 적혀 있었다.

앨리

"그 사람이 내 이름을 어떻게 알았죠?" 앨리스가 물었지만 노트는 고개만 저었다.

앨리스가 펼친 쪽지에는 이렇게 적혀 있었다.

죽음이 어떤 건지 알고 싶겠지. 내가 노트한테 남길 말이 있어. 그 말은 19야. 그 말을 하면 노트가 마음을 열 거야. 저세상에 뭐가 있는지 가르쳐 줄 거야. 자기가 뭘 봤는지 얘기해 줄 거야.

암호는 19야.

알고 나면 당신은 미쳐 버리겠지.

하지만 조만간 물어보게 될 거야.

스스로도 어쩔 수가 없을걸.

그럼 멋진 하루 보내길! ☺

월터 오딤

추신. 암호는 19야.

잊어버리고 싶겠지만 조만간 당신 입에서 토사물처럼 튀어나올 거야.
19가.

맙소사, 앨리스는 자신이 그 쪽지의 내용대로 하리라는 것을 알았다. 벌써부터 그 말을 하고 싶어서 입술이 떨렸다. 19. 그러면 죽음과 저세상의 비밀이 눈앞에 펼쳐질 터였다.

조만간 물어보게 될 거야.

이튿날 마을의 풍경은 거의 보통 때와 같았지만, 노트를 쫓아다니는 아이는 한 명도 없었다. 그 다음 날, 다시 노트에게 야유를 퍼붓는 소리가 들려왔다. 일상은 다시 평온한 경로로 방향타를 돌렸다. 아이들은 뿌리가 뽑힌 옥수수를 모아서 노트가 부활한 날로부터 일주일 후에 큰길 한복판에서 불태웠다. 불길이 잠시 환하게 치솟자 술꾼들은 대부분 불을 구경하려고 똑바로, 또는 갈지자로 주점에서 걸어 나왔다. 원시인들 같았다. 불길과 얼음장처럼 빛나는 하늘 사이에서 그들의 얼굴이 일렁거렸다. 앨리스는 그들을 바라보다가 이 슬픈 시대를 떠올리고 한순간 절망했다. 세상이 잃어버린 것들을 떠올리며. 모든 것이 길게 늘어지고 산산이 흩어져 버렸다. 세상의 중심에는 이제 구심력이 없었다. 어딘지 모를 곳에서 무언가 휘청거리고 있었고, 그것이 무너질 때, 모든 것이 끝날 터였다. 앨리스는 바다를 본 적이 없었다. 영영 보지 못할 터였다.

"나한테 *배짱만* 있었어도." 앨리스는 중얼거렸다. "배짱만 있었어도, 배짱만, *배짱만*……."

노트는 앨리스의 목소리에 고개를 들고 지옥에서 배워 온 공허한 미소를 지었다. 앨리스에게는 배짱이 없었다. 그저 주점과 흉터뿐이었다. 그리고 암호 하나. 다문 입술 뒤편에서 비집고 나오려고 버둥 거리는 암호. 노트를 불러서 가까이 오라고 할까, 그 지독한 악취를 견디면서? 찐득거리는 귓밥이 가득한, 노트가 귀라고 우기는 그 구멍에 대고 암호를 말하면 어떻게 될까? 그러면 노트의 눈이 바뀔 것이다. 그 남자의 눈으로. 검은 로브를 입은 그 남자. 그렇게 하면 노트는 들려줄 것이다. 죽음의 땅에서 무엇을 봤는지, 흙과 송장벌레들 아래에 무엇이 펼쳐져 있는지.

저 사람한테는 절대 말 안 할 거야.

그러나 노트를 부활시키고 쪽지를 남긴 남자는, 언젠가 앨리스가 제 손으로 관자놀이에 갖다 댈 장전된 권총 같은 암호를 남긴 그 남자는, 이미 훤히 꿰뚫고 있었다.

19가 비밀을 밝혀 줄 것이다.

19 *자체*가 비밀이었다.

앨리스는 자신도 모르는 사이에 바에 고인 물에다 19를 적었다. 그러다가 노트가 이쪽을 지켜보는 것을 알아차리고 지워 버렸다.

불이 금세 사그라지자 술꾼들은 다시 주점으로 돌아왔다. 앨리스는 스타 위스키를 홀짝거리기 시작했고, 자정 무렵에는 취해서 모든 것을 잊어버렸다.

8

이야기가 끝났는데도 총잡이는 좀처럼 말이 없었고, 앨리스는 그가 이야기에 싫증이 나서 잠들었으려니 하고 생각했다. 그래서 그녀도 잠이 들려고 하던 참에, 총잡이가 물었다.

"그게 다요?"

"예. 그게 다예요. 이제 밤이 깊었어요."

"음."

총잡이는 담배를 한 개비 더 말았다.

"침대에다 담뱃잎 흘리지 마요."

마음과 달리 날 선 목소리가 나왔다.

"안 흘렸소."

다시 침묵이 흘렀다. 담배 끄트머리의 불씨가 윙크를 했다.

"날이 밝으면 떠나겠죠." 앨리스는 멍하니 말했다.

"그래야지. 그 남자가 나를 노리고 함정을 파 놓은 것 같소. 당신한테 그런 것처럼."

"정말로 그렇게 생각해요? 그 숫자가……"

"제정신으로 남아 있고 싶거든 절대 노트한테 그 말을 들려주지 마시오. 아예 머릿속에서 지워 버리는 거요. 할 수 있거든 18 다음은 20이라고 스스로를 훈련시키시오. 38의 절반은 17이라고 외우고. 월터 오닙이라는 서명을 남긴 자는 정체가 여러 가지이지만, 거짓말쟁이는 결코 아니오."

"하지만……."

"말하고 싶은 충동이 너무 강해지면 이리로 올라와서 이불을 뒤집어쓰고 그 말을 하시오. 필요하면 소리라도 지르시오. 충동이 사라질 때까지."

"도저히 못 참을 때가 올걸요."

총잡이는 대꾸하지 않았다. 그 말이 옳다는 것을 알기 때문이었다. 무시무시하게 완벽한 함정이었다. 어머니의 알몸을 상상했다가는 지옥에 떨어진다는 말을 들으면(총잡이는 어릴 적에 똑같은 말을 들은 적이 있었다.) 결국에는 그 상상을 떠올리고 마는 법이었다. 왜일까? 왜냐면 어머니의 알몸을 상상하고 싶지 *않기* 때문이었다. 지옥에 떨어지고 싶지 *않기* 때문에. 칼과 그 칼을 쥘 손이 일단 주어지면 사람의 정신은 결국 스스로를 먹어 치우게 마련이었다. 그렇게 하고 싶기 때문이 아니라, 그렇게 하고 싶지 *않기* 때문에.

조만간 앨리스는 노트를 불러서 그 말을 들려줄 것이다.

"가지 마요." 앨리스가 말했다.

"글쎄, 두고 봅시다."

총잡이는 등을 돌렸지만, 앨리스는 마음이 놓였다. 그는 머물 터였다. 적어도 당분간은. 앨리스는 졸음에 몸을 맡겼다.

잠이 들기 직전, 앨리스는 노트와 총잡이가 나누었던 이상한 대화를 다시금 떠올렸다. 그녀의 기묘한 새 연인이 감정을 드러낸 것은 그때가 유일했다. 사랑을 나눌 때조차도 그는 시종 말이 없었다. 그저 절정의 순간에 호흡이 거칠어지다가 일이 초 정도 숨을 멈출 뿐이었다. 마치 동화나 신화에서 튀어나온 존재, 상상 속의 위험한 생물 같았다. 그에게 소원을 이루어 주는 힘도 있을까? 앨리스는 그럴 거라고, 자신의 소원이 이루어질 거라고 생각했다. 그는 한동안 이곳에 머물 것이다. 그녀처럼 얼굴에 흠이 난 박복한 매춘부에게는 그 정도 소원도 감지덕지였다. 두 번째 소원은 내일 생각하면 그만이었다. 어쩌면 세 번째 소원도. 앨리스는 잠에 빠져들었다.

9

 이튿날 아침, 앨리스는 총잡이에게 굵게 빻은 옥수수로 죽을 만들어 주었고, 총잡이는 말없이 먹었다. 생각 없이 그저 퍼먹기만 할 뿐 앨리스에게는 거의 눈길도 주지 않았다. 떠나야 한다는 것은 이미 알고 있었다. 이곳에 앉아 있는 1분 1초 동안에도 검은 옷의 남자는 점점 더 멀어지고 있었다. 필시 단단한 대지와 계곡을 지나 지금쯤은 사막에 들어섰을 터였다. 그의 경로는 동남쪽을 조금도 벗어나지 않았고, 총잡이는 그 이유를 알았다.
 "혹시 지도가 있소?" 총잡이가 고개를 들고 물었다.
 "마을 지도요?" 앨리스는 웃음을 터뜨렸다. "지도에다 그릴 것도 없는 곳인걸요."
 "아니. 여기서 동남쪽에 뭐가 있는지 그린 지도."
 앨리스의 얼굴에서 웃음기가 사라졌다.
 "그쪽은 사막이에요. 사막밖에 없어요. 한동안은 여기 머물 줄 알았는데."
 "사막 건너편에는 뭐가 있소?"
 "그걸 어떻게 알겠어요? 아무도 건너간 적이 없는데. 내가 여기 온 다음부터 사막을 건널 생각을 한 사람은 아무도 없어요." 앨리스는 앞치마에 손을 닦고 냄비 장갑을 낀 다음, 들통에 끓이던 물을 개수대에 부었다. 뜨거운 물이 튀면서 김이 솟았다. "그쪽은 구름이 죄다 흘러가는 방향이에요. 꼭 구름을 빨아들이는 뭐가 있기라도 한 것처럼……."
 총잡이는 자리에서 일어섰다.

"어디 가는 거예요?"

앨리스는 두려움이 섞여 날카로워진 자신의 목소리가 마음에 들지 않았다.

"마구간에. 뭘 좀 아는 사람이 있다면 아마 마부일 테니." 총잡이는 손으로 앨리스의 어깨를 쥐었다. 단단하지만 온기가 느껴지는 손이었다. "가는 김에 내 노새도 돌봐 달라고 부탁할 거요. 여기 머무는 동안에는 그 사람이 봐줘야 하니까. 떠날 때를 대비해서."

하지만 당장은 아니겠죠. 앨리스는 총잡이를 올려다보았다. "케널리가 하는 말은 가려서 들어야 해요. 자기가 모르는 건 지어내서 떠드는 사람이니까요."

"고맙소, 앨리."

총잡이가 나가고 나서 개수대 쪽으로 돌아섰을 때, 앨리스는 뜨거운 감사의 눈물이 흐르는 것을 느꼈다. 고맙다는 말을 들은 것이 얼마 만일까? 그것도 소중한 사람한테서?

10

입이 합죽하고 인상이 불쾌한 케널리는 아내를 둘이나 여의고 딸 여럿을 키우느라 애를 먹는 늙다리 호색한이었다. 컴컴한 마구간 안쪽에서 아직 덜 자란 딸 둘이 총잡이를 훔쳐봤다. 흙바닥에는 아기 하나가 앉아서 천진하게 침을 흘리고 있었다. 다 큰 딸 하나는 금발에 입성이 꾀죄죄했지만 관능적인 분위기가 돌았고, 건물 옆의 삐걱거리는 펌프에서 물을 길으며 총잡이를 유심히 바라보았다. 그러다가 시선이 마주치자 손가락으로 자기 젖꼭지를 꼬집으며 총잡이에게 윙크를 날리고는 다시 펌프질을 시작했다.

마부 케널리는 자기 영업장과 길거리 사이 절반 지점까지 나와서 총잡이를 맞이했다. 그의 태도는 일종의 증오 어린 적대감과 절실한 아첨 사이를 오갔다.

"녀석은 잘 돌보고 있습니다, 걱정 마십시오." 케널리는 그렇게 말하고는 총잡이가 대꾸하기도 전에 큰딸 쪽으로 돌아서서 두 주먹을 치켜들었다. 허둥거리는 모습이 꼭 비쩍 마른 수탉 같았다. "수비, 안에 들어가 있어! 당장 들어가!"

수비는 부루퉁한 표정으로 양동이를 질질 끌며 마구간에 붙은 오두막으로 향했다.

"내 노새 말이겠지." 총잡이가 말했다.

"예, 사이. 노새 구경은 참 오랜만입니다. 특히 나리가 타고 오신 것처럼 순종으로 보이는 놈은요. 눈도 두 개 붙어 있고, 다리도 네 짝 달려 있고······."

몹시 찌푸린 얼굴로 보아 케널리는 극심한 고통을 표현하는 중이거나 방금 한 말이 농담이라는 뜻을 전하는 중이었다. 총잡이는 유머 감각이 거의 또는 아예 없는 사람이었지만, 그럼에도 후자일 거라고 짐작했다.

"노새들이 들에서 풀을 뜯어먹고 살 때도 있었지요. 하지만 세상이 변해 버려서요. 돌연변이 황소 몇 마리하고 역마차의 말들을 빼면 코빼기도······ 수비, 너 먼지 나게 한번 맞고 싶냐, 어디 두고 보자!"

"안 잡아먹을 테니 걱정 마시오." 총잡이의 목소리는 나긋했다.

케널리는 움찔하더니 빙그레 웃었다. 총잡이는 그의 눈에 선명하게 떠오른 살기를 보았고, 딱히 두렵지는 않았지만 그래도 머릿속에 그 살기를 새겨 놓았다. 나중에 유용할지도 모르는 지침이 담긴 책에 책갈피를 꽂는 사람처럼.

"*나리* 때문에 그러는 게 아닙니다. 어휴, 그럼요, *나리* 때문이 아닙지요." 케널리는 열없게 웃었다. "제 딸이 날 때부터 워낙 미련해서요. 말썽이 아주 말도 못합니다. 성질도 사납고요." 그의 눈빛이 어두워졌다. "말세가 머지않았습니다요, 나리. 성서에 뭐라고 적혔는지는 나리도 아실 겁니다. 자식들이 부모를 공경하지 않고, 역병이 파도처럼 덮칠 겁니다. 그건 전도사님 말씀만 들어도 알 수 있지요."

그 말에 총잡이는 고개를 끄덕였고, 이내 동남쪽을 가리켰다.

"저쪽에는 뭐가 있소?"

케널리는 다시 히죽 웃었다. 잇몸과 몇 개 안 남은 누런 이를 넉살 좋게 드러내면서.

"변경 주민들이 있지요. 잡초하고. 사막도. 그거 말고 또 뭐가 있겠습니까?"

그러고는 킬킬 웃으며 총잡이를 차갑게 바라보았다.

"사막의 넓이는?"

"넓습니다." 케널리는 진지한 질문에 대답하는 사람처럼 애써 진지한 표정을 지었다. "한 1000휠은 될 겁니다. 2000휠인지도 모르지요. 저도 확실히는 모릅니다, 나리. 거긴 마귀풀밖에 없습니다, 혹시 뭐가 더 있다면 악마겠지요. 사막 건너편 어디쯤에 '말하는 원'이 있다고 들었는데, 허풍일 겁니다. 그 나리도 그쪽으로 갔습니다. 노트가 병이 났을 때 고쳐 준 나리 말입니다."

"병이 났다고? 죽었다고 들었는데."

케널리는 시종 웃기만 했다.

"아, 예. 그랬겠지요. 하지만 나리나 저나 다 어른이잖습니까, 안 그렇습니까?"

"하지만 당신은 악마가 있다고 믿잖소."

케널리는 기분이 상한 눈치였다.

"그건 얘기가 아예 다르지요. 전도사님께서 말씀하시길……"

그때부터 케널리는 지칠 줄 모르고 떠들어 댔다. 총잡이는 모자를 벗고 이마의 땀을 닦았다. 뜨거운 볕이 쉬지 않고 내리쪼였다. 케널리는 땡볕도 아랑곳하지 않는 눈치였다. 그러면서 말을 잔뜩 쏟아 놓았지만 하나같이 쓸데없는 소리였다. 마구간의 옅은 그늘 속에서는 아직 아기인 막내딸이 열심히 얼굴에 흙을 바르고 있었다.

총잡이는 결국 인내심을 잃고 케널리의 말을 중간에 잘랐다.

"사막 너머에 뭐가 있는지 모르는 게로군?"

케널리는 낸들 아냐는 듯이 어깨를 으쓱했다.

"뭔가 있겠지요. 한 50년 전에는 역마차가 사막 한쪽으로 다니기도 했으니까요. 아버지한테서 들었습니다. 그쪽에 산맥이 있다더군요. 다른 사람들 말로는 바다가 있다던데…… 괴물이 사는 조록 바다랍니다. 어떤 사람은 거기가 세상의 끝이라고 하더군요. 거기 있는 거라고는 눈이 멀 것처럼 환한 빛하고, 그 빛에 눈이 먼 자들을 삼키려고 입을 벌린 하느님의 얼굴뿐이랍니다."

"헛소리요." 총잡이가 짤막하게 내뱉었다.

"그렇고말고요." 케널리는 기쁜 목소리로 외쳤다. 그러고는 다시 움찔했다. 총잡이가 미워서, 두려워서, 그러면서도 그의 비위를 맞추고 싶어서.

"내 노새를 잘 봐주시오."

총잡이는 금화 한 개를 허공에 휙 튕겼고, 케널리는 그 금화를 냉큼 잡아챘다. 그 모습을 보고 총잡이는 공을 낚아채는 개가 떠올랐다.

"여부가 있겠습니까. 한동안은 여기 머무실 건가요?"

"아마도. 신께서……"

"물이 있으라 하시면 물이 있겠지요! 암요, 그렇고말고요!"

케널리의 웃음소리는 퉁명하게 들렸고, 그의 눈에는 총잡이가 죽어서 발치에 널브러지기를 바라는 빛이 여전히 감돌았다.

"앨리도 마음에 드는 사람한테는 꽤 나긋나긋하게 굴지요, 안 그렇습니까?"

마부는 왼손을 슬쩍 말더니 오른손 손가락으로 빠르게 쑤시는 시늉을 했다.

"방금 뭐라고 했소?" 이렇게 묻는 총잡이의 목소리는 냉랭했다.

순식간에 공포로 물든 케널리의 눈은 지평선 위로 떠오르는 달 두 개 같았다. 그는 잼 병을 훔치려다 걸린 말썽꾸러기처럼 두 손을 허리 뒤로 냉큼 붙였다.

"아니요, 사이, 아무 말도 안 했습니다. 혹시 기분이 상하셨다면 정말로 죄송합니다." 그러다가 창문으로 고개를 내민 수비를 보고 그쪽으로 휙 몸을 틀었다. "내가 지금 패러 간다, 이 헤픈 계집애야! 하느님께 맹세코! 내가 아주 그냥……"

총잡이는 그 자리를 떠났다. 케널리가 이쪽으로 돌아서서 자신을 주시하는 느낌이, 지금 돌아서면 마부의 표정에 노골적으로 농축된 진실한 감정을 간파할 수 있으리라는 느낌이 들었다. 굳이 그럴 필요가 있을까? 날은 무더웠고, 총잡이는 그 감정의 정체를 알았다.

단순한 증오였다. 외지인에 대한 증오. 총잡이는 마부가 지닌 정보를 모두 손에 넣었다. 사막과 관련하여 확실한 것은 넓이뿐이었다. 마을과 관련하여 확실한 것은 할 일이 아직 끝나지 않았다는 것뿐이었다. 아직은 아니었다.

11

칼을 든 셰브가 문을 박차고 들어왔을 때 총잡이와 앨리스는 침대에 있었다.
　나흘째 되는 날이었고, 그 나흘은 눈 깜박할 사이에 지나갔다. 총잡이는 식사를 했다. 잠을 잤다. 앨리스와 섹스를 했다. 앨리스가 바이올린을 켜는 것을 알고 나서는 연주해 달라고 부탁했다. 동틀 녘의 희끄무레한 창가에 앉아 총잡이에게 옆얼굴을 보인 채로, 앨리스는 연습만 더 했더라면 훌륭했을 연주를 더듬더듬 들려주었다. 그녀를 향한 애정이 점점 커지는 것을(그러나 묘하게도 진심은 아닌 것을) 느끼며 총잡이는 혹시 검은 옷의 남자가 남긴 함성이 바로 이것이 아닐까 하고 의심했다. 가끔은 바깥에 나가서 돌아다니기도 했다. 머릿속은 거의 항상 비어 있었다.
　총잡이는 그 왜소한 피아노 연주자가 올라오는 기척을 알아차리지 못했다. 반사 신경이 풀어져 있었던 것이다. 다른 때, 다른 곳에서였다면 혼비백산할 일이었지만 이때는 별일 아닌 것 같았다.
　침대 시트는 앨리스의 가슴 아래로 내려가 있었고, 둘은 전희를 주고받는 중이었다.

"부탁이에요." 앨리스가 속삭였다. "지난번처럼 해 줘요, 난 그게 좋아요, 난 그게……"

문이 부서져 열리면서 피아노 연주자 셰브가 우스꽝스러운 안짱걸음으로 냅다 뛰어왔다. 손에 날 길이가 20센티미터나 되는 식칼을 들고 있었지만, 앨리스는 비명을 지르지 않았다. 셰브는 알아듣기 힘든 말을 주절주절 떠들어 댔다. 진흙 통에 빠져 익사하는 사람이 낼 법한 소리였다. 침이 사방으로 튀었다. 그러던 셰브가 두 손으로 식칼을 쥐고 내리꽂는 순간, 총잡이는 그의 손목을 붙잡고 비틀었다. 칼이 저 멀리 날아갔다. 셰브가 지른 비명은 녹슨 철망 문이 닫히는 소리처럼 날카로웠다. 두 손은 꼭두각시 인형을 조종하는 사람처럼 정신없이 덜렁거렸다. 양 손목이 다 부러졌던 것이다. 벽에 걸린 앨리스의 거울이 살짝 뿌옇고 일그러진 표면에 이 광경을 되비추고 있었다.

"앨리는 내 거였어!" 셰브는 울면서 외쳤다. "원래는 내 거였다고! 내 거였단 말이야!"

앨리스는 그런 셰브를 보며 침대에서 나왔다. 그녀가 가운을 걸치는 동안 총잡이는 한때 자기 자리였던 곳의 반대편에 서서 망연자실한 남자에게 잠시 연민을 느꼈다. 그는 그저 왜소한 남자일 뿐이었다. 그리고 총잡이는 문득 그 남자를 전에 본 적이 있음을 깨달았다. 전에 알던 남자였음을.

"널 위해서 그런 거야." 셰브는 헐떡이며 흐느꼈다. "너만을 위해서 그런 거야, 앨리. 무엇보다 널 위해서, 다 널 위해서 그랬던 거야. 난…… 아, 맙소사, 하느님 맙소사……."

발작하듯 뚝뚝 끊어져서 알아듣기 힘들던 말이 결국 울음으로 바뀌었다. 셰브는 부러진 양 손목을 배에 얹은 채 앞뒤로 꺼떡이며 울었다.

"쉿. 그만. 손 이리 줘 봐." 앨리스는 셰브 곁에 무릎을 꿇었다. "부러졌네. 셰브, 이 바보야. 이제 어떻게 먹고살 거야? 당신 싸움은 젬병이란 거 몰랐어?" 앨리스는 셰브를 일으켜 세웠다. 셰브는 손으로 얼굴을 가리려고 했지만 부러진 손목이 말을 듣지 않았고, 그래서 무방비 상태로 울었다. "테이블로 와 봐, 손쓸 방법이 있을지 알아보자."

앨리스는 셰브를 테이블로 데려가서 장작함에 있던 평평한 불쏘시개를 부목 삼아 손목을 고정시켰다. 셰브는 조그맣게 훌쩍거리며 순순히 치료를 받았다.

"메지스."

총잡이의 말에 키 작은 피아노 연주자가 고개를 돌렸다. 눈을 동그랗게 뜨고서. 총잡이는 친근하게 고개를 끄덕였다. 이제는 셰브가 칼로 눈을 찌르려고 덤빌 수 없었으므로.

"*메지스.*" 총잡이가 다시 말했다. "청정해 연안의 자치령."

"그게 뭤다는 거요?"

"넌 그곳에 산 적이 있다, 아닌가? 그 지방 말로는 '옛날 옛날 한 옛날에.'"

"내가 거기 살았다면 어쩔 거요? 난 당신 같은 사람 기억도 안 나는데."

"하지만 그 소녀는 기억할 거다, 안 그런가? 수전이라는 소녀를 잊었나? 수확제의 밤을?" 총잡이의 목소리는 날이 서 있었다. "너도 그날 밤 그 화형대 앞에 있었나?"

키 작은 남자의 입술이 덜덜 떨렸다. 침으로 범벅이 된 입술이었다. 두 눈은 그가 진실을 알고 있음을 말해 주었다. 그는 이제 손에 식칼을 들고 쳐들어왔을 때보다 더 죽음에 가까이 있었다.

"꺼져라." 총잡이가 말했다.

셰브의 눈에 깨달음의 빛이 번졌다.

"하지만 넌 *꼬맹이*였잖아! 그 *꼬맹이* 셋 중의 하나! 너흰 자치령의 물자를 파악하러 왔었어, 거기엔 엘드레드 존스도 있었고, 관 사냥꾼들도 있었고, 그리고……"

"아직 목숨이 붙어 있을 때 썩 꺼져라."

총잡이가 말했고, 셰브는 그 말대로 했다. 부러진 손목을 품에 안고서.

앨리스는 침대로 돌아왔다.

"방금 그 얘기는 뭐예요?"

"별거 아니오."

"알았어요…… 우리 아까 어디까지 갔죠?"

"꿈나라까지." 총잡이는 돌아누워서 앨리스에게 등을 보였다.

앨리스는 화를 꾹 참으며 말했다.

"저 사람이랑 내가 어떤 사이인지 알잖아요. 저 사람은 자기가 가진 걸 내놨어요, 대단한 건 아니었지만요. 난 달리 방법이 없어서 그걸 받았고요. 그게 다예요. 또 뭐가 있겠어요?" 그러고는 총잡이의 어깨를 쓰다듬었다. "그래도 당신이 그렇게 강해서 다행이에요."

"이제는 아니오."

"그 여잔 누구예요?" 앨리스는 자기가 던진 질문에 스스로 답했다. "당신이 사랑한 소녀 말이에요."

"그 얘기는 그만하시오, 앨리."
"다시 강해지게 내가 도와줄 수 있는데……"
"아니. 당신한테는 무리요."

12

이튿날 저녁에는 술집이 문을 닫았다. 툴에서는 안식일로 통하는 날이었다. 총잡이는 묘지 옆의 조그맣고 기울어진 교회로 향했고, 그 사이에 앨리스는 독한 소독제로 테이블을 닦고 비눗물로 등유 남포등의 유리 등갓을 씻었다.

보랏빛이 섞인 기묘한 노을이 내려앉은 저녁, 길 쪽에서 본 교회는 흘러나오는 불빛 때문에 꼭 용광로 같았다.

"난 안 가요." 앨리스의 말투는 퉁명스러웠다. "그 전도사 여자가 믿는 건 해로운 종교거든요. 점잖으신 분들이나 가라죠."

총잡이는 교회 현관의 그늘에 숨어서 안쪽을 들여다보았다. 예배용 벤치가 없어서 신도들이 모두 서 있었다(케널리와 딸들이 보였다. 마을에 있는 초라한 포목점의 주인인 캐스트너와 그의 깡마른 아내, 주점의 단골 몇 명, 총잡이가 처음 보는 '여염집' 여성 몇 명, 그리고 놀랍게도 셰브의 모습도 보였다.). 신도들은 화음이 안 맞는 목소리로 반주도 없이 찬송가를 합창하는 중이었다. 총잡이는 강대상에 서 있는 거대한 몸집의 여자를 유심히 바라보았다. 앞서 앨리스가 한 말이 떠올랐다. "그 여자는 혼자 살아요, 사람들도 거의 안 만나고. 일요일에만 나와서 지옥 불 같은 설교를 들려줘요. 이름은 실비아 핏스턴이에요. 미친 여자예요, 그런데도 주술사처럼 사람들 마음을 꽉 잡고 있어요. 마을 사람들은 그런 걸 좋아하거든요. 끼리끼리 어울리는 거죠."

그 여자의 용모를 한마디로 형용하기란 불가능했다. 가슴은 흙으로 쌓은 거대한 보루 같았다. 기둥처럼 굵직한 목 위의 창백한 얼굴은 하얀 보름달 같았고, 거기서 껌벅거리는 눈은 너무 크고 새까매서 바닥을 알 수 없는 호수 같았다. 윤기가 흐르는 진갈색 머리카락은 아무렇게나 묶어서 정수리에 올렸는데 머리핀이 고기 꼬챙이만큼이나 기다랬다. 입고 있는 드레스는 마대로 만든 것 같았다. 찬송가 책을 든 두 팔은 석판처럼 평퍼짐했다. 피부는 뽀얗고 흠이 없어서 요염했다. 몸무게는 130킬로그램은 너끈히 나갈 듯싶었다. 총잡이는 그 여자를 향해 더럭 치솟는 욕정을 느끼고 불안해졌고, 그래서 더는 보지 않으려고 고개를 돌렸다.

"우리 강가에 함께 모여
저 황홀한 저 황홀한
가아앙무우울
우리 강가에 함께 모여
주님 왕국 옆에 흐르는 강."

마지막 후렴부의 마지막 음이 사그라지고 나서 잠시 부스럭거리는 소리와 기침 소리가 이어졌다.

전도사 여자는 기다렸다. 그러다가 신도들이 자세를 가다듬고 나서, 축복을 내리듯이 그들을 향해 두 손을 뻗었다. 사람들의 정신을 홀리는 동작이었다.

"그리스도 안에서 사랑하는 내 형제자매 여러분."

뇌리에 박히는 한마디였다. 한순간 총잡이는 향수와 두려움이 뒤섞인 감정에 빠졌다. 섬뜩한 기시감이 한 땀 한 땀 박힌 그 감정 속에서 문득 떠오른 생각은 이러했다. *꿈에서 본 광경이다. 어쩌면 전에 경험한 적이 있을지도. 그렇다면 언제? 메지스에 있을 때는 아닌데.* 그랬다, 메지스는 아니었다. 총잡이는 그 느낌을 떨쳐 버렸다. 다 합쳐 스물다섯 명쯤 될 신도들은 죽은 듯이 고요했다. 시선은 모두 전도사에게 못 박혀 있었다.

"오늘 밤 우리가 묵상할 주제는 '침입자'입니다." 전도사의 목소리는 부드럽고 음악적이었다. 숙련된 알토 성악가가 말할 때 낼 법한 목소리였다.

신도들 사이로 조그맣게 웅성거리는 소리가 퍼져 나갔다.

"저는 느낄 수 있습니다." 전도사 실비아 핏스턴은 생각에 잠긴 목소리로 말을 이었다. "제가 성서에 나오는 거의 모든 인물을 사적으로 안다는 것을 말입니다. 지난 5년 동안 저는 성서 세 권을 다 닳노록 읽었습니다. 이 병든 세상에서 책이란 어떤 것이든 귀중한 물건인데도 말입니다. 그리고 그전에는 셀 수 없이 많은 성서가 제 손에서 닳아 없어졌습니다. 저는 성서가 들려주는 이야기를 사랑하고, 그 이야기 속의 인물들도 사랑합니다. 저는 선지자 다니엘과 팔짱을 끼고 사자 굴에 들어갔습니다. 다윗 왕이 목욕하는 밧세바를 보고 매혹됐을 때 저도 그의 곁에 있었습니다. 사드락과 메삭과 아벳느고가 거짓 신을 섬기기를 거부하고 불타는 용광로에 던져졌을 때, 저도 그 안에 있었습니다. 삼손이 나귀 턱뼈를 휘두르며 싸울 때 그와 함께 블레셋 사람 2000명을 죽였고, 사도 바울이 다마스쿠스로 향할 때 그와 함께 눈이 멀었습니다. 골고다 언덕에서는 마리아와 함께 울었습니다."

나지막하지만 확신에 찬 한숨소리가 신도들 속에서 들려왔다.

"저는 그들을 잘 알고 사랑했습니다. 다만 한 사람." 전도사가 손가락 한 개를 펴 들었다. "세상에서 가장 위대한 이야기 속에 단 한 사람, 제가 알지 못하는 이가 있습니다.

"그늘 속에 얼굴을 숨긴 채 바깥에 서 있는 단 *한 사람*.

"저의 육신을 떨게 하고 저의 영혼을 겁박하는 단 *한 사람*.

"저는 그가 두렵습니다.

"저는 그의 속셈을 알 수 없어 두렵습니다.

"저는 '침입자'가 두렵습니다."

또다시 한숨. 여자들 중 한 명은 튀어나오는 비명을 막으려는 듯 손으로 입을 가리고 어깨를 들썩였다.

"뱀의 모습으로 흙 땅에 배를 깔고 웃으며 꿈틀꿈틀 하와를 찾아왔던 침입자. 모세가 시나이산에 올라가 있는 동안 이스라엘의 자손들 속에 거닐며 황금 우상인 금송아지를 만들라고 속삭였던, 부정과 음행으로 그 우상을 섬기라고 속삭였던 침입자."

탄식하는 사람들, 고개를 끄덕이는 사람들.

"침입자!

"그는 왕비 이세벨과 함께 발코니에 서서 비명을 지르며 죽어가는 아합 왕을 내려다보았고, 개들이 모여서 왕의 피를 핥자 왕비와 함께 흐뭇하게 웃었습니다. 아, 형제자매 여러분, 부디 침입자를 조심하십시오."

"그 말이 옳습니다, 아아, 예수님······." 이렇게 말한 사람은 총잡이가 툴에 들어서면서 맨 처음 보았던 밀짚모자 쓴 노인이었다.
"형제자매 여러분, 그는 언제나 우리 곁에 있었습니다. 그러나 저는 그의 속셈을 알지 못합니다. 여러분도 그의 속셈을 모릅니다. 그 안에 소용돌이치는 끔찍한 어둠을, 교만과 이루 말할 수 없는 신성모독과 불경한 환희를 누가 알겠습니까? 게다가 그 광기! 인간의 가장 소름 끼치는 욕망과 욕정 사이로 거닐고 기어 다니고 꿈틀거리며 알아듣지 못할 말을 지껄이는 그 광기를 아는 이 누구겠습니까?"
"아아 구세주 예수님······."
"우리 주님을 산에 모시고 간 자가 바로 *그자*입니다······."
"맞습니다······."
"모든 나라와 그 영광을 보여주며 주님을 유혹한 자 또한 *그자*이며······."
"맞습니다아아······."
"마지막 날 이 세상에 다시 돌아올 자 또한 *그자*입니다······ 그리고 그때가 이제 다가오고 있습니다, 형제자매 여러분, 여러분도 그것을 느끼시 않습니까?"
"느낍니다아아······."
어깨가 들썩이도록 흐느끼면서, 신도들은 파도치는 바다가 되었다. 전도사는 그들 모두를 가리키면서 동시에 아무도 가리키지 않는 듯했다.
"바로 *그자*가 적그리스도, 핏빛 눈을 한 진홍의 왕으로서 임할 자입니다. 사람들을 심판의 불구덩이로, 피로 얼룩진 악의 종말로 인도할 자입니다. 그때 하늘에서는 쑥이라는 이름의 별이 횃불처럼 타면서 떨어질 것이고, 쓰디쓴 담즙이 아이들의 내장을 녹일 것이고, 여자들의 자궁은 괴물을 낳을 것이며, 수고롭게 일하는 남자들의 손은 피로 물들 것입니다……"

"아아……"

"아, 하느님……"

"하아느으니이임……"

한 여자가 쓰러졌다. 펄떡거리는 다리가 나무 바닥을 쿵쿵 두들겼다. 신발 한 짝이 벗겨져 나갔다.

"모든 육신의 쾌락 뒤에 바로 *그자*가 서 있습니다…… '라머크'라는 이름이 찍힌 기계들을 만든 자, 바로 *그자*입니다! 그 침입자입니다!"

라머크. 총잡이는 속으로 생각했다. *아니, 어쩌면 르마크라고 했는지도.* 어렴풋한 기억을 끌어내는 이름이었지만, 딱 부러지게 짚이는 것은 없었다. 그럼에도 총잡이는 그 이름을 널따란 기억의 서랍 속에 정리해 두었다.

"그렇습니다, 주여!" 신도들이 악을 질렀다.

한 남자가 털썩 무릎을 꿇더니 자기 머리를 잡고 울부짖었다.

"여러분이 술을 마실 때 그 술병을 드는 자가 누구입니까?"

"*침입자!*"

"여러분이 '파로' 도박판에, 또는 '워치 미' 도박판에 앉아 있을 때 패를 돌리는 자가 누구입니까?"

"*침입자!*"

"여러분이 다른 이의 육신을 탐할 때, 또는 혼자서 자기 몸을 더럽힐 때, 여러분의 영혼은 누구에게 팔려 나갑니까?"

"침……"

"입……"

"아아, 예수님…… 아아…….'

"……자……."

"아아…… 아앗…… 아아……."

"그렇다면 그자의 정체는 무엇입니까?" 전도사가 외쳤다. 그러나 내면은 침착했다. 총잡이는 느낄 수 있었다, 전도사 실비아 핏스턴의 침착함을, 교묘함을, 통제력과 지배력을. 그러다가 문득, 두려움과 완전한 확신 속에서, 스스로 월터라고 밝힌 남자가 그녀 안에 악마를 심어 놓았다는 생각이 떠올랐다. 전도사는 악마에 사로잡혀 있었다. 총잡이는 두려움 속에서 다시금 뜨겁게 부글거리는 욕정을 느꼈고, 이는 검은 옷의 남자가 앨리스의 머릿속에 벌어진 덫처럼 심어 놓은 그 암호와 비슷하다고 생각했다.

머리를 잡고 있던 남자가 우당탕 쓰러지더니 앞으로 엉금엉금 기어 나갔다.

"저는 지옥에 떨어졌습니다!" 남자는 핏스턴을 올려다보며 외쳤다. 그의 뒤틀린 얼굴은 살갗 아래에 뱀이 기어 다니는 것처럼 불끈거렸다. "저는 간음을 저질렀습니다! 도박도 했습니다! 마귀풀도 피웠습니다! 온갖 *죄*를 저질렀습니다! 저는…….'

남자는 말을 이으려 했지만, 하늘을 뚫을 듯이 커진 목소리가 섬뜩한 착란 같은 통곡으로 바뀌는 바람에 알아들을 수가 없었다. 그는 자기 머리를 힘껏 움켜잡았다. 머리가 과하게 익은 멜론처럼 당장이라도 터져 버릴까 봐 불안한 듯이.

신도들은 희열에 도취되어 반쯤 선정적인 자세로 얼어붙은 채,

무슨 신호라도 받은 양 꼼짝도 하지 않았다.

전도사 실비아 핏스턴은 아래로 손을 뻗어 남자의 머리를 붙들었다. 핏스턴의 억세고 티 한 점 없이 새하얀 손가락이 부드럽게 머리칼을 쓰다듬자 남자는 울음을 그쳤다. 그러고는 멍하니 그녀를 올려다보았다.

"죄를 지을 때 누구와 함께 있었지요?" 핏스턴이 물었다.

남자의 눈을 들여다보는 핏스턴의 눈은 그 속에 빠져도 좋을 만큼 깊고, 잔잔하고, 차가웠다.

"그⋯⋯ 침입자요."

"이름이 뭐라던가요?"

"지옥의 왕 사탄." 꾸밈없이 스며 나온 속삭임이었다.

"당신은 그자에게 등을 돌릴 건가요?"

간절하게. "예! 예! 아아, 구세주 예수님!"

핏스턴은 남자의 머리를 흔들었다. 남자는 초점 없이 번들거리는 광신자의 눈으로 그녀를 응시했다. "만약 그자가 저 문으로 들어오면⋯⋯" 핏스턴은 총잡이가 서 있는 현관의 그늘을 손가락으로 내려치듯이 가리켰다. "당신은 그자의 면전에서 등을 돌릴 건가요?"

"예, 어머니의 이름을 걸고!"

"예수님의 영원한 사랑을 믿습니까?"

남자는 흐느끼기 시작했다.

"예, 빌어먹을, 믿습니다⋯⋯."

"주님께서 당신을 용서하실 겁니다, 존슨."

"하느님께 영광을." 존슨이 말했다. 계속 흐느끼면서.

"저는 주님께서 당신을 용서하신다는 것을 압니다, 주님께서 회개하지 않는 자를 천국의 궁전에서 내쫓으시어 최종계 끝자락 너머의 불타는 암흑 속으로 추방하신다는 것을 아는 것처럼."

"하느님께 영광을."

신도들은 진이 빠진 표정으로 엄숙하게 읊조렸다.

"또한 이 침입자, 이 사탄, 이 파리와 뱀들의 왕이, 쓰러져서 짓밟히리라는 것을 아는 것처럼…… 존슨, 당신은 그자를 보면 짓밟을 건가요?"

"예, 하느님께 영광을!" 존슨은 흐느꼈다. "두 발로 뭉개 버릴 겁니다!"

"형제자매 여러분, 그자를 보면 짓밟으시겠습니까?"

"그럼요오오……." 흡족한 목소리.

"혹시라도 내일 으스대며 큰길을 걷는 그자를 본다면요?"

"하느님께 영광을……!"

총잡이는 소리 없이 교회 문을 빠져나와 마을로 향했다. 공기 중에 사막 냄새가 물씬 풍겼다. 이제 곧 떠날 시간이었다.

이제 곧.

13

다시 침대 위.

"그 여잔 안 만나 줄 거예요." 앨리스가 말했다. 두려워하는 목소리였다. "그 여잔 아무도 안 만나요. 일요일 저녁에만 나와서 온 마을 사람들을 죽도록 겁먹게 한다고요."

"그 여자가 이곳에 온 지는 얼마나 됐소?"

"12년요. 아니면 그냥 2년. 알잖아요, 시간이 이상하게 흐르는 거. 우리 그 여자 얘기는 그만해요."

"어디서 왔소? 어느 쪽에서?"

"나도 몰라요." 거짓말.

"앨리스?"

"*모른다니까요!*"

"앨리스."

"알았어요! 알았다고요! 변경 주민들이 사는 쪽에서 왔어요! 사막 쪽에서!"

"그럴 줄 알았소."

총잡이는 살짝 마음이 놓였다. 사막, 다시 말하면 동남쪽. 그가 따라가는 길이 향하는 쪽이었다. 가끔은 하늘에도 그 길이 보이곤 했다. 그리고 짐작건대 그 전도사는 주민들이 사는 변경보다, 아예 사막보다 훨씬 더 먼 곳에서 왔을 듯싶었다. 그 먼 거리를 무슨 수로 이동했을까? 아직 작동하는 태곳적의 기계라도 이용했을까? 혹시 기차를?

"그 여자 집이 어디요?"

앨리스의 목소리가 한 칸 낮아졌다.

"가르쳐 주면, 안아 줄 건가요?"

"가르쳐 주든 말든 어차피 안을 거요. 허나 알고 싶소."

앨리스의 입에서 한숨이 흘러나왔다. 오래된, 빛바랜 소리였다. 책장을 넘길 때 날 법한.

"그 여자 집은 교회 뒤쪽 언덕에 있어요. 조그만 오두막이에요.

원래는…… 진짜 목사님이 떠나기 전에 사시던 집이에요. 이제 됐어요? 만족해요?"

"아니. 아직." 총잡이는 그렇게 말하며 앨리스에게 몸을 포갰다.

14

마지막 날이었고, 총잡이도 그것을 알고 있었다.

하늘은 멍 자국처럼 추한 자주색이었다. 새벽이 지평선에 걸친 손가락 위로 그 하늘이 기괴하게 빛났다. 앨리스는 유령처럼 조용히 돌아다니며 남포등에 불을 붙이고 프라이팬에서 타닥거리는 옥수수 프리터를 뒤집었다. 총잡이는 원하던 답을 얻은 후에 그녀를 격렬하게 안아 주었고, 그녀 역시 작별이 임박한 것을 느끼고 전에 없이 뜨겁게 응했다. 밝아 오는 새벽에 맞서서 절박하게, 열여섯 살 그때의 지칠 줄 모르는 정력으로. 그러나 이날 아침의 그녀는 안색이 해쓱했다. 다시 폐경을 눈앞에 둔 여인이 되어 있었다.

앨리스는 말 한마디 없이 아침을 차려 주었다. 총잡이는 허겁지겁 먹었다. 씹고, 삼키고, 한 입 넘길 때마다 뜨거운 커피를 홀짝였다. 앨리스는 용수철 문으로 다가가서 아침 하늘과 소리 없이 느릿느릿 흘러가는 구름 무리를 올려다보았다.

"오늘은 모래바람이 불겠어요."

"놀랍지는 않구려."

"놀란 적이 있기는 해요?" 앨리스가 비꼬듯이 물으며 돌아섰을 때, 총잡이는 마침 모자를 쓰던 참이었다. 그는 모자를 머리에 휙 얹고 앨리스 곁을 스쳐 지나갔다.

"가끔은." 총잡이가 말했다. 그때 이후로 그는 살아 있는 앨리스를 한 번밖에 보지 못했다.

15

총잡이가 실비아 핏스턴의 오두막에 도착했을 무렵, 바람은 이미 뚝 그쳤고 온 세상은 숨죽여 기다리는 듯했다. 사막 지대에서 오랜 시간을 보낸 총잡이는 소강상태가 길수록 그 후에 찾아오는 돌풍은 더욱 강력하다는 것을 알았다. 기이하게 희끄무레한 빛이 사방을 덮고 있었다.

기울어진 채 썩어가는 오두막 문에는 커다란 나무 십자가가 못 박혀 있었다. 총잡이는 문을 두드리고 기다렸다. 아무 반응도 없었다. 다시 두드렸다. 역시 반응이 없었다. 그는 뒤로 물러서서 장화 신은 오른발로 문에 강렬한 일격을 날렸다. 안쪽의 조그만 빗장이 떨어져 나갔다. 얼기설기 만든 판자벽에 문이 부딪히자 쥐들이 놀라서 쪼르르 달아났다. 실비아 핏스턴은 현관에 있는 거대한 아이언우드 흔들의자에 앉아 있었다. 거기서 예의 그 커다랗고 새카만 눈으로 총잡이를 차분하게 바라보았다. 폭풍을 예고하는 희끄무레한 빛이 뺨을 요란한 흑백 점묘화로 물들였다. 어깨에는 숄을 두르고 있었다. 흔들의자에서 조그맣게 삐걱거리는 소리가 났다.

시간이 멈춘 기나긴 순간 동안, 둘은 서로를 마주 보았다.

"너는 그분을 절대 못 잡아." 핏스턴이 말했다. "네가 걷는 길은 악의 길이니까."

"놈이 이 집에 왔었군." 총잡이가 말했다.

"그리고 내 침대에 드르셨지. 고귀한 언어로 내게 말씀하셨어. 귀족어로. 그분께선……"

"너를 가지고 논 거다. 아주 철저하게."

핏스턴은 그 말에 꿈쩍도 하지 않았다.

"너는 악의 길을 걷고 있어, 총잡이. 네가 있는 곳은 그늘 속이야. 어젯밤에도 성스러운 집의 그늘에 숨어 있었지. 내가 못 본 줄 알아?"

"그놈이 풀쟁이를 치유해 준 이유가 뭐냐?"

"그분은 하느님께서 보내신 천사야. 그렇게 말씀하셨어."

"웃자고 한 말이었으면 좋았을 텐데."

핏스턴은 자신도 모르게 들짐승처럼 이를 드러냈다.

"그분께서 네가 쫓아올 거라고 하셨어. 나한테 어떻게 해야 할지도 알려 주셨고. 그분께선 네가 적그리스도라고 하셨어."

총잡이는 고개를 저었다.

"그놈은 그런 말은 하지 않는다."

핏스틴은 총잡이를 올려다보며 나른하게 웃었다.

"그분께선 네가 나랑 자고 싶어 한다고 하셨어. 정말이야?"

"너랑 자기 싫어하는 남자를 본 적이 있나?"

"내 몸을 가지려면 네 목숨을 바쳐야 해, 총잡이. 그분께서 내 뱃속에 아기를 남기셨거든. 그분의 아이는 아니야, 위대한 왕의 아이지. 혹시라도 나를 범했다간……."

핏스턴은 더 말하지 않아도 알 거라는 듯이 나른한 미소로 말을 맺었다. 이와 동시에 산처럼 거대한 허벅지를 움직였다. 옷 아래로 벌어진 허벅지는 티끌 하나 섞이지 않은 대리석 판 같았다. 정신이 아찔할 정도였다.

총잡이는 두 손을 아래로 내려 권총 손잡이를 잡았다.

"네가 받은 건 악마의 씨앗이다, 이 여자야, 왕이 아니라. 허나 두려워 마라. 내가 없애 줄 테니."

그 말의 효과는 즉시 나타났다. 핏스턴은 의자 등판으로 펄쩍 물러났고, 그 얼굴에는 족제비처럼 교활한 표정이 스쳤다.

"건드리지 마! 가까이 오지 마! 어디 하느님의 신부에게 감히!"

"내기할까?" 총잡이는 핏스턴을 향해 다가섰다. "워치 미 노름판의 도박꾼이 컵과 곤봉 카드를 내려놓을 때 하는 말이 있지. 자, 워치 미(잘 봐라)."

거대한 몸뚱이의 살들이 푸르르 떨렸다. 공포에 물들어 만화 주인공처럼 우스꽝스러워진 얼굴로, 핏스턴은 손가락으로 악마를 쫓는 부적의 형상을 만들어 총잡이에게 내밀었다.

"말해라. 사막을 넘어가면 뭐가 있지?"

"넌 그분을 절대 못 잡아! 절대로! 절대로! 넌 불타 죽을 거야! 그분께서 말씀하셨어!"

"잡을 거다. 그건 너도 알고 나도 안다. 자, 사막 너머에 뭐가 있느냐?"

"말 못해!"

"대답해라!"

"싫어!"

총잡이는 미끄러지듯이 나아가서 무릎을 꿇은 다음, 핏스턴의 양 허벅지를 붙들었다. 두 다리가 바이스처럼 꽉 붙어 있었다. 핏스턴은 몸이 달아오른 듯 묘한 울음소리를 토했다.

"그럼 악마에게 물어봐야겠군. 놈이라면 대답할 테니."

"안 돼······."

총잡이는 핏스턴의 다리를 억지로 벌리고 총 한 정을 뽑았다.

"안 돼! 안 돼! 안 돼!"

핏스턴은 짧고 사납게 으르렁대며 헐떡거렸다.

"대답해라."

핏스턴이 의자에서 꺼떡거리자 바닥이 진동했다. 기도하는 소리와 아무렇게나 중얼거리는 성서 구절이 입에서 흘러나왔다.

총잡이는 리볼버의 총신을 앞으로 힘껏 밀었다. 겁에 질린 핏스턴의 폐가 바람을 빨아들이는 소리는 귀가 아니라 몸으로 느껴졌다. 핏스턴의 두 주먹이 총잡이의 머리를 난타했다. 다리는 판자 바닥을 북처럼 두들겼다. 그러면서도 거대한 몸뚱이는 자기 안에 들어온 침입자를 더 깊이 빨아들이려고 기를 썼다. 바깥에서는 멍 자국처럼 칙칙한 하늘만이 두 사람을 지켜보았다.

핏스턴이 악을 썼다. 날카로운, 알아듣기 힘든 소리였다.

"뭐라고?"

"*산이라고!*"

"산이 어쨌다는 거냐?"

"그분께선····· 산 너머에 잠시 머무실 거야····· *아아, 주, 주님!*····· 히, 힘을 기르려고. 며, 명상을 하시면서, 무슨 말인지 알아? 아아····· 난····· 난 이제······."

핏스턴은 산처럼 거대한 몸 전체를 갑자기 앞쪽 위로 쭉 내밀었다. 총잡이는 그녀의 음부에 손이 닿지 않도록 경계했다.

이윽고 핏스턴은 몸이 쪼그라든 것처럼 축 늘어졌다. 그러고는 무릎 위에 손을 모은 채 울었다.

"자." 총잡이가 일어서며 말했다. "이제 악마도 만족했을 게다, 안 그런가?"

"꺼져. 넌 크림슨 킹의 아기를 죽였어. 하지만 대가를 치르게 될 거야. 내가 장담할 테니 두고 봐. 이제 썩 꺼져. 당장."

총잡이는 문 앞에 멈춰 서서 돌아보았다.

"아기 같은 건 없었다." 그는 짤막하게 내뱉었다. "천사도, 왕의 자식도, 악마도."

"당장 나가."

총잡이는 그 말을 따랐다.

16

총잡이가 케널리의 마구간에 도착할 무렵, 북쪽 지평선 위쪽이 이상하게 흐릿해 보였다. 총잡이는 그것이 모래 폭풍임을 알았다. 툴의 대기는 아직 고요하기 그지없었다.

케널리는 여물이 흩어진 마구간 바닥에 서서 그를 기다리고 있었다. 그러다 총잡이를 보고 비굴한 웃음을 지었다.

"이제 가시나요?"

"음."

"폭풍이 지나간 후에 출발하시겠지요?"

"그 전에."

"노새를 탄 사람이 폭풍을 앞지르는 건 불가능한데요. 탁 트인 곳에선 질식해서 죽을 수도 있습니다."

"노새를 당장 데려오시오." 총잡이는 짧게 대꾸했다.

"알겠습니다요." 그러나 케널리는 돌아서는 대신 뭔가 할 말을 찾는 듯 가만히 서 있었다. 비굴한, 적의로 얼룩진 웃음을 머금은 채로. 그의 시선이 총잡이의 어깨 너머로 힐끗 향했다.

총잡이는 옆으로 한 걸음 비키면서 동시에 돌아섰고, 그 순간 수비라는 이름의 소녀가 들고 있던 묵직한 장작개비가 허공을 가르며 휙 내려왔다. 총잡이는 팔꿈치를 스쳤을 뿐이었다. 수비가 휘두르던 기세를 이기지 못해 놓쳐 버린 장작은 마구간 바닥에 떨어져 쿠당탕 굴러갔다. 마구간의 높다란 천장에서 제비들이 시끄먼 날개를 퍼덕거렸다.

수비는 넋이 나간 듯 멍한 표정으로 총잡이를 바라보았다. 하도 많이 빨아서 색이 바랜 셔츠 안쪽에 익을 대로 익은 풍만한 가슴이 불쑥 솟아 있었다. 한쪽 엄지손가락은 꿈속의 광경인 양 느리게 움직이며 피난처를 찾아 그녀의 입으로 향했다.

총삽이는 케널리 쪽으로 돌아섰다. 케널리는 얼굴 가득 웃고 있었다. 피부는 밀랍처럼 누리끼리했다. 두 눈은 이쪽저쪽으로 되록거렸다. "저는……." 가래 끓는 목소리가 조그맣게 흘러나왔지만 더 이어지지는 못했다.

"노새를." 총잡이는 부드럽게 재촉했다.

"예, 그럼요, 물론입죠." 케널리가 소곤거리듯이 대답했다. 이제 그의 웃음에는 자신이 아직 살아 있는 것을 믿을 수 없다는 빛이 어려 있었다. 그는 노새를 데리러 허둥지둥 달려갔다.

총잡이는 케널리가 보이는 곳으로 자리를 옮겼다. 그 마부는 노새와 함께 돌아와 총잡이에게 고삐를 건넸다.
"넌 들어가서 동생을 돌봐라." 총잡이가 수비에게 한 말이었다.
수비는 고개만 홱 쳐들 뿐, 움직이지 않았다.
총잡이는 그들 부녀를 남겨 두고 떠났다. 흙먼지와 지푸라기가 흩어진 마구간 바닥에 서서, 두 사람은 서로를 멍하니 마주 보았다. 케널리는 기분 나쁜 웃음을 머금은 채로, 수비는 멍하고 생기 없는 얼굴을 반항하듯 쳐든 채로. 바깥에서는 뜨거운 열기가 여전히 망치처럼 묵직하게 버티고 있었다.

17

총잡이는 노새를 끌고 큰길 한복판까지 걸어갔다. 장화가 땅을 디딜 때마다 흙먼지가 자욱하게 일었다. 노새의 등에는 물을 채워서 불룩해진 가죽 물주머니들이 묶여 있었다.
총잡이가 들른 주점에 앨리스의 모습은 보이지 않았다. 모래 폭풍에 대비해 문을 닫은 주점은 텅 비어 있었지만, 전날 장사의 흔적 때문에 지저분하기는 마찬가지였다. 시큼한 맥주 냄새가 진동했다.
총잡이는 옥수숫가루와 말려서 구운 옥수수, 아이스박스에 있던 햄버거 고기 절반을 걸낭에 넣었다. 그러고는 판자로 앞이 막힌 카운터에 금화 네 개를 올려놓았다. 앨리스는 위층에서 내려오지 않았다. 누런 이 같은 건반을 드러낸 셰브의 피아노가 소리 없는 작별 인사를 건넸다. 총잡이는 바깥으로 걸어 나와 걸낭을 노새의 등에 단단히 묶었다. 목구멍이 조여드는 것처럼 답답한 느낌이 들었다. 어쩌면 함정을 피했을지도 모르지만, 그럴 확률은 낮았다. 어쨌거나 그는, 결국 침입자였으므로.

주민들이 덧문을 닫고 숨어 있는 건물들 앞을 지나가며, 총잡이는 갈라진 틈새와 구멍으로 내다보는 눈길을 느꼈다. 검은 옷의 남자는 툴에서 하느님 행세를 했다. 그는 왕의 아들, 진홍의 왕자에 관해서도 이야기했다. 그저 황당무계한 우스갯소리일까, 아니면 절박한 문제일까? 조금은 생각해 봐야 할 의문이었다.

등 뒤에서 날카롭고 다급한 비명이 들려오는가 싶더니, 느닷없이 문들이 저절로 벌컥 열렸다. 사람 크기의 형상들이 우르르 몰려왔다. 함정이 마침내 입을 벌린 것이었다. 내복 차림의 남자들과 지저분한 무명 멜빵바지 차림의 남자들. 바지 차림의 여자들과 색이 바랜 드레스 차림의 여자들. 심지어 부모 뒤를 따라온 아이들도 있었다. 그리고 그들 모두 손에 몽둥이나 칼을 쥐고 있었다.

총잡이의 반응은 자동적이었고, 즉각적이었고, 선천적이었다. 그는 발뒤꿈치로 빙그르르 돌아서는 동시에 총집에서 리볼버를 뽑아 들었다. 묵직한 총 손잡이가 손아귀에 빈틈없이 들어맞았다. 비명을 지른 사람은 앨리스였다. 당연히 앨리스여야 했다. 앨리스가 일그러진 표정으로 다가오고 있었다. 이마의 흉터는 기울어 가는 석양 때문에 오싹한 자줏빛으로 물들어 있었다. 총잡이는 앨리스가 인질로 붙잡힌 것을 알아차렸다. 험상궂게 찡그린 셰브의 얼굴이 그녀의 어깨 너머에서 마녀의 심복 동물처럼 이쪽을 쏘아보고 있었던 것이다. 그녀는 셰브의 방패이자 제물이었다. 이 황량한 무풍지대에 얼어붙은 불멸의 빛 속에서 총잡이는 그 모든 것을 또렷이, 낱낱이 보았다.

그리고 앨리스의 목소리를 들었다.

"쏴요, 롤랜드, 날 쏴요! 그 말을 해 버렸어요, *19*를요, 내가 말해 버렸어요, 그랬더니 노트가 비밀을 가르쳐 줬는데…… 난 감당할 수가 없어요……."

총잡이의 숙련된 두 손은 앨리스의 소망을 이루어 주었다. 그는 자기 일족의 마지막 후예였기에 귀족어를 구사하는 것은 그의 입뿐만이 아니었다. 리볼버 두 정이 연주한 화음 없는 음악이 허공에 둔중하게 울려 퍼졌다. 앨리스가 입을 뻐끔거리다가 축 늘어지자 총이 다시 불을 뿜었다. 그녀의 표정에 마지막으로 떠오른 것은 감사의 빛인지도 몰랐다. 셰브의 머리가 뒤로 홱 젖혀졌다. 두 사람은 나란히 흙먼지 속으로 널브러졌다.

19의 땅으로 가 버렸구나. 총잡이는 생각했다. *어떤 곳인지는 모르겠다만.*

몽둥이들이 허공을 가르며 날아와 총잡이 위로 비처럼 쏟아졌다. 그는 이쪽저쪽으로 움직이며 그 몽둥이들을 피했다. 못을 아무렇게나 박아 놓은 몽둥이 한 개가 그의 팔을 스치며 피를 흩뿌렸다. 턱수염이 꺼칠하고 겨드랑이에 땀자국이 보이는 남자가 한쪽 손에 날이 무딘 식칼을 들고 달려들었다. 그는 총잡이의 일격에 숨이 끊어져 쿵 소리와 함께 거리에 쓰러졌다. 턱이 땅에 부딪히면서 튀어나온 틀니가 흙바닥 위에서 침에 젖어 번들거렸다.

"이 사탄아!" 누군가 악을 질렀다. "**저주받은 자 같으니! 저자를 쓰러뜨립시다!**"

"**침입자!**" 다른 이가 외쳤다. 몽둥이가 비처럼 쏟아졌다. 장화에 부딪힌 칼이 데굴데굴 굴러갔다. "***침입자! 적그리스도!***"

총잡이는 주민들 한복판을 질풍처럼 뚫고 나갔다. 쓰러지는 주검들 사이로 질주하는 동안에도 그의 손은 섬뜩할 만큼 정확하고 태연하게 표적을 포착했다. 남자 둘과 여자 하나가 쓰러지면서 생긴 틈으로 그는 달려 나갔다.

총잡이는 광분한 행렬을 뒤에 달고 거리를 지나 셰브네 주점 맞은편의 다 쓰러져 가는 잡화점 겸 이발소로 향했다. 거기서 판자 보도로 올라가 돌아선 다음, 돌진하는 무리를 향해 남은 총탄을 모두 발사했다. 그들 뒤편으로 셰브와 앨리스와 다른 이들의 주검이 흙바닥에 열십자로 누워 있었다.

폭도들은 조금도 망설이거나 주춤거리지 않았다. 총잡이가 발사한 총탄이 모조리 급소에 명중했는데도, 이제껏 총이라는 물건을 구경한 적도 없을 텐데도.

총잡이는 날아오는 둔기들을 피해 무용수처럼 몸을 틀며 후퇴했다. 그렇게 후퇴하는 동안에도 숙련된 손은 눈부시게 빠른 속도로 총을 재장전했다. 두 손이 총 띠와 리볼버의 실린더 탄창 사이를 바삐 오갔다. 폭도들이 보도 위까지 올라오자 총잡이는 잡화점으로 들어가서 출입문을 쾅 닫았다. 오른쪽의 커다란 진열창이 박살 나 안쪽으로 쏟아지면서 남자 셋이 창틀을 비집고 들어왔다. 그들의 표정은 광신에 젖어 멍했고, 눈은 이글이글 불타고 있었다. 총잡이는 그들을 모두 쓰러뜨리고 뒤따라온 두 명도 마저 처치했다. 창틀 위로 쓰러진 주검들이 날카로운 유리 조각에 걸려서 창문을 막아 주었다.

폭도들이 체중을 실어 밀어붙이자 출입문이 쿵 소리와 함께 부르르 떨렸고, 총잡이의 귀에 그 여자의 목소리가 들려왔다. "*살인자! 여러분의 영혼을 죽이는 자입니다! 악마의 표식인 갈라진 발굽을*

지닌 자!"

 경첩이 떨어져 나가자 문이 바닥에 똑바로 부딪히면서 맥 빠진 박수소리가 났다. 바닥에서 먼지가 자욱이 피어올랐다. 남자, 여자, 아이들이 총잡이를 향해 달려왔다. 침이 튀고 장작이 날아다녔다. 총잡이가 리볼버의 탄창을 모조리 비우는 동안 사람들은 볼링 핀처럼 쓰러졌다. 그는 이발소 쪽으로 후퇴해서 밀가루 통을 쓰러뜨린 다음 사람들 쪽으로 굴렸고, 이 빠진 면도칼 두 자루가 담긴 펄펄 끓는 냄비를 들어서 던졌다. 그럼에도 그들은 몰려왔다. 악이 받쳐서 알아듣지 못할 말을 외치면서. 어디선가 실비아 핏스턴이 걷잡을 수 없이 오르락내리락하는 목소리로 그들을 선동하고 있었다. 총잡이는 뜨겁게 달궈진 탄창에 총탄을 넣었다. 면도 거품과 화장수의 향을 맡으며, 손가락 끝의 굳은살이 타는 냄새를 맡으며.

 총잡이는 뒷문으로 빠져나가 포치로 나왔다. 이제 그의 등 뒤에는 더러운 궁둥이를 내놓고 쭈그려 앉은 마을을 깨끗이 부정하기라도 하듯이, 잡풀이 우거진 땅이 펼쳐져 있었다. 남자 셋이 모퉁이를 돌아서 허겁지겁 뛰어왔다. 배신자가 지을 법한 함박웃음을 얼굴에 머금은 채로. 그들은 총잡이를 보았고, 총잡이가 자신들을 보고 있음을 깨달았고, 얼굴에서 웃음이 사라지기가 무섭게 몰살당했다. 그들 뒤로 소리를 지르며 따라오는 여자가 있었다. 덩치가 크고 살집이 있는 그 여자를 셰브네 주점 단골들은 밀 아주머니라고 불렀다. 총잡이가 발사한 총탄에 맞아 뒤로 날아간 그 여자는 다리를 활짝 벌린 음탕한 자세로 널브러졌다. 젖혀진 치마가 허벅지 사이에 치렁치렁했다.

 총잡이는 계단을 내려가 사막 쪽으로 뒷걸음질 쳤다. 열 걸음, 스무 걸음. 이발소 뒷문이 휙 열리고 사람들이 쏟아져 나왔다. 실비아 핏스턴의 모습이 어렴풋이 보였다. 총이 불을 뿜었다. 사람들은 털썩 주저앉았고, 큰대자로 나자빠졌고, 포치 난간 위로 고꾸라져 흙바닥에 떨어졌다. 꺼질 줄 모르는 자줏빛 석양 속에 사람 그림자는 하나도 보이지 않았다. 총잡이는 자신도 모르는 사이에 악을 지르고 있었다. 지금껏 내내 악을 질렀다. 두 눈은 금이 간 볼 베어링처럼 뻑뻑했다. 음낭은 쪼그라들어서 배에 바짝 붙어 있었다. 다리는 나무토막 같았다. 귀는 쇳덩이로 변해 있었다.

총탄이 떨어진 총은 주인과 함께 끓어올라 눈과 손으로 변했고, 총잡이는 우뚝 서서 악을 지르며 총을 장전했다. 정신이 아득히 멀리 날아가 자리를 비운 상태로, 그는 손이 알아서 장전하는 재주를 부리도록 내버려두었다. 잠시 손을 하늘로 쳐들고 사람들에게 들려줄 수는 없었을까, 그가 이런 기술을 배우느라 1000년이 걸렸다는 이야기를, 그의 총과 피로써 그 총을 축복한 이들에 얽힌 이야기를? 입으로 들려주는 것은 무리였다. 그러나 두 손이 나름의 방식으로 이야기를 들려주는 것은 가능했다.

총잡이가 장전을 끝마쳤을 때 사람들은 물건을 던지면 맞을 거리까지 와 있었고, 몽둥이 한 개가 그의 이마를 스치며 피를 뿌렸다. 이제 2초만 있으면 멱살을 잡힐 판이었다. 맨 앞줄에 케널리가 보였다. 케널리의 작은 딸, 열한 살쯤 됐을 그 아이도. 큰딸 수비도. 주점의 단골 술꾼 두 명도. 에이미 펠든이라는 매춘부도. 총잡이는 그들에게 총탄을 선사했다. 그리고 그 뒷줄에도. 그들의 몸뚱이는 허수아비처럼 쓰러졌다. 피와 뇌수가 색종이 테이프처럼 흩날렸다.

사람들은 흠칫 놀라서 한순간 움직임을 멈췄다. 똑같이 일그러졌던 얼굴들이 덜덜 떨면서 다시 각각의 당황한 얼굴로 돌아갔다. 손에 물집이 잡힌 여자 한 명은 고개를 뒤로 젖히고 하늘을 향해 미친 듯이 킬킬댔다. 총잡이가 처음 도착했을 때 식료품점 앞 계단에 점잖게 앉아 있던 노인은 느닷없이 바지에 엄청난 양의 변을 흘렸다.

총잡이는 그 틈을 타 리볼버 한 정을 장전했다.

뒤이어 실비아 핏스턴이 나타나더니 총잡이를 향해 달려왔다. 양손에 나무 십자가를 하나씩 쥐고 흔들면서. *"악마! 악마! 악마! 아이까지 죽이는 살인자! 괴물! 형제자매 여러분, 저자를 처치하십시오! 아이들까지 살해하는 침입자를 처치합시다!"*

총잡이는 십자가 하나에 총탄 한 발씩을 발사하여 산산조각 낸 다음, 핏스턴의 머리에 네 발을 명중시켰다. 핏스턴의 거대한 몸뚱이는 아코디언을 접듯이 쪼그라들어서 아지랑이처럼 휘청거렸다.

사람들이 다 함께 얼어붙은 채 핏스턴을 바라보는 사이에 총잡이의 손은 다시금 알아서 장전하는 재주를 부렸다. 손끝이 지글거리며 타들어갔다. 손가락 끄트머리마다 약실 입구의 선명한 원이 불도장처럼 새겨졌다.

이제 남은 사람은 얼마 되지 않았다. 총잡이는 풀을 자르는 낫처럼 그들 사이로 질주했다. 핏스턴이 죽었으니 모두 뿔뿔이 달아날 줄 알았건만, 누군가 그를 향해 칼을 던졌다. 칼자루 밑동이 미간에 정확히 명중하는 바람에 총잡이는 벌렁 자빠지고 말았다. 사람들은 기다란 줄을 이루고 사납게 쫓아왔다. 총잡이는 자신이 버린 탄피 위에 누운 채로 또다시 탄창이 빌 때까지 총을 발사했다. 머리가 욱신거리고 눈앞에 커다란 갈색 원이 보였다. 빗나간 총탄은 한 발뿐, 나머지 열한 발은 모두 표적을 쓰러뜨렸다.

그러나 살아남은 사람들은 끈질기게 총잡이에게 달려들었다. 재장전한 네 발을 다 발사하자 사람들은 그를 때리고 찔렀다. 그는 왼팔에 들러붙은 사람 둘을 밀치고 옆으로 굴렀다. 두 손이 또다시 백전백승의 재주를 부리기 시작했다. 그는 어깨를 찔렸다. 등도 찔렸다. 옆구리를 걷어차였다. 엉덩이를 찌른 것은 고깃덩이용 포크인지도 몰랐다. 조그만 사내아이가 꼼지락거리며 장딴지를 그어서 낸 상처가 가장 깊었다. 그는 아이의 머리를 날려 버렸다.

사람들은 뿔뿔이 흩어졌고, 총잡이는 또다시 그들에게 총탄을 선물했다. 이번에는 등짝에 박아 주었다. 남은 이들이 구멍이 숭숭 뚫린 모래 빛깔 건물들 쪽으로 후퇴하는 동안에도 총잡이의 손은, 충성심이 넘치는 개가 주인을 위해 한 번도 아니고 두 번도 아니고 밤이 새도록 땅 구르기 재주를 보여 주듯이, 묵묵히 제 임무를 다했다. 그렇게 달아나는 사람들을 하나둘 쓰러뜨렸다. 마지막 생존자가 이발소 뒤쪽 포치의 계단에 이르렀을 때, 총잡이가 발사한 총탄이 뒤통수에 박혔다. "억!" 그 남자는 이렇게 외치며 쓰러졌다. 그것이 툴에서 벌어진 참극의 마지막 대사였다.

되돌아온 정적이 갈가리 찢긴 공허를 메웠다.

피가 흐르는 상처는 다 합쳐 스무 곳 정도였지만, 장딴지의 상처를 빼면 모두 경상이었다. 총잡이는 셔츠 자락을 찢어 장딴지를 싸매고는 일어서서 살육의 현장을 점검했다.

주검들은 이발소 뒷문에서 총잡이가 서 있는 곳까지 갈지자로 구불구불 이어졌다. 사방팔방으로 뻗어 있었다. 잠든 것처럼 보이는 주검은 한 구도 없었다.

총잡이는 죽음의 궤적을 따라가며 시체를 세기 시작했다. 잡화점 안에는 한 남자가 금이 간 사탕 단지를 사랑스러운 듯이 끌어안은 채 널브러져 있었다. 그가 죽기 전에 붙든 단지였다.

총잡이는 살육을 처음 시작했던, 지금은 인적 없는 큰길 한복판에서 걸음을 멈췄다. 그가 쏴 죽인 사람은 남자 39명과 여자 14명, 어린애 5명이었다. 툴의 주민들을 모조리 쏴 죽인 것이었다.

메마른 바람의 살랑거리는 앞머리를 타고, 역겹고도 달콤한 냄새가 풍겨왔다. 총잡이는 그 냄새를 따라가다가 위를 올려다보고 고개를 끄덕였다. 셰브네 주점의 널빤지 지붕 위에, 부패해 가는 노트의 시체가 사지를 벌린 채 나무못으로 박혀 있었다. 입과 두 눈은 벌어져 있었다. 때가 낀 이마에는 갈라진 발굽 표시가 자줏빛으로 커다랗게 찍혀 있었다.

총잡이는 걸어서 마을 어귀를 벗어났다. 노새는 아직 남아 있는 역마차 도로를 따라 40미터쯤 더 간 곳의 덤불에 서 있었다. 그는 노새를 끌고 케널리의 마구간으로 돌아왔다. 바깥에서는 바람소리가 술에 취한 듯 현란한 연주를 들려주었다. 그는 노새를 잠시 묶어두고 주점으로 돌아갔다. 그곳 뒤편의 헛간에서 사다리를 찾아 지붕으로 올라간 다음, 노트를 풀어 주었다. 시체는 막대기를 담은 자루보다도 가벼웠다. 그는 노트를 아래로 굴려 떨어뜨려서 보통 사람들 곁에 눕도록 해 주었다. 한 번 죽는 것으로 충분했던 그들 곁에. 그런 다음 주점 안으로 들어가 햄버거를 먹었고, 저녁이 되어 모래가 날리기 시작할 때까지 맥주 세 잔을 마셨다. 그날 밤 그는 앨리스와 함께 자던 침대에서 잤다. 꿈은 꾸지 않았다. 이튿날 아침에는 바람이 불지 않았고, 태양은 아무 일도 없었다는 듯이 여느 때처럼 환했다. 시체들은 사막에 굴러다니는 회전초처럼 폭풍에 날려 남쪽으로 사라지고 없었다. 오전이 절반쯤 지났을 무렵, 상처를 다 싸맨 후에, 총잡이는 다시 길을 나섰다.

18

총잡이는 브라운이 잠들었으려니 했다. 불은 다 타서 불씨밖에 없었고, 큰까마귀 졸탄은 날개 밑에 머리를 묻고 있었다.
총잡이가 한쪽 구석에 짚을 채운 요를 펼치려던 찰나, 브라운이 말했다.
"거 봐요. 다 얘기했잖아요. 이제 기분이 좀 풀렸어요?"
총잡이는 흠칫 놀랐다. "왜 내 기분이 나쁠 거라고 생각했소?"
"사람이니까요. 당신이 그랬잖아요, 악마가 아니라 사람이라고. 아니면 거짓말이었어요?"
"거짓말은 한 적 없소." 총잡이는 속으로 마지못해 시인했다. 그는 브라운이 마음에 들었다. 솔직한 심정이었다. 그리고 그는 변경에 사는 이 젊은이에게 어떤 거짓말도 한 적이 없었다. "당신은 누구요, 브라운? 진짜 정체 말이오."
"난 그냥 나예요." 담담한 목소리. "꼭 그렇게 자신이 엄청난 수수께끼에 빠졌다고 생각할 필요가 있을까요?"
총잡이는 담배에 불을 붙일 뿐, 대답하지 않았다.
"그 검은 옷의 남자랑 되게 가까워진 것 같은데요. 그 사람, 필사적인가요?"
"모르겠소."

"당신은요?"

"아직은 아니오." 총잡이가 말했다. 그러고는 짐짓 무시하듯이 브라운을 바라보았다. "나는 가야 할 곳에 가서, 해야 할 일을 할 뿐이오."

"그럼 다행이고요." 브라운은 돌아누워서 잠들었다.

19

이튿날 아침, 브라운은 총잡이에게 아침을 대접하고 배웅했다. 햇살 속에서 그의 비쩍 마르고 그을린 가슴과 연필처럼 가느다란 빗장뼈, 미치광이처럼 흐트러진 붉은 머리는 대단한 볼거리였다. 졸탄이 그의 어깨에 내려앉았다.

"노새는 어쩔 거요?"

"제가 먹을게요."

"알았소."

브라운이 손을 내밀자 총잡이가 맞잡고 흔들었다. 변경의 젊은이가 고갯짓으로 동남쪽을 가리켰다.

"느긋하게 가세요. 기나긴 나날과 즐거운 밤들을 누리시길."

"부디 그 두 배의 복을 누리시길."

둘은 서로에게 고개를 끄덕였고, 앨리스가 롤랜드라고 부른 남자는 이내 그 자리를 떴다. 총과 물주머니를 몸에 친친 두른 채로. 그는 중간에 뒤를 한 번 돌아보았다. 브라운이 손바닥만 한 옥수수 밭에서 열심히 잡초를 뽑는 중이었다. 까마귀는 나지막한 움집 지붕에 이무깃돌처럼 앉아 있었다.

20

모닥불은 꺼졌고, 별빛도 이미 옅어져 가는 중이었다. 바람은 정처 없이 걸으며 아무도 없는 허공에 자기 이야기를 들려주었다. 총잡이는 잠결에 뒤척거리다가 다시 잠잠해졌다. 그는 목이 타는 꿈을 꾸었다. 어둠 속에서 산의 모습은 보이지 않았다. 죄의식도, 후회도, 모두 사라져 갔다. 사막이 모조리 태워 버렸다. 그는 자신도 모르는 사이에 오래전 사격을 가르쳐 주었던 스승 코트를 점점 더 많이 떠올렸다. 코트는 흑백을 가릴 줄 아는 사람이었다.

총잡이는 다시 뒤척거리다가 깨어났다. 눈을 깜박이며 바라본 꺼진 모닥불의 형상이 더 기하학적인 다른 형상과 겹쳐졌다. 그는 낭만적인 사람이었고, 스스로도 그것을 알았다. 그래서 남들에게 들키지 않으려고 빈틈없이 행동했다. 그것은 그가 오랜 세월 동안 몇 안 되는 사람에게만 드러낸 비밀이었다. 수전이라는 소녀, 메지스에 살던 그 소녀 역시 그중 한 명이었다.

그들을 생각하다 보니 자연스레 다시금 코트가 떠올랐다. 코트는 죽었다. 그들 모두 죽었다. 총잡이만 빼고. 세상은 이미 변질해 버렸다.

총잡이는 걸낭을 어깨에 메고 길을 나섰다.

중간역

제2장
중간역

1

　동요 한 곡이 하루 종일 머릿속을 맴돌았다. 그 노래는 도무지 그칠 줄을 모르고 들려왔고, 의식이 이제 그만 멈추라고 아무리 명령해도 비웃듯이 무시해 버렸다. 이런 노래였다.

　스페인에서는 평원에 비가 내리네
　기쁠 때도 있고 슬플 때도 있지
　하지만 스페인에서는 평원에 비가 내리네.

　시간은 이불보, 삶은 거기에 묻은 얼룩
　우리가 아는 건 모두 변할 거야
　그리고 모두 그대로겠지,
　하지만 화를 내도 냉정해도

스페인에서는 평원에 비가 내리네.

우리는 사랑 속에서 걸었지만 사슬을 차고 날았지
그리고 스페인에서는 비행기가 빗속에서 추락하네.

 총잡이는 동요의 마지막 절에 나오는 비행기가 뭔지 몰랐지만, 애초에 그 노래가 왜 머릿속에 떠올랐는지는 알 수 있었다. 성에 있던 그의 방과 어머니의 모습이 꿈에 자꾸만 나타났기 때문이었다. 꿈속에서 어머니는 그가 색색의 스테인드글라스 창문 옆에 놓인 조그마한 침대에 얌전히 누워 있는 동안 그 노래를 불러 주었다. 귀족어를 쓰는 가문의 사내아이는 혼자서 어두운 밤을 견뎌야 했기에 어머니는 잠자리에 들 때에는 그 노래를 불러 주지 않았지만, 낮잠을 잘 때면 곁에서 불러 주곤 했다. 비 내리는 하늘의 묵직한 회색빛이 이불 위에서 무지개로 변해 어른거리던 것이 지금도 기억났다. 그는 느낄 수 있었다. 방의 서늘한 공기와 두툼하고 따뜻한 담요를, 사랑하는 어머니와 어머니의 붉은 입술을, 조금은 말이 안 되는 그 동요의 잊지 못할 멜로디를, 그리고 어머니의 목소리를.
 걸어가는 총잡이의 머릿속에 이제 그 기억이 미칠 듯이, 자기 꼬리를 쫓는 개처럼 되살아났다. 물은 바닥났고, 총잡이는 자신이 시체나 다름없는 신세라는 것을 알았다. 이런 식으로 끝나리라는 생각은 해 본 적이 없었기에 아쉬웠다. 정오 무렵부터 그는 앞이 아니라 발을 보며 걸었다. 이 사막에서는 마귀풀조차도 제대로 자라지 못해 누리끼리했다. 단단한 지반은 곳곳에서 갈라져 자갈로 변해 있었다. 산은 그다지 또렷이 보이지 않았다. 그가 마지막 인가를, 사막 가장

자리에 사는 그 반미치광이 젊은이의 집을 나선 지 열흘 하고 엿새가 지났건만. 그 남자에게는 새가 있었다. 총잡이는 그것을 기억했다. 그러나 새의 이름은 기억나지 않았다.

베틀의 잉아처럼 오르락내리락하는 자신의 발을 지켜보며, 머릿속에서 들려오다가 애잔한 웅얼거림으로 변해 가는 뜻 모를 동요에 귀를 기울이며, 총잡이는 자신이 언제 처음으로 쓰러질지가 궁금했다. 쓰러지고 싶지 않았다, 볼 사람이 아무도 없는 사막이라 하더라도. 그것은 자존심의 문제였다. 모름지기 총잡이들은 자존심을, 목을 꼿꼿이 펴게 하는 보이지 않는 뼈가 있다는 것을 알아야 했다. 아버지에게 물려받지 못한 자존심은 코트가 대신 두들겨 패서 가르쳐 주었다. 소년이 모범으로 삼을 신사라는 존재가 있었다면 바로 코트였다. 아무렴, 빨간 전구 같은 딸기코에 얼굴은 흉터투성이인 코트였다.

총잡이는 멈춰 서서 고개를 번쩍 들었다. 머리가 아찔하고 한순간 온몸이 둥둥 떠오르는 느낌이 들었다. 먼 지평선 위에 산들이 꿈처럼 몽롱하게 보였다. 그러나 그 앞에, 훨씬 가까운 곳에, 무언가 있다. 어쩌면 10킬로미터도 안 되는 거리였다. 그는 눈을 가늘게 뜨고 그것을 주시했지만 모래바람에 시달린 눈으로는 따가운 햇빛을 견디기가 힘들었다. 그래서 고개를 젓고 다시 걷기 시작했다. 머릿속에서 동요가 꼬리를 물고 윙윙거렸다. 한 시간쯤 지나서 그는 땅에 쓰러져 손바닥이 벗겨졌다. 상처에서 배어나는 조그마한 핏방울을 보는 동안 그의 눈에는 믿을 수 없다는 빛이 떠올랐다. 피는 조금도 엷어 보이지 않았다. 공기에 닿아서 검붉게 죽어가는, 보통의 피처럼 보였다. 이 사막만큼이나 으스대는 것처럼 보였다. 그는 까닭 모를 증오를 느끼며 그 피를 휙 털어 버렸다. 으스댄다고? 왜 안 그러겠는가? 피는 갈증을 몰랐다. 피는 대접받는 존재였다. 피는 제물을 받아먹는 처지였다. 피가 할 일은 오로지 혈관을 따라 달리고…… 달리고…… 달리는 것뿐이었다.

총잡이는 단단한 땅에 떨어진 피로 눈을 돌렸고, 그 피가 섬뜩할 만큼 순식간에 땅으로 빨려드는 것을 지켜보았다. 어떤가, 피여? 지금 그 신세가 마음에 드나?

이런 맙소사, 내가 맛이 가 버렸구나.

총잡이는 다친 손을 가슴에 안은 채 일어섰고, 그러자 아까 보았던 그 형체가 이제 거의 눈앞에 있었다. 너무 가까워서 그만 울음이 터지고 말았다. 흙먼지에 목이 멘 까마귀의 울음소리가 나왔다. 그가 본 것은 건물이었다. 아니, 건물 두 *채*였다. 부서진 가로목 울타리로 둘러싸여 있었다. 울타리의 나무는 오래되다 못해 요정의 날개처럼 연약해 보였다. 그것은 모래로 탈바꿈해 가는 나무였다. 건물 한 채는 전에 마구간으로 쓰던 곳이었다. 모양새로 보아 틀림없었다. 다른 한 채는 집, 또는 여관이었다. 이곳은 역마차가 쉬어 가는 중간역이었다. 위태로워 보이는 모래집이(바람에 실려 온 모래가 나무집을 어찌나 수북이 덮었던지, 썰물 때 내리쬔 햇볕에 굳어서 가건물처럼 단단해진 모래성 같았다.) 가느다란 그늘을 드리웠고, 그 그늘 속에 누가 있었다. 집 벽에 등을 기대고 있었다. 그리고 집은 그 사람의 무게 때문에 기울어진 것처럼 보였다.

그렇다면 그자였다. 마침내. 검은 옷의 남자였다.

총잡이는 가만히 서서 손을 가슴에 댄 채로, 연설하는 듯한 자신의 자세도 의식하지 못한 채로, 얼이 빠진 사람처럼 그곳을 바라보왔다. 그러나 그가 기대했던 날아오를 듯이 엄청난 짜릿함(어쩌면 두려움, 또는 경외감)은 느껴지지 않았다. 그 대신 앞서 자신의 피를 보고 갑작스레 격한 증오를 품었던 것에 대한 가책만이 어렴풋이, 뒤늦게 느껴졌다. 그리고 머릿속에서는 어린 시절의 그 노래가 끝없이 반복됐다.

……*스페인에서는*……

총잡이는 앞으로 나아갔다. 총 한 정을 뽑아 들고서.

……*평원에 비가 내리네.*

마지막 500미터는 허겁지겁 뛰어갔다. 무방비 상태로, 몸을 숨길 생각은 하지도 않고서. 몸을 숨길 엄폐물은 없었다. 짤따란 그림자가 경주하듯 따라 달렸다. 총잡이는 자신의 지친 얼굴이 먼지 낀 회색 데스마스크로 변해 버린 것을 알지 못했다. 그의 관심사는 오로지 그늘 속에 있는 사람 형상이었다. 그 사람이 이미 죽었을지도 모른다는 생각은 나중에야 떠올랐다.

총잡이는 기울어진 가로목 울타리를 걷어차고 들이닥쳐서(울타리는 소리도 내지 않고 두 동강 났다, 면목 없다는 듯이), 햇빛이 눈을 찌르는 고요한 마구간 마당을 가로실러 실수했다. 총을 앞으로 쳐들고서.

"넌 포위됐다! 포위됐단 말이다! 손을 들어라, 이 창녀의 자식아, 너는……!"

그 사람 형상은 허둥거리다가 일어섰다. 총잡이는 생각했다. *맙소사, 이렇게까지 야위어 버렸다니, 도대체 무슨 일을 당한 거냐?* 왜냐하면, 검은 옷의 남자가 키는 60센티미터나 작아지고 머리카락은 흰색으로 변해 있었기 때문이었다.

총잡이는 얼이 빠져서 꼼짝도 못했다. 머릿속에서는 단조롭게 윙윙대는 소리가 들렸다. 가슴은 미친 듯이 쿵쾅거렸고, 문득 떠오른 생각은 이러했다. *내가 여기서 죽는구나……*

총잡이는 뜨거운 공기를 폐에 들이마시고 잠시 고개를 숙였다. 다시 고개를 들었을 때, 눈앞에 있는 사람은 검은 옷의 남자가 아니라 햇볕에 색이 바랜 금발을 한 소년이었다. 그를 바라보는 소년의 눈은 아예 관심조차 없는 듯했다. 그는 멍하니 소년을 응시하다가, 자기가 본 것을 부정하듯이 고개를 저었다. 그러나 아무리 부정해도 소년은 사라지지 않았다. 강력한 허깨비였다. 한쪽 무릎을 덧댄 청바지에 거칠게 짠 민무늬 갈색 셔츠를 입은 허깨비였다.

총잡이는 다시 고개를 젓고는 마구간 쪽으로 걸음을 옮겼다. 고개를 푹 숙이고, 총을 손에 든 채로. 아직은 생각을 할 수가 없었다. 머릿속에 티끌이 가득 차 있었고, 그 속에서 맹렬하게 욱신거리는 두통이 자라고 있었다.

마구간 안은 조용하고 어둡고 열기가 솟구쳤다. 총잡이는 부옇게 흐려진 눈을 크게 뜨고 주위를 빙 둘러보았다. 그러다가 비틀거리며 뒤로 돌아서자 무너져 가는 문간에 서서 그를 응시하는 소년이 보였다. 날카로운 통증이 미끄러지듯 머리를 찌르고 들어와 양쪽 관자놀이를 관통했고, 그의 뇌를 오렌지처럼 갈라놓았다. 그는 총을 총집에 넣고 비틀거리다가 유령을 쫓는 사람처럼 손을 앞으로 뻗었다. 그러고는 앞으로 풀썩 엎어졌다.

2

 다시 눈을 떴을 때 총잡이는 등을 대고 누워 있었고, 뒤통수 밑에는 부드럽고 냄새도 안 나는 짚 더미가 깔려 있었다. 소년이 그를 다른 곳으로 옮기지는 못했지만 그래도 꽤 편안하게 돌봐 주었던 것이다. 게다가 시원했다. 아래쪽을 보니 셔츠가 짙게 젖어 있었다. 얼굴을 훑어 보니 물기가 느껴졌다. 물 생각에 그는 눈을 껌벅거렸다. 입속에서 혀가 부풀어 오르는 느낌이 들었다.
 소년은 곁에 쪼그리고 앉아 있었다. 그러다가 총잡이가 눈을 뜬 것을 알고 등 뒤로 손을 뻗더니, 물이 들어 있는 찌그러진 깡통을 내밀었다. 총잡이는 떨리는 손으로 깡통을 잡고 물을 조금, 아주 조금 마셨다. 그 물이 뱃속으로 내려가 자리를 잡자 조금 더 마셨다. 그런 다음 남은 물을 얼굴에 쏟고 차가움에 놀라 이상한 소리를 냈다. 소년의 귀여운 입술이 얌전하게 휘어지며 미소로 바뀌었다.
 "뭐 좀 드실래요, 아저씨?"
 "아니다, 아직은." 총잡이는 열사병 때문에 아직 머리가 지끈거렸고, 방금 마신 물 때문에 속도 편치 않았다. 물이 내리길 길을 찾지 못한 느낌이었다. "넌 누구냐?"
 "제 이름은 존 체임버스예요. 제이크라고 부르셔도 돼요. 제 친구 한 명은…… 어, 친구라고 할 수 있어요, 저희 집에서 일하는 사람이거든요. 그 사람은 가끔 저를 맹꽁이라고 부르지만, 아저씨는 그냥 제이크라고 하셔도 돼요."
 총잡이는 몸을 일으켜 앉았다. 그러자 두통이 대번에 심해졌다. 그는 몸을 앞으로 숙인 상태에서 복통을 못 이기고 물을 조금 토하고 말았다.
"물은 더 있어요."

제이크는 깡통을 들고 마구간 뒤편으로 걸어갔다. 그러다가 멈춰 서서 총잡이를 돌아보며 겸연쩍게 빙긋 웃었다. 총잡이는 소년에게 고개를 끄덕인 다음, 다시 누워서 양손으로 머리를 받쳤다. 소년은 예절이 발랐고, 귀여웠고, 나이는 아마도 열 살 아니면 열한 살이었다. 표정에 겁먹은 기색이 언뜻 보였지만 상관없었다. 만약 겁먹은 기색이 없었다면 오히려 더 미심쩍었을 것이므로.

마구간 안쪽에서 묘하게 쿵쿵거리는 소리가 들려왔다. 총잡이는 재빨리 고개를 들면서 두 손을 총 손잡이로 향했다. 소년이 깡통을 들고 돌아왔다. 이제 깡통에 물이 차 있었다.

총잡이는 다시 조심스레 물을 마셨고, 이번에는 아까보다 조금 수월했다. 두통도 슬슬 가라앉았다.

"쓰러지셨을 땐 어떻게 해야 좋을지 몰랐어요. 잠깐이긴 했지만, 아까는 아저씨가 저를 쏠 줄 알았거든요."

"어쩌면 그랬을지도. 난 네가 다른 사람인 줄 알았다."

"그 신부님요?"

총잡이는 고개를 번쩍 들었다.

소년은 찡그린 표정으로 총잡이의 눈치를 살폈다.

"그 사람은 마당에서 노숙을 했어요. 저는 저쪽 집에 있었고요. 어쩌면 집이 아니라 창고인지도 모르지만요. 전 왠지 께름칙해서 바깥에 나와 보지도 않았어요. 그 사람은 밤에 도착해서 이튿날 떠났어요. 전 아마 아저씨를 보고도 숨었을 거예요. 그런데 아저씨가 도착했을 땐 자느라고 그만." 소년은 음울한 눈빛으로 총잡이의 머리 너머를 바라보았다. "전 사람들이 싫어요. 다들 저를 못살게 구니까요."

"그 남자는 어떻게 생겼더냐?"

소년은 낸들 아냐는 듯이 어깨를 으쓱했다.

"신부님처럼 보였어요. 검은 옷을 입었고요."

"후드가 달린 수단을 입었더냐?"

"수단이 뭐예요?"

"위아래가 붙은 기다란 옷이다. 드레스처럼 생긴."

소년은 고개를 끄덕였다.

"그게 맞을 거예요."

총잡이는 몸을 앞으로 숙였고, 소년은 그런 그의 표정에서 뭔가 눈치챘는지 살짝 움찔했다.

"그게 언제 일이냐? 가르쳐다오, 네 아버지의 명예를 위해."

"저…… 저도 잘……."

조급한 마음을 꾹 누르며, 총잡이가 말했다.

"널 해치려고 이러는 게 아니다."

"저도 잘 몰라요. 시간이 얼마나 흘렀는지 기억이 안 나요. 하루 하루가 똑같아서요."

총잡이의 의식 속에 처음으로, 소년이 어떻게 이곳에 왔을까 하는 궁금증이 떠올랐다. 가도 가도 살인적인 사막으로 온 사방이 둘러싸인 이곳에. 그러나 거기까지 신경을 쓰고 싶지는 않았다. 적어도 당장은.

"잘 한번 생각해 봐라. 오래전 일이냐?"

"아뇨. 오래되진 않았어요. 전 여기 온 지 얼마 안 됐거든요."

총잡이의 몸속에서 다시 불이 타올랐다. 그는 이제 살짝만 떨리는 손으로 깡통을 낚아채서 물을 마셨다. 머릿속에서 짤막한 동요 소리가 다시 들려왔지만 이번에는 어머니 대신 앨리스의 얼굴이 보였다. 이제는 멸망해 버린 마을에서 그의 연인이었던 여자의 흉터 난 얼굴이.

"일주일쯤 됐느냐? 2주? 아니면 3주?"

소년은 심란한 표정으로 총잡이를 바라보았다.

"맞아요."

"어느 쪽이 맞다는 거냐?"

"일주일요. 아니면 2주." 소년은 살짝 붉어진 얼굴로 시선을 피했다. "그 후로 응가를 세 번 했거든요. 이젠 그거 말고는 시간을 잴 방법이 없어요. 그 사람은 물도 안 마셨어요. 어쩌면 신부님 유령인지도 모른다는 생각도 들었어요, 전에 영화에서 본 악당처럼요. 근데 그 영화에선 악당이 신부님도 아니고 유령도 아니란 걸 쾌걸 조로만 알아차렸어요. 그 악당은 그냥 금이 묻혀 있는 땅을 차지하려는 은행가였어요. 극장에는 쇼 아주머니가 데려가 주셨어요. 타임스 스퀘어에 있는 극장이에요."

총잡이는 소년의 말을 하나도 알아들을 수 없었고, 그래서 아무 말도 보태지 않았다.

"무서웠어요. 전 거의 내내 겁에 질려 있었어요." 소년의 표정은 지극히 파괴적인 고음에 깨지기 직전의 수정처럼 떨렸다. "그 사람은 불도 안 피웠어요. 그냥 저기 앉아 있기만 했어요. 잠은 잤는지 안 잤는지도 모르겠고요."

코앞이구나! 맙소사, 이렇게 가까이 따라잡기는 처음이다! 심각한 탈수 상태였는데도, 총잡이는 손에 희미한 물기를 느꼈다. 끈적한 진땀이었다.

"육포가 좀 있는데요." 소년이 말했다.

"그래." 총잡이는 고개를 끄덕였다. "고맙다."

소년이 육포를 가지러 가려고 일어서자 무릎에서 조그맣게 또독 소리가 났다. 자세가 꼿꼿하고 날렵해 보였다. 아직은 사막에 기운을 다 빼앗기지 않았다는 뜻이었다. 소년의 팔은 가늘었지만, 살갗은 볕에 타기는 했어도 메마르거나 갈라진 흔적이 없었다. *아직 생기가 남아 있구나.* 총잡이는 속으로 생각했다. *아마 배짱도 웬만큼 있을 거다. 아니면 내가 쓰러진 사이에 총을 뽑아서 나를 쏴 버렸을 테니.* 아니면 단지 그렇게 할 생각을 안 했거나.

총잡이는 다시 깡통의 물을 마셨다. *배짱이야 있든 없든 간에, 저 아이는 이곳 출신이 아니다.*

제이크는 햇빛에 바랜 빵 도마처럼 생긴 그릇에 육포 한 더미를 담아서 돌아왔다. 육포는 질기고 힘줄이 많았고, 헐어 버린 입속 점막이 비명을 지를 만큼 짰다. 총잡이는 턱이 뻐근할 때까지 먹고 마신 후에 한숨을 돌렸다. 한편 소년은 유별나다 싶을 만큼 조심스럽게 거무스름한 살코기를 야금거릴 뿐이었다.

총잡이가 소년을 가만히 응시하자 소년도 꾸밈없이 천진한 눈으로 그를 마주 보았다.

"제이크, 너는 어디 출신이냐?" 총잡이가 마침내 물었다.

"몰라요." 소년의 표정이 찌푸려졌다. "*전에는* 알았어요. 여기 도착했을 땐 알았는데요, 지금은 다 뒤죽박죽이에요. 잠에서 깨서 악몽을 떠올릴 때처럼요. 전 악몽을 되게 많이 꿨어요. 쇼 아주머니는 제가 채널 일레븐에서 공포 영화를 너무 많이 봐서 그렇댔어요."

"채널이 뭐냐?" 총잡이는 뜬금없이 떠오르는 것이 있었다. "빔 같은 거냐?"

"아뇨…… 티브이인데요."

"티브이는 또 뭐냐?"

"어…….." 소년은 말문이 막힌 듯 이마를 짚었다. "그림이에요."

"넌 누가 데려다 줘서 이리로 왔느냐? 그 쇼 아주머니냐?"

"아뇨. 그냥 여기 있었어요."

"쇼 아주머니라는 사람은 누구냐?"

"저도 몰라요."

"그 사람이 왜 널 맹꽁이라고 부르는 거냐?"

"기억이 안 나요."

"네 얘기는 앞뒤가 하나도 안 맞는구나."

총잡이의 목소리는 쌀쌀맞았다.

소년은 금방이라도 눈물을 터뜨릴 것처럼 울상을 지었다.

"저도 어쩔 수 없어요. 전 그냥 여기 있었는걸요. 어저께 저한테 티브이나 채널이 뭐냐고 물어보셨다면, 전 분명 알았을 거예요! 하지만 내일이 되면 제 이름이 제이크란 것도 기억 못 할 거예요…… 아저씨가 가르쳐 주지 않으면요. 그런데 아저씬 여기 안 계실 거잖 아요, 안 그래요? 아저씨는 떠나실 테고 전 여기 남아서 쫄쫄 굶겠 죠, 아저씨가 제 식량을 거의 다 먹어 버렸으니까요. 저도 여기 있고 싶어서 있는 게 아니에요. 전 여기가 싫어요. 귀신이 나올 것 같아서."

"너무 신세한탄만 하지 마라. 견디는 거다."

"여기 있고 싶어서 있는 것도 아니라고요."

소년은 어쩔 줄 모르는 표정으로 반항하듯이 되뇌었다.

총잡이는 육포를 한 조각 더 입에 넣고 소금기가 다 빠질 때까지 씹어서 삼켰다. 소년은 이미 이번 일에 말려든 신세였고, 총잡이는 소년이 하는 말이 진실이라고 확신했다. 소년은 원해서 이곳에 있는 것이 아니었다. 실로 딱한 일이었다. 그러나 총잡이 본인은…… 그는 원해서 이 일에 뛰어들었다. 그러나 일이 이렇게까지 지저분해지기를 바란 적은 없었다. 툴의 주민들에게 총부리를 돌리고 싶은 마음은 없었다. 앨리스를 쏘고 싶지도 않았다. 마지막 순간에 앨리스의 슬프도록 예쁜 얼굴에는 그녀가 원해서 결국 알아낸 비밀이 새겨져 있었다. 그 암호, 그 19라는 숫자를 이용하여, 열쇠로 자물쇠를 열듯이 알아낸 비밀. 총잡이는 임무와 무자비한 살육 가운데 하나를 택해야 하는 상황은 바란 적이 없었다. 무고한 구경꾼들을 끌어들여서 낯선 무대에 올라 이해하지도 못하는 대사를 읊게 하는 것은 옳은 일이 아니었다. *앨리.* 총잡이는 속으로 생각했다. *앨리는 적어도 이 세계에 속한 자였다, 자신만의 환상을 쫓기는 했지만. 허나 이 소년은…… 이 뚱딴지 같은 아이는…….*

"기억나는 대로 얘기해다오." 총잡이는 제이크에게 말했다.

"조금밖에 기억 안 나요. 이젠 다 말도 안 되는 것 같고요."

"얘기해다오. 내가 알아들을 만한 게 있을지도 모르니."

제이크는 어디서부터 시작할지 궁리했다. 아주 열심히 궁리했다.

"집이 있었어요…… 제가 여기 오기 전에 살던 집이에요. 그 집은 높은 곳에 있었는데요, 방도 여러 개고, 뒤쪽 테라스에서는 높은 건물들이랑 물도 보였어요. 그 물 위에 조각상이 있었어요."

"물 위에 조각상이 있다고?"

"예. 왕관을 쓰고 햇불을 든 여잔데…… 아마…… 책도 들고 있었을 거예요."

"너 지금 이야기를 지어내고 있는 거냐?"

"아마 그럴걸요." 낙담한 목소리였다. "거리에는 탈것들이 다녔어요. 큰 거랑 작은 거. 큰 것들은 파란색이랑 흰색이었어요. 작은 건 노란색이었고요. 노란 건 되게 많았어요. 저는 학교까지 걸어 다녔어요. 거리 양쪽에 시멘트 길이 있었거든요. 구경할 수 있는 유리창도 있었고, 그 안에는 옷을 입은 조각상들이 더 있었어요. 조각상이 옷을 팔았어요. 말도 안 되는 소리란 건 저도 알아요, 하지만 조각상들이 옷을 팔았는걸요."

총잡이는 고개를 절레절레 흔들며 소년의 표정에서 거짓말하는 기색을 살폈다. 그런 기색은 전혀 없었다.

"저는 학교까지 걸어 다녔어요." 소년은 꿋꿋하게 거듭 말했다. "그리고……" 두 눈이 스르륵 감기고 입술이 옴짝거렸다. "갈색…… 책가방이…… 있었어요. 도시락도 갖고 다녔어요. 그리고……" 다시 입술이 옴짝거렸다. 괴로운 듯이. "넥타이를 맸어요."

"크라바트 말이냐?"

"몰라요." 소년은 자신도 모르는 사이에 천천히 손으로 목을 조르는 시늉을 했다. 총잡이는 그 모습을 보고 교수형이 떠올랐다. "모르겠어요. 그냥 다 잊어버렸어요." 그렇게 말하고서 소년은 고개를 돌려 버렸다.

"내가 재워 주랴?" 총잡이가 물었다.

"저 안 졸리는데요."

"내가 졸리게 해 주마. 기억도 되살려 주고."

소년은 미심쩍은 듯이 물었다.

"어떻게요?"

"이걸 쓰면 된다."

총잡이는 총 띠에서 총탄 한 개를 뽑아 주먹 쥔 손가락 위에 얹고 굴렸다. 기름이 흐르듯이 매끄러운 동작이었다. 총탄은 조금도 힘들이지 않고 옆으로 재주를 넘으며 엄지에서 검지로, 검지에서 중지로, 중지에서 약지로, 약지에서 소지로 이동했다. 그러고는 시야에서 사라졌다가 다시 나타났고, 잠시 둥둥 떠 있는가 싶더니 다시 방향을 바꾸어 움직였다. 총탄은 총잡이의 손가락 위로 걸어 다녔다. 손가락들은 알아서 행진했다, 그의 발이 이곳까지 오는 동안 마지막 몇 킬로미터를 알아서 행진했듯이. 그것을 지켜보던 제이크는 처음에는 미심쩍어 하다가 곧 해맑게 즐거워했고, 이내 열중하더니, 결국에는 총잡이가 만들어낸 멍한 상태에 빠져들었다. 제이크의 두 눈이 굳게 감겼다. 총탄은 춤을 추며 이쪽저쪽으로 움직였다. 제이크는 다시 눈을 뜨더니 총잡이의 손가락 위로 쉬지 않고 흘러 다니는 총탄을 조금 더 구경하다가, 한 번 더 눈을 감았다. 총잡이는 계속 재주를 부렸지만 소년은 다시 눈을 뜨지 않았다. 느리고 고른 숨을 차분하게 쉴 뿐이었다. 이 묘기 또한 이번 일의 일부였을까? 그랬다. 그것은 사실이었다. 거기에는 어떤 차가운 아름다움이 있었다. 시퍼렇고 단단한 얼음주머니의 가장자리에 생긴 레이스 무늬 같은. 머릿속에서 또다시 어머니의 노랫소리가 들리는 듯했지만 이번에는 스페인에 내리는 비 어쩌고 하는 헛소리가 아니었다. 그보다 더 다정한 헛소리, 그가 막 잠들려고 뒤척일 때 아득히 멀리서 들려오던 노랫소리였다. *자장자장 우리 아기, 우리 예쁜 아기, 가서 네 바구니를 가져오렴.*

총잡이가 병든 영혼의 부드러우면서도 퀴퀴한 맛을 느낀 것은 이번이 처음이 아니었다. 그의 손가락 위에서 신비롭고 우아하게 움직이던 총탄의 궤적이 갑자기 괴물의 발자국처럼 끔찍하게 느껴졌다. 그는 총탄을 손바닥에 떨어뜨리고 주먹을 쥔 다음 아플 정도로 꽉 그러쥐었다. 그 순간 총탄이 폭발했더라면 그는 재능 있는 손을 잃어버린 것에 기뻐했을 것이다. 그 손의 진정한 재능은 살인뿐이었으므로. 세상에는 언제나 살인이 일어났지만, 스스로에게 그렇게 타일러 봤자 위안은 전혀 느낄 수 없었다. 살인, 강간, 입에 담지도 못할 끔찍한 짓들, 그 모든 것이 선(善)을 위해, 피로 얼룩진 선을 위해, 피투성이 신화를 위해, 성배를 위해, 탑을 위해 벌어졌다. 아아, 이제 그 탑은 (전하는 말에 따르면) 만물의 한가운데 어디쯤에 우뚝 서서 그 암회색 몸뚱이를 하늘에 닿도록 뻗고 있었고, 총잡이는 사막의 모래바람에 닳아 버린 귀로, 어머니가 불러 주는 희미하고 달콤한 자장가를 듣고 있었다. 열일곱, 열여덟, 열아홉, 바구니가 가득 차게 잔뜩 가져오렴.

총잡이는 그 노래를, 그 노래의 달콤한 기억을 털어 버렸다. 그러고는 물었다.

"네가 있는 곳이 어디냐?"

3

가끔 '맹꽁이'라고 불리기도 하는 제이크 체임버스는 책가방을 메고 아래층으로 내려가는 중이다. 가방에는 지구과학 교과서가 있고, 지리 교과서도 있고, 공책도, 연필도, 가정부 그레타 쇼 아주머니가 싸 준 도시락도 있다. 안 좋은 냄새를 빨아들이는 환풍기가 쉴 새 없이 돌아가고 크롬과 포마이카로 뒤덮인 최신식 주방에서, 쇼 아주머니가 제이크를 위해 만들어 준 도시락이다. 도시락 봉지 안에는 땅콩버터 젤리 샌드위치, 볼로냐소시지와 양상추와 양파 샌드위치, 또 오레오 쿠키 네 개가 들어 있다. 부모님은 제이크를 미워하지는 않아도 꽤 무관심한 것 같다. 그들은 부모 노릇을 포기하고 아들을 그레타 쇼 아주머니에게 맡겼고, 유모에게 맡겼고, 여름에는 가정교사에게 맡겼고 그 외의 계절에는 파이퍼 스쿨(명문 사립으로서 무엇보다 구성원이 거의 모두 백인인 학교)에 맡겼다. 그들 가운데 시늉으로라도 맡은 일 이상의 열의를 보여 준 사람은 아무도 없었다. 전문가들, 저마다 업계 최고의 인재들이기 때문이다. 아무도 제이크를 따뜻하게 안아 주지 않았다. 제이크의 어머니가 즐겨 읽는 역사 로맨스 소설에는 그런 따뜻한 포옹 장면이 흔히 나왔는데 제이크도 '화끈한 장면'을 찾으려고 훔쳐 읽곤 했다. 아버지는 그런 책을 '야사 소설'이라고 하고, 가끔은 '에로틱 로맨스'라고도 한다. 입이 있으면 말을 좀 해 봐. 어머니가 밑도 끝도 없는 조롱을 담아 내뱉는 그 말을, 제이크는 가끔 문 뒤에서 엿듣곤 한다. 아버지는 방송국에서 일하는데 만약 상고머리를 한 깡마른 남자들을 줄줄이 세워 놓고 그중에 아버지를 찾으라고 하면, 제이크는 찾을 수 있을 것이다. 아마도.

제이크는 쇼 아주머니만 빼고 모든 전문가를 싫어하지만 스스로는 이를 모른다. 사람들은 언제나 제이크를 당황시켰다. 말랐지만 섹시한 제이크의 어머니는 가끔 재수 없는 친구들과 동침을 한다. 제이크의 아버지는 '코크를 너무 많이 마시는' 방송국 사람들 이야기를 한다. 그럴 때면 항상 싱겁게 웃으며 엄지로 코 한쪽을 누르고 뭔가 흡입하는 흉내를 낸다.

  이제 소년은 바깥에 있다. 제이크 체임버스는 거리에 나와 있다. 거리를 '정처 없이 헤매는' 중이다. 제이크는 깔끔하고 예의 바르고, 잘생기고 예민한 소년이다. 일주일에 한 번 미드타운 볼링장에서 볼링을 친다. 친구는 없고 아는 사람들만 있다. 여기에 대해 따로 고민해 보지는 않았지만, 그래도 그것 때문에 슬프다. 본인은 알지도 못하고 이해도 못하지만, 제이크는 전문가들과 오래 지낸 탓에 그만 그들의 여러 가지 특성을 몸에 익히고 말았다. 한편 그레타 쇼 아주머니는(그나마 다른 전문가들보다는 낫지만, 맙소사, 그래 봤자 아차상이다.) 매우 전문가다운 샌드위치를 만든다. 빵을 사등분하고 가장자리도 잘라 주기 때문에, 점심시간에 체육관에서 샌드위치를 먹을 때면 제이크는 다른 손에 학교 도서관에서 빌린 스포츠 소설이나 클레이 블레이스델의 서부극 소설이 아니라 술잔을 들고 칵테일파티에 있어야 할 사람처럼 보인다. 제이크의 아버지는 돈을 굉장히 잘 버는데 그가 '격추왕'이기 때문이다. 여기서 격추란 경쟁사인 다른 방송국의 프로그램보다 더 재미있는 프로그램을 자사 채널에 편성하는 일을 가리킨다. 아버지는 하루에 담배를 네 갑씩 피운다. 기침은 안 하지만 웃을 때는 표정이 사납고, 가끔은 코크를 흡입하는 것도 마다하지 않는다.

  거리를 걸어간다. 어머니는 택시 탈 돈을 놔두지만 제이크는 비가 안 오는 날은 항상 걸어 다닌다. 책가방을 빙빙 돌리면서(볼링 가방을 돌릴 때도 있지만 보통은 사물함에 넣어 둔다.). 금발에 파란 눈을 지닌 매우 전형적인 미국 소년이다. 여자애들은 벌써부터 제이크를 눈여겨보기 시작했고(어머니한테 허락을 받고서), 제이크는 유치한 자존심 때문에 여자애들을 피하거나 하지 않는다. 자신도 모르게 전문가다운 태도로 얘기해서 여자애들을 어리둥절하게 한다. 제이크는 지리 과목과 오후에 치는 볼링을 좋아한다. 제이크의 아버지는 볼링 핀 자동 정리기를 만드는 회사의 주식을 보유하고 있지만 미드타운 볼링장에서는 그 회사 기계를 쓰지 않는다. 제이크는 볼링장을 고를 때 그 생각을 안 한 줄 알지만, 실은 했다.

거리를 걷다가 블루밍데일 백화점 앞을 지난다. 거기에는 모피 코트를 입은 모델도 있고, 연미복 슈트를 입은 모델도 있고, 아무것도 안 입은 모델도 있다. 몇몇은 '알몸'인 것이다. 이 모델들, 즉 이 마네킹들은, 더없이 전문적이다. 그리고 제이크는 전문적인 것은 다 질색이다. 자기혐오를 배우기에는 아직 어리지만, 제이크 안에는 그 씨앗이 이미 뿌려져 있다. 시간이 지나면 자라서 쓰디쓴 열매를 맺을 것이다.

제이크는 길모퉁이에 도착해서 책가방을 옆에 들고 서 있다. 차들이 시끄럽게 지나간다. 털털거리는 파랗고 하얀 버스, 노란 택시, 폭스바겐 비틀, 커다란 트럭. 제이크는 아직 어리지만 평범한 어린애는 아니라서, 자신을 죽이러 온 남자를 힐끗 목격한다. 그는 검은 옷의 남자이다. 얼굴은 보이지 않고 치렁거리는 로브와 길게 뺀은 손, 그리고 사납게, 전문가답게 웃는 입만 보인다. 제이크는 팔을 쭉 뺀은 채 차도에 쓰러지면서도 그레타 쇼 아주머니가 싸 준 극히 전문적인 도시락이 든 책가방을 놓치지 않는다. 선팅이 된 차 앞 유리를 통해 언뜻 본 경악한 표정의 회사원은 진청색 모자를 쓰고 있고, 그 모자 밴드에는 조그마한 깃털 한 개가 뻐기듯이 꽂혀 있다. 횡단 보도 건너편에 서 있던 할머니 한 명이 비명을 지른다. 망사가 달린 검은 모자를 쓴 할머니이다. 그 검은 망사는 뻐기는 구석이 조금도 없다, 조문객이 쓰는 모자의 베일처럼. 제이크는 놀라움과 여느 때처럼 갑작스레 덮쳐 온 당혹감 말고는 아무것도 느끼지 못한다. 이렇게 죽는 걸까? 볼링 애버리지를 270도 못 넘긴 채로? 차도에 세게 넘어진 제이크는 눈에서 5센티미터밖에 안 떨어진 곳에 아스팔트로 때운 균열이 있는 것을 본다. 책가방이 손을 벗어나 휙 날아간다. 제이크가 혹시 무릎이 까지지 않았는지 궁금해 하는 사이, 깃털이 뻐기듯이 꽂힌 진청색 모자를 쓴 회사원의 차가 제이크를 깔아뭉개면서 지나간다. 차는 커다란 1976년형 청색 캐딜락이고 측면을 하얗게 칠한 파이어스톤 타이어를 달고 있다. 차 색깔이 회사원이 쓴 모자 색깔과 똑같다. 차가 허리를 부러뜨리고 내장을 곤죽으로 만드는 바람에 제이크는 입으로 고압 분무기처럼 피를 뿜는다. 고개를 돌려보니 캐딜락의 새빨간 미등과 급정지한 뒷바퀴에서 피어오르는 하얀 연기가 보인다. 차는 제이크의 책가방도 깔아뭉개서 시커먼 타이어 자국을 널찍하게 남겼다. 반대편으로 고개를 돌려보니 커다란 포드 차가 날카로운 브레이크 소리와 함께 바로 코앞에 정지한다. 노점 수레에서 프레츨과 탄산음료를 팔던 흑인 남자가 이쪽을 향해 헐레벌떡 뛰어온다. 피가 제이크의 코에서, 귀에서, 눈에서, 항문에서 흘러나온다. 성기는 곤죽이 돼 버렸다. 제이크는 무릎이 얼마나 까졌는지 궁금해서 짜증이 난다. 학교에 지각하는 게 아닌지도 궁금하다. 이제 캐딜락 운전자가 횡설수설 중얼거리면서 이쪽으로 달려온다. 어디선가 끔찍하고 차분한 목소리가, 죽음의 목소리가, 이렇게 말한다. "전 신부입니다. 좀 지나갈게요. 늦기 전에 병자 성사를……"

제이크는 검은 로브를 보고 더럭 겁이 난다. 그 남자, 그 검은 옷의 남자이므로. 제이크는 마지막 힘을 끌어모아 고개를 돌려 버린다. 어디선가 라디오에서 록 밴드 키스의 노래가 들려온다. 제이크는 보도를 더듬거리는 자신의 조그맣고, 하얗고, 날씬한 손을 본다. 제이크는 손톱을 깨문 적이 한 번도 없었다.

그렇게 자신의 손을 바라보며, 제이크는 숨을 거둔다.

4

총잡이는 찡그린 표정으로 생각에 잠긴 채 쭈그려 앉았다. 지친 몸은 욱신거렸고 머릿속은 복장이 터질 만큼 느리게 돌아갔다. 눈앞에는 놀라운 사연을 지닌 소년이 두 손을 무릎에 끼운 채로, 새근새근 자고 있었다. 소년은 별 감정 없이 자기 이야기를 들려주었지만, 마지막에 '신부'와 '병자 성사' 이야기를 할 때에는 목소리가 떨렸다. 물론 집안 문제나 정신이 둘로 쪼개지는 듯한 당혹감에 대해서는 말하지 않았으나 그런 사정은 어차피 이야기에 저절로 배어나왔다. 총잡이는 너끈히 파악할 수 있었다. 소년이 묘사한 것 같은 도시가 (신화 속의 도시 러드를 빼면) 존재하지 않는다는 사실은 크게 놀랍지 않았지만, 그럼에도 신경이 쓰였다. 몹시 신경이 쓰였다. 총잡이는 거기에 숨겨진 의미가 두려웠다.

"제이크?"

"네에?"

"잠에서 깼을 때 방금 한 얘기를 기억하고 싶으냐, 아니면 잊어버리고 싶으냐?"

"잊을래요." 소년은 냉큼 대답했다. "입에서 피가 나왔을 때 똥 맛이 나는 것 같았거든요."

"알았다. 넌 이제 잠이 들 거다, 알겠느냐? 이번엔 진짜 자는 거다. 자, 눕고 싶거든 누워라."

바닥에 누운 제이크는 조그맣고, 온순하고, 무해해 보였다. 총잡이는 소년이 무해할 거라고 믿지 않았다. 섬뜩한 느낌, 또 다른 함정의 악취가 감돌았기 때문이었다. 총잡이는 그 느낌이 마음에 안 들었지만 소년은 마음에 들었다. 무척이나 마음에 들었다.

"제이크?"

"쉿. 저 자는 중이에요. 잘 거예요."

"그래. 눈을 뜨면 아무것도 기억 못할 거다."

"예. 알았어요."

총잡이는 아주 잠깐 동안 소년을 지켜보며 자신의 어린 시절을 떠올렸다. 평소에 그는 자신의 어린 시절을 남의 일처럼 느꼈다. 시간을 뛰어넘는 우화 속의 렌즈를 통해 다른 이로 변신한 사람의 일처럼. 그런데 그 어린 시절이 지금은 사무치도록 가깝게 느껴졌다. 중간역의 이 마구간 안은 몹시 더웠고, 그래서 그는 조심스레 물을 조금 더 마셨다. 그러고는 일어서서 건물 안쪽으로 걸어가다가, 멈춰 서서 마방 한 칸을 들여다보았다. 구석에 하얀 건초가 소복이 쌓여 있고 단정하게 접은 담요 한 장이 보일 뿐, 말 냄새는 조금도 풍기지 않았다. 마구간 안에서는 어떤 냄새도 나지 않았다. 태양이 냄새를 죄다 말려 버리고 아무것도 남기지 않았던 것이다. 공기는 더

없이 밍밍했다.

마구간 안쪽에는 조그맣고 어두운 방이 있었고, 방 한복판에 스테인리스스틸로 만든 기계가 놓여 있었다. 기계에는 녹슬거나 부식된 흔적이 전혀 보이지 않았다. 버터 제조기처럼 생긴 기계였다. 왼쪽 옆구리에 튀어나온 크롬 파이프가 바닥의 배수구 위로 뻗어 있었다. 총잡이는 다른 건조한 지방에서 이 비슷한 펌프를 본 적이 있었지만, 이 정도로 큰 물건은 처음이었다. 사람들(까마득히 오래전에 사라진 누군지 모를 주민들)이 사막 아래에 숨겨진 수맥을 찾을 때까지 끝이 안 보이는 어둠을 얼마나 깊이 파 내려갔을지, 총잡이는 상상하기도 힘들었다.

그들은 왜 중간역을 닫고 떠나면서 펌프를 가져가지 않았을까?

악마들 때문이었을 것이다. 아마도.

총잡이는 느닷없이 몸서리가 났고, 갑자기 허리가 땅기는 느낌이 들었다. 강렬한 열기가 살갗으로 배어 나오다가 이내 사그라졌다. 그는 계기판으로 다가가서 작동 버튼을 눌렀다. 기계가 윙윙거리기 시작했다. 30초쯤 지났을 때, 파이프에서 서늘하고 맑은 물줄기가 쿨룩거리며 쏟아져서 재순환을 위해 배수구로 흡수됐다. 썸프가 마지막 철컥 소리와 함께 작동을 멈추기까지 내뿜은 물은 약 10리터 정도인 듯싶었다. 펌프는 진실한 사랑만큼이나 이 장소와 시대에 어울리지 않는 물건이었지만, 그럼에도 최후의 심판만큼이나 확실하게 눈앞에 존재했다. 그것은 세상이 변질하기 전의 시대를 되새기게 하는 무언의 증거물이었다. 필시 원자력 전지로 움직이는 물건일 터였다. 근방 1500킬로미터 이내에는 전기가 없었거니와 건전지라면 이미 오래전에 닳아 버렸을 것이므로. 제조사는 '노스 센트럴 양자

공학'이라는 곳이었다. 총잡이는 그 이름이 마음에 들지 않았다.

원래 있던 곳으로 돌아간 총잡이는 한 손으로 뺨을 받치고 잠들어 있는 제이크 곁에 앉았다. 잘생긴 소년이었다. 총잡이는 물을 조금 더 마시고 다리를 꼬아서 가부좌를 하고 앉았다. 사막 가장자리에 살면서 새를 키우던 그 변경 주민과 마찬가지로(졸탄, 그 새의 이름은 졸탄이었다. 총잡이의 머릿속에 그 이름이 느닷없이 떠올랐다.), 소년은 시간 감각을 잃어버렸다. 그러나 검은 옷의 남자는 틀림없이 이제 더 가까이에 있었다. 새삼스레 떠오른 생각이었지만, 총잡이는 검은 옷의 남자가 나름의 이유 때문에 자신에게 잡히기를 바라는 것은 아닌가 하고 궁금해 했다. 어쩌면 총잡이는 그자의 손바닥 위에서 놀아나는 중인지도 몰랐다. 그자를 잡으면 어떤 대결이 벌어질지 상상하려 했지만, 좀처럼 떠오르지가 않았다.

총잡이는 몹시 열이 났지만 이제는 아프지 않았다. 노랫소리도 다시 들려왔지만, 이번에는 어머니가 아니라 코트의 기억이 떠올랐다. 코트, 나이를 무색케 하는 기관차 같은 장사. 그의 얼굴은 돌과 총탄과 둔기가 남긴 흉터로 누덕누덕했다. 그것은 전쟁의 상흔이자 전술 교범이었다. 총잡이는 코트가 그 흉터와 맞먹을 만큼 장렬한 사랑을 한 적이 있을지 궁금했다. 아무래도 그럴 것 같지는 않았다. 총잡이는 수전을, 어머니를, 그리고 마튼을 떠올렸다. 그 돼먹지 못한 마법사를.

총잡이는 과거에 집착하는 남자가 아니었다. 그가 상상력이 없는 사람, 즉 위험한 멍청이가 되지 않았던 것은 오로지 미래와 자신의 감정적 기질을 어렴풋하게나마 이해했기 때문이었다. 그래서 그는 지금 떠오르는 일련의 생각들이 경악스러웠다. 이름 하나하나가 또

다른 이름들을 불러냈다. 커스버트, 알레인, 떨리는 목소리를 지닌 늙은 남자 조너스. 그리고 다시 수전, 창가에 서 있던 그 사랑스러운 소녀. 그런 생각들의 끝에는 언제나 수전이 있었고, '드롭'이라는 완만하게 경사진 광활한 초원이 있었고, 청정해 연안의 만에서 그물을 던지는 어부들이 있었다.

툴의 피아노 연주자 셰브는 그 장소들을 알았지만(그는 죽었다, 툴의 모든 주민과 함께, 총잡이의 손에), 그가 총잡이와 그 시절 이야기를 나눈 것은 단 한 번뿐이었다. 옛날 노래를 좋아했던 셰브는 한때 트래블러스 레스트라는 술집에서 그 노래들을 연주했다. 총잡이는 그중 한 곡을 가락 없이 나직하게 읊조렸다.

사랑, 아, 사랑, 아, 경솔한 사랑이여
경솔한 사랑의 끝이 어떤지 봐요

총잡이는 허탈하게 웃었다. 그 따스한 초록빛 세계의 마지막 생존자가 나라니. 향수에 깊이 잠긴 와중에도 그는 스스로를 조금도 연민하지 않았다. 세상은 무자비하게 변질해 버렸지만 그의 두 나리는 아직 튼튼했고, 검은 옷의 남자는 이제 더 가까이에 있었다. 총잡이는 꾸벅꾸벅 졸기 시작했다.

5

눈을 떴을 때는 저물녘이었고, 소년은 보이지 않았다.

총잡이는 무릎에서 나는 뚜두둑 소리를 들으며 일어나서 마구간 문간으로 향했다. 여관 건물의 어둑어둑한 포치에서 조그만 불빛이 춤추듯 흔들렸다. 그는 불그스름한 황토색 석양 속에 기다랗고 검은 그림자를 드리우며 그 빛을 향해 걸어갔다.

등유 남포등 옆에 제이크가 앉아 있었다. "드럼통에 기름이 있었어요. 그치만 저 안에서 켜면 불이 날 것 같았어요. 사방이 다 건조해서······."

"잘했다." 총잡이는 포치에 앉았다. 오랜 세월 동안 쌓인 먼지가 엉덩이 주위로 피어오르는 것이 보였지만 아랑곳하지 않았다. 사람 둘이 함께 앉았는데도 포치가 무너지지 않다니 왠지 신기했다. 남포등의 불빛이 소년의 얼굴에 은은한 그늘을 만들었다. 총잡이는 담배 쌈지를 꺼내어 담배를 말았다.

"나랑 대화를 좀 나누자꾸나."

제이크는 고풍스러운 말투에 살짝 웃으며 고개를 끄덕였다.

"이미 알 테지만, 나는 네가 본 그자를 쫓는 중이다."

"그 사람을 죽이실 건가요?"

"그건 모른다. 나는 그자에게서 들어야 할 말이 있다. 어쩌면 그자에게 어떤 장소로 나를 안내하라고 시켜야 할지도 모른다."

"어디로요?"

"탑이 있는 곳으로." 총잡이가 대답했다. 그러고는 남포등의 등갓 위쪽에 담배를 대고 불을 붙였다. 조금씩 거세지는 밤바람을 타고 담배 연기가 흘러갔다. 제이크는 그 광경을 가만히 지켜보았다. 두려움도 호기심도, 또렷한 감정은 조금도 보이지 않는 표정으로.

"그래서 난 내일 떠날 거다. 너도 나와 함께 가야 한다. 육포는 얼마나 남았느냐?"
"조금밖에 없어요."
"옥수수는?"
"육포보다는 조금 많아요."
총잡이는 고개를 끄덕였다. "저 안에 지하실이 있더냐?"
"예." 제이크는 총잡이를 돌아보았다. 두 눈의 눈동자가 금방이라도 부서질 것처럼 커다랬다. "바닥에 있는 고리를 당기면 열리는데요. 전 안 내려가 봤어요. 사다리가 부서지면 다시 못 올라올 것 같아서요. 게다가 냄새도 이상해요. 이 근방에서 무슨 냄새가 나는 곳은 거기밖에 없어요."
"내일 일찍 일어나서 그 밑에 뭐 챙길 만한 게 있는지 보자. 그다음에 출발하는 거다."
"알았어요." 소년은 망설이다가 말을 이었다. "아저씨가 주무시는 동안 안 죽이길 잘한 것 같아요. 쇠스랑이 있는데, 그걸로 찌를까 하는 생각도 했거든요. 그치만 안 했으니까, 이제 혼자 잠들어도 안 무서울 거예요."
"뭐가 무섭더냐?"
소년은 섬뜩한 표정으로 총잡이를 바라보았다.
"유령이오. 그 사람이 돌아올까 봐."
"검은 옷의 남자 말이구나." 총잡이의 말은 질문이 아니었다.
"예. 그 사람, 나쁜 놈인가요?"
"그 답은 관점에 따라 다를 것 같다." 총잡이는 무심코 이렇게 말했다. 그러고는 일어서서 단단한 땅바닥에 담배꽁초를 획 던졌다.
"난 가서 자야겠다."

소년은 쭈뼛쭈뼛 총잡이를 바라보았다.

"아저씨랑 같이 마구간에서 자도 돼요?"

"물론이지."

총잡이는 포치 앞 계단에 서서 올려다보며 말했고, 소년은 일어서서 그의 곁으로 내려갔다. 하늘에는 노인성이, 그리고 노모성이 떠 있었다. 눈을 감으면 겨울잠에서 맨 먼저 깨어난 청개구리들의 울음소리가 들릴 것 같았다. 초록의 냄새, 처음으로 풀을 깎은 궁정 잔디밭의 초여름 냄새도 풍길 것 같았다(그리고 소리도, 어쩌면 나무 공을 치는 둔탁한 소리도 들릴 것 같았다. 어스름이 짙어질 무렵에 왕궁 동관의 귀부인들이 속치마 차림으로 포인츠 게임을 할 때 나던 그 소리가). 그리고 보일 것만 같았다, 산울타리의 빈틈을 뚫고 달려오는 커스버트와 제이미가, 같이 말을 타러 가자고 외치는 그 친구들의 모습이…….

옛일을 그토록 잔뜩 떠올리다니, 그답지 않았다.

총잡이는 돌아서서 남포등을 집어 들었다.

"가서 자자."

두 사람은 나란히 마당을 가로질러 마구간으로 향했다.

6

이튿날 아침, 총잡이는 지하실을 조사했다.

제이크 말이 옳았다. 냄새가 지독했다. 총잡이는 햇빛에 소독돼서 무취 상태였던 사막과 마구간에 익숙해졌고, 그래서 지하실의 축축하고 질척한 악취에 구역질이 나고 머리까지 살짝 어지러웠다. 지하실에서는 양배추와 순무와 감자가 컴컴한 어둠 속에서 싹을 틔우다가 영영 썩어 버린 듯한 냄새가 났다. 그러나 사다리는 꽤 튼튼해 보였기에 총잡이는 아래로 내려갔다.

지하실 바닥은 흙이 깔려 있었고, 높이는 천장 들보에 머리가 거의 닿을 정도였다. 그곳에는 아직 거미가 살고 있었다. 섬뜩할 만큼 커다란 거미들은 몸통이 얼룩덜룩한 회색이었다. 순종은 오래전에 자취를 감추었기에 대개는 돌연변이였다. 몇 마리는 툭 튀어나온 자루 끝에 눈이 달려 있었고, 몇 마리는 다리가 열여섯 개는 되어 보였다.

총잡이는 주위를 둘러보며 눈이 어둠에 적응하기를 기다렸다.
"괜찮으세요?" 제이크가 위쪽에서 불안한 목소리로 물었다.
"그래." 총잡이는 한쪽 구석을 주시했다. "저쪽에 통조림이 있다. 잠깐 기다려라."

총잡이는 머리를 수그리고 조심스레 구석으로 향했다. 그곳에는 한쪽 면이 트인 오래된 상자가 있었다. 상자 속 통조림의 내용물은 깍지 콩이나 노란 공 같은 채소였는데 콘비프 통조림도 세 개가 있었다. 총잡이는 통조림을 한 아름 안고 사다리로 돌아왔다. 사다리를 반쯤 올라간 그는 제이크에게 통조림을 건넸고, 제이크는 무릎을 꿇고 그것을 받았다. 그는 통조림을 더 가지러 갔다.

그렇게 오가기를 세 번 했을 때, 건물의 토대에서 신음 소리가 들려왔다.

총잡이는 돌아서서 주위를 둘러보았다. 몽롱한 공포 같은 느낌이 엄습했다. 나른하면서도 불쾌한 느낌이었다.

거대한 사암 블록으로 이루어진 토대의 네 귀퉁이는 중간역을 막 지었을 무렵에는 가지런했겠지만, 이제는 술이라도 취한 듯 비뚤배 뚤한 각도로 뒤틀려 있었다. 이 때문에 지하실 벽은 기이하고 구불 구불한 상형 문자가 새겨진 것처럼 보였다. 그리고 이런 식의 복잡한 균열 두 줄기가 만난 곳에서, 모래가 가느다란 줄기를 이루며 쏟아지고 있었다. 마치 벽 뒤편에서 무언가가 이쪽을 잔뜩 벼르며, 고통을 참고 열심히 땅을 파기라도 하듯이.

신음 소리는 커졌다가 작아졌고, 다시 커져서 온 지하실을 가득 메웠다. 그것은 아찔한 고통과 섬뜩한 고역을 추상화한 소음이었다.

"올라오세요!" 제이크가 외쳤다. "세상에, 아저씨, 올라오세요!"

"가라." 총잡이의 목소리는 차분했다. "바깥에서 기다리는 거다. 200…… 아니, 300까지 세어도 내가 안 올라오거든 여길 당장 떠나라."

"올라오라니까요!" 제이크가 다시 악을 썼다.

총잡이는 대꾸하지 않았다. 대신 오른손으로 총을 뽑았다.

벽의 구멍은 이제 크기가 동전만 했다. 커튼처럼 내려앉은 두려움 너머로, 총잡이는 후다닥 달아나는 제이크의 발소리를 들었다. 쏟아지던 모래가 이내 멈췄다. 신음 소리도 그쳤지만, 그 대신 힘겨워 하는 숨소리가 그치지 않고 들려왔다.

"넌 누구냐?" 총잡이가 물었다.

대답은 들리지 않았다.

그러자 귀족어로, 명령조의 쩌렁쩌렁한 목소리로, 롤랜드가 다시 물었다.

"너는 누구냐, 악마냐? 할 말이 있거든 말해라. 내게 주어진 시간은 짧다. 그리고 내 인내심의 심지는 그보다 더 짧다."
"서두르지 마."
어눌한, 쥐어짜는 듯한 목소리가 벽 속에서 들려왔다. 총잡이는 앞서 느꼈던 몽롱한 공포가 더욱 깊어지고 넓어져서 손으로 만질 수도 있을 것만 같았다. 그 목소리의 주인은 앨리스, 그가 툴에서 정을 나눈 여인이었다. 그러나 앨리스는 죽었다. 미간에 총구멍이 난 채 쓰러지는 모습을 그는 똑똑히 보았다. 환영들이 눈앞에서 일렁이다가 아래로 흘러내리는 듯한 기분이었다.
"드로어즈를 천천히 통과해야 해, 총잡이. 타힌을 조심하고. 당신은 소년과 함께 여행할 테지만, 검은 옷의 남자는 당신의 영혼을 주머니에 넣고 여행하는 중이야."
"그게 무슨 소리냐? 분명히 말해라!"
그러나 숨소리는 이제 들리지 않았다.
총잡이는 얼어붙은 채 잠시 멍하니 서 있었다. 이내 커다란 거미 한 마리가 그의 팔에 내려앉더니 어깨 쪽으로 쏜살같이 올라왔다. 그는 자신도 모르게 끙 소리를 내며 거미를 털어 버렸고, 그러자 다리가 움직이기 시작했다. 그는 이제부터 할 일이 마음에 안 늘었지만, 관습이란 강고해서 어길 수가 없었다. '죽음은 죽은 자에게서 넘겨받는 법.' 오래된 속담이었다. 오직 시체만이 진실한 예언을 들려준다는 뜻이었다. 그는 벽의 구멍으로 다가가서 주먹으로 쳤다. 구멍 둘레의 사암이 힘없이 부스러진 덕분에 근육에 힘을 준 것만으로도 주먹이 벽을 뚫고 들어갔다.
그러자 무언가 단단한 것이 만져졌다. 불룩하고 오돌토돌한 물체였다. 총잡이는 그 물체를 꺼냈다. 손에 든 것은 턱뼈였다. 끄트머리의 연결 부위가 부식되어 닳아 있었다. 이는 이쪽저쪽으로 기운 상태였다.

"그래." 총잡이는 나지막이 중얼거렸다. 그러고는 턱뼈를 뒷주머니에 아무렇게나 쑤셔 넣고는 남은 통조림을 모두 챙겨서 사다리를 엉금엉금 올라갔다. 바닥의 문은 열어 두었다. 햇볕이 들이쳐서 돌 연변이 거미들을 죽여 버리도록.

제이크는 단단한 땅이 갈라져서 자갈투성이가 된 마구간 마당 한복판에 웅크리고 있었다. 그러다가 총잡이를 보고 비명을 지르며 한두 걸음 물러서다가, 이내 울면서 그를 향해 달려왔다.

"아저씨가 당한 줄 알았어요, 당한 줄 알았단 말이에요. 전……."

"난 괜찮다. 아무 일 없었다."

총잡이는 제이크를 안아 주었다. 가슴에 닿은 뜨거운 얼굴을 느끼면서, 옆구리에 닿은 메마른 손을 느끼면서. 방망이질하는 소년의 심장이 느껴졌다. 나중에 그는 바로 이때 소년을 사랑하기 시작했다는 것을 깨달았는데…… 물론, 이는 검은 옷의 남자가 파 놓은 함정이었을 것이다. 사랑만큼 위험한 함정은 없는 법이므로.

"그건 악마였나요?" 가슴에 얼굴이 파묻혀 웅얼거리는 목소리였다.

"그래. 말하는 악마였다. 이제 다시 안 내려가도 된다. 가자. 이제 출발할 시간이다."

두 사람은 마구간으로 들어갔다. 총잡이는 덮고 잤던 담요로 조잡한 보퉁이를 만들었다. 짊어지고 보니 후텁지근하고 따끔거렸지만 달리 뾰족한 수가 없었다. 보퉁이를 다 싼 후에는 펌프로 물주머니에 물을 채웠다.

"물주머니 한 개는 네가 메라. 어깨에 이렇게 메는 거다. 알겠느냐?"

"예."

제이크는 떠받드는 듯한 표정으로 총잡이를 올려다보다가, 그 표정을 재빨리 감췄다. 그러고는 물주머니를 어깨에 멨다.

"너무 무거우냐?"

"아뇨. 괜찮아요."

"지금 솔직히 말해야 한다. 네가 열사병에 쓰러지기라도 하면 내가 업고 갈 수도 없는 노릇이니."

"열사병에 걸리진 않을 거예요. 전 괜찮아요."

총잡이는 고개를 끄덕였다.

"우리 산으로 가는 거죠, 그렇죠?"

"그래."

그들은 쉬지 않고 두들겨 대는 햇살 속으로 걸어 나갔다. 정수리가 총잡이의 팔꿈치 높이까지 오는 제이크는 오른편 조금 앞에서 걸어갔다. 생가죽 끈으로 여민 물주머니 끄트머리가 소년의 정강이 근처에서 흔들거렸다. 총잡이는 물주머니 두 개를 어깨에 십자로 걸쳐 멨고, 식량이 든 보퉁이는 왼쪽 어깨에 메고 겨드랑이에 단단히 끼었다. 오른손은 걸낭과 담배쌈지 같은 나머지 짐을 밀었다.

두 사람은 중간역의 반대편 문으로 나와서 이제는 희미해진 역마차의 바퀴 자국을 발견했다. 그 자국을 따라 걷다가 15분쯤 지났을 무렵, 제이크가 돌아서더니 중간역의 두 건물을 향해 손을 흔들었다. 광막한 사막에 건물 두 채가 웅크리고 있는 것처럼 보였다.

"안녕!" 제이크가 외쳤다. "잘 있어!" 그러고는 다시 총잡이 쪽으로 돌아섰다. 심란한 표정을 하고서. "뭐가 이쪽을 지켜보는 것 같아요."

"무언가, 아니면 누군가겠지." 총잡이도 동의했다.
"저기 누가 숨어 있는 걸까요? 내내 숨어 있었을까요?"
"글쎄. 그런 것 같지는 않다."
"우리 다시 돌아가야 돼요? 가서……"
"아니. 이제 저곳에는 아무 볼일도 없다."
"잘됐네요." 제이크는 열띤 표정으로 대답했다.
 그들은 걸었다. 역마차의 바퀴 자국은 빙하의 퇴적물로 이루어진 언덕 너머로 이어졌고, 총잡이가 뒤를 돌아보았을 때, 중간역은 보이지 않았다. 또다시 사막이었고, 오로지 사막뿐이었다.

7

 중간역을 출발한 지 사흘째. 이제 산이 믿기 힘들 만큼 또렷이 보였다. 매끈한 사막이 층층이 높아지다가 언덕으로 바뀌는 곳이 보였다. 맨 앞의 헐벗은 비탈에는 땅거죽을 뚫고 나온 암반이 비바람에 깎인 부루퉁한 얼굴을 의기양양하게 쳐들고 있었다. 거기서 더 올라가면 땅은 다시 잠깐이나마 완만해졌고, 그곳에는 총잡이가 몇 달인지 몇 년인지 모를 만큼 오랜만에 다시 보는 진짜 살아 있는 초목이 있었다. 풀과 조그만 가문비나무, 심지어 버드나무처럼 보이는 나무까지, 모두 저 높은 곳에서 흘러내리는 눈 녹은 물을 마시며 자라고 있었다. 그 위는 다시 바위들 차지였다. 우람하게 솟은 바위들이 아찔한 산봉우리까지 늠름하고 장대하게 펼쳐져 있었다. 왼편에는 거대한 빗금 모양의 협곡이 자리 잡고 있어서 산 너머의 더 작고 풍화

된 사암 절벽과 탁상지와 구릉지로 향하는 길이 보였다. 이 장대한 경관은 거의 쉬지 않고 내리는 비의 회색 장막에 가려 흐릿하게 보였다. 밤이면 제이크는 잠들기 전 몇 분 동안 홀린 듯이 앉아서, 저 멀리 내리꽂히는 번개들의 눈부신 칼싸움을 구경했다. 깨끗한 밤공기 덕분에 흰색과 자주색 번개가 놀랍도록 선명하게 보였다.

제이크는 산길도 끄떡없이 걸었다. 야무진 소년이었지만 그게 다가 아니었다. 제이크는 잔잔한 의지로 피로에 맞서 싸우는 것처럼 보였다. 총잡이는 그 의지를 알아보고 높이 평가했다. 소년은 말을 많이 하지 않았고 질문도 하지 않았다. 총잡이가 저녁에 담배를 피우면서 손으로 빙글빙글 돌리는 턱뼈에 대해서도 묻지 않았다. 소년은 총잡이의 동행이 된 것에 무척이나 우쭐한 눈치였고, 심지어 행복해 보이기까지 했다. 그리고 총잡이는 이 점이 마음에 걸렸다. 소년은 그가 가는 길에 놓인 함정이었기에("당신은 소년과 함께 여행할 테지만, 검은 옷의 남자는 당신의 영혼을 주머니에 넣고 여행하는 중이야."), 소년이 그의 짐이 되지 않는다는 사실은 더 불길한 가능성을 암시할 뿐이었다.

두 사람이 가는 길에는 검은 옷의 남자가 피운 모닥불의 똑같은 흔적이 일정한 간격으로 남아 있었다. 총잡이의 눈에 그 흔적들은 갈수록 더 새것처럼 보였다. 사흘째 밤, 총잡이는 저 멀리 모닥불의 불빛이 보인다고 확신했다. 불룩하게 솟은 첫 번째 언덕 어디쯤이었다. 예상했던 것보다는 그리 기쁘지 않았다. 머릿속에 스승 코트의 가르침 한마디가 떠올랐다. 절뚝거리는 척하는 놈을 조심해라.

중간역을 떠난 지 나흘째 되던 날 오후 두 시 무렵, 제이크는 비틀거리다가 하마터면 넘어질 뻔했다.

"자, 여기 앉아라." 총잡이가 말했다.

"아뇨, 전 괜찮아요."

"앉아라."

제이크는 고분고분히 앉았다. 총잡이는 그 곁에 쪼그리고 앉았다. 소년이 자신의 그림자 속에서 쉴 수 있도록.

"마셔라."

"물은 아꺼 됐다가 나중에……"

"마셔라."

제이크는 물을 세 모금 마셨다. 총잡이는 이제 홀쭉해진 보퉁이의 끝자락을 물에 적셔서 축축한 담요 천으로 소년의 뜨거운 손목과 이마를 닦아 주었다.

"앞으로는 매일 오후 이맘때 쉬기로 하자. 휴식 시간은 15분이다. 한숨 자고 싶으냐?"

"아뇨."

제이크는 겸연쩍은 표정으로 총잡이를 보았다. 총잡이는 담담한 표정으로 소년을 마주 보았다. 그러고는 천연덕스럽게 총 띠에서 총탄 한 개를 꺼내어 주먹 위에서 굴리기 시작했다. 소년은 넋이 나가서 지켜보았다.

"멋지네요." 제이크가 중얼거렸다.

총잡이는 고개를 끄덕였다. "으흠!" 그러고는 잠시 입을 다물었다. "네 나이 때 나는 성벽으로 둘러싸인 도시에서 살았다. 내가 그 얘기를 한 적이 있느냐?"

제이크는 졸린 표정으로 고개를 저었다.

"그랬구나. 그곳에는 악당이 있었는데……"

"그 신부님요?"
"글쎄다. 솔직히 말하면 나도 가끔 헷갈린다. 만약 그자가 둘이 었다면, 돌이켜보건대 분명 형제였을 게다. 어쩌면 쌍둥이였을지도. 허나 그 둘이 함께 있는 모습을 본 적이 있느냐 하면, 한 번도 없다. 그 악당은…… 그 마튼이라는 자는…… 마법사였다. 멀린처럼. 네가 살던 곳의 사람들도 마법사 멀린을 아느냐?"
"멀린이랑 아서 왕이랑 원탁의 기사들."
제이크는 몽롱한 목소리로 대답했다.
총잡이는 역겨운 충격이 엄습하는 느낌이 들었다.
"그래, 아서 엘드. 네 말이 옳다, 고맙다. 그때 나는 새파랗게 어렸는데……."
그러나 제이크는 앉은 채로 잠들어 있었다. 두 손을 무릎 위에 단정하게 포갠 채로.
"제이크."
"으흠!"
소년의 입에서 튀어나온 그 말에 총잡이는 소스라치게 놀랐지만, 목소리에는 그런 기색을 드러내지 않았다.
"내가 손가락으로 '딱' 소리를 내면 넌 잠에서 깰 거다. 잠깐 쉬면서 기운을 차리는 거다. 알겠느냐?"
"예."
"그럼 누워라."
총잡이는 쌈지를 꺼내어 담배를 말았다. 무언가 빠진 것이 있었다. 그는 세심하고 부단하게 생각을 더듬은 끝에 마침내 파악했다. 빠진 것은 이제껏 느꼈던 미칠 듯이 서두르는 느낌, 언제 뒤쳐질지 모른다는 불안감이었다. 사냥감의 흔적은 사라지고 결국 자신은 마지막 희미한 발자국 한 개와 남겨질 거라는 불안감. 이제 그런 기분은 깨끗이 사라졌고, 총잡이는 검은 옷의 남자가 잡히기를 바란다고 점점 확신했다. *절뚝거리는 척하는 놈을 조심해라.*

그자를 붙잡은 다음에는?

총잡이의 흥미를 끌기에는 너무 두루뭉술한 의문이었다. 커스버트라면 흥미를 보였을 것이다, 아주 비상한 흥미를(그리고 농담도 지껄였을 것이다.). 그러나 커스버트는 디셰인 가문의 뿔피리와 함께 사라졌고, 총잡이는 자신의 방식대로 나아가는 수밖에 없었다.

담배를 피우며 소년이 자는 모습을 바라보는 사이에 다시금 커스버트가 떠올랐다. 언제나 깔깔 웃던(죽을 때에도 웃고 있었던) 커스버트. 그리고 코트, 절대로 웃음을 보이지 않던 스승도 생각났다. 뒤이어 떠오른 마튼은 가끔 빙긋 웃곤 했다. 그의 엷고 조용한 미소는 불길한 빛을 발하는 것이 마치⋯⋯ 암흑 속에서 스르르 벌어진 핏발 선 눈 같았다. 그리고 물론, 잊을 수 없는 매가 한 마리 있었다. 그 매의 이름은 데이비드. 돌팔매질의 명수였던 전설 속의 소년에게서 따 온 이름이었다. 단언컨대 데이비드는 살육과 파괴와 위협의 욕구 말고는 아는 것이 없었다. 총잡이 자신이 그러했듯이. 데이비드는 구경꾼이 아니었다. 전장의 주인공이었다.

다만 마지막 순간에는 그러지 못했을지도.

총잡이는 위가 심장을 밀어 올리는 듯한 고통을 느꼈지만, 표정은 꿈쩍도 하지 않았다. 그는 담배 연기가 사막의 뜨거운 공기 속으로 피어올라 사라지는 광경을 가만히 지켜보았고, 그러는 동안 그의 정신은 다시 과거로 돌아갔다.

8

하늘은 흰색, 완벽한 흰색이었고, 대기에는 비 냄새가 짙게 맴돌았다. 산울타리와 쑥쑥 자라는 초목의 향기가 달콤했다. 때는 늦봄, 신지(新地)라고도 부르는 시기였다.

데이비드는 커스버트의 팔에 앉아 있었다. 번득이는 금빛 눈으로 허공을 노려보는 살상 기계였다. 젓갖*과 연결된 생가죽 끈이 커스버트의 팔에 아무렇게나 감겨 있었다.

코트는 두 소년에게서 떨어진 곳에 서 있었다. 여기저기 덧댄 가죽 바지와 초록색 면 셔츠 차림에 낡고 폭이 넓은 보병용 벨트를 허리 높이 찬 그는, 말이 없었다. 셔츠의 초록빛이 왕궁 뒤뜰의 산울타리와 드넓은 잔디밭에 녹아들었다. 귀부인들이 포인츠 경기를 하러 나오기에는 아직 이른 시각이었다.

"준비해." 롤랜드가 커스버트에게 소곤거렸다.

"우린 준비됐어." 커스버트의 목소리에 자신감이 묻어났다. "안 그래, 데이비?"

그들은 평민어로 대화했다. 하인과 종자들이 쓰는 언어였다. 그들이 남들 앞에서 타고난 계급의 언어로 말하도록 허락받는 것은 아직 먼 미래의 일이었다.

"날씨도 딱 좋아. 비 냄새 안 나? 오늘은 아주……"

그 순간, 코트가 두 손으로 받치고 있던 새장을 번개같이 쳐들더니 옆에 달린 문을 열었다. 풀려난 비둘기는 재빨리 날개를 퍼덕이

---

* 사냥용 매의 두 발에 매어 두는 가느다란 가죽끈. ― 옮긴이

며 하늘을 향해 필사적으로 날아올랐다. 커스버트가 생가죽 끈을 당겼지만 손이 너무 느렸다. 일찌감치 팔뚝을 박찬 매는 끈에 발이 붙잡혀 불안정하게 날아올랐다. 매는 날개를 잠깐 퍼덕인 후에야 자세를 바로잡았다. 힘차게 날갯짓하며 비둘기보다 더 높이 솟구치는 매의 움직임은 총알처럼 신속했다.

코트는 소년들이 서 있는 곳으로 태연하게 걸어가더니, 거대하고 울퉁불퉁한 주먹을 커스버트의 귓불에 날렸다. 커스버트는 찍 소리도 내지 않고 쓰러졌지만 벌어진 입술 사이로 악문 이가 보였다. 귀에서 핏방울이 천천히 흘러나와 짙은 초록색 잔디에 떨어졌다.

"손이 느리다, 이 굼벵이 놈아." 코트가 말했다.

커스버트는 비틀비틀 일어섰다.

"미안해요, 코트. 난 그냥……"

코트는 다시 한 번 주먹을 휘둘렀고, 커스버트는 다시 한 번 쓰러졌다. 이번에는 피가 더 빠르게 튀었다.

"귀족어로 말해라." 코트가 나직이 중얼거렸다. 그의 쉰 목소리는 살짝 취한 듯 높낮이가 없었다. "너 따위는 흉내도 못 낼 만큼 훌륭한 이들이 목숨을 바쳐 수호한 문명의 언어로 네 죄를 고해라, 이 굼벵이 놈아."

커스버트는 다시 일어섰다. 두 눈은 눈물로 반짝였지만, 증오를 머금고 한일자로 다문 입술은 조금도 떨리지 않았다.

"통탄할 일입니다." 커스버트는 떨리는 숨을 억누르고 차분하게 말했다. "저는 제 아버지의 얼굴을 잊었습니다, 언젠가 제게 총을 물려주실 그분의 얼굴을요."

"바로 그거다, 꼬맹아. 네가 뭘 잘못했는지 잘 생각해 봐라, 허기를 사색의 숫돌로 삼으면서. 오늘 저녁밥은 없다. 내일 아침도."

"저기 보세요!" 롤랜드가 외쳤다. 하늘을 가리키면서.

매는 솟아오르는 비둘기보다 더 높이 올라갔다. 두툼한 날개를 활짝 펼친 자세 그대로, 매는 고요하고 새하얀 봄 하늘을 잠시 활공했다. 그러다가 날개를 접고 돌멩이처럼 내리꽂혔다. 새 두 마리가 한 덩어리로 뒤엉켰고, 한순간 롤랜드는 하늘에 흩뿌려진 피를 본 듯했다. 매의 짧은 포효가 곧 승전보였다. 비둘기는 퍼덕거리고 몸부림을 치며 땅으로 떨어졌고, 롤랜드는 코트와 벌을 받는 커스버트를 남겨 두고 사냥감을 향해 달려갔다.

매는 방금 잡은 사냥감 곁에 내려앉아 하얗고 복슬복슬한 가슴을 느긋하게 찢어 발겼다. 깃털 몇 개가 갈지자로 천천히 흩날렸다.

"데이비드!" 롤랜드는 매의 이름을 외치며 주머니에서 토끼 고기 한 점을 꺼내어 던져 주었다. 매는 날아오는 고기를 홱 낚아채더니 등과 목을 움찔움찔 곧추세우며 뱃속으로 밀어 넣었고, 롤랜드는 그런 매를 다시 묶으려고 손을 내밀었다.

매는 거의 무의식적으로 휙 고개를 돌려 날카로운 부리로 롤랜드의 팔뚝을 기다랗고 깊숙이 찢어 놓았다. 그러고는 다시 먹잇감에게로 고개를 돌렸다.

롤랜드는 끙 소리와 함께 다시 젓갖 끈을 묶었고, 이번에는 끼고 있던 버렁*으로 날카롭게 내리꽂히는 데이비드의 부리를 잡았다. 그런 다음 토끼 고기 한 점을 더 주고 머리 씌우개를 씌웠다. 데이비드는 고분고분히 롤랜드의 손목에 올라앉았다.

---

* 매를 받으려고 끼는 두꺼운 가죽 장갑.—옮긴이

롤랜드는 우쭐한 기분으로 일어섰다. 팔에 앉은 매와 함께.
"뭐냐, 이건?" 코트는 찢어져서 피가 뚝뚝 떨어지는 롤랜드의 팔뚝을 가리키며 물었다. 롤랜드는 주먹을 받아 낼 준비를 했다. 터질지 모르는 비명을 참으려고 목구멍에 힘을 주면서. 그러나 주먹은 날아오지 않았다.
"데이비드가 저를 공격했습니다."
"네가 화나게 했으니 그런 거다. 매는 너를 겁내지 않는다, 꼬맹아. 앞으로도 그럴 일은 절대 없을 거다. 매는 하느님의 총잡이니까."
롤랜드는 코트를 멀뚱멀뚱 바라볼 뿐이었다. 그는 상상력이 풍부한 편이 아니었고, 그래서 코트가 은연중에 전하려 한 교훈이 있었다 한들 알아차릴 방법이 없었던 것이다. 기껏해야 코트가 늘 하던 엉뚱한 소리를 또 한다고 여길 뿐이었다.
커스버트는 두 사람 뒤로 다가와서 코트를 향해 혀를 날름 내밀었다. 스승의 시야 바깥에서, 안전하게. 롤랜드는 웃지 않고 고개만 끄덕였다.
"수업은 여기까지다." 코트는 매를 거두면서 말했다. 그러고는 돌아서서 커스버트를 가리켰다. "허나 사색하는 것은 잊지 마라, 굼벵이 놈아. 금식도 잊지 말고. 오늘 저녁과 내일 아침이다."
"예." 커스버트의 말투는 이제 지나치게 딱딱했다. "오늘의 뜻 깊은 가르침에 감사하나이다."
"네놈은 배운 게 있는지 모르겠다만, 네놈의 혓바닥은 스승이 등을 돌리면 어리석은 주둥이를 비집고 나오는 나쁜 버릇이 있더구나. 언젠가 그 혓바닥도 네놈도 제대로 처신하는 법을 깨달을 날이 올 거다."

코트는 또 다시 커스버트를 후려쳤다. 이번에는 미간이었다. 어찌나 세게 때렸던지 롤랜드의 귀에 '떡' 소리가 들릴 정도였다. 하인이 나무망치로 맥주 통을 칠 때 나는 소리였다. 커스버트는 잔디 위로 벌러덩 나자빠졌다. 처음에는 눈이 풀려서 눈앞이 빙빙 돌았다. 그러다가 시야가 또렷해지자 이글거리는 눈으로 코트를 올려다보았다. 평소의 느긋한 웃음은 간데없이 사라진 표정이었고, 비둘기의 피처럼 선연하게 타오르는 눈동자 한복판의 점은 곧 가면을 벗은 증오였다. 커스버트는 고개를 끄덕이더니 롤랜드가 한 번도 본 적 없는 섬뜩한 웃음을 지었다.
"영 가망 없는 놈은 아니었구나." 코트가 말했다. "이길 자신이 생기거든 나를 찾아와라, 굼벵이 놈아."
"어떻게 알았죠?" 커스버트는 악문 이 사이로 중얼거렸다.
코트가 어찌나 번개 같이 돌아섰던지, 롤랜드는 놀라서 하마터면 흠칫 물러설 뻔했다. 그랬더라면 친구와 나란히 잔디에 드러누웠을 것이다. 신록을 자신들의 피로 장식한 채.
"이 굼벵이 녀석의 눈에 네 꼬락서니가 비쳤다. 머리에 잘 새겨 둬라, 커스버트 올굿. 이것이 오늘의 마지막 교훈이다."
커스버트는 다시 고개를 끄덕였다. 섬뜩한 미소를 지우지 않은 채로.
"통탄할 일입니다. 저는 제 아버지의……"
"개소리는 그만해라." 코트는 흥미 없다는 듯이 뇌까리고는 롤랜드 쪽으로 돌아섰다. "자, 그만 들어가거라. 너희 둘 다. 멍청한 너희 굼벵이들의 낯짝을 더 보고 있다가는 구역질이 나와서 저녁도 못 먹을 판이니까."

"가자." 롤랜드가 말했다.

커스버트는 머리를 절레절레 흔들어 정신을 차리고 일어섰다. 코트는 이미 비탈을 내려가고 있었다. 안짱걸음으로 걸어가는 그의 땅딸막한 체구는 강인해 보이면서도 어쩐지 원시인 같았다. 희끗희끗한 머리카락을 박박 민 정수리가 번들거렸다.

"저 개자식, 내가 죽여 버릴 거야."

커스버트는 미소를 지우지 않은 채 중얼거렸다. 이마에 거위 알처럼 커다란 자줏빛 혹이 언제 솟았는지도 모르게 볼록 솟아 있었다.

"그건 무리야, 너나 나나." 롤랜드는 그렇게 말하고는 문득 함박웃음을 지었다. "나랑 같이 서관 주방에 가서 저녁 먹자. 주방장이 뭘 좀 챙겨줄 거야."

"코트한테 이를 텐데."

"거기 주방장은 코트랑 안 친해." 롤랜드는 알 게 뭐냐는 듯이 어깨를 으쓱했다. "이르면 또 어쩔 건데?"

커스버트도 친구를 따라 씩 웃었다.

"그래. 맞아. 난 항상 궁금했어, 모가지가 뒤로 돌아간 채 거꾸로 매달리면 세상이 어떻게 보일지."

그들은 초록색 잔디밭을 가로질러 돌아갔다. 싱그럽고 환한 봄햇살 속에 그림자를 드리운 채로.

9

서관 주방의 주방장은 이름이 핵스였다. 우람한 몸집에 음식 얼룩이 밴 하얀 옷을 걸친 사내였고, 피부는 원유처럼 새까맸다. 핵스의 피 가운데 4분의 1은 흑인, 4분의 1은 황인, 4분의 1은 지금은 (세상이 변질해 버렸으므로) 아는 이가 거의 없는 남양 제도 사람들, 그리고 나머지 4분의 1은 신들도 모를 인종에게서 물려받은 것이었다. 칼리프가 신을 범한 거대한 슬리퍼를 끌면서 천장이 높다랗고 김이 자욱한 방 세 곳을 오가는 그의 모습은 마치 기어를 저단에 놓은 트랙터 같았다. 그는 어린이들과 말이 잘 통할뿐더러 모든 아이를 공평하게 사랑하는 드문 어른이었다. 그렇다고 해서 징그럽게 굴지는 않았고, 사업 상대를 대할 때처럼 이야기하다가 가끔 끌어안거나 하는 정도였다. 그럴 때면 꼭 큰 거래를 마치고 악수를 청하는 사람 같았다. 그는 총잡이 수업을 시작한 소년들도 똑같이 사랑했지만, 그런 소년들은 보통 아이들과 달랐다. 그 소년들은 속내를 드러내는 법이 없었고 언제나 조금 위험해 보였다. 어른스럽다기보다는 오히려 머리가 살짝 이상해진 보통 아이들 같았다. 그리고 코트의 제자들 가운데 몰래 먹을 것을 얻으러 오는 소년은 커스버트뿐만이 아니었다. 이날 핵스는 자신의 터무니없이 커다란 전기 레인지 앞에 서 있었다. 그 레인지는 궁내에 남아 있는 아직 작동하는 전기 기구 여섯 대 가운데 하나였다. 핵스는 자신의 사적 영역인 이 레인지 앞에 서서, 자신이 만든 그레이비소스와 고기 부스러기를 허겁지겁 먹어 치우는 두 소년을 지켜보았다. 그들 앞쪽에서, 뒤쪽에서, 또 온 사방에서, 요리사와 급사와 이런저런 임무를 맡은 하인들이 뜨거운 김으로 눅눅해진 공기를 뚫고 바삐 오가며 프라이팬을 흔들고, 스튜가 끓는 솥을 젓고, 감자와 채소를 가지러 지하실을 오르내렸다. 어둑어둑한 찬방에서는 창백한 얼굴에 헝겊으로 머리를 동여맨 세탁

부가 물을 철벅철벅 튀기며 바닥을 걸레질하는 중이었다.
어린 급사가 근위병 한 명을 뒤에 달고 쪼르르 달려왔다.
"핵스, 이 사람이요, 용건이 있대요."
"그래." 핵스가 근위병에게 고갯짓으로 인사를 하자 근위병도 고갯짓으로 답례했다. "자, 너흰 매기한테 가 봐라, 매기가 파이를 좀 줄 거다. 그걸 챙겨서 썩 사라져. 나까지 귀찮은 일에 말려들게 하지 말고."
나중에 두 소년은 핵스의 마지막 말을 함께 떠올렸다. *나까지 귀찮은 일에 말려들게 하지 말고.*
그들은 고개를 끄덕이고 매기를 찾아갔고, 매기는 만찬용 접시에 커다란 파이 조각을 담아 주었다. 그러나 매기의 태도는 조심스러웠다. 물지도 모르는 들개들을 상대하는 사람처럼.
"계단에 가서 먹자." 커스버트가 말했다.
"그래."
둘은 주방 사람들의 눈을 피해 물기가 어린 커다란 돌기둥 뒤편에 앉은 다음, 파이를 손에 들고 게걸스럽게 먹기 시작했다. 얼마 지나지 않아 널따란 계단 저편의 휘어진 벽에 사람 그림자가 보였다. 롤랜드는 커스버트의 팔을 잡았다.
"가자. 누가 이쪽으로 오고 있어."
커스버트는 고개를 들었다. 놀란 얼굴이 파이 속의 딸기로 물들어 있었다.
그러나 그림자 둘은 더 가까이 오지 않고 멈췄고, 여전히 소년들의 시야 바깥에 있었다. 그림자의 주인은 핵스와 근위병이었다. 소년들은 앉은 자리에서 움직이지 않았다. 움직였다가는 기척이 발각 될 판이었다.

"……라고 의인(義人)께서." 이렇게 말한 사람은 근위병이었다.

"파슨 님께서?"

"2주 후라고 하셨습니다." 근위병이 대답했다. "어쩌면 3주가 걸릴 수도 있고요. 저희와 함께 가셔야 합니다. 화물역에서 수송 물자를……" 그릇이 박살 나는 요란한 소리, 또 그 그릇을 떨어뜨린 운 없는 급사에게 야유를 퍼붓는 소리에 가려 그다음 말은 들리지 않았다. 뒤이어 근위병의 마지막 말이 두 소년의 귀에 들려왔다. "……은 독이 든 고기입니다."

"위험한데."

"의인께서 당신에게 뭘 해 주실 수 있는지 묻지 말고……"

"당신이 의인을 위해 뭘 할 수 있는지 물어라." 핵스가 근위병 대신 말을 맺고 한숨을 쉬었다. "병사여, 의문을 버릴지어다."

"그 말이 무슨 뜻인지는 아실 텐데요." 근위병이 나직이 말했다.

"아무렴. 내가 그분께 다해야 할 의무도 알고 있네, 그러니 일장 연설은 필요 없어. 나도 자네처럼 그분을 경애하니까. 그분께서 명령만 하시면 물속이라도 따라 들어갈 거야."

"알았습니다. 그 고기는 단기 보관용 도장을 찍어서 주방 냉동실에 보관하십시오. 하지만 서둘러야 합니다. 그 점을 명심하세요."

"톤튼에 아이들도 있겠지?" 주방장이 물었다. 실은 질문이 아니었다.

"아이들은 어디에나 있지요." 근위병의 목소리는 부드러웠다. "우리가 지키려고 하는 게 아이들 아닙니까. 그분도 마찬가지고요."

"독이 든 고기라. 아이들을 지키는 방법치고는 꽤나 기묘하군."

핵스는 휘파람 소리처럼 묵직한 한숨을 토했다. "아이들이 아픈 배를 끌어안고 엄마를 찾으며 울겠지? 내가 보기엔 그럴 것 같군."

"잠드는 거랑 비슷할 겁니다." 근위병은 그렇게 말했지만, 목소리에 자신이 너무 넘쳐서 오히려 의심스러웠다.

"물론 그렇겠지." 핵스는 그렇게 대꾸하고 웃고 말았다.

"본인 입으로 말씀하셨잖습니까, '병사여, 의문을 버릴지어다'라고. 당신은 아이들이 총의 지배 아래 살아가는 현실이 마음에 드십니까, 지금이라도 그분의 손길 아래 새 세상을 만들 준비를 하며 살아갈 수 있는데도?"

핵스는 대답하지 않았다.

"전 20분 후에 근무를 시작합니다." 근위병의 목소리가 다시금 차분해졌다. "양고기를 조금만 주십시오, 그걸 챙겨서 주방에 있는 하녀랑 노닥거리다가 가겠습니다. 제가 가고 나면······."

"내 양고길 먹고 자네 배가 아플 일은 없겠지, 로브슨."

"지금 그 말씀은······."

더 들으려고 했지만 그림자들은 멀어졌고, 목소리도 사라졌다.

저 놈들을 방금 내 손으로 죽일 수도 있었는데. 롤랜드는 생각했다. *충격에 얼어붙어 넋이 빠진 상태로. 둘 다 내 칼로 죽일 수도 있었어, 돼지처럼 목을 따서.* 그러고는 손을 내려다보았다. 두 손에는 이날 수업 때 묻은 흙 말고도 그레이비소스와 딸기가 묻어 있었다.

"롤랜드."

롤랜드는 커스버트에게로 시선을 돌렸다. 둘은 봄의 향기가 감도는 어스름 속에서 한참 동안 서로 마주 보았다. 그러는 동안 롤랜드는 목구멍에서 치솟는 뜨끈한 절망의 맛을 느꼈다. 소년이 느낀 맛의 근원은 죽음과 비슷한 것인지도 몰랐다. 사냥터의 새하얀 하늘에서 비둘기가 맞이한 죽음만큼이나 잔혹하고 돌이킬 수 없는 어떤 것이었다. 핵스가? 소년은 어안이 벙벙해진 채 생각했다. *그때 내 다리에 찜질용 수건을 얹어 줬던 핵스가? 핵스가 그런 짓을?* 이윽고 소년은 생각을 멈추었다. 그때의 사사로운 기억을 아예 잊어버렸다.

롤랜드의 눈에는 아무 감정도 보이지 않았다. 심지어 커스버트의 장난기 가득하고 영특한 얼굴에도, 감정은 전혀 드러나지 않았다. 커스버트의 단호한 눈빛 속에는 핵스의 최후가 보였다. 커스버트의 눈 속에서 그것은 이미 벌어진 일이었다. 핵스는 그들에게 먹을 것을 주었고, 그들은 계단을 내려와 그것을 먹었다. 그런데 뒤이어 핵스가 로브슨이라는 근위병을 하필이면 주방의 이쪽 구석으로 데려와서는, 은밀하게 반란을 모의했다. 카의 힘은 이따금 그런 식으로 작동하곤 했다. 언덕을 굴러 내려가는 바윗돌처럼, 갑작스럽게. 그저 그뿐이었다.

커스버트의 눈은 총잡이의 눈이었다.

10

롤랜드의 아버지는 이제 막 고원 지대에서 돌아온 참이었다. 그렇다 보니 커튼과 사치스러운 시폰으로 장식한 중앙 접견실하고는 어울리지 않는 차림새였다. 이 접견실은 롤랜드가 총잡이 훈련의 증표로서 최근에야 겨우 출입을 허가받은 장소였다.

스티븐 디셰인은 검은 진 바지에 청색 전투복 셔츠 차림이었다. 망토는 먼지투성이에 기다란 자국이 여기저기 난 데다 한쪽은 찢어져서 안감이 보였고, 어깨 위에 아무렇게나 걸친 모양새 또한 주인과 마찬가지로 이 방의 우아한 분위기에 아랑곳하지 않는 듯했다. 그는 앙상하게 마른 남자였고, 코 밑의 팔자수염은 아들을 내려다보는 그의 얼굴을 아래로 묵직하게 당기는 것처럼 보였다. 쌍권총은 뽑기에 가장 편한 각도로 대퇴부 양쪽에 매달려 있었다. 반들반들한 백단향 손잡이가 나른한 실내조명 속에서 졸린 듯 희끄무레하게 빛났다.

"주방장이라니." 롤랜드의 아버지가 나직이 중얼거렸다. "한번 상상해 봐라! 철도는 고원 지대의 종착역에서 폭파당했다. 헨드릭슨에서는 가축들이 죽었고. 그런데 심지어…… 상상해 봐라! 내 기분이 어떨지 상상해 봐!"

그는 아들의 얼굴을 더 자세히 내려다보았다.

"머릿속을 쪼이는 것 같은 기분이다."

"매처럼요. 매가 쪼는 것처럼 말이죠."

롤랜드는 상황이 가벼워서가 아니라 자신이 딱 들어맞는 이미지를 떠올린 것에 놀라서 웃음을 터뜨렸다.

롤랜드의 아버지도 빙긋이 웃었다.

"맞아요. 저도 그 생각이…… 제 머릿속을 쪼는 것 같아요."

"커스버트도 함께 있었단 말이지. 그럼 지금쯤 자기 아버지한테 얘기했겠구나."

"예."

"코트가 굵으라고 명령했는데 그자가 너희 둘한테……"

"맞아요."

"그런데 커스버트는 어떨까. 그 녀석도 이 일 때문에 고민할 것 같으냐?"

"모르겠어요."

굳이 알고 싶지도 않았다. 롤랜드는 자신의 기분을 남과 비교하는 것에 관심이 없었다.

"너 때문에 그자가 처형당하게 돼서 마음이 심란한 거냐?"

롤랜드는 자신도 모르게 어깨를 으쓱했다. 이런 식으로 동기를 꼬치꼬치 캐묻는 것이 문득 불쾌하게 느껴졌다.

"그런데도 너는 나한테 얘기했다. 어째서냐?"

소년의 눈이 동그래졌다.

"어떻게 가만있을 수가 있어요? 반역죄는……."

아버지는 야멸치게 손을 내저었다.

"교과서에 나오는 싸구려 사상 때문에 그런 거라면, 헛수고다. 그런 거라면 차라리 톤튼의 모든 주민이 독에 쓰러지는 걸 보는 게 낫다."

"아니에요!" 그 말은 거칠게 튀어나왔다. "전 그자를 죽이고 싶었어요…… 둘 다요! 거짓말쟁이들! 속이 시키먼 거짓말생이늘이에요! 뱀 같은 자들! 그자들 때문에……"

"계속해라."

"……그자들 때문에 마음이 아팠다고요." 소년은 대드는 듯한 말투로 말을 맺었다. "그자들 때문에 뭔가 변해 버렸어요, 그래서 마음이 아팠어요. 그래서 죽여 버리고 싶었어요. 그 자리에서 당장."

소년의 아버지가 고개를 끄덕였다.

"그건 야만스러운 짓이다, 롤랜드. 허나 헛수고는 아니다. 도덕

하고도 거리가 멀지만, 도덕에 연연하는 건 너의 본분이 아니지. 사실……." 그는 아들을 지그시 바라보았다. "도덕은 언제나 네 손이 닿지 않는 곳에 있을 게다. 너는 커스버트나 바네이의 아들처럼 머리 회전이 빠르지는 않다. 허나 그래도 괜찮다. 그 덕분에 남들이 너를 무서워할 테니."

소년은 그 말이 흐뭇하면서도 심란했다.

"그자는……."

"아, 그자는 교수형을 당할 거다."

소년은 고개를 끄덕였다.

"저도 보고 싶어요."

아버지 디셰인은 고개를 젖히고 껄껄 웃었다.

"생각만큼 무서운 녀석은 아니었구나…… 어쩌면 그냥 멍청한 녀석인지도."

그는 갑자기 입을 다물었다. 그러고는 느닷없이 팔을 뻗어서 아들의 팔뚝을 아플 정도로 꽉 붙잡았다. 롤랜드는 인상을 찌푸렸지만 움찔거리지는 않았다. 아버지는 그런 아들을 가만히 바라보았고, 아들도 아버지를 마주 보았다. 매한테 머리 씌우개를 씌우는 것보다 더 힘든 일이었는데도.

"그래. 봐도 좋다."

아버지는 그 말을 남기고는 홱 돌아서서 멀어져 갔다.

"아버지?"

"뭐냐?"

"그자들이 누구 얘기를 했던 거죠? 그 의인이라는 사람이 누군지 아세요?"

롤랜드의 아버지는 돌아서서 생각에 잠긴 눈으로 아들을 바라보았다.

"그래. 알 것 같다."

"아버지가 그자를 붙잡으시면." 롤랜드는 생각에 몰두할 때 으레 그렇듯이 거의 더듬듯이 느리게 얘기했다. "주방장처럼 모가지가 작살나는 사람은 더 안 나오겠죠?"

아버지의 얼굴에 엷은 웃음이 번졌다.

"아마도 당분간은. 허나 결국에는, 남자든 여자든 누군가는 네 고상한 표현대로 모가지가 작살나게 마련이다. 민중이 그것을 원하기 때문이지. 만약 반역자가 나오지 않으면, 조만간에 민중이 알아서 지목할 게다."

"그렇군요." 롤랜드는 그 말의 뜻을 대번에 파악했다. 결코 잊지 못할 교훈이었다. "그래도 아버지께서 그 의인을 붙잡으시면……."

"아니." 아버지의 목소리는 단호했다.

"왜요? 그자만 잡으면 끝나는 거 아닌가요?"

아버지는 잠시 무슨 말을 하려는 것처럼 보였지만, 이내 고개를 저었다.

"그 얘기는 이제 됐다. 그만 물러가라."

롤랜드는 핵스가 교수대에 서는 날이 오면 구경해도 좋다는 약속을 잊지 말라고 못 박아 두고 싶었지만, 아버지의 기분이 어떨지 짐작이 갔다. 그래서 주먹을 이마에 대고 한 발을 다른 발 앞에 내민 다음, 허리를 굽혀 절을 했다. 그러고는 재빨리 문을 닫고 접견실을 나섰다. 롤랜드 생각에 아버지는 지금 정사를 벌이고 싶어 했다. 어머니와 아버지가 동침한다는 것은 이미 아는 바였고 그 행위가 어떤 것인지도 꽤 자세히 알았지만, 그럼에도 그 생각을 머릿속에 그릴 때면 롤랜드는 늘 불편함과 기묘한 죄책감을 느꼈다. 그로부터 몇 년 후, 수전은 그에게 오이디푸스 왕 이야기를 들려주었고, 그는 주의 깊게 들은 그 이야기를 곰곰이 생각했다. 아버지와 어머니, 그리고 마튼이 함께 만든 기괴하고 잔혹한 삼각관계를 떠올리면서. 마튼은 어떤 지방에서는 파슨이라는 이름으로 불렸다. '의인'이라는 이름으로. 어쩌면 삼각관계가 아니라 사각 관계인지도 몰랐다. 롤랜드 자신까지 포함한다면.

11

교수대 언덕은 톤튼 로드가 지나는 곳에 있었다. 언덕 이름치고는 참으로 시적이었다. 커스버트는 그 재미를 음미했을지도 모르지만, 롤랜드는 아무 생각도 없었다. 롤랜드는 눈부시게 파란 하늘을 배경으로 매혹적이면서도 불길하게 솟은 처형대에 정신이 팔려 있었다. 역마차 길 위로 처형대의 앙상한 그림자가 드리워졌다.

두 소년은 그날의 오전 훈련을 면제받았다. 코트는 소년들의 아버지가 각각 보낸 쪽지를 열심히 읽었다. 입술을 달싹거리면서, 가끔은 고개를 끄덕이면서. 다 읽고 나서는 조심스레 접어서 주머니에 넣었다. 이곳 길르앗에서조차도 종이는 금과 너끈히 맞먹을 만큼 값진 재화였다. 종이 두 장을 안전하게 갈무리하고 나서, 코트는 보랏빛이 도는 파란 새벽하늘을 올려다보며 다시금 고개를 주억거렸다.

"여기서 기다려라."

코트는 그 말을 남기고 자기 숙소로 쓰는 기울어진 돌집 쪽으로 걸어갔다. 이윽고 자르지 않은 거친 빵을 들고 돌아온 그는 빵 덩어리를 둘로 나누어 소년들에게 한 쪽씩 건넸다.

"다 끝나면 그자의 신발 밑에 각자 이걸 놔둬라. 시킨 대로 정확히 하지 않으면 일주일 내내 얻어터질 거다."

소년들은 커스버트의 거세마를 함께 타고 처형 장소에 도착해서야 코트의 의도를 알아차렸다. 그들은 누구보다 일찍 도착했던 것이다. 다른 구경꾼이 나타나려면 두 시간, 처형이 시작되려면 네 시간이 남은 교수대 언덕에는 사람 그림자도 보이지 않았다. 오로지 크고 작은 까마귀 떼뿐이었다. 까마귀들이 사방에 가득했다. 놈들은 아래로 꺼지는 발판 위쪽에 우뚝 솟아 있는 단단한 가로대, 그 죽음의 뼈대를 횃대 삼아 앉아 있었다. 또한 처형대 바닥의 가장자리를 따라 줄줄이 앉아 있었고, 올라가는 계단을 차지하려고 서로 떠밀며 다투기도 했다.

"시체는 그냥 남겨 둔대." 커스버트가 중얼거렸다. "까마귀들이 처리하라고."

"올라가 보자."

롤랜드를 보는 커스버트의 표정은 두려움 비슷한 감정으로 물들어 있었다.

"저 *위*에? 너 지금……"

롤랜드는 두 손을 내저어 친구의 말을 막았다.

"사람들이 오려면 한참 남았어. 아무도 모를 거야."

"알았어."

소년들은 처형대를 향해 천천히 걸어갔고, 날아오른 까마귀들은 토지를 몰수당해서 분노한 농민들처럼 깍깍거리며 하늘을 빙빙 맴돌았다. 내륙계 하늘의 순수한 새벽빛 속에서 까마귀들의 몸통은 칠흑처럼 새까맸다.

롤랜드는 자신이 얼마나 엄청난 짓을 저질렀는지를 처음으로 통감했다. 교수대의 목재는 고급이 아니었다. 그것은 감탄할 만한 문명의 이기가 아니라 자치령 숲에서 벤 뒤틀린 소나무에 지나지 않았고, 하얀 새똥으로 뒤덮여 있었다. 계단, 난간, 단상, 온 사방에 새똥이 튀어서 냄새가 진동했다.

롤랜드는 당황해서 겁에 질린 눈으로 커스버트를 돌아보았다. 커스버트 역시 똑같은 표정으로 친구를 마주 보았다.

"난 못하겠어." 커스버트가 소곤거렸다. "롤랜드, 난 못 보겠어."

롤랜드는 천천히 고개를 가로저었다. 이곳에 가르침이 있다는 것을 깨달았기 때문이었다. 빛나는 가르침이 아니라 오래되고 녹슬고 뒤틀린 가르침이. 아버지들이 가도 좋다고 허락한 이유가 바로 그것이었다. 그리고 평소에도 고집 세고 저돌적이었던 악바리답게, 롤랜드는 그 뭔지 모를 가르침을 향해 머릿속의 손을 뻗었다.

"할 수 있어, 버트."

"그랬다간 오늘 밤에 잠도 못 잘걸."

"그럼 안 자면 그만이지."

롤랜드는 잠이 무슨 상관인지 알 수가 없어서 태연하게 말했다.

커스버트는 롤랜드의 손을 덥석 잡고 괴로운 표정으로 말없이 바라보았고, 그러자 롤랜드도 다시금 망설였다. 또한 그날 저녁 서관 주방에 가지 말았더라면 좋았을 텐데 하는 후회가 뼈저리게 느껴졌다. 아버지의 말이 옳았다. 모르는 것이 더 나았다. 이럴 바에야 차라리 톤튼의 남녀노소가 죄다 죽어서 악취를 풍기는 편이 더 나았다.

하지만. 그럼에도. 그 가르침이 무엇이든 간에, 녹이 슬었든 아니면 예리한 날을 품은 채 반쯤 묻혀 있든 간에, 그냥 사라지도록 놔둘 수는 없었다.

"올라가지 말자." 커스버트가 말했다. "구경은 할 만큼 했잖아."

그 말에 롤랜드는 마지못해 고개를 끄덕였다. 뭔지 모를 그 가르침이 손에서 빠져나가는 기분을 느끼면서. 코트라면 분명히 그들을 흠씬 때려눕힌 후에 욕을 지껄이며 교수대 계단을 한 단 한 단 오르게 했을 테고…… 그들은 계단을 오르면서 줄줄 흘러나오는 코피를 홀쩍홀쩍 들이마셔 소금으로 만든 잼처럼 목구멍으로 넘겨야 했을 것이다. 코트라면 십중팔구 가로대 양 끝에 새 삼줄을 매달고 그들의 목에 차례로 올가미를 씌웠을 테고, 함정 발판 위에 세워서 어떤 느낌인지 깨닫게 했을 것이다. 그리고 혹시라도 그들이 홀쩍거리거나 바지에 오줌을 지리면 코트는 기꺼이 다시 주먹을 들었을 것이다. 그리고 물론, 코트의 방식은 옳았다. 롤랜드는 난생 처음으로 자신의 유치함에 증오를 느꼈다. 빨리 어른이 돼서 긴 장화를 신고 싶었다.

롤랜드는 처형대 난간에 일어난 거스러미 하나를 조심스레 떼서 가슴 주머니에 넣고 돌아섰다.

"뭐 하는 짓이야?" 커스버트가 물었다.

롤랜드는 무언가 멋진 대답을 들려주고 싶었다. *어, 사형대에서 챙긴 물건은 행운을 가져다준다고 해서라든가*……. 그러나 실제로는 그냥 고개를 젓기만 했다.

"그냥 갖고 싶어서. 항상 지니고 다닐 거야."

두 소년은 교수대를 떠나서 자리를 잡고 앉은 다음, 기다렸다. 한 시간 남짓 지났을 때 가장 일찍 일어난 주민들이 모여들기 시작했다. 대부분 가족인 그들은 망가진 포장마차와 낡은 짐마차를 타고 왔고, 손에는 아침 도시락을 들고 있었다. 도시락 바구니 안에는 산딸기 잼을 바른 차게 식은 팬케이크가 들어 있었다. 롤랜드는 텅 빈 뱃속이 꼬르륵거리는 소리를 들으며 다시금 비관적인 의문을 떠올렸다. 이곳의 어디에 명예가 있는 걸까, 어디에 고결함이 있는 걸까? 소년들은 지금껏 그 가치들을 배워 왔건만, 이제는 억지로 궁리해야 할 처지였다. 그 가치들이 새빨간 거짓말이었는지, 아니면 그저 현자들이 깊이 파묻어 놓은 보물일 뿐인지를. 후자일 거라고 믿고 *싶었지만*, 롤랜드가 보기에는 지저분한 흰색 조리복을 입고서 김이 자욱한 지하 주방을 돌아다니며 급사들에게 소리를 지르던 핵스가 이곳보다는 훨씬 더 명예로웠다. 롤랜드는 역겨운 기분을 어찌해야 좋을지 몰라 사형대의 나무에서 뜯어 온 거스러미를 만지작거렸다. 커스버트는 무덤덤한 표정으로 곁에 누워 있었다.

12

결국에는 그리 대단한 일도 아니었고, 롤랜드는 그래서 기뻤다. 핵스는 무개 짐마차에 실려 왔지만, 누군지 알아볼 수 있는 단서는 그의 거대한 덩치뿐이었다. 눈가리개를 쓴 데다 얼굴에는 널따란 검은 천까지 덮여 있었기 때문이었다. 그에게 돌을 던지는 사람도 있었지만 대부분은 아침을 먹으면서 구경할 뿐이었다.

롤랜드가 잘 모르는 총잡이 한 명이 거구인 주방장을 데리고 조심스레 계단을 올라갔다(롤랜드는 아버지가 사형 집행 임무를 의미하는 검은 돌을 뽑지 않아 다행이라고 생각했다.). 근위병 두 명이 먼저 올라가서 발판 양 옆에 서 있었다. 핵스와 함께 단상에 오른 총잡이는 올가미가 달린 밧줄을 가로대에 걸치고 핵스의 목에 올가미를 건 다음, 왼쪽 귀 바로 아래까지 오도록 매듭을 조였다. 까마귀들은 이미 날아가고 없었지만 롤랜드는 놈들이 기다리는 중임을 알았다.

"자백하고 싶은가?" 총잡이가 물었다.

"나는 자백할 것이 아무것도 없소." 핵스의 말은 또렷이 울려 퍼졌고, 그의 목소리는 입을 덮은 천에 가려졌는데도 이상하게 위엄이 있었다. 그가 내쉰 가냘픈 숨 때문에 천이 살짝 떨렸다. "나는 내 아버지의 얼굴을 잊은 적이 없소. 그 얼굴은 언제나 나와 함께했소."

롤랜드는 구경꾼들의 얼굴을 재빨리 훑어보았고, 거기서 본 것 때문에 불안해졌다. 동정심일까? 어쩌면 존경심? 아버지에게 물어보고 싶었다. 반역자가 영웅 대접을 받는다면(또는 *영웅이 반역자 취급을 받는다면.* 롤랜드는 그 생각에 인상을 찌푸렸다.), 이미 암흑시대가 도래했다는 뜻이었다. 그야말로 암흑시대였다. 롤랜드는 상황을 더 깊이 이해할 능력이 자신에게 있다면 좋을 텐데 하는 생각이 들었다. 스승 코트와 그가 준 빵이 퍼뜩 떠올랐다. 그러자 모욕당한 느낌이 들었다. 코트가 그를 섬길 날이 다가오고 있었기 때문이었다. 어쩌면 커스버트에게는 무리일지도 몰랐다. 어쩌면 커스버트는 코트의 쉴 새 없는 매질을 버티지 못하고 시동이나 마부로 남을지도 몰랐다(아니면 더욱 끔찍하게도 향수 냄새를 풍기는 외교관이 될지도 몰랐다. 접견실에서 노닥거리며 세월을 보내거나 늙어서 골골대는 왕과 대공들 곁에서 가짜 수정 구슬을 들여다보는 외교관이.). 그러나 그는 달랐다. 그는 이미 알고 있었다. 드넓은 광야에서 말을 타고 원정에 나서는 것이 그의 운명이었다. 그것이 멋진 운명처럼 보였던 기억을 떠올리고 놀라워하게 되는 것은 나중의 일, 그가 고독하게 방랑하던 시절의 일이었다.

"롤랜드?"

"나 여기 있어."

롤랜드는 커스버트의 손을 잡았다. 둘의 손이 강철처럼 단단히 얽혔다.

"죄명은 1급살인 및 반란 선동이다." 총잡이가 말했다. "너는 백(白)을 침범했다. 이에 나, 찰스의 아들 찰스가 너를 흑(黑)으로 보낸다."

군중이 웅성거리기 시작했다. 몇몇은 항의를 했다.

"나는 결코……"

"더 할 말이 있거든 지옥에 가서 해라, 이 구더기야."

찰스의 아들 찰스는 그 말과 함께 노란 장갑을 낀 두 손으로 지렛대를 홱 당겼다.

함정 발판이 열렸다. 핵스는 아래로 휙 떨어지면서도 뭐라고 말하려고 기를 썼다. 롤랜드는 그 광경을 결코 잊지 못했다. 그 주방장은 떨어지면서도 *말하려고 기를 썼다*. 그는 지상에서 시작한 말을 어디에서 끝맺었을까? 그의 마지막 말은 한겨울 밤 벽난로에서 소나무 장작의 옹이가 터질 때 나는 소리와 함께 끝났다.

그러나 전체적으로 보면 그리 인상적이지는 않았다. 주방장의 두 다리는 딱 한 번 커다란 와이(Y) 자를 그리듯이 허공을 찼다. 군중은 그 광경이 흡족했던지 휘파람이 섞인 고성을 질렀다. 근위병들은 경계 자세를 풀고 어슬렁어슬렁 뒷정리를 시작했다. 찰스의 아들 찰스는 천천히 교수대 계단을 내려와 자기 말을 타고 그곳을 떠났다. 시끌벅적한 소풍객 무리를 거칠게 가르며, 꾸물거리는 짐마차를 채찍으로 후려쳐 허둥지둥 피하게 하면서.

그 후로 군중은 빠르게 흩어졌고, 40분 후에는 처형장으로 선택된 조그만 언덕 위에 소년 둘만 남았다. 까마귀 떼가 새로 받은 상을 살펴보려고 다시 돌아오는 중이었다. 한 마리는 핵스의 어깨를 보고 그곳에 다정하게 내려앉더니, 핵스가 오른쪽 귀에 늘 달고 다니던 반짝이는 귀고리를 부리로 콕콕 쪼았다.

"하나도 그 사람 같지가 않아." 커스버트가 말했다.

"아니, 그자한테 딱 어울리는 최후야."

롤랜드는 빵을 들고 교수대를 향해 걸어가며 자신 있게 말했다. 커스버트는 겸연쩍은 표정이었다.

둘은 교수대의 가로대 아래에 멈춰 서서 데룽거리는 시체를 올려다보았다. 커스버트는 우쭐한 표정으로 손을 뻗어 털이 부숭부숭한 발목을 건드렸다. 그러자 시체는 방향을 바꾸어 다시 빙그르르 돌기 시작했다.

뒤이어 두 소년은 잽싸게 빵을 부순 다음, 큼직한 빵 조각을 데룽거리는 시체의 발 아래쪽에 뿌렸다. 말을 타고 멀어지는 동안 롤랜드는 딱 한 번 뒤를 돌아보았다. 이제 무수히 많은 까마귀들이 모여 있었다. 그리고 보니 빵은 그저 상징에 지나지 않았다. 롤랜드는 어렴풋이 깨달은 기분이 들었다.

"괜찮았어." 커스버트가 느닷없이 말했다. "그게…… 나는…… 나는 재밌었어. 진짜로."

롤랜드는 그 말에 놀라지 않았지만, 그렇다고 처형 광경이 딱히 마음에 든 것도 아니었다. 하지만 커스버트가 무슨 말을 하는지는 알 것도 같았다. 어쩌면 커스버트는 외교관으로 끝날 운명이 아닌지도 몰랐다. 농담을 잘하고 언변이 유창하다고 해도.

"난 잘 모르겠어. 그래도 근사하긴 했어. 그건 확실해."

자치령이 의인의 손아귀에 넘어간 것은 그로부터 5년 후의 일이었고, 그 사이에 롤랜드는 총잡이가 되었다. 그리고 롤랜드의 아버지는 죽었고, 롤랜드는 모친 살해자가 되어 있었으며…… 세상은 변질해 버렸다.

기약 없이 멀기만 한 원정은 이미 시작된 후였다.

13

"보세요." 제이크가 전방 위쪽을 가리키며 물었다.

총잡이는 고개를 들다가 오른쪽 엉덩이에 찌르르한 통증을 느꼈다. 움찔할 정도의 통증이었다. 두 사람이 산기슭에 들어선지 이제 이틀째, 물주머니는 또다시 거의 비었지만, 이제는 별 문제가 아니었다. 물은 머잖아 마음껏 마실 수 있을 터였다.

총잡이는 제이크의 손가락이 가리키는 경로대로 시선을 위쪽으로 옮겼다. 얼마 안 되는 푸른 땅을 지나 풀 한 포기 없이 번쩍이는 절벽으로, 다시 그 위의 협곡으로…… 그리고 맨 위의 눈봉우리가 나올 때까지.

아득히 멀리, 그저 깨알 같은 점으로(시야에 쉴 새 없이 날아다니는 티끌일 수도 있었지만, 그 점은 사라지지 않고 꾸준히 움직였다.), 총잡이는 검은 옷의 남자를 보았다. 목숨을 걸고 급경사를 올라가는 그의 모습은 거대한 화강암 벽에 달라붙은 조그마한 파리 같았다.

"그 사람일까요?" 제이크가 물었다.

사람이 아닌 점이 아득히 멀리서 벌이는 곡예를 바라보며, 총잡이는 서글픈 예감 말고는 아무것도 느끼지 못했다.

"그자가 맞다, 제이크."

"우리가 따라잡을 수 있을까요?"

"이쪽 사면에서는 힘들다. 산을 넘어간 후에는 잡을 수 있을 게다. 여기서 이렇게 떠들고 있다가는 놓치겠지만."

"산이 엄청 높아요. 저 너머에는 뭐가 있어요?"

"모른다. 아는 사람이 있을 것 같지도 않다. 어쩌면 전에는 있었을지도. 자, 가자."

그들은 다시 산을 오르기 시작했다. 발밑에서 실개울처럼 무너져 내린 자갈과 모래는 그들 뒤편에 끝나지 않을 것처럼 펼쳐진 불판 같은 사막으로 흘러갔다. 그들 위쪽, 아득히 위쪽에서는, 검은 옷의 남자가 쉬지 않고 위를 향해 올라갔다. 남자가 뒤를 돌아보는지 어떤지는 확인할 길이 없었다. 남자는 도저히 건널 수 없을 것 같은 바위틈을 뛰어넘었고, 깎아지른 암벽을 기어올랐다. 한두 번 사라지기도 했지만 어김없이 다시 나타났다. 그러다 결국 저녁 어스름이 자줏빛 커튼처럼 내려와 남자의 모습을 가리고 말았다. 그날 저녁 야영지에서 소년은 거의 말을 하지 않았고, 총잡이는 자신이 이미 직감한 것을 소년이 알고 있을지 궁금해졌다. 그의 머릿속에 커스버트의 얼굴이 떠올랐다. 열에 들떠서 어쩔 줄 모를 만큼 흥분했던 친구의 얼굴이. 그날 아침의 빵도 떠올랐다. 까마귀들도. 이런 식으로 끝나는구나 하는 생각이 들었다. 몇 번이고 몇 번이고 이런 식으로 끝났다. 탐색의 여정과 나아갈 길은 끝없이 이어지지만, 그 모든 것이 결국에는 같은 곳에서 끝난다. 살육의 장에서.

다만, 어쩌면, 탑으로 향하는 길은 다를지도 몰랐다. 그곳에서는 카의 진짜 얼굴을 보게 될지도.

소년은, 그 희생양은, 천진하고 어리디어린 얼굴에 조그만 모닥불의 불빛을 받으며, 콩 통조림으로 배를 채우고 잠들어 있었다. 총잡이는 노새가 싣고 다니던 담요를 소년에게 덮어 주고 자신도 잠들기 위해 몸을 옹송그렸다.

신탁과 산

제3장

신탁과 산

1

소년은 신탁을 발견했고, 하마터면 그것에 목숨을 잃을 뻔했다.

어스름과 함께 벨벳처럼 부드럽게 내려앉은 암흑 속에서 총잡이는 희미한 본능에 이끌려 눈을 떴다. 그와 제이크가 어지럽게 펼쳐진 산기슭의 첫 번째 능선을 넘은 후에 거의 평지 같은 풀밭에 도착했을 때의 일이었다. 저 아래쪽의 거친 땅에서 살인적인 햇볕에 시달리며 한 걸음 한 걸음을 힘겹게 옮기는 동안에도, 그들은 이 위쪽의 늘 푸른 버드나무 수풀에서 다리를 비비며 어서 오라고 유혹하는 귀뚜라미 떼의 소리를 들었다. 총잡이는 평정심을 유지했고 소년도 겉으로나마 태연한 척했다. 총잡이는 그런 소년이 대견스러웠다. 그러나 소년은 두 눈에 하얗게 번들거리는 흥분까지 감추지는 못했다. 그것은 물 냄새를 맡고 냅다 뛰어가고 싶지만 오로지 주인의 정신이라는 가느다란 고삐에 묶여 참고 있는 말의 눈빛이었다. 그럴 때 말을 진정시킬 수단은 박차가 아니라 이해심이었다. 총잡이는 귀뚜라미 소리가 그 자신의 몸속에 일으킨 광기를 척도로 소년의 욕구를 측정할 수 있었다. 그의 양팔은 손바닥이 벗겨지든 말든 붙잡을 돌부리를 찾는 듯했고, 양 무릎은 수없이 긁혀서 조그만 상처로 피투성이가 된다 해도 계속 걸을 것 같았다.

태양은 쉬지 않고 두 사람을 짓밟았다. 저물녘이 되어 열을 머금고 부어오른 벌건 덩어리로 변한 후에도, 태양은 그들 왼편 구릉지의 좁다란 골짜기를 심술궂게 파고들어 눈을 따갑게 찌르고 땀방울 하나하나를 고통의 프리즘으로 바꾸어 놓았다.

그러다가 억새풀이 눈에 띄었다. 처음에는 그저 누런 덤불뿐이었다. 산에서 흘러내린 빗물이 마지막에 간신히 닿는 검은 흙 땅에 모진 생명력을 발휘하여 들러붙어 있는 덤불이었다. 조금 더 올라가니 개밀이 자라 있었다. 앞쪽은 듬성듬성했지만 뒤로 갈수록 초록빛을 띠고 무성해졌는데…… 뒤이어 진짜 풀의 향긋한 냄새가 풍겨왔다. 잔디와 큰조아재비가 함께 자란 풀밭에 난쟁이 전나무가 그늘을 드리우고 있었다. 그곳의 그늘 속에서 움직이는 갈색 포물선이 총잡이의 눈에 띄었다. 그는 총을 뽑아서 발사했고, 놀란 제이크가 미처 비명도 지르기 전에 토끼 한 마리가 폴싹 쓰러졌다. 잠시 후, 그는 총을 다시 총집에 넣었다.

"여기가 좋겠다." 총잡이가 말했다.

풀밭은 위쪽으로 갈수록 짙어져서 울창한 버드나무 수풀로 이어졌다. 풀 한 포기 없이 메마른 단단한 사막 땅을 지나 온 그들에게는 놀라운 광경이었다. 그 숲에는 샘도 있을 것 같았다. 어쩌면 몇 개나. 기온도 그쪽이 더 시원할 듯싶었지만, 야영을 하기에는 탁 트인 이곳이 더 나았다. 제이크는 이제 더 높이 올라갈 기력이 없었거니와 숲의 짙은 그늘 속에는 박쥐가 있을지도 몰랐다. 소년이 아무리 깊이 곯아떨어진다고 해도 박쥐들 때문에 잠을 설칠 수도 있었고, 혹시라도 흡혈박쥐라면…… 두 사람 모두 다시 깨어나지 못할 수도 있었다. 적어도 이승에서는.

"가서 땔감을 구해 올게요."

제이크의 말에 총잡이는 빙긋이 웃었다.

"아니, 그럴 것 없다. 여기 앉아 있어라, 제이크."

전에 그 말을 했던 사람이 누구였던가? 어떤 여성이었다. 수전이었을까? 총잡이는 기억이 나지 않았다. *시간은 기억을 훔쳐가는 도둑이다.* 그 말을 누가 했는지는 기억이 났다. 또 다른 스승 바네이가 한 말이었다.

제이크는 풀밭에 앉았다. 나중에 총잡이가 돌아왔을 때, 소년은 풀밭에서 잠들어 있었다. 커다란 사마귀 한 마리가 소년의 뻗친 곱슬머리 위에서 손이라도 씻는 것처럼 앞발을 비비고 있었다. 총잡이는 피식 웃고 불을 피운 다음, 물을 길러 갔다. 얼마 만에 나온 웃음인지는 짐작도 가지 않았다.

버드나무 수풀은 생각보다 깊었고, 어스름이 짙어서 방향을 가늠하기가 힘들었다. 그럼에도 총잡이는 크고 작은 개구리 떼가 잔뜩 지키고 있는 샘을 발견했다. 그는 먼저 물주머니 한 개를 채우고 나서…… 손을 멈췄다. 밤공기에 가득 찬 소리들이 그의 몸속에서 께름칙한 관능을 일깨웠기 때문이었다. 툴에서 한 침대를 썼던 앨리스에게서도 느끼지 못한 관능이었지만…… 어차피 앨리스와 나눈 정사는 거래의 성격이 훨씬 강했다. 그는 사막에서 이곳으로 너무 갑작스레 환경이 바뀐 탓이라고 생각했다. 황량한 사막을 그토록 오래 걷다가 맞이한 부드러운 밤공기는 거의 퇴폐적으로 느껴졌다.

총잡이는 야영지로 돌아가서 모닥불 위의 물이 끓는 동안 토끼의 가죽을 벗겼다. 마지막 남은 채소 통조림을 섞으니 멋진 토끼 스튜가 만들어졌다. 그는 제이크를 깨우고 게슴츠레한 눈으로 허겁지겁 먹어치우는 모습을 가만히 지켜보았다.

"내일은 여기서 쉬자."

"그치만 아저씨가 쫓아가는 그 사람…… 그 신부님이……"

"그자는 신부가 아니다. 걱정 마라. 금방 따라잡을 테니."

"그걸 어떻게 아세요?"

총잡이는 그저 고개를 저을 수밖에 없었다. 강한 직감이 들었지만…… 좋은 직감은 아니었기 때문이었다.

저녁을 먹고 나서 총잡이는 그릇 대신 사용한 깡통을 설거지했다 (그러면서 물을 이토록 펑펑 써도 된다는 것에 다시금 놀랐다.). 다 끝내고 돌아보니 제이크는 다시 잠들어 있었다. 총잡이는 이제는 익숙해진 두근거림을 느꼈다. 그 느낌이 들 때면 반드시 커스버트가 떠올랐다. 커스버트는 그와 동갑이었지만, 너무나 어려 보였다.

재로 변한 담배가 풀밭 위로 처져 있었다. 총잡이는 꽁초를 모닥불로 휙 튕기고 샛노랗게 타는 모닥불을 바라보았다. 그 불은 사막에서 마귀풀로 피운 불과 전혀 딴판이었다. 훨씬 더 깨끗했다. 공기는 감탄이 나올 만큼 서늘했다. 그는 모닥불을 등지고 누웠다.

아득히 멀리서, 산 위로 이어지는 골짜기를 통해, 쉬지 않고 으르렁대는 천둥소리가 들려왔다. 총잡이는 잠이 들었다. 그리고 꿈을 꾸었다.

2

수전 델가도, 롤랜드의 연인인 그녀가, 롤랜드의 눈앞에서 죽어가고 있었다.

롤랜드는 그 광경을 지켜보았다. 양옆에 서 있는 마을 사람 둘에게 팔을 한 짝씩 붙잡힌 채로, 목에는 커다랗고 녹이 슨 철제 개목걸이를 찬 채로. 실제로는 일어나지 않은 일이었지만, 롤랜드는 그 자리에 있지도 않았지만…… 꿈에는 나름의 논리가 있는 법이었다. 그렇지 않던가?

수전은 죽어가고 있었다. 롤랜드에게는 수전의 머리카락이 타는 냄새가 느껴졌고, 사람들이 번제 나무라고 외치는 소리가 들렸다. 그리고 그 자신의 광기가 무슨 색인지도 보였다. 수전, 창가에 서 있던 아리따운 소녀, 말 사육업자의 딸. 드롭 평원을 날아가듯이 달릴 때 수전의 그림자와 말의 그림자는 하나가 되어 옛날이야기에서 튀어나온 전설 속의 존재처럼 보였다. 얼마나 거침없고 자유로웠던가! 둘이 함께 옥수수 밭을 가르며 질주하던 그때는! 그런데 이제는 마을 사람들이 수전을 향해 옥수수 껍질을 던졌고, 그렇게 던진 껍질은 수전의 머리카락에 닿기도 전에 불이 붙었다. 번제 나무, 번제 나무. 마을 사람들, 그 빛과 사랑의 적들이 외쳤고, 어디선가 마녀가 킬킬 웃었다. 레아, 그 마녀의 이름은 레아였고, 수전은 불길 속에서 시커멓게 타들어갔다. 피부가 바삭거리며 갈라졌다. 그런데……

그런데 수전은 뭐라고 소리쳤던 걸까?

"소년!" 수전이 악을 썼다. "롤랜드, 그 소년이!"

롤랜드는 양옆에서 붙들고 있는 사람들을 매단 채 휙 돌아섰다.

개목걸이가 목을 잡아당기는 바람에 숨이 막혀 컥컥대는 소리가 목구멍으로부터 들려왔다. 고기를 구울 때 나는 역겹고도 군침 도는 냄새가 공기 중에 감돌았다.

제이크는 화형대 장작더미 위쪽의 높다란 창가에서 이쪽을 내려다보고 있었다. 수전이, 롤랜드를 남자로 만들어 준 그녀가, 언젠가 앉아서 옛날 노래를 부르던 바로 그 창가였다. 「헤이 주드」나 「길을 따라 떠나자」, 「경솔한 사랑」 같은 노래를. 소년은 성당 벽을 장식하는 석고 성상처럼 창문으로 몸을 내민 채 내려다보고 있었다. 두 눈은 대리석이었다. 이마에는 대못이 박혀 있었다.

총잡이는 그의 정신이 망가지기 시작하는 것을 알리기 위해 뱃속 깊숙이서 올라와 숨통을 틀어막고 날카롭게 울려 퍼지는 비명 소리를 느꼈다.

"아아아안······."

3

총잡이는 몸이 불에 타는 느낌에 끙 소리를 내며 잠에서 깼다. 어둠 속에 똑바로 앉은 후에도 메지스의 꿈에 포위된 느낌이 들었다. 꿈속에서 그의 목을 조르던 개목걸이처럼. 그는 앞서 꿈을 꾸며 뒤척이다 그만 한쪽 손을 모닥불의 숯에 올려놓고 말았다. 불에 덴 손으로 얼굴을 짚고 보니 꿈이 물러가는 기분이 들었고, 남은 것은 오로지 제이크의 선명한 모습뿐이었다. 악마를 쫓는 성인의 석고상처럼 새하얀 소년의 모습.

"아아아안……"

총잡이는 캄캄하고 으스스한 버드나무 숲을 이글거리는 눈으로 둘러보았다. 리볼버 두 정을 모두 뽑아 든 채로. 모닥불의 마지막 불꽃이 비친 그의 눈은 시뻘건 구멍 두 개였다.

"아아아안……"

제이크.

총잡이는 벌떡 일어나서 달렸다. 무정하게 빛나는 보름달 덕분에 이슬에 남은 제이크의 발자국을 따라갈 수 있었다. 그는 맨 앞의 버드나무 가지를 피해 몸을 숙이고 샘물을 첨벙첨벙 튀기며 반대쪽 물가로 올라섰다가, 젖은 흙을 밟고 주르륵 미끄러졌다(이런 상황에서도 그의 몸은 축축한 흙의 느낌을 음미했다.). 버드나무의 실가지가 얼굴을 때렸다. 깊이 들어갈수록 나무들이 점점 굵어져서 달빛마저 가려졌다. 우뚝 솟은 나무들이 시커먼 어둠 속에 흔들거렸다. 이제 무릎까지 자란 풀이 그의 몸을 어루만졌다. 좀 천천히 가라는 듯이, 이 시원한 밤공기를 즐기라는 듯이. 삶을 좀 즐겨 보라는 듯이. 부러져서 반쯤 썩은 가지들은 그의 정강이를, 그의 고환을 노리고 손을 뻗쳤다. 그는 잠시 멈춰 서서 고개를 들고 허공에 맴도는 냄새를 찾았다. 유령처럼 희미한 미풍이 그를 도와주었다. 당연한 얘기지만, 소년에게서는 좋지 않은 냄새가 났다. 두 사람 다 마찬가지였다. 총잡이의 콧구멍이 영장류처럼 벌름거렸다. 아직 어려서 덜 고약한 소년의 땀 냄새가 희미하게, 느끼하게, 그러나 확실하게 코끝을 스쳤다. 총잡이는 쓰러진 풀과 블랙베리 덤불과 부러진 나뭇가지들을 거침없이 밟으면서 버드나무와 옻나무가 만든 터널을 질주했다. 어깨에 부딪히는 이끼가 축 늘어진 시체의 손 같았다. 어떤 것은 회색 덩굴손을 뻗어 그에게 들러붙기도 했다.

총잡이가 마지막 장애물인 버드나무의 가지를 걷어내자 공터가 나왔다. 그 공터에서는 별들과 까마득히 높은 고도에서 해골처럼 희끄무레하게 빛나는 이 산맥의 최고봉이 보였다.

달빛이 비치는 공터에, 검은 돌 여러 개를 둥그렇게 세워서 만든 스톤 서클이 있었다. 꼭 현실의 것이 아닌 짐승 덫처럼 보였다. 스톤 서클 한복판에 있는 탁자처럼 널찍한 바위는…… 제단이었다. 지면에 박힌 현무암 기둥이 떠받치는 제단은 몹시도 오래되어 보였다.

제이크는 그 제단 앞에 서서 앞뒤로 꺼떡거리고 있었다. 양손은 정전기가 흐르는 것처럼 다리 옆에서 덜덜 떨렸다. 총잡이가 큰소리로 이름을 부르자 제이크는 아까처럼 뭔가 거부하는 듯한 불분명한 소리로 대답했다. 왼쪽 어깨에 거의 가려져서 희끄무레한 얼룩처럼 보이는 얼굴에는 공포와 희열이 함께 드러나 있었다. 거기에는 무언가 다른 것도 깃들어 있었다.

총잡이가 원 안으로 들어서자 제이크는 비명을 지르며 펄쩍 뛰더니, 양팔을 번쩍 치켜들었다. 이제 소년의 얼굴이 또렷이 보였다. 총잡이는 그 표정을 보고 공포와 전율이 극심한 쾌락에 맞서 싸우는 중임을 간파했다.

총잡이는 자신을 건드리는 존재를 감지했다. 그것은 신탁의 정령, 암컷 몽마(夢魔)였다. 갑자기 그의 사타구니에 빛이, 부드러우면서도 단단한 빛이 차올랐다. 머리가 어지러웠고, 혀는 굵어지고 예민해져서 입속의 침까지 느껴질 정도였다.

자신이 무슨 짓을 하는지도 모르면서, 총잡이는 중간역에 있는 말하는 악마의 소굴에서 찾은 후로 지금껏 내내 뒷주머니에 지니고 다녔던 반쯤 썩은 턱뼈를 꺼냈다. 스스로는 의식하지 못했지만 그는 순수한 본능에 따라 움직이기를 두려워한 적이 없었다. 그것이야 말로 그에게는 최선이자 가장 진실한 방식이었다. 까마득히 오래전부터 웃는 모양으로 굳어 버린 턱뼈를 눈 앞쪽으로 내민 다음, 그는 반대쪽 팔을 앞으로 쭉 뻗어서 집게손가락과 새끼손가락만 펴고 나머지 손가락은 하나로 모았다. 그것은 사안(邪眼)으로부터 몸을 지키는 오래된 수인(手印)이었다.

휘몰아치던 관능은 장막이 걷히듯이 일제히 빠져나갔다.

제이크가 다시 비명을 질렀다.

총잡이는 제이크에게 다가가서 공포와 쾌락이 치열하게 싸우는 두 눈 앞에 턱뼈를 들이댔다.

"이걸 봐라, 제이크. 잘 봐야 한다."

대답은 물기 어린 신음이 되어 흘러나왔다. 제이크는 눈을 돌리려 했지만 할 수가 없었다. 잠깐 동안 소년은 둘로 쪼개질 것처럼 보였다, 몸은 아니더라도 정신적으로. 그러다가 느닷없이, 눈동자가 스르륵 올라가 흰자위만 보였다. 소년은 풀썩 쓰러졌다. 몸이 땅바닥에 축 늘어지면서 하마터면 한쪽 손이 제단을 떠받치는 현무암 기둥을 건드릴 뻔했다. 총잡이는 한쪽 무릎을 꿇고 앉아서 소년을 안아 들었다. 소년의 몸은 깜짝 놀랄 만큼 가벼웠다. 오랫동안 사막을 걸어오느라 11월의 고엽처럼 수분이 빠졌기 때문이었다.

롤랜드는 스톤 서클에 사는 존재가 질투 어린 분노를 품고 주위를 맴도는 것을 느낄 수 있었다. 제물을 빼앗길 판이었으니 무리도 아니었다. 일단 스톤 서클 바깥으로 나오자 불만 섞인 질투의 기운은 빠르게 사라졌다. 그는 제이크를 데리고 야영지로 돌아갔다. 의식을 잃고 움찔거리던 소년은 야영지에 도착할 무렵에는 깊이 잠들어 있었다.

총잡이는 꺼져 버린 모닥불의 회색 재 앞에 잠시 가만히 서 있었다. 달빛에 물든 제이크의 얼굴을 보니 또다시 교회의 성상이, 어떤 성인의 것인지 도무지 알 수 없는 새하얀 석고상이 떠올랐다. 그는 소년을 끌어안고 뺨에 메마른 입술을 갖다 댔다. 그러면서 자신이 소년을 사랑한다는 것을 깨달았다. 글쎄, 꼭 그렇지는 않았을지도 모른다. 사실 그는 처음 보았을 때부터 소년을 사랑했지만(수전 델가도의 경우에도 그러했듯이), 이제야 용기를 내어 그 사실을 인정한 것인지도 몰랐다. 왜냐하면, 그것은 *사실*이었으므로.

그리고 한편으로는, 검은 옷의 남자가 껄껄 웃는 소리가 들리는 것만 같았다. 아득히 먼 저 위쪽 어디쯤에서.

4

제이크가, 그를 부르고 있었다. 총잡이는 그 소리를 듣고 잠에서 깨어났다. 잠들기 전 그는 근처에 있는 억센 덤불에 제이크를 묶어 두었고, 이제 제이크는 굶주려서 화가 나 있었다. 해의 위치를 보니 이미 9시 30분경이었다.

"왜 묶어 놓으신 거죠?" 제이크는 총잡이가 담요에 단단히 묶인 매듭을 푸는 동안 씩씩거리며 물었다. "달아나려고 한 것도 아닌데!"

"너는 *실제로* 달아났다." 총잡이는 그렇게 말하고서 제이크의 얼굴에 떠오른 표정을 보고 씩 웃었다. "내가 가서 잡아왔다. 몽유병에 걸려서 돌아다니는 너를."

"제가요?" 제이크의 눈빛은 미심쩍어 하는 듯했다. "전에는 그런 적이 한 번도 없……"

총잡이는 제이크의 코앞에 턱뼈를 불쑥 내밀었다. 제이크는 화들짝 놀라며 피했다. 팔을 들어 찌푸린 얼굴을 가리면서.

"봤느냐?"

제이크는 어안이 벙벙한 표정으로 고개를 끄덕였다.

"이게 어떻게 된 거죠?"

"지금은 길게 얘기할 시간이 없다. 난 당분간 어딜 좀 다녀와야 한다. 아마 종일 걸릴 게다. 그러니 내 말 잘 들어라, 중요한 일이다. 혹시라도 내가 해질녘까지 안 돌아오거든……"

제이크의 표정이 순식간에 두려움으로 뒤덮였다.

"절 버리고 가려는 거죠!"

총잡이는 물끄러미 바라보기만 했다.

"하긴." 잠시 후에 제이크가 말했다. "버리고 갈 거였으면 진작 가셨겠죠."

"이제야 머리가 돌아가는구나. 자, 내 말 잘 들어라. 내가 자리를 비운 동안 너는 여기 있어야 한다. 이 야영지에. 돌아다니면 안 된다, 그게 아무리 좋은 생각처럼 보인다고 해도. 그리고 어떤 식으로든 이상한 기분이 들면 이 턱뼈를 들고 손에 쥐고 있어라."

증오와 혐오감이 당혹감과 함께 제이크의 표정에 교차했다.

"전 못해요. 전…… 전 도저히 못하겠어요."

"할 수 있다. 해야 한다. 특히 오후가 되면 더더욱. 명심해라. 턱뼈를 처음 쥐면 토하고 싶어지거나 어지러울지도 모르지만, 곧 괜찮아질 거다. 알겠느냐?"

"예."

"내가 말한 대로 할 거냐?"

"예, 근데 꼭 가셔야 돼요?" 제이크는 참지 못하고 불쑥 물었다.

"가야 한다."

총잡이는 다시금 소년의 겉모습 안쪽에 도사린 강철 같은 배짱이 매혹적으로 반짝이는 것을 느꼈다. 그 반짝이는 빛은 자기가 살던 도시에 실제로 하늘을 찌를 만큼 높은 건물들이 있다던 소년의 이야기만큼이나 신비로웠다. 그런 소년을 보며 총잡이가 떠올린 것은 커스버트가 아니라 그의 또 다른 죽마고우, 바로 알레인이었다. 알레인은 남들의 이목을 끌려고 허풍을 떠는 커스버트하고는 딴판으로 차분했다. 그러면서도 믿음직했고, 두려움을 몰랐다.

"알았어요." 제이크가 말했다.

총잡이는 모닥불의 재 옆에 턱뼈를 조심스레 내려놓았다. 풀잎 사이로 씩 웃는 턱뼈는 5000년이라는 긴 밤을 보낸 끝에 마침내 햇빛 구경을 하는 부식된 화석 같았다. 제이크는 그것을 보지 않으려고 시선을 돌렸다. 하얗게 질린 표정이 애처로웠다. 총잡이는 소년을 최면술로 재우고 속 얘기를 들어 보는 게 나을지 궁리하다가, 별 소득이 없으리라고 판단했다. 스톤 서클의 정령이 필시 악마라는 것, 십중팔구 신탁의 무녀라는 것은 이미 잘 아는 바였다. 그것은 형상이 없는 악마였다. 꼴을 갖추지 못한 관능의 원혼이 미래를 보는 눈과 결합되었을 뿐이었다. 실비아 핏스턴, 사람들에게 광신을 부추기다가 결국에는 툴이 멸망하는 참극을 초래한 그 여자의 원혼이 아닐까 하는 생각이 얼핏 떠올랐지만…… 아니었다. 그 여자는 아니었다. 스톤 서클은 태곳적의 유적이었다. 그곳에 터를 잡은 존재에 비하면 실비아 핏스턴은 하룻강아지였다. 그 존재는 노련했고…… 그리고 교활했다. 그러나 총잡이는 그런 존재와 대화하는 법을 잘 알았고, 소년이 마력을 지닌 턱뼈를 써야 하는 상황이 올 것 같지도 않았다. 신탁의 목소리와 정신은 그를 상대하느라 여력이 없을 터였다. 총잡이에게는 알아내야 할 것들이 있었다. 위험을 감수하고서라도…… 그 위험이 아무리 크다고 해도. 제이크와 그 자신, 둘 다를 위해 반드시 알아야만 했다.

총잡이는 담배쌈지를 열어서 안을 뒤적거렸다. 마른 담뱃잎을 한쪽으로 다 치우자 쌈지 바닥에 하얀 종이 쪼가리로 싼 조그마한 물체가 보였다. 그는 머잖아 사라질 손가락들 사이에 그 물체를 굴리면서, 멍하니 하늘을 올려다보았다. 그러다가 종이를 펴고 안에 든 것을 꺼내어 손바닥에 올려놓았다. 자그맣고 하얀 알약이었다. 오랫동안 지니고 다닌 탓에 모서리가 둥글게 닳아 있었다.

제이크는 호기심이 드러난 표정으로 그 알약을 바라보았다.

"그게 뭐예요?"

총잡이는 짤막한 웃음을 터뜨렸다.

"코트는 고대의 신들이 사막에 오줌을 눴는데 그게 변해서 메스칼린이 됐다는 얘기를 들려주곤 했다."

제이크는 영문을 모르겠다는 표정을 지을 뿐이었다.

"이건 약이다. 허나 잠들게 하는 약은 아니다. 한동안 정신이 생생하게 깨어 있도록 해 주는 약이다."

"엘에스디(LSD) 같은 거군요."

제이크는 냉큼 대꾸하더니 이내 다시 아리송하다는 표정을 지었다.
"뭐냐, 그건?"
"저도 몰라요. 그냥 생각이 났어요. 아마…… 예전 기억에서 떠올랐나 봐요."
총잡이는 고개를 끄덕였지만 속으로는 미심쩍어 했다. 메스칼린을 일컫는 말 가운데 엘에스디라는 이름은 들어 본 적이 없었다. 심지어 마튼의 오래된 책에서도 본 적이 없었다.
"몸에 안 좋은 건가요?"
"지금까지는 괜찮았다." 총잡이는 두루뭉술하게 대답했다.
"예감이 안 좋은데요."
"걱정 할 것 없다."
총잡이는 가죽 물주머니 앞에 쪼그리고 앉아 물을 한 모금 입에 머금은 다음, 알약과 함께 삼켰다. 늘 그랬듯이 입속에 곧바로 반응이 느껴졌다. 침이 입속 가득 차오르는 듯한 느낌이었다. 그는 꺼진 모닥불 앞에 앉았다.
"효과는 언제 나타나는 건가요?"
"좀 걸린다. 조용히 있어라."
그 말에 제이크는 입을 다물었고, 의식을 올리듯이 차분하게 총을 청소하는 총잡이의 모습을 대놓고 의심하는 표정으로 지켜보았다.
총잡이는 총을 총집에 넣고 말했다.
"제이크, 네 셔츠가 필요하다. 벗어서 내게 다오."
제이크는 물 빠진 셔츠를 머리 위로 끌어올려 앙상한 갈비뼈가 한참 동안 보이도록 미적미적 벗은 다음, 총잡이에게 건넸다.
총잡이는 바지 옆 솔기에 끼워 놓았던 바늘을 뽑은 다음, 총 띠의 빈 총탄 구멍에 넣어 두었던 실을 꺼냈다. 그런 다음 기다랗게 찢어진 셔츠 소매를 꿰매기 시작했다. 바느질을 다 마치고 셔츠를 돌려줄 무렵, 메스칼린의 약효가 도는 느낌이 들었다. 위장이 단단히 조여들고 온몸의 근육에 한결 생기가 도는 듯했다.

"이제 가야겠다." 총잡이가 일어서며 말했다. "때가 됐으니."

소년은 근심이 드리운 표정으로 엉거주춤 따라 일어서다가, 다시 땅바닥에 앉았다.

"조심하세요. 제발요."

"턱뼈를 잊지 마라."

총잡이는 출발하면서 제이크의 머리에 손을 얹고 옥수수색 머리카락을 헝클어뜨렸다. 그러고는 자기가 한 짓에 스스로 놀라 쿡쿡 웃었다. 소년은 그가 빽빽한 버드나무 숲 안쪽으로 사라질 때까지 불안한 미소를 머금은 채 가만히 지켜보았다.

5

총잡이는 스톤 서클이 있는 곳을 향해 부지런히 걸었다. 그러다 중간에 잠시 짬을 내서 시원한 샘물을 마셨다. 이끼와 수련으로 둘러싸인 조그만 물웅덩이에 그의 얼굴이 비쳤다. 그는 신화에 나오는 나르키소스처럼 홀린 듯이 자신의 얼굴을 한동안 바라보았다. 정신이 메스칼린에 반응하기 시작하면서 일체의 상념과 감각 신호에 담긴 의미가 점점 더 커지는 듯했고, 그 결과 사고의 흐름은 점점 느려졌다. 이제껏 보이지 않던 것들이 무게와 부피를 지니기 시작했다. 그는 다시 일어서서 얽히고설킨 버드나무 가지의 틈새를 올려다 보았다. 비스듬히 쏟아진 햇볕이 뿌연 금빛 막대 같았다. 그 속에서 티끌과 자그마한 날벌레들이 펼치는 군무를 잠시 바라보다가, 그는 다시 길을 나섰다.

총잡이는 이따금 약 때문에 불안해지곤 했다. 그의 자아는 너무나 굳건해서(어쩌면 너무나 단순해서), 약의 힘에 자리를 내주고 물러나 더 예민한 감정의 표적이 되는 것을 즐기지 못했다. 그런 감정들은 고양이 수염처럼 그를 간지럽혔다(가끔은 미치게 할 때도 있었다.). 그러나 이번에는 마음이 무척 차분했다. 다행이었다.

총잡이는 공터로 들어서서 스톤 서클을 향해 똑바로 걸어갔다. 그 앞에 서서 정신을 자유롭게 해방시켰다. 성공이었다, 이제 약효가 더 강하게, 빠르게 퍼져 나갔다. 풀이 그를 향해 초록빛 비명을 질렀다. 몸을 숙여 두 손을 풀밭에 비비면 손가락과 손바닥에 초록색 페인트를 묻히고 허리를 펼 수 있을 것만 같았다. 그는 정말로 해 보고 싶다는 장난스러운 충동을 애써 억눌렀다.

그러나 신탁의 목소리는 들리지 않았다. 관능적이든 아니든 어떤 기척도 느껴지지 않았다.

총잡이는 제단으로 다가가서 그 옆에 잠시 서 있었다. 이제 앞뒤가 맞는 생각을 하기가 거의 불가능했다. 입속에 늘어선 치아는 축축한 분홍빛 땅에 박힌 조그마한 묘비처럼 낯설게 느껴졌다. 세상이 너무 강한 빛에 물들어 있었다. 그는 제단으로 올라가서 그 위에 누웠다. 그의 머릿속은 이때껏 구경커녕 상상도 해 본 적 없는 기묘한 생각 나무들이 가득 자란 밀림으로, 메스칼린이 솟는 샘을 둘러싸고 자란 버드나무 밀림으로 변해 가는 중이었다. 하늘은 물이었고, 그는 그 물에 거꾸로 매달려 있었다. 그렇게 생각하자 현기증이 일었지만 어딘가 멀리서 일어난 대수롭지 않은 증상 같았다.

문득 오래된 시 한 구절이 떠올랐다. 아니, 이번에는 동요가 아니었다. 총잡이의 어머니는 약물도, 약물이 필요한 상황도 두려워했다(아동 폭행범 코트와 그가 필요한 상황을 두려워했듯이). 그 시는 사막 북쪽에 사는 마니교도들한테서 들은 것이었다. 그 마니교도 일족이 사는 곳에 즐비한 기계들은 대부분 작동하지 않았지만…… 어쩌다 작동하기 시작하면 사람을 잡아먹었다. 머릿속에서 거듭 반복되는 시 구절을 들으며, 그는 어릴 적에 가지고 놀던 신기하고 조금은 환상적인 스노 글로브를 떠올렸다(생각의 흐름이 뚝뚝 끊기는 것은 메스칼린을 복용했을 때의 전형적인 증상이었다.).

사람의 발길 닿는 곳 너머
티끌만 한 지옥, 그 기이한 감촉……

제단 위의 하늘을 덮은 나뭇가지들 속에 여러 얼굴이 보였다. 총잡이는 그 얼굴들을 홀린 듯이 멍하니 바라보았다. 이쪽에는 초록빛 용이 꿈틀거리고, 저쪽에는 나무의 요정이 나뭇가지 팔로 손짓을 하고, 또 저쪽에는 끈적거리는 점액이 뚝뚝 떨어지는 살아 있는 해골이 있었다. 얼굴들. 그 많은 얼굴들.

공터의 풀들이 갑자기 나부끼다가 땅바닥에 엎드렸다.

나예요.

내가 왔어요.

총잡이는 몸이 희미하게 간질거렸다. 나는 도대체 얼마나 멀리까지 와 버린 것인가. 그는 생각했다. 수전과 함께 누웠던 드롭 평원의 향긋한 풀밭에서 여기까지 오다니.

바람으로 이루어진 여자의 몸이 총잡이의 몸을 뒤덮었다. 재스민과 장미, 인동 덩굴의 향기로 이루어진 가슴이.

"예언을 시작해라." 총잡이가 말했다. "내가 알아야 할 것을 말해 다오." 입안 가득 비릿한 쇠 맛이 느껴졌다.

한숨 소리가 들렸다. 가냘프게 흐느끼는 소리도. 총잡이는 아랫도리가 알 수 없는 손길에 의해 단단해지는 느낌이 들었다. 저 위쪽의 나뭇가지들이 만든 얼굴들 너머로 산맥이 보였다. 험준하고 위압적이고 이빨처럼 뾰족뾰족한 산맥이.

보이지 않는 여자의 몸이 총잡이의 몸을 비비며 움직였다. 그와 함께 몸부림쳤다. 그는 손이 저절로 쥐어져 주먹으로 바뀌는 것을 느꼈다. 여자는 그에게 수전의 환상을 보여 주었다. 그의 위에 있는 것은 수전, 사랑스러운 수전 델가도였다. 드롭 평원의 버려진 양치기 오두막에서 긴 머리를 어깨와 등까지 늘어뜨리고 그를 기다리던 수전이었다. 고개를 홱 돌려 봐도 눈앞에는 수전의 얼굴이 있었다.

재스민, 장미, 인동 덩굴, 오래된 건초…… 사랑의 냄새야. 나를 사랑해 줘.

"예언을 말해라. 진실을."

부탁이에요. 신탁의 무녀가 흐느꼈다. 차갑게 대하지 마요. 안 그래도 여긴 항상 너무 춥단 말이에요…….

손들이 총잡이의 몸을 훑으며, 농락하며, 달아오르게 했다. 그를 끌어당겼다. 유혹했다. 향기롭고 검은 틈새로. 축축하고 따뜻한……

아니. 메말라 있었다. 차가웠다. 거칠었다.

조금은 가엾게 여겨 줘요, 총잡이. 아, 제발, 이렇게 간절히 부탁할게요! 자비를!

그 소년에게도 자비를 베풀 거냐?

소년이라뇨? 난 소년 같은 건 몰라요. 내가 원하는 건 어린애가 아니에요. 아아 제발.

재스민, 장미, 인동 덩굴. 여름에 피었던 토끼풀 향기가 아련하게 밴 건초 냄새. 오래된 단지에서 따른 향유의 냄새. 살 냄새를 갈구하는 마음.

"나중에 너의 예언이 쓸 만한지 봐서."

지금. 부탁이에요. 지금.

총잡이는 정신의 힘으로 신탁의 무녀를 친친 동여감고 음욕에 맞섰다. 위에서 뒤덮고 있던 몸뚱이가 멈칫하더니 비명을 지르는 듯했다. 그의 양쪽 관자놀이 사이에서 잠깐 동안 치열한 줄다리기가 벌어졌다. 거칠거칠한 회색 밧줄은 다름 아닌 그의 정신이었다. 한참 동안 주위에는 총잡이의 나직한 숨소리와 가냘픈 바람소리밖에 들리지 않았다. 그 바람을 타고 나뭇가지 사이의 초록빛 얼굴들이 흔들리고, 윙크하고, 인상을 찌푸렸다. 새소리조차 들리지 않았다.

무녀의 포옹이 느슨해졌다. 또다시 흐느끼는 소리가 들려왔다. 이제 서두르지 않으면 무녀의 혼이 떠나 버릴 판이었다. 이 상태로 머문다는 것은 힘이 약해졌다는 뜻이었다. 어쩌면 혼에게는 죽음을 의미할 수도 있었다. 총잡이는 무녀가 이미 차갑게 식은 것을, 스톤 서클을 떠나려고 물러나는 것을 느꼈다. 바람에 나부끼는 풀들이 고통스러운 문양을 그렸다.

"예언을 말해다오." 총잡이가 말했다. 그러고는 더욱 음산한 한마디를 덧붙였다. "진실을."

흐느끼는 소리, 기진맥진한 한숨 소리가 들렸다. 총잡이는 하마터면 무녀가 애걸한 자비를 베풀 뻔했지만…… 제이크를 잊을 수는 없었다. 전날 밤 조금만 늦게 발견했더라면 제이크는 죽었거나, 미쳐 버렸을지도 몰랐다.

그럼 잠들도록 해요.

"거절한다."

그럼 옅은 잠이라도.

위험한 부탁이었지만, 십중팔구 필요한 일이기도 했다. 총잡이는 나뭇가지 사이의 얼굴들로 눈을 돌렸다. 그곳에서 그를 위한 연극이 상연되고 있었다. 여러 세계의 흥망성쇠가 그의 눈앞에 펼쳐졌다. 빛나는 모래사막에 세워진 제국에서는 이해하기 힘든 전기 신호의 광기에 사로잡힌 기계들이 쉬지 않고 노역을 했다. 여러 제국이 기울고, 무너지고, 다시 번영했다. 액체처럼 소리 없이 회전하던 바퀴들은 점점 천천히 돌다가 날카로운 소리를 내며 멈췄다. 차가운 보석 같은 별들이 가득 박힌 캄캄한 하늘 아래 동심원 모양의 거리에 깔린 강철 배수로가 모래로 막혀 있었다. 그리고 그 모든 것들을 관통하며, 10월 느지막할 무렵의 계피 향기를 싣고서, 미약한 변화의 바람이 불고 있었다. 총잡이는 세계가 변해 가는 것을 지켜보았다.

그리고 얕은 잠에 빠졌다.

3. 그것이 당신 운명의 숫자예요.

"3이라고?"

그래요. 3은 신비한 숫자. 당신이 벌이는 탐색의 한복판에 3이 있어요. 다른 숫자는 나중에 나올 거예요. 지금은 3이에요.

뭐가 3이라는 거냐?

"우리는 부분적으로만 볼 수 있어요. 예언의 거울에 비친 모습은 그래서 희미해요."

네가 아는 데까지 말해라.

첫 번째는 검은 머리 사내. 얼마 안 있으면 강도질과 살인을 저지를 참이에요. 그 사람은 마귀에 씌었어요. 마귀의 이름은 헤로인.

어떤 악마냐? 나는 들은 적이 없다. 내 스승에게서조차도.

"우리는 부분적으로만 볼 수 있어요. 예언의 거울에 비친 모습은 그래서 희미해요." 여기 말고 다른 세계가 있어요, 총잡이여, 그리고 다른 악마들도. 이 앞의 바다는 깊어요. 문을 조심해요. 장미와 찾지 못한 문을 조심해요.

두 번째는?

그 여자는 바퀴 위에 앉아서 올 거예요. 그 이상은 나도 몰라요.

세 번째는?

죽음…… 하지만 그대의 몫은 아니에요.

검은 옷의 남자는? 그자는 어디 있느냐?

가까이에. 당신은 이제 곧 그와 얘기할 거예요.

무슨 얘기?

탑의 이야기.

그 애는? 제이크는?

…….

그 애가 어떻게 되는지 얘기해라!

그 소년은 당신을 검은 옷의 남자에게 데려다 주는 문이에요. 검은 옷의 남자는 당신을 운명의 3에게 데려다 주는 문이고. 그리고 그

3은 당신을 암흑의 탑으로 데려다 주는 문이지요.

어떻게? 어떻게 그럴 수가 있지? 어째서?

"우리는 부분적으로만 볼 수 있어요, 예언의 거울에……"

신들의 저주를 받을진저!

나를 저주할 신 같은 건 없어요.

나를 업신여기지 마라, 이 괴물아.

……

괴물이 아니면 뭐라고 불러 주랴? 별의 탕녀? 바람의 창녀?

어떤 이는 고대의 유적에 찾아온 사랑을 품에 안고 살아가지요…… 이 슬프고 사악한 시대에도. 하지만 총잡이여, 어떤 이는 피를 마시며 살아가요. 내가 알기로는 어린 소년의 피까지 마신다고 해요.

그 아이를 구할 수는 없는 거냐?

있어요.

어떻게?

멈추면 돼요, 총잡이여. 야영지를 정리하고 서북쪽으로 돌아가요. 서북쪽에는 총알로 먹고사는 남자가 필요한 곳이 지금도 있어요.

나는 아버지의 총을 걸고 맹세했다, 배반한 마법사 마튼을 용서치 않겠노라고.

마튼은 이제 없어요. 검은 옷의 남자가 그의 영혼을 먹어 치웠으니까. 당신도 알잖아요.

나는 맹세한 몸이다.

그럼 이미 저주받은 몸이로군요.

약속은 지킨다. 네가 바라는 대로 해라, 탕녀야.

6

애타는 욕망.

그림자가 총잡이 위로 내려앉아 그를 감쌌다. 갑작스러운 절정의 쾌락에 휘말리지 않았던 것은 오로지 별 무리 같은 고통 덕분이었다. 붉은 빛을 발하며 붕괴한 태곳적의 별들처럼, 고통스러운 기억들이 희미하게 반짝였다. 그림자와 한 몸이 되어 절정에 이르렀을 때, 초대받지 않은 얼굴들이 그를 찾아왔다. 실비아 핏스턴. 앨리스, 툴에서 함께한 그 여인. 수전. 그리고 다른 얼굴 여남은 개.

그러다가 마침내, 영겁 같은 한순간이 지난 후에, 총잡이는 무녀의 혼을 밀어냈다. 다시 제정신으로 돌아온 그는 뼛속까지 피로와 혐오감으로 물들어 있었다.

안 돼요! 아직 모자라! 아직……

"꺼져라."

총잡이는 몸을 일으켜 제단에서 내려서다가 하마터면 굴러 떨어질 뻔했다. 무녀가 머뭇거리며 몸을 건드리자

(인동 덩굴, 재스민, 향유의 달콤한 냄새)

그는 거칠게 뿌리치고 땅에 무릎을 꿇었다.

총잡이는 술 취한 사람처럼 비틀거리며 스톤 서클의 가장자리로 걸어갔다. 휘청거리며 나아가는 사이에 묵직한 덩어리가 어깨에서 흘러내리는 느낌이 들었다. 그는 부르르 떨면서 흐느낌 같은 소리를 내며 숨을 들이마셨다. 그는 이 더럽혀진 느낌을 정당화할 만큼 성숙한 사람일까? 알 수가 없었다. 시간이 지나면 할 수 있을 듯싶었다. 스톤 서클로부터 멀어지는 동안 그는 무녀가 감옥의 창살을 붙

들고 자신의 뒷모습을 지켜보는 느낌이 들었다. 시간이 얼마나 흘러야 다음번 사람이 사막을 건너와 외로이 굶주린 그녀를 발견할지 궁금했다. 잠깐 동안 그는 시간이라는 가능성 앞에서 난쟁이가 된 느낌이 들었다.

7

"아저씨 편찮으시군요!"
제이크는 총잡이가 숲의 경계를 비틀비틀 벗어나 야영지로 들어서자 벌떡 일어섰다. 방금까지 소년은 조그만 모닥불의 재 옆에 웅크리고 앉아서 무릎에 턱뼈를 올려놓은 채 우울한 표정으로 토끼 스튜에 남은 뼈를 우물거리고 있었다. 이제 걱정스러운 표정으로 자신을 향해 달려오는 소년을 보며, 총잡이는 임박한 배신의 중압감을 처절하게 실감했다.
"아니, 아픈 게 아니다. 그냥 피곤한 거다. 험한 꼴을 당해서." 총잡이는 멍하니 턱뼈를 가리켰다. "그건 이제 치워도 된다, 제이크."
제이크는 턱뼈를 힘껏 내던져 버린 다음 셔츠에 손을 닦았다. 이를 드러내며 씩씩대는 표정은 총잡이가 보기에 무의식적으로 지은 것 같았다.
총잡이는 거의 쓰러지다시피 앉았다. 관절이 쑤시고 머릿속이 두들겨 맞은 것처럼 욱신거리는 증상은 메스칼린의 고약한 후유증이었다. 아랫도리 역시 묵직한 통증과 함께 욱신거렸다. 그는 멍한 상태로 담배 한 개비를 조심스레, 천천히 말았다. 제이크는 가만히 지켜보았다. 문득 이때껏 알아낸 것을 소년에게 모조리 털어놓고 의견을 구하고 싶다는 충동이 들었지만, 그는 치를 떨며 그 생각을 접었다. 자신의 일부가, 정신이든 아니면 영혼이든, 산산조각 나는 것은 아닐까 불안해서였다. 어린애 앞에서 정신과 마음을 연다? 터무니없는 생각이었다.

"오늘은 여기서 자자. 내일은 산을 오르기 시작할 거다. 조금 있다가 저녁거리를 사냥하러 나가마, 힘을 보충해야 할 테니. 지금은 좀 자야겠다. 그래도 되겠느냐?"

"그럼요. 한숨 때리세요."

"무슨 말인지 모르겠구나."

"주무시라는 말이에요."

"음."

총잡이는 고개를 끄덕이고 드러누웠다. *한숨 때리란 말이지.* 그는 속으로 생각했다. *한숨을. 때리라고.*

잠에서 깨어 보니 조그마한 풀밭 공터에 숲 그림자가 길게 드리워 있었다.

"불을 피워라." 총잡이는 제이크에게 부싯돌과 부시를 던져 주었다. "할 수 있겠느냐?"

"예, 할 수 있을 거예요."

총잡이는 버드나무 수풀 쪽으로 걸어가다가 소년의 목소리를 듣고 멈춰 섰다. 아예 얼어붙었다.

"불꽃으로 어둠을 쫓으리니, 나의 종마는 어디로 갔을까?" 소년이 중얼거렸고, 롤랜드의 귀에 부싯돌의 날카로운 *칙! 칙! 칙!* 소리가 들려왔다. 조그만 기계 새가 우는 소리 같았다. "여기서 몸을 뉘어도 될까? 여기서 잠들어도 될까? 이 야영지에 불의 축복이 내릴지어다."

내가 하는 걸 보고 배웠구나. 총잡이는 생각했다. 온몸에 소름이 돋아서 금방이라도 물에 빠진 개처럼 부들부들 떨릴 것 같았지만, 조금도 놀랍지 않았다. *내가 하는 걸 보고 배운 거다, 나는 언제 저런 말을 했는지 기억도 안 나는데. 저런 애를 배신할 수 있을까? 맙소사, 롤랜드, 너는 이 슬프도록 타락한 세상에서 저토록 순수한 아이를 배신할 거냐? 그런 짓을 저지를 정당한 이유 같은 게 있을까?*

그냥 말을 따라 한 것뿐이다.

그래, 허나 아주 오래된 말이지. 좋았던 시대의 말.

"롤랜드 아저씨? 괜찮으세요?"

"으음." 총잡이는 잠긴 목소리로 대답했다. 매캐한 연기 냄새가 코끝을 스쳤다. "불을 피웠구나."

"예." 소년은 그렇게만 대답했다. 그리고 롤랜드는 굳이 돌아보지 않아도 소년이 빙그레 웃는 것을 알 수 있었다.

총잡이는 계속 걷다가 왼쪽으로 방향을 틀어서 이번에는 버드나무 숲의 가장자리를 따라 걸어갔다. 풀이 빽빽한 오르막 비탈을 향해 넓게 트인 곳이 나오자 그는 그늘로 물러나 조용히 서 있었다. 나지막하게, 또렷하게, 제이크가 다시 붙인 모닥불이 타닥거리는 소리가 들렸다. 그 소리에 그는 빙그레 웃었다.

총잡이가 꼼짝 않고 가만히 서 있는 동안 10분, 15분, 20분이 흘렀다. 토끼 세 마리가 나타났고, 그는 토끼들이 풀을 뜯기 시작하자마자 총을 뽑았다. 그렇게 잡은 토끼들의 가죽을 벗기고 내장을 빼낸 다음 야영지로 가져왔다. 제이크는 조그만 모닥불 위에 이미 물을 올려놓고 있었다.

총잡이는 제이크를 보며 고개를 끄덕였다.

"잘했다."

제이크는 기뻐서 얼굴이 붉어진 채 말없이 부싯돌과 부시를 돌려주었다.

스튜가 끓는 사이에 총잡이는 해가 지기 전의 짧은 틈을 이용해 버드나무 숲으로 돌아갔다. 첫 번째 샘 근처에 도착한 그는 물가에 자란 질긴 덩굴을 자르기 시작했다. 나중에, 모닥불이 타서 숯으로 변하고 제이크가 잠이 들면, 그 덩굴을 꼬아서 혹시 모를 상황에 대비할 밧줄을 만들 작정이었다. 그러나 산을 타는 일은 그리 힘들지 않을 거라는 직감이 들었다. 만물의 표면에 카가 작동하는 느낌이 들었지만, 이제는 기이할 것도 없는 느낌이었다.

덩굴을 들고 제이크가 기다리는 야영지로 돌아오는 동안 총잡이의 손은 초록빛 수액으로 물들었다.

두 사람은 아침 해와 함께 일어나서 30분 만에 짐을 쌌다. 총잡이는 아침을 먹는 동안 풀밭에서 토끼를 더 잡을 수 있으면 좋겠다고 생각했지만, 시간은 촉박했고 토끼는 그림자도 보이지 않았다. 남은 식량 보따리는 이제 너무 작고 가벼워서 제이크도 거뜬히 들 수 있었다. 소년은 그간의 여행을 통해 듬직해졌다. 한눈에 봐도 알 수 있을 정도로.

총잡이는 샘에서 새로 채운 물주머니를 어깨에 맸다. 덩굴로 꼰 밧줄 세 묶음은 배에 둘렀다. 그들은 스톤 서클을 피해 멀찍이 돌아서 갔다(총잡이는 제이크가 또다시 공포에 사로잡히지 않을까 염려했지만, 자갈이 깔린 오르막을 따라 스톤 서클 위를 지나갈 때 제이크는 그곳을 힐끗 쳐다보고는 바람을 타고 날아오르는 새 쪽으로 다시 눈을 돌렸다.).
얼마 안 가서 나무들은 점점 키가 작아졌고 녹음도 옅어져 갔다. 나무의 줄기는 뒤틀려 있었고, 뿌리는 물기를 찾아 힘겹게 뻗어 나간 모습이 마치 땅과 사투를 벌이는 듯했다.
"다 너무 늙었어요." 잠시 멈춰서 쉴 때 제이크가 부루퉁하게 말했다. "이쪽 세상에는 어린 게 아무것도 없나요?"
총잡이는 빙긋이 웃으며 제이크를 팔꿈치로 쿡 찔렀다.
"네가 있잖느냐."
제이크는 우울한 미소로 답했다.
"산에 올라가는 거 힘들까요?"
총잡이는 호기심이 밴 눈으로 제이크를 보았다.
"산이 높다. 오르기가 힘들 것 같지 않으냐?"
총잡이를 돌아보는 제이크의 눈빛은 멍하고 얼떨떨해 보였다.
"예."
그들은 다시 산을 올랐다.

8

정점에 이른 태양은 사막을 지나던 무렵보다 짧게 그 자리에 머무는 듯하다가, 서쪽으로 기울면서 두 사람의 그림자를 다시 돌려주었다. 점점 높아지는 비탈면에는 기다랗고 평평한 바위들이 땅속에 묻힌 거대한 안락의자의 팔걸이처럼 튀어나와 있었다. 풀덤불은 누렇게 변해서 시들어 있었다. 마침내 굴뚝처럼 깊은 크레바스와 맞닥뜨린 두 사람은 표면이 부스러져 내리는 바위를 잠시 기어오른 끝에 그곳을 피해 위로 올라갈 수 있었다. 태곳적에 만들어진 화강암 비탈면은 계단처럼 층층이 갈라져 있었고, 그 덕분에 산을 오르는 일은 적어도 처음에는 두 사람이 예상한 대로 식은 죽 먹기였다. 그들은 폭이 두 걸음 정도밖에 안 되는 비탈 꼭대기에 멈춰서 사막 쪽으로 이어진 땅을 돌아보았다. 고지대를 둘러싼 산기슭이 거대한 짐승의 노란색 앞발 같았다. 그 너머로 펼쳐진 사막은 새하얀 방패처럼 눈부시게 빛나다가, 희미하게 물결치는 아지랑이 속으로 사라져 갔다. 총잡이는 하마터면 그 사막에게 목숨을 빼앗길 뻔했다는 것을 깨닫고 살짝 놀랐다. 지금 서 있는 이 시원한 산정에서 사막은 분명 장대하기는 했지만, 치명적으로 보이지는 않았기 때문이었다.

두 사람은 다시 산을 오르기 시작했다. 부서져 내리는 바위를 재빨리 기어오르면서, 반짝이는 석영과 운모가 점점이 박힌 비탈면을 웅크린 자세로 살금살금 오르면서. 바위는 햇볕에 적당히 데워져서 잡기가 편했지만 공기는 확실히 전보다 싸늘했다. 오후 느지막이 총잡이는 희미한 천둥소리를 들었다. 그러나 건너편에 내리는 비는 깎아지른 암벽에 가려 보이지 않았다.

해가 기울어 그림자가 자줏빛으로 변할 무렵, 두 사람은 툭 튀어나온 바위 아래에서 야영할 준비를 했다. 총잡이는 담요를 펼쳐 위아래로 고정시켜서 허름한 움막 비슷한 공간을 만들었다. 둘은 그 입구에 앉아서 망토처럼 세상을 뒤덮는 어스름을 구경했다. 바위 가장자리에 앉은 제이크의 발이 허공에 대롱거렸다. 총잡이는 자기 전에 피울 담배 한 대를 말면서 살짝 짓궂은 눈빛으로 제이크를 바라보았다.

"자다가 뒤척이지 마라. 저세상에서 눈을 뜨는 수가 있으니."

"괜찮아요. 우리 엄마가 그러는데……."

제이크는 진지하게 대답하다가 갑자기 입을 다물었다.

"어머니가 뭐라고 하셨느냐?"

"제가 죽은 사람처럼 쿨쿨 잔대요." 제이크는 그렇게 말을 맺으며 총잡이를 돌아보았다. 소년의 입가는 눈물을 삼키는 것처럼 바들바들 떨렸다. *아직 어린애인데.* 총잡이는 그 생각에 가슴이 미어지는 듯했다. 그 아픔은 차가운 물을 벌컥벌컥 들이켰을 때 엄습하는, 얼음송곳으로 이마를 찌르는 것 같은 고통과 비슷했다. *아직 어린애인데. 어째서?* 실없는 질문이었다. 몸이나 마음에 상처를 입은 소년이 그 질문을 던질 때면 코트는, 총잡이 집안의 아들들에게 기초 훈련을 시키는 것이 임무였던 그 늙은 흉터투성이 전쟁 기계는, 이렇게 대답하곤 했다. *물음표는 원래부터 휘어진 것, 네까짓 게 아무리 궁리해 봤자 똑바로 펴지지 않는다…… 이유 따위 궁금해 하지 말고 썩 일어서라, 이 대가리에 고름만 찬 놈아! 일어서! 해가 지려면 아직 멀었다!*

"전 왜 여기로 온 걸까요?" 제이크가 물었다. "예전의 기억은 왜 다 잊어버렸을까요?"

"검은 옷의 남자가 너를 이리로 끌어들였기 때문이다. 그리고 암흑의 탑 때문이기도 하다. 그 탑은 일종의…… 힘의 중심이다. 시간의 중심이기도 하고."

"무슨 말인지 모르겠어요!"

"나도 마찬가지다. 허나 뭔가 일어나고 있다. 나 자신의 시간 속에서. '세상은 변질해 버렸다.' 사람들은 그렇게 말하지…… 언제나 그렇게 말했다. 허나 이제는 그 속도가 더 빨라졌다. 시간에 무슨 일이 일어난 거다. 이제 시간은 점점 물렁물렁해지고 있다."

둘은 말없이 앉아 있었다. 바람이, 잔잔하지만 차가운 날을 품은 바람이 그들의 다리를 건드리고 지나갔다. 어딘가 바위가 갈라진 틈새에서 우-우-우-우-우 하는 바람소리가 들렸다.

"아저씨 고향은 어디예요?" 제이크가 물었다.

"지금은 없는 곳이다. 성서가 뭔지 아느냐?"

"예수님이랑 모세가 나오는 책이잖아요. 당연히 알죠."

총잡이는 빙긋이 웃었다.

"그래. 내 고향은 성서에 나오는 이름이 붙은 곳이었다. 뉴 가나안이라고 불렸지. 젖과 꿀이 흐르는 땅이었다. 성서에 나오는 가나안 땅에서는 포도가 너무나 커다랗게 열려서 사람들이 썰매에 싣고 끌어야 할 정도였다고 한다. 내 고향에는 그렇게 큰 포도는 안 열렸지만, 그래도 풍요로운 곳이었다."

"저 오디세우스 이야기도 알아요." 제이크는 자신 없는 목소리로 말했다. "그 사람도 성서에 나오나요?"

"아마도. 나는 성서를 열심히 읽지 않아서 잘 모른다."

"그런데 다른 사람들은…… 아저씨 친구들은……?"

"이제 아무도 없다. 내가 마지막이다."

조그맣고 야윈 달이 조금씩 떠오르고 있었다. 달은 두 사람이 앉아 있는 바위투성이 비탈면을 가느다란 눈으로 비추고 있었다.

"경치가 좋은 곳이었나요? 아저씨네 나라…… 고향 말이에요."

"아름다운 곳이었다. 들이 있고 숲이 있고 강이 있고, 아침이면 그 모두가 안개에 싸였다. 허나 그런 풍경은 그저 눈을 즐겁게 할 뿐이다. 내 어머니는 오로지 질서와 사랑과 빛만이 진정한 아름다움이라고 했다."

제이크는 아는 듯 모르는 듯 애매한 소리를 낼 뿐이었다.

총잡이는 담배를 피우며 고향의 정경을 떠올렸다. 웅장한 중앙 홀의 밤, 값비싼 옷으로 치장한 사람들이 느리고 잔잔한 왈츠나 빠르고 경쾌한 폴카의 스텝에 맞춰 춤을 추던 무도회. 그가 부모님이 정해 준 상대인 에일린 리터와 춤을 출 때 그녀의 두 눈은 가장 값진 보석보다도 환하게 반짝였고, 수정 샹들리에는 고급 창부들의 새로 땋은 머리와 그녀들 애인의 조금은 냉소적인 표정을 눈부시게 비추고 있었다. 빛으로 가득한 섬처럼 웅장한 홀은 언제 지어졌는지 모를 만큼 유서 깊은 곳이었고, 이는 100개 가까운 성들로 이루어진 중심 지구 역시 마찬가지였다. 그 광경을 마지막으로 본 때는 까마득히 오래전이었다. 그리고 마지막으로 그곳을 떠날 때, 검은 옷의 남자를 쫓아 정처 없는 길을 나서기 위해 고향을 등지면서, 롤랜드는 가슴이 미어지는 슬픔을 느꼈다. 그때 이미 성벽은 무너진 후였고 정원에는 잡초가 가득했으며, 중앙 홀의 높다란 기둥머리에는 박쥐들이 둥우리를 틀었고 회랑에는 제비 떼가 바람을 가르며 날갯짓 하는 소리가 나지막이 메아리쳤다. 코트가 제자들에게 궁술과 사격술과 매사냥을 가르치던 훈련장은 마른 풀과 큰조아재비와 개머루 덩굴로 뒤덮여 있었다. 한때는 주방장 핵스가 다스리던, 뜨거운 김과 맛있는 냄새로 가득한 궁전이었던 널따란 주방은 느림보 돌연변이들이 사는 기괴한 군락으로 바뀌었다. 놈들은 식품 저장고의 아늑한 어둠 속에서, 또 그늘진 기둥 뒤에서 그를 지켜보고 있었다. 군침이 돌게 하는 로스트비프와 로스트 포크 냄새를 머금은 따뜻한 증기는 사라지고 이제 축축한 곰팡내가 그 자리를 대신했다. 커다란 흰색 독버섯이 자라 있는 주방 구석에는 느림보 돌연변이들도 감히 자리를 잡지 못했다. 지하로 통하는 커다란 참나무 덮개 문은 열려 있었고, 그곳에서는 어떤 악취보다도 지독한 냄새, 소멸과 부패라는 준엄한 현실을 담담하고 적나라하게 표현하는 냄새가 올라왔다. 식초로 변해 버린 와인의 톡 쏘는 냄새였다. 남쪽으로 고개를 돌려 그 광경을 등지는 것은 조금도 어렵지 않았지만…… 그래도 가슴이 미어지기는 마찬가지였다.

"전쟁이 일어났던 건가요?" 제이크가 물었다.

"그보다 더했다." 총잡이는 거의 다 타 버린 꽁초를 휙 튕겼다. "혁명이 일어났다. 우리는 모든 전투에서 이겼지만 전쟁에서는 졌다. 승자가 없는 전쟁이었다, 있다면 아마도 시체를 뜯어먹는 들짐승이었을 거다. 그 후로 몇 년 동안은 먹이 걱정을 안 했을 테니."

"저도 거기 살았으면 좋았을 텐데." 아쉬움이 밴 목소리였다.

"진심이냐?"

"예."

"이제 잘 시간이다, 제이크."

이제는 희끄무레한 그림자로만 보이던 소년은 자리에 누워 느슨하게 덮은 담요 속에서 몸을 웅크렸다. 그로부터 한 시간쯤, 총잡이는 소년 곁에 보초처럼 앉아서 맑은 정신으로 긴 생각의 흐름을 더듬었다. 이런 식의 명상은 그에게 낯선 경험이었기에 왠지 울적하면서도 뿌듯한 기분이 들었지만, 그래 봤자 실제로는 소용없는 일이었다. 제이크를 둘러싼 문제를 푸는 길은 신탁이 들려준 해결책밖에 없었지만…… 여기까지 와서 포기하고 돌아서기란 도저히 불가능했다. 어쩌면 비극이 기다리고 있는지도 몰랐지만, 총잡이의 눈에는 보이지 않았다. 그는 그저 늘 존재했던 숙명을 보고 있었다. 그리고 결국에는 명상 대신 그의 천성이 다시 주도권을 잡았고, 그는 잠에 빠져들었다. 꿈도 꾸지 않는 깊은 잠에.

9

이튿날, 두 사람이 좁다란 브이(V) 자 모양 골짜기 길을 향해 쉬지 않고 올라가는 동안 산은 점점 더 가팔라졌다. 총잡이는 여전히 서두르는 기색 없이 천천히 나아갔다. 발아래의 단단한 돌 비탈에는 검은 옷의 남자가 남긴 흔적이 전혀 보이지 않았지만, 총잡이는 그 자가 자신들보다 앞서 이쪽으로 지나간 것을 알 수 있었다. 조그마한 벌레처럼 꼬물꼬물 산을 올라가는 그자의 모습을 앞서 산기슭에서 제이크와 함께 목격했기 때문만은 아니었다. 위쪽에서 내리 부는 차가운 바람 한 올 한 올에 그자의 냄새가 선명하게 배어 있었다. 느끼하고 비릿한 냄새, 마귀풀 타는 냄새처럼 코를 찌르는 악취였다.

제이크는 그동안 길게 자란 머리카락이 햇볕에 그은 목덜미 밑동에서 곱슬곱슬하게 변해 있었다. 소년은 야무지게 산을 탔다. 발을 헛디디는 일도 없었고 바위틈을 건널 때나 깎아지른 암벽을 올라갈 때에도 고소공포증을 느끼는 기색이 없었다. 소년은 이미 두 번이나 총잡이는 엄두도 못 낼 곳까지 올라가서 밧줄을 묶어 주었고, 그 덕분에 총잡이는 밧줄을 잡고 한 걸음 한 걸음 올라갈 수 있었다.

그다음 날 아침, 두 사람은 아래쪽의 바위투성이 비탈면을 자욱하게 가린 차갑고 축축한 구름층을 통과했다. 움푹한 바위 틈새 곳곳에 굳어서 알갱이로 변한 눈이 보이기 시작했다. 눈은 석영처럼 반짝거렸고, 모래처럼 까끌까끌했다. 그날 오후에 두 사람은 그런 눈구덩이에서 발자국 한 개를 발견했다. 제이크는 넋이 나간 표정으로 잠시 들여다보다가 겁이 난 듯 번쩍 고개를 들었다. 그 발자국에서 검은 옷의 남자가 불쑥 솟아오를 거라고 생각한 모양이었다. 총잡이는 소년의 어깨를 다독여 주고 위쪽을 가리켰다.

"가자. 이제 해가 얼마 안 남았다."

나중에 두 사람은 어스름한 석양 속에서 야영할 준비를 했다. 야영지는 산맥 중심부 쪽으로 비스듬히 나 있는 골짜기 동북쪽의 너럭바위였다. 공기가 몹시 차가워서 입김이 보였고, 불그스름한 자줏빛 석양 속에서 들려오는 눅눅한 천둥소리는 현실의 소리가 아닌 듯 살짝 광기까지 느껴졌다.

총잡이는 이제 슬슬 질문이 쏟아질 거라고 생각했지만, 제이크는 아무 말도 없었다. 소년은 거의 눕자마자 잠들었다. 총잡이도 소년을 본받았다. 그리고 또다시 제이크가 이마에 못이 박힌 석고 성상으로 나오는 꿈을 꾸었다. 헉 소리와 함께 잠에서 깬 그는 산소가 희박한 고지대의 차가운 공기를 가슴 가득 음미했다. 제이크는 그의 곁에 누워 있었지만 곤히 자지는 못했다. 몸을 꼬고 잠꼬대를 중얼거리며, 자신만의 환영을 쫓고 있었다. 총잡이는 불안한 마음으로 몸을 뒤었다. 그리고 다시 잠들었다.

10

제이크가 눈구덩이에서 발자국을 발견한 날로부터 일주일 후, 두 사람은 잠깐 동안 검은 옷의 남자와 대치했다. 그 순간 총잡이는 암흑의 탑에 깃든 의미를 거의 이해할 듯한 기분이 들었다. 그 짧은 순간이 영원처럼 길게 늘어나는 기분이 들었기 때문이었다.

계속 서남쪽으로 향하던 두 사람은 거대한 산맥의 중간쯤에 해당하는 지점에 이르렀다. 바야흐로 산행이 본격적으로 힘들어질 기미가 보일 무렵(위쪽에는 빙벽과 깎아지른 벼랑이 뒤로 등을 기댄 것처럼 뻗어 있었고, 총잡이는 그 광경을 보며 위아래가 뒤집힌 듯한 불쾌한 현기증을 느꼈다.), 두 사람은 다시금 좁은 산길의 옆면을 따라 내려가기 시작했다. 좁다란 갈지자 길을 따라 도착한 골짜기 바닥에는 가장자리에 얼음이 낀 개울이 위쪽에서 낙하하던 기세를 잃지 않고 콸콸 흘러내리고 있었다.

그날 오후, 제이크는 걸음을 멈추고 총잡이를 돌아보았다. 먼저 멈춰 선 그는 개울물에 세수를 하고 있었다.

"그 사람 냄새가 나요."

"나도 맡았다."

그들 앞쪽에 보이는 것은 산이 올려 쌓은 마지막 방어벽이었다. 범접하지 못할 만큼 거대한 화강암 평판이 구름 속으로 아득하게 솟아 있었다. 총잡이는 개울의 굽이를 돌면 당장이라도 높다란 폭포와 도저히 넘지 못할 미끄러운 바위가 나타나리라고 예상했다. 그곳이 막다른 길일 터였다. 그러나 고지대에서 흔히 그렇듯이 이곳의 공기는 멀리 있는 것을 크게 보이도록 하는 이상한 특징이 있었고,

이 때문에 그들이 깎아지른 화강암 비탈면에 도착한 것은 그 이튿날의 일이었다.

총잡이는 또 다시 강력한 기대감이 끌어당기는 기분을 느끼기 시작했다. 마침내 모든 것이 손안에 들어온 기분이었다. 그는 전에도 그 기분을 느낀 적이 있었다. 그것도 여러 번. 그런데도 후다닥 뛰어가고 싶은 마음을 억누르느라 애를 먹어야 했다.

"잠깐만요!"

제이크가 느닷없이 멈춰 섰다. 두 사람은 개울이 예각으로 꺾어진 곳을 마주하고 있었다. 커다란 사암 바위 밑동의 침식된 곳을 둘러싸고 급류가 거품을 일으키며 사납게 소용돌이치는 곳이었다. 골짜기가 점점 좁아진 탓에 오전 내내 산그늘 속을 지나 온 참이었다.

제이크는 사시나무처럼 떨고 있었다. 얼굴은 백짓장 같았다.

"왜 그러느냐?"

"우리 그만 돌아가요." 제이크가 소곤거리듯이 말했다. "돌아가요, 빨리요."

총잡이는 표정이 딱딱하게 굳었다.

"제발요, 예?"

제이크의 얼굴은 해쓱했고, 턱은 괴로움을 참느라 바들바들 떨렸다. 천둥소리는 두툼한 바위를 뚫고 마치 땅속에 묻힌 기계의 작동음처럼 쉬지 않고 들려왔다. 머리 위로 보이는 가느다란 하늘은 따뜻한 기류와 차가운 기류가 만나서 다투느라 불길한 회색으로 소용돌이치고 있었다.

"제발요, *제발!*"

소년은 주먹을 불쑥 쳐들었다. 총잡이의 가슴을 치려는 것처럼.

"안 된다."

소년의 표정이 경악으로 물들었다.

"아저씬 절 죽일 거예요. 처음엔 그 사람이 절 죽였는데 이번엔 아저씨가 죽일 거예요. *그리고 아저씨도 그걸 알아요.*"

총잡이는 거짓말이 입술에 맴도는 기분이 들었다. 그는 그 거짓말을 소리 내어 말했다.

"넌 괜찮을 거다." 그리고 더 큰 거짓말. "내가 지켜 주마."

제이크는 얼굴이 회색빛으로 물든 채 더는 아무 말도 하지 않았다. 그러고는 내키지 않는 듯 손을 내밀었다. 소년과 총잡이는 그렇게 개울의 굽이를 돌아갔다. 손에 손을 잡고서. 개울 너머에서 그들은 마지막 암벽과 검은 옷의 남자를 동시에 맞닥뜨렸다.

그는 두 사람 위쪽으로 겨우 6미터쯤 되는 곳에 서 있었다. 암벽에는 폭포수가 콸콸 쏟아지는 커다란 동굴이 비쭉배쭉하게 뚫려 있었고, 남자가 서 있는 곳은 그 동굴 입구 바로 오른편이었다. 형체 없는 바람이 그가 입은 로브의 후드를 잡아당겨 펄럭이게 했다. 그는 한 손에 지팡이를 쥐고 있었다. 다른 손은 두 사람 쪽으로 내민 채 어서 오라는 거짓 손짓을 하고 있었다. 그 모습이 꼭 선지자 같았다. 소용돌이치는 하늘 아래, 암벽에 튀어나온 바위 위에 서 있는 그의 목소리는 성서에서 심판의 날을 알리는 선지자 예레미야의 목소리였다.

"총잡이여! 옛 사람들의 예언을 이리도 훌륭하게 실천하다니! 기쁜 날이도다 기쁜 날이도다, 참으로 기쁜 날이도다!"

그는 껄껄 웃으며 절을 했다. 웃음소리가 폭포의 굉음을 뚫고 메아리쳤다.

생각할 겨를도 없이, 총잡이는 총을 뽑았다. 소년은 그의 오른편으로 몸을 숙여 손바닥만 한 그림자 뒤에 숨었다.

롤랜드는 떨리는 손을 진정시키기도 전에 세 발을 발사했다. 구릿빛 총성이 바람소리와 폭포 소리를 뒤덮고 바위투성이 골짜기에 메아리쳤다.

검은 옷의 남자의 머리 위쪽에서 화강암 부스러기가 분가루처럼 흩날렸다. 두 번째 총탄은 후드 왼쪽의 암벽에 맞았다. 세 번째는 오른쪽으로 빗나갔다. 총잡이는 세 발 모두 깨끗이 빗맞혔다.

검은 옷의 남자가 껄껄 웃었다. 웃음소리는 잦아드는 총성의 메아리에 도전하듯 우렁차고 후련했다.

"총잡이여, 이제껏 찾아 헤맨 답을 그토록 쉽게 없애 버릴 작정인가?"

"내려와라." 총잡이가 말했다. "정중히 요청한다. 그리하면 우리는 모든 답을 찾을 것이다."

또다시 비웃음 같은 웃음소리가 커다랗게 울려 퍼졌다.

"내가 두려워하는 건 그대의 총알이 아니야, 롤랜드. 난 그대가 생각하는 답이란 게 도대체 뭔지가 두렵다네."

"내려와라."

"건너편에서 얘기하도록 하지. 이 산을 넘으면 우리는 실컷 머리를 맞대고 긴 대화를 나눌 거야."

검은 옷의 남자는 제이크를 힐끗 보며 이렇게 덧붙였다.

"우리 둘이서만."

제이크는 조그맣게 흐느끼는 소리를 내며 그 시선을 피해 움츠렸고, 검은 옷의 남자는 돌아섰다. 로브 자락이 회색빛 허공에서 박쥐 날개처럼 펄럭였다. 그는 폭포수가 힘차게 뿜어 나오는 동굴 속으로 사라졌다. 총잡이는 그의 등에 총을 쏘고 싶은 충동을 단호한 의지력으로 억눌렀다. 총잡이여, 이제껏 찾아 헤맨 답을 그토록 쉽게 없애 버릴 작정인가?

이제 바람소리와 폭포 소리밖에 들리지 않았다. 까마득한 세월 동안 이 적막한 곳을 지켜 온 소리였다. 그러나 검은 옷의 남자는 분명 저 위에 서 있었다. 마지막으로 목격한 지 어언 12년, 롤랜드는 마침내 그자를 눈앞에서 다시 보았고, 그자와 얘기를 나눴다. 그리고 그 검은 옷을 입은 자는 껄껄 웃었다.

이 산을 넘으면 우리는 실컷 머리를 맞대고 긴 대화를 나눌 거야.

제이크는 덜덜 떨면서 총잡이를 올려다보았다. 한순간 총잡이는 앨리스의 얼굴을 보았다. 툴에서 만났던 그 여인의 얼굴이 소년의 얼굴에 겹쳐져 있었다. 이마의 흉터는 그를 향한 무언의 비난 같았고, 그는 두 사람의 얼굴 모두 진저리가 났다(앨리스의 흉터 위치와 꿈에서 본 제이크의 이마에 못이 박힌 위치가 일치한다는 것은 훨씬 나중에야 깨달았다). 소년도 그의 생각을 어렴풋이 눈치챘는지, 가녀린 신음을 흘렸다. 그러다가 입술을 꾹 다물고 그 소리를 삼켰다. 소년은 당당한 남자의 자질을 지니고 있었다. 어쩌면, 시간이 흐르면 나름의 방식대로 총잡이가 될지도 몰랐다.

우리 둘이서만.

총잡이는 어딘지 모를 몸속 깊숙한 곳에서 불경스럽게 타오르는 갈증을 느꼈다. 물이나 술 따위로는 다스릴 수 없는 갈증이었다. 손을 뻗으면 닿을 것만 같은 거리에서 온 세상이 흔들리고 있었고, 그는 스스로 타락하지 않으려고 조금은 본능적인 방식으로 그 갈증에 필사적으로 맞섰지만, 냉정한 머릿속에서는 그런 분투가 헛수고인 것을, 언제나 헛수고로 끝나리라는 것을 알고 있었다. 결국 남는 것은 *카*뿐이었다.

때는 정오였다. 총잡이는 하늘을 올려다보며, 자신만의 정의라는 너무도 연약한 태양에, 흐리고 거친 하늘의 빛을 마지막으로 쬐어주었다. *배신의 대가를 은화로 치를 수는 없는 법.* 그는 속으로 생각했다. *배신의 대가는 반드시 육신으로 치러야 하는 법이다.*

"따라와라, 싫으면 여기 남든가." 총잡이가 말했다.

그 말에 제이크는 딱딱하고 웃음기 없는 미소로 답했다. 스스로는 알지 못했지만, 그것은 제이크 아버지의 미소였다.

"저야 좋죠, 여기 남으면. 혼자서도 잘 지낼 테니까요, 이 첩첩산중에서. 누군가 와서 구해 주겠죠, 뭐. 그 누군가는 케이크랑 샌드위치도 갖고 올 거예요. 보온병에 커피도 챙겨 오고. 안 그래요?"

"따라와라, 싫으면 여기 남든가." 총잡이는 같은 말을 되뇌었다. 그러면서 마음속에서 무언가 일어나는 기분을 느꼈다. 분리였다. 그 순간 눈앞의 조그마한 아이는 이제 제이크가 아니라 그저 소년이었다. 마음대로 옮기고 써먹을 장기짝이었다.

바람이 휘몰아치는 정적 속에서 무언가 비명을 질렀다. 총잡이와 소년 모두 그 소리를 들었다.

총잡이는 암벽을 오르기 시작했고, 잠시 후 소년도 그 뒤를 따랐다. 두 사람은 강철처럼 차가운 폭포 옆의 돌투성이 비탈을 함께 올라갔고, 검은 옷의 남자가 서 있던 자리에 섰다. 그리고 그가 사라진 동굴 속으로 함께 들어섰다. 어둠이 그들을 삼켰다.

느림보 돌연변이

제4장

느림보 돌연변이

1

총잡이는 잠꼬대를 하는 사람처럼 커졌다 작아졌다 하는 목소리로 제이크에게 천천히 이야기했다.

"그날 밤 그곳에는 우리 셋이 있었다. 커스버트, 알레인, 그리고 나. 원래는 거기 가면 안 되는 처지였다. 우리 모두 아직 어린애였으니까. 이른바 기저귀도 못 뗀 꼬맹이들이었던 거다. 혹시라도 코트한테 걸렸다간 피 떡이 될 판이었다. 허나 우리는 걸리지 않았다. 아마 우리보다 앞서 그곳에 갔던 아이들도 걸리지 않았을 게다. 소년들은 아버지의 바지를 몰래 입고 거울 앞에서 걸어 다니다가 다시 몰래 옷걸이에 걸어 두곤 하는데, 그거랑 같은 이치였다. 그럴 때면 아버지는 바지가 전과 다르게 걸린 것을 모른 척하거나 아들의 코 밑에 구두약으로 그린 수염 자국이 남아 있는 걸 보고도 모른 척하게 마련이다. 무슨 말인지 알겠느냐?"

소년은 말이 없었다. 해가 지고 나서 이때껏 한마디도 하지 않았다. 반면에 총잡이는 공허한 정적을 메우려고 정신없이 떠들었다. 동굴을 지나 산의 지하로 들어설 때 총잡이는 등 뒤의 빛을 돌아보지 않았지만, 소년은 돌아보았다. 총잡이는 소년의 보드라운 볼을 거울 삼아 이날의 석양이 저물어 가는 모습을 읽었다. 소년의 볼은 흐릿한 장밋빛이었다가, 짙빛 유리의 색이었다가, 창백한 은빛이었다가, 저녁 땅거미가 마지막으로 남긴 불그스름한 빛이었다가, 이제는 캄캄했다. 두 사람은 총잡이가 켠 횃불에 의지하여 나아갔다.

마침내 두 사람은 야영지를 차렸다. 앞서 간 검은 옷의 남자에게서는 어떤 메아리도 들려오지 않았다. 어쩌면 그 역시 멈춰서 쉬는지도 몰랐다. 아니면 발 앞을 비출 등불도 없이 공중에 둥둥 떠서 캄캄한 동굴을 나아가는지도.

"파종일 밤의 무도회는 해마다 한 번씩 중앙 홀에서 열렸다. 노인들 중에는 그 행사를 쌀이라는 뜻의 '코말라'라고 부르는 이도 있었다만." 총잡이는 이야기를 계속했다. "무도회장의 정식 이름은 '선조들의 홀'이었지만, 우리한테는 그냥 중앙 홀이었다."

물이 똑똑 떨어지는 소리가 들려왔다.

"그건 구애 의식이었다. 봄의 무도회가 다 그렇듯이." 총잡이는 조롱하듯이 웃었다. 웃음소리는 무정한 바위 벽에 부딪혀 미치광이의 씩씩대는 숨소리처럼 들렸다. "책에 따르면 옛날에는 봄을 맞이하는 제전이었는데 '새 땅'이나 '새 코말라'로 불리기도 했다고 한다. 허나 문명이란 것은, 그것은……."

총잡이는 말끝을 흐렸다. 문명이라는 범용한 단어에 깃든 변화를 제대로 설명할 길이 없어서였다. 낭만이 숨을 거둔 후에 낭만의 망

령은 헛된 육욕에 들떠 배회했고, 세상은 허영과 허례를 억지로 반복하며 숨을 이어갔다. 파종일 밤의 무도회에서는 기하학적인 스텝으로 이루어진 거짓 구애 의식이 그보다 더 진실하고 광적이고 복잡하게 뒤엉킨 사랑의 자리를 대신 차지했고, 총잡이는 예전의 사랑이 어떤 것이었을지 어렴풋이 짐작만 할 뿐이었다. 한때는 왕국을 건설하고 운영했을지도 모르는 참된 열정을 공허한 위엄이 대신했다. 그는 메지스에서 수전 델가도를 만나 진정한 사랑을 찾았으나 어차피 다시 잃어버릴 운명이었다. 오래전에 왕이 한 명 있었다. 그는 소년에게 그렇게 말할 수도 있었다. 엘드라는 왕이. 그 왕의 피는 비록 묽어졌을지언정 지금도 내 핏줄 속에 흐르고 있다. 허나 왕들의 시대는 끝났단다, 아이야. 적어도 빛이 비치는 세상에서는.

"사람들은 그 의식을 퇴폐적인 것으로 만들어 버렸다." 총잡이는 한참 만에 말을 이었다. "연극으로 만들어 버린 거다. 놀이로." 그의 목소리에는 금욕주의자와 은둔자의 무의식적인 혐오감이 가득 배어 있었다. 더 환한 빛이 있었더라면 그의 표정에 드러난 근엄함과 슬픔이, 가장 순수한 형태의 비난이 보일 터였다. 그의 타고난 강단은 세월이 흘러도 바닥나거나 묽어지지 않았던 것이다. 여전히 상상력이 부족한 사람이라는 것은 그 표정을 보면 대번에 알 수 있었다.

"허나 무도회는. 그 파종일 밤의 무도회는……."

소년은 말이 없었다. 질문도 하지 않았다.

"그곳에는 수정 샹들리에가 있었다. 전깃불이 켜진 묵직한 유리 등이었다. 홀은 빛으로 가득했다. 그곳은 빛의 섬이었다.

"우리는 오래된 발코니를 통해 몰래 들어갔는데, 원래는 위험해서 줄로 막아 두는 곳이었다. 허나 우리는 어린애였고, 어린애란 늘

어린애 같은 짓을 하는 법이다. 우리에게는 모든 것이 위험했지만 그게 무슨 상관이었겠느냐? 아이들이란 자기가 불사신인 줄 알지 않더냐? 우리는 그런 줄만 알았다, 심지어 영광스러운 죽음을 맞을 거라고 우리끼리 떠들 때조차도 말이다.

"우리는 모두의 머리 위에 있었기에 모든 것을 내려다볼 수 있었다. 그때 우리끼리 무슨 말을 했는지 아니면 안 했는지는 기억나지 않는다. 그저 아래에 펼쳐진 광경을 눈으로 빨아들이느라 정신이 없었으니.

"총잡이들은 각자의 여인과 함께 산해진미가 놓인 널따란 돌 탁자에 둘러앉아서, 춤추는 이들을 구경했다. 총잡이들 중에도 춤을 추는 이가 있었지만 몇 명뿐이었다. 나이가 젊은 총잡이들이었지. 돌이켜보니 핵스의 교수형을 집행한 총잡이도 춤추는 무리 가운데 끼어 있었던 것 같구나. 나이 든 총잡이들은 가만히 앉아 있었는데 내가 보기에는 조금 당황한 것 같았다. 휘황찬란한 빛에, 그 모든 문명의 빛에. 그들은 존경받는 인물이자 두려움의 대상, 수호자들이었지만, 새침한 여성을 동반한 기사들 속에서는 마부처럼 촌스러워 보이더구나…….

"요리가 한가득 차려진 원탁이 네 개 있었는데, 탁자 위의 요리는 쉬지 않고 바뀌었다. 주방의 급사들은 저녁 7시부터 이튿날 새벽 3시까지 쉬지 않고 원탁과 주방을 왕복했다. 원탁이 시계 방향으로 회전한 덕분에 로스트 포크와 로스트비프, 바닷가재, 닭 요리, 구운 사과의 군침 도는 냄새가 우리 코에 솔솔 풍겨왔단다. 원탁이 회전하면 냄새도 바뀌었고. 아이스크림과 사탕도 있었다. 활활 타는 불에서는 고기 꼬치를 구웠고.

"마튼은 내 어머니와 아버지 곁에 앉아 있었다. 그 높은 곳에서도 부모님은 알아볼 수 있더구나. 어머니와 마튼이 춤을 추며 느리게 빙빙 돌기 시작하자 다른 이들은 물러나서 자리를 마련해 주었고, 춤이 끝나자 박수를 쳤다. 총잡이들은 박수를 치지 않았지만, 내 아버지는 천천히 일어서서 어머니에게 손을 내밀었다. 그러자 어머니도 아버지에게로 다가와 웃으며 자기 손을 내밀었다.

"그 순간의 무시무시한 중압감은 높은 곳에 숨어 있는 우리에게까지 전해졌다. 아버지는 그때 이미 자기 카텟의 지배자였다. '총으로 하나가 된 이들'의 지도자였던 거다. 또한 머잖아 길르앗의 왕이 될 몸이었다, 내륙계 전체는 아니더라도. 이는 다른 이들도 아는 바였다. 마튼은 누구보다 더 잘 알았을 것이다…… 가브리엘 베리스를 빼면."

제이크는 그제야 입을 열었지만, 내키지 않는 기색이 뚜렷했다.

"그 사람이 아저씨 어머니인가요?"

"그래. 호수의 가브리엘. 앨런의 딸이자 스티븐의 아내, 롤랜드의 어머니였다."

두 손을 펼치고 살짝 어깨를 으쓱하는 총잡이의 모습은 *그렇게 돼 버린 걸 어떡하겠느냐?* 라고 말하는 듯했다. 그는 다시 손을 무릎에 내려놓았다.

"내 아버지는 빛의 마지막 군주였다."

총잡이는 자신의 손을 내려다보았다. 소년은 말이 없었다.

"그들이 춤을 추던 모습이 기억나는구나. 내 어머니, 그리고 총잡이들의 고문이었던 마튼이. 춤을 추던 두 사람의 모습이 지금도 기억난다. 붙었다 떨어졌다 하면서 천천히 빙빙 돌던 그 모습은, 오래된 구애의 춤이었다."

총잡이는 미소를 머금은 채 소년을 보았다.

"허나 별일은 아니었다. 왜냐하면 권력은 이미 아무도 모르지만 모두가 이해하는 방식으로 마튼에게 넘어가 버렸고, 내 어머니는 새로 쥔 권력을 휘두르는 그자에게 단단히 들러붙어 있었으니. 안 그랬겠느냐? 어머니는 춤이 끝나고 나서 아버지에게로 갔다, 알겠느냐? 그리고 아버지의 손을 잡았다. 사람들이 박수를 쳤겠느냐? 곱상한 청년들과 얌전한 귀부인들이 박수를 치며 아버지를 칭송하는 소리가 홀이 떠나갈 정도로 울려 퍼졌겠느냐? 그랬겠느냐? 과연?"

어둠 속 저 멀리서 무심한 물방울이 떨어졌다. 제이크는 여전히 말이 없었다.

"그들이 춤을 추던 모습이 기억난다." 총잡이의 목소리는 나지막했다. "그 춤이 지금도 기억난다."

그는 동굴의 보이지 않는 돌 천장을 올려다보았고, 한순간 천장을 향해 소리를 지를 것처럼 보였다. 욕을 퍼부으며 덤벼들 것 같았다. 이제 그들의 보잘것없는 목숨을 돌로 된 창자 속의 미생물처럼 품고 있는, 눈도 입도 없는 거대한 화강암 덩어리를 향해서.

"내 아버지를 죽음으로 이끈 단검을 쥐고 있었던 것은 도대체 누구의 손이었을까?"

"저 피곤해요." 소년은 그 말만 남긴 채 다시 입을 다물었다.

총잡이는 침묵에 빠졌고, 소년은 손으로 뺨을 받친 채 돌바닥에 누웠다. 두 사람 앞의 조그만 모닥불이 파르르 떨렸다. 총잡이는 담배를 말았다. 그에게는 여전히 기억 속의 수정 샹들리에가 보이는 듯했다. 박수갈채가 들리는 듯했다. 시간이라는 회색빛 대양 앞에서 이미 희망을 잃고 껍데기로 변해 버린 고향에 공허하게 울려 퍼지던 박수갈채가. 그 빛의 섬을 떠올리려니 몹시도 고통스러웠다. 차라리 그곳을 몰랐더라면, 또는 아내에게 배신당한 아버지의 처지를 몰랐더라면 좋았을 거라는 생각이 들었다.

총잡이는 입에서 뿜은 연기를 코로 들이마시며 소년을 내려다보았다. 우리는 이 지상에서 자신만의 커다란 원을 만드는구나. 그는 속으로 생각했다. 한 바퀴를 돌아 처음으로 돌아오면 출발점은 늘 그곳에 있다. 다시 시작하는 거다, 그건 햇빛이 비치는 동안에는 풀길이 없는 저주다.

우리가 다시 햇빛을 볼 날은 언제일까?

총잡이는 잠들었다.

총잡이의 숨소리가 느리고 흔들림 없이 고른 소리로 바뀐 후, 소년은 눈을 뜨고 역겨움과 애정이 함께 어린 표정으로 총잡이를 바라보았다. 한쪽 눈동자에 모닥불의 마지막 불꽃이 짧게 비치다가 그대로 사그라졌다. 소년도 잠이 들었다.

2

총잡이는 앞서 풍경에 변화가 없는 사막을 지나는 동안 시간 감각의 대부분을 잃어버렸고, 얼마 안 남은 시간 감각은 빛이 없는 이 산맥 지하의 길을 지나면서 잃어버렸다. 두 사람 가운데 누구도 시간을 잴 수단이 없었기에 시간이라는 개념은 무용지물이 되었다. 어찌 보면 그들은 시간의 바깥에 있었다. 하루는 일주일일 수도 있었고, 일주일이 하루일 수도 있었다. 그들은 걸었고, 잠을 잤고, 간에 기별도 안 갈 만큼만 먹었다. 유일한 동행은 바위를 뚫을 기세로 쉬지 않고 흘러가는 물살의 시끄러운 소리뿐이었다. 두 사람은 그 소리를 따라가며 광물이 녹아 있는 동굴 바닥의 잔잔한 물로 목을 축였고, 그 물에 배탈을 일으키거나 죽음을 초래할 만한 것이 섞여 있지 않기만을 바랐다. 총잡이는 이따금씩 수면 아래로 주검의 인광 같은 빛이 빠르게 흘러가는 것을 본 기분이 들었지만, 그저 빛을 잊지 못한 자신의 두뇌가 빚은 상상일 거라고 생각했다. 그럼에도 소년에게 물에 발을 담그지 말라고 주의를 주었다.

총잡이의 머릿속에 자리 잡은 거리계는 멈추지 않고 돌아가며 그들을 인도했다.

지하에 흐르는 강 옆의 길은(그것은 실제로 길이었다, 평탄한 데다 지면 아래로 살짝 우묵하게 팬 길이었다.) 줄곧 오르막으로 이어지며 강의 수원지로 향했다. 일정한 간격으로 서 있는 구부러진 돌탑은 고리 달린 볼트가 박혀 있는 것으로 보아 한때는 소나 말을 묶어 두던 곳 같았다. 돌기둥마다 달린 커다란 철제 병 안에는 전기 횃불이 들어 있었지만, 모두 전원도 불빛도 없이 휑했다.

세 번째 맞는 취침 전의 휴식 시간에 제이크는 야영지를 살짝 벗어났다. 총잡이는 자갈이 잘그락거리는 소리를 듣고 소년이 조심스레 움직이는 것을 알았다.

"조심해라. 발밑에 뭐가 있는지 알 수 없으니."

"저 기어가는 중이에요. 어…… 어라?"

"왜 그러느냐?"

총잡이는 반쯤 일어선 자세로 총 손잡이를 쥐었다.

잠시 아무 소리도 들리지 않았다. 총잡이는 어둠 속을 헛되이 노려보았다.

"선로가 있는 것 같아요." 소년이 자신 없는 목소리로 말했다.

총잡이는 일어서서 제이크의 목소리가 들리는 곳으로 걸어갔다. 빠질 만한 구멍이 있는지 살피느라 한 발 한 발 가볍게 옮기면서.

"여기요."

손이 뻗어와 총잡이의 얼굴을 살짝 건드렸다. 제이크는 총잡이보다 더 어둠에 잘 적응했다. 소년의 눈은 온통 검은색으로 보일 만큼 동공이 확장되어 있었다. 총잡이가 조그마한 횃불을 켜고 나서 확인한 사실이었다. 이 돌로 된 자궁 안에는 연료로 쓸 만한 것이 전혀 없었고, 두 사람이 지니고 온 땔감은 빠르게 재로 변해 갔다. 가끔은 불을 밝히고 싶은 충동이 거의 참을 수 없을 만큼 강하게 치솟았다. 그들은 인간이 음식만큼이나 빛에도 굶주릴 수 있음을 깨달았다.

제이크가 서 있는 자리 옆의 곡면으로 된 바위 벽에 금속선이 줄줄이 설치되어 있었고, 그 선들이 어둠 속으로 멀리 이어졌다. 선마다 돋아 있는 검은 마디들은 한때 전기를 공급하는 장치였을 듯싶었다. 그리고 그 벽면 옆쪽 아래에, 돌바닥에서 겨우 몇 센티미터 위에, 반들거리는 금속 레일이 있었다. 전에는 그 선로 위로 뭐가 다녔을까? 총잡이는 탄환처럼 날렵하게 생긴 전동차를 떠올릴 뿐이었다. 겁에 질린 눈 같은 탐조등으로 앞을 밝히며 이 지하의 끝없는 밤을 뚫고 쏜살같이 달리는 탄환 열차를. 그런 것이 있다는 이야기는 들어 본 적이 없었지만, 사라진 세계의 유물은 곳곳에 도사린 악마들만큼이나 많이 남아 있었다. 그가 언젠가 만났던 은둔자 한 명은 고대의 휘발유 주유기를 손에 넣은 덕분에 가난한 목동 무리를 상대로 사이비 종교의 교주 행세를 했다. 그 은둔자는 주유기 옆에 쭈그리고 앉아서, 그 물건을 마치 자기 것인 양 한 팔로 안은 채 황당무계한 설교를 늘어놓았다. 그러면서 부식된 고무호스 끝머리의 아직 녹슬지 않은 강철 노즐을 이따금 가랑이에서 치켜들곤 했다. 주유기에는 뜻을 알 수 없는 전설 같은 말이 (녹이 잔뜩 슬기는 했지만) 또렷한 글씨로 적혀 있었다. 아모코(AMOCO). 무연 휘발유. 아모코는 천둥 신의 토템이 되어 있었고, 목동들은 그 신을 섬기기 위해 양을 잡아 바치면서 입으로 엔진 소리를 냈다. *부릉! 부릉! 부르르르릉!*

난파선. 총잡이는 그렇게 생각했다. 한때는 바다였던 사막에 튀어나와 있는 무의미한 난파선일 뿐이었다.

그리고 이번에는 선로였다.

"이걸 따라가자." 총잡이가 말했다.

소년은 말이 없었다.

총잡이는 횃불을 껐다. 둘은 잠들었다.

롤랜드가 잠에서 깼을 때, 제이크는 이미 일어나서 선로 한쪽에 앉아 보일 리 없는 어둠 속에서 이쪽을 보고 있었다.

두 사람은 선로를 따라 맹인들처럼 나아갔다. 롤랜드가 앞에서 이끌었고, 제이크는 뒤에서 따라갔다. 한쪽 레일에 발을 계속 스치며 걸어가는 모습 또한 맹인들 같았다. 오른편에서 쉬지 않고 들려오는 거센 물소리가 길잡이가 되어 주었다. 그들은 시종 말이 없었고, 침묵은 깨어 있는 시간이 세 번 반복될 동안 지속되었다. 총잡이는 조리 있게 생각하거나 계획해야겠다는 의욕을 전혀 느끼지 못했다. 잘 때는 꿈도 꾸지 않고 죽은 듯이 잤다.

깨어나서 걷기를 네 번째 반복하는 동안, 두 사람은 핸드카 한 대를 문자 그대로 '들이받았다.'

총잡이는 가슴부터 부딪쳤고, 곁에서 걷던 제이크는 이마를 부딪치고 비명과 함께 주저앉았다.

총잡이는 냉큼 횃불을 켰다.

"괜찮으냐?"

화가 나서 날카로워진 자신의 목소리에 그는 흠칫 놀랐다.

"예."

제이크는 조심스레 머리를 감싸고 있었다. 그러다가 괜찮다는 자기 말이 사실인지 확인하려고 머리를 흔들어 보았다. 그들은 방금 부딪힌 물체의 정체를 확인하려고 돌아섰다.

평평하고 네모난 금속판이 선로 위에 조용히 놓여 있었다. 판 한가운데에 시소처럼 생긴 핸들이 솟아 있었다. 핸들 아래쪽은 톱니바퀴 여러 개로 이루어진 장치로 이어졌다. 총잡이는 무엇에 쓰는 물건인지 곧바로 눈치채지 못했지만, 소년은 단박에 알아차렸다.

"이건 핸드카예요."

"뭐라고?"

"핸드카요." 제이크는 조바심이 난 목소리로 대답했다. "옛날 만화에 나오는 거랑 비슷해요. 보세요."

제이크는 금속판 위로 올라가서 핸들로 다가섰다. 뒤이어 핸들을 잡고 아래로 누르는 데에는 성공했지만, 그러느라 체중을 모조리 실어야 했다. 핸드카는 소리도 없이 천천히 선로의 레일 위를 반걸음쯤 나아갔다.

"잘했어요!" 조그마한 기계 목소리가 들려왔다. 그 소리에 두 사람 모두 소스라치게 놀랐다. "잘했어요, 다시 눌러 보······" 기계 목소리는 말을 맺지 못하고 끊겼다.

"좀 힘드네요." 제이크의 말투는 기계 대신 사과하는 듯했다.

총잡이는 제이크 곁으로 올라가서 핸들을 직접 아래로 눌러 보았다. 핸드카는 얌전히 앞으로 나아가다가, 멈췄다. "잘했어요, 다시 눌러 보세요!" 기계 목소리가 그를 격려해 주었다.

총잡이는 발밑에서 구동축이 돌아가는 느낌이 들었다. 그 움직임은 기계 목소리와 마찬가지로 그를 기쁘게 했다(필요 이상으로 귀를 기울일 생각은 없었지만). 사막의 중간역에 있던 펌프를 빼면 이 핸드카처럼 멀쩡하게 작동하는 기계를 보기는 몇 년 만이었다. 그러나 한편으로는 불안하기도 했다. 핸드카를 타면 목적지까지 훨씬 더 빨리 갈 수 있기 때문이었다. 그들이 이 기계를 찾도록 검은 옷의 남자가 수를 썼으리라는 것은 두 번 생각할 필요도 없었다.

"멋지죠, 안 그래요?"

제이크의 목소리에는 혐오감이 흠뻑 배어 있었다. 깊은 침묵이 흘렀다. 롤랜드의 귀에는 그 자신의 심장과 허파가 일하는 소리와 물이 떨어지는 소리밖에 들리지 않았다.

"핸들 한쪽을 잡고 서세요, 저는 그 반대쪽에 설게요. 제대로 굴러갈 때까지는 아저씨 혼자 누르셔야 할 거예요. 그다음엔 저도 도울게요. 아저씨가 먼저 누르고, 제가 다음에 누르는 거예요. 그러면 멈추지 않고 쭉 굴러갈 수 있어요. 아시겠어요?"

"알았다."

총잡이는 감당하기 힘든 절망감에 주먹을 꾹 쥐었다.

"그치만 제대로 굴러갈 때까지는 아저씨 혼자 누르셔야 할 거예요." 제이크는 총잡이를 보며 같은 말을 되풀이했다.

총잡이는 문득 파종일 밤의 무도회로부터 약 1년 후의 중앙 홀이 떠올랐다. 그 무렵의 중앙 홀은 반란과 시민 봉기와 침공에 휘말린 끝에 폐허만 남아 있었다. 뒤이어 툴에서 만났던, 이마에 흉터가 있는 여인 앨리스가 떠올랐다. 앨리스는 총탄에 쓰러져야 할 이유가 없었다…… 방아쇠를 당긴 그의 반사 신경이 이유가 될 수 있다면 몰라도. 다음으로 커스버트 올굿의 얼굴이 떠올랐다. 죽음을 맞으러 웃으면서 언덕을 달려 내려가던, 그러는 동안에도 빌어먹을 뿔피리를 입에서 떼지 않던 커스버트……. 그리고 마지막은 수전의 얼굴이었다. 수전은 추하게 일그러진 표정으로 울고 있었다. 모두 내 옛 친구들이구나. 그 생각을 하는 총잡이의 얼굴에 소름 끼치는 미소가 떠올랐다.

"내가 누르마."

총잡이는 핸들을 눌렀다. 그러고는 기계 목소리가 말을 시작하자 ("잘했어요, 다시 눌러 보세요! 잘했어요, 다시 눌러 보세요!") 손을 뻗어서 시소 모양 핸들을 떠받치는 기둥을 더듬거렸다. 그러다가 자신이 찾던 것을 마침내 발견했다. 버튼이었다. 그는 그 버튼을 눌렀다.

"잘 있어요, 친구!"

기계 목소리는 쾌활하게 외치고 나서 고맙게도 몇 시간 동안 입을 다물었다.

3

두 사람은 핸드카를 타고 어둠 속을 나아갔다. 이제 속도도 더 빨랐고 더듬거리며 길을 찾을 필요도 없었다. 기계 목소리는 중간에 한 번 입을 열어 '크리스팔라'라는 것을 먹어 보라고 권하는가 하면, 고된 하루를 마무리하는 데에는 '라치스'만 한 것이 없다는 말도 했다. 그 두 번째 권유를 끝으로 입을 다물었다.

핸드카는 오랫동안 버려져 있느라 굳었던 몸이 일단 풀리자 미끄러지듯이 굴러갔다. 총잡이는 자기 몫을 다하려고 애쓰는 제이크에게 조금씩 핸들을 누르게 했지만, 대개는 혼자서 가슴이 오르락내리락할 정도로 힘껏 눌러 댔다. 지하에 흐르는 강은 그들의 길동무가 되어 가끔은 선로 오른편에 가까워지기도 하고 가끔은 멀어지기도 했다. 한번은 웅장한 대성당의 입구 홀처럼 널따랗고 텅 빈 공간에 물소리가 우레 같이 울려 퍼졌다. 한번은 소리가 깨끗이 사라지기도 했다.

핸드카에 속도가 붙으면서 뺨을 스치는 바람이 시력을 대신하는 느낌이 들었다. 그 바람은 두 사람을 다시금 시간의 틀 속으로 빠뜨렸다. 총잡이가 짐작하기에 그들은 시속 20킬로미터 안팎의 속력으로 나아가는 중이었고, 거의 알아차리기 힘들 만큼 경사가 얕은 오르막 선로는 그의 기운을 교묘하게 빼앗아 갔다. 핸드카를 세우고 쉴 때면 그는 곯아떨어져서 말 그대로 돌덩이처럼 잤다. 식량은 다시 바닥을 보였다. 둘 중 누구도 식량 걱정을 하지 않았다.

임박한 파국의 긴장감은 총잡이에게 핸드카를 조작하는 피로만큼이나 미묘하면서도 현실적이었다(또한 점점 커졌다.). 이제 시작의 끝이 그들 눈앞에…… 적어도 그의 눈앞에 있었다. 그는 막 오르기 직전의 무대 한복판에 서 있는 배우가 된 기분이었다. 대본의 첫 줄을 머릿속에 단단히 외우고 자기 자리에 서서, 그는 보이지 않는 관객들이 좌석에 앉아 팸플릿을 부스럭거리는 소리를 듣고 있었다. 그렇게 그는 조그마한 공처럼 단단하게 뭉친 불경스러운 기대감을 뱃속에 품고 살았기에, 잠에 곯아떨어질 만한 고된 노역을 오히려 기꺼이 받아들였다. 그러다가 마침내 잠이 들면 죽은 사람처럼 잤다.

제이크는 점점 더 말수가 줄었다. 그러나 '느림보 돌연변이'들에게 습격당하기 얼마 전 핸드카를 세우고 잠을 청하려 했을 때, 소년은 거의 수줍기까지 한 목소리로 총잡이에게 성인식 이야기를 들려달라고 부탁했다.

"더 듣고 싶어서 그래요." 제이크가 말했다.

총잡이는 얼마 안 남은 담뱃잎으로 담배를 말아 입에 물고서 핸드카의 핸들에 등을 기대고 있었다. 제이크가 말을 꺼냈을 때, 그는 여느 때처럼 아무 생각도 없는 잠에 빠져들려던 참이었다.

"그런 걸 왜 알고 싶어 하는 거냐?" 총잡이는 재미나다는 듯이 물었다.

당황한 기색을 숨기려는 듯, 제이크는 묘하게 부루퉁한 목소리로 대답했다. "그냥 궁금해서요." 그러고는 잠시 입을 다물었다가 이렇게 덧붙였다. "어른이 되는 게 어떤 건지 항상 궁금했거든요. 아마 거의 다 거짓말일 테지만요."

"네가 전에 들은 얘기는 내가 어른이 된 사연하고는 상관이 없다. 내가 처음 어른 행세를 시작한 건 전에 얘기했던 그 무렵으로부터 얼마 후의……"

"아저씨가 선생님이랑 싸웠을 때 이야기요." 제이크의 목소리는 차가웠다. "그 얘기가 듣고 싶어요."

롤랜드는 고개를 끄덕였다. 그랬다, 당연히 그 얘기였다. 그가 선을 넘었던 날의 이야기. 사내아이라면 누구나 듣고 싶어 할 이야기였다.

"나는 아버지의 명을 받고 고향을 떠난 후에야 진정으로 성장하기 시작했다. 이곳저곳을 떠돌면서 비로소 어른이 된 거다." 총잡이는 잠시 입을 다물었다. "한번은 '부재 인간'을 교수형에 처한 적도 있다."

"부재 인간요? 무슨 말인지 모르겠어요."

"기척은 느껴지지만 눈에는 안 보이는 인간을 가리키는 말이다."

제이크는 그제야 이해가 가는지 고개를 끄덕였다.

"투명 인간 말이군요."

롤랜드는 눈을 동그랗게 떴다. 처음 듣는 말이기 때문이었다.

"네가 살던 곳에서는 그렇게 부르느냐?"

"예."

"그럼 그렇다고 해 두자. 아무튼, 내가 그자를 처치하는 걸 막으려 한 사람들도 있었다. 그자를 해치면 저주에 걸린다고 두려워했던 거다. 허나 그자는 강간을 하는 습벽이 있었다. 무슨 말인지 아느냐?"

"예. 투명 인간한테는 힘든 일도 아니었겠네요. 그런데 아저씬 그 사람을 어떻게 잡으셨어요?"

"그 얘기는 나중에 들려주마." 그 나중이 오지 않으리라는 것을 총잡이는 알고 있었다. 두 사람 다 알았다. "그로부터 2년 후에, 나는 킹스타운이라는 곳에서 어떤 여자와 헤어졌다. 실은 그러고 싶지 않았는데……"

"에이, 설마요." 부드러운 말투조차 제이크의 목소리에 깃든 신랄함을 덜어 주지는 못했다. "아저씬 그 탑을 찾으셔야 했잖아요, 안 그래요? 멈추지 않고 달려야 했겠죠, 우리 아빠네 방송국 드라마에 나오는 카우보이처럼요."

롤랜드는 어둠 속에서 뺨이 벌게지는 느낌이 들었지만, 목소리는 담담했다.

"그건 맨 나중의 일이었던 것 같다. 그러니까, 내 성장담의 끝부분 말이다. 나는 사건의 한복판에 있을 때에는 무슨 일이 벌어지는지도 몰랐다. 나중이 돼서야 겨우 깨달았을 뿐이다."

총잡이는 문득 자신이 제이크가 듣고 싶어 하는 이야기를 피한다는 생각이 들어서 마음이 편치 않았다.

"그런 의미에서 보면 내 성인식도 마찬가지였던 것 같구나." 총잡이는 마지못해 이야기하는 투로 말을 꺼냈다. "그건 공식 행사였다. 형식은 거의 정해진 거나 마찬가지였다. 춤의 스텝처럼."

그는 언짢아 보이는 웃음을 흘렸다.

소년은 말이 없었다.

"나는 전투를 통해 스스로를 증명해야 했다."

총잡이는 이야기를 시작했다.

4

 여름이었고, 무더웠다.
 그해의 만지(滿地)는 흡혈귀처럼 찾아와 소작농들의 경작지과 작물을 말려 죽였고, 요새 도시 길르앗의 들판을 하얀 황무지로 바꾸어 놓았다. 서쪽 멀리 문명 세계의 끝인 변경 지대에서는 싸움이 이미 시작된 후였다. 전황 보고서는 모두 암담했으나 중앙부를 뒤덮은 열기 앞에서는 그마저도 하나같이 시시해 보였다. 소 떼는 축사 울타리 안에서 눈이 하얗게 뒤집힌 채 널브러졌다. 돼지들은 교미할 욕심도 내지 않고 다가올 가을을 위해 칼을 가는 소리도 아랑곳하지 않은 채 그저 기운 없이 꿀꿀거리기만 했다. 사람들은 늘 그랬듯이 세금과 징병 때문에 못 살겠다고 우는소리를 했다. 그러나 이런 식의 허망한 정치적 수난극 아래에 깔린 것은 무관심이었다. 중앙 정부는 이미 빨아서 발로 밟아 물기를 뺀 다음 털어서 널어 말린 누더기 깔개처럼 너덜너덜했다. 세계의 가슴에 놓인 마지막 보석을 매달고 있던 줄이 풀어지는 중이었다. 모든 것이 허물어져 갔다. 빛의 소멸이 임박한 그해 여름, 대지는 숨을 죽이고 엎드려 있었다.
 소년은 자신의 집인 석조 궁전 위층의 복도를 어슬렁거리며 이러한 분위기를 감지했지만, 제대로 이해하지는 못했다. 한편으로 그 소년은 채워지기를 기다리는 위험한 공백이기도 했다.
 굶주린 소년들에게 언제나 먹을 것을 챙겨 주던 주방장이 교수대에 매달린 때로부터 3년이 흘렀다. 롤랜드는 키가 더 자랐고 어깨와 엉덩이도 튼실해졌다. 이제 웃통을 벗고 물 빠진 데님 바지만 입은 소년의 몸은 어른이 된 모습을 미리 보여 주고 있었다. 날씬하고 호리호리하고 민첩한 남자였다. 아직은 동정이었지만, 웨스트타운에 사는 상인의 문란한 두 딸이 소년에게 눈독을 들이고 있었다. 소년은 그들이 자신의 몸에 일으킨 반응을 일찌감치 느꼈고, 지금은 더욱 강하게 느끼는 중이었다. 서늘한 복도 그늘 속에서도 땀이 배어 날 정도였다.

어머니의 처소 앞에 이른 소년은 그곳을 무심하게 지나치려 했다. 머릿속에는 그곳을 지나 옥상으로 갈 생각뿐이었다. 가녀린 미풍과 수음의 쾌락이 기다리는 옥상으로.

문 앞을 막 지나쳤을 때 누군가 소년을 불렀다.

"어이. 꼬맹이."

마튼이었다. 아버지의 고문. 어째선지 그는 눈에 거슬리게 편한 차림이었다. 레오타드처럼 꼭 끼는 검은색 능직 바지에 하얀 셔츠는 털 없이 매끈한 가슴이 다 보이도록 단추가 풀어져 있었다. 머리는 헝클어져 있었다.

소년은 말없이 그를 바라보았다.

"들어와라, 어서 들어와! 그렇게 복도에 서 있지 말고! 어머니가 너한테 할 말이 있단다."

마튼은 입으로는 웃고 있었지만 얼굴의 주름살 깊숙이 냉소를 감추고 있었다. 그 아래에는, 그리고 그의 눈에는, 냉혹함만이 도사리고 있었다.

사실 소년의 어머니는 아들을 보고 싶어 하는 눈치가 아니었다. 그녀는 처소 중앙 거실의 널따란 창가 옆, 등받이가 낮은 의자에 앉아 있었다. 뜨겁게 달아오른 중정의 돌바닥이 내려다보이는 자리였다. 어머니는 격식에 맞지 않게 헐렁한 가운이 흘러내려 새하얀 어깨 한쪽이 드러난 모습으로, 아들을 딱 한 번 흘깃 쳐다보았다. 그녀의 입가에 후회 어린 미소가 반짝 스쳤다. 실개울에 반짝이는 가을 햇살처럼. 이후 대화를 나누는 동안 어머니는 아들 대신 자기 손을 더 자세히 살폈다.

이 무렵 소년은 어머니를 거의 찾아가지 않았다. 그리고 요람에서 들었던 노래의 아스라한 멜로디는

(열일곱, 열여덟, 열아홉)

머릿속에서 거의 지워지다시피 했다. 그러나 어머니는 소년이 누구보다 사랑하는 낯선 이였다. 소년은 아버지의 오른팔인 마튼을 향해 막연한 두려움과 어설픈 증오가 싹트는 기분을 느꼈다.

"잘 지내니, 롤랜드?"

이렇게 묻는 어머니의 목소리는 부드러웠다. 마튼은 그녀 곁에 서서 큼직하고 징그러운 손을 새하얀 목덜미에 얹은 채 두 사람을 보며 싱글싱글 웃고 있었다. 웃느라 조그마해진 갈색 눈이 거의 새까맣게 보였다.

"예."

"공부는 잘하고 있니? 바네이가 만족할 만큼? 코트는 어때?"

어머니는 두 번째 이름을 말할 때 입가가 일그러졌다. 입에 쓴맛이 돌기라도 한 것처럼.

"열심히 하고 있어요."

소년이 커스버트만큼 눈부시게 영리하지 않다는 것, 심지어 제이미만큼도 머리 회전이 빠르지 않다는 것은 모자가 다 아는 바였다. 소년은 노력파이자 행동파였다. 학과 성적은 알레인보다도 못할 정도였다.

"데이비드는?"

어머니는 매를 향한 아들의 사랑을 잘 알았다.

소년은 마튼의 얼굴을 올려다보았다. 여전히 아버지처럼 인자한 미소를 머금고 두 사람을 굽어보는 그의 얼굴을.

"이제 한창때 같지는 않아요."

어머니는 움찔하는 눈치였다. 한순간 마튼의 표정이 어두워지는 듯했고, 어머니의 어깨를 잡은 손에도 힘이 들어가는 듯했다. 어머니는 이내 하얗게 달아오른 창밖의 풍경으로 눈을 돌렸다. 그러자 모든 것이 원래대로 돌아갔다.

서툰 연극이야. 소년은 생각했다. *게임일 뿐이지. 누가 누구를 갖고 노는 걸까?*

"이마에 상처가 났구나." 마튼은 웃음을 지우지 않은 채 느긋하게 손가락을 뻗어 코트가 가장 최근에

(오늘의 뜻 깊은 가르침에 감사하나이다.)

후려갈긴 자리를 가리켰다.

"너도 네 아버지 같은 전사가 될 거냐, 아니면 그저 머리가 좀 부족한 거냐?"

어머니는 이번에는 정말로 움찔했다.

"둘 다겠죠."

소년은 마튼을 뚫어지게 바라보며 쓰디쓴 웃음을 지었다. 실내에 있는데도 지독한 더위가 느껴졌다.

마튼의 얼굴에서 느닷없이 웃음이 사라졌다.

"이제 그만 옥상에 가 봐라, 꼬맹아. 거기에 볼일이 있는 것 같으니."

"어머니께서 아직 물러가라는 말씀을 안 하셨다, 이 종놈아!"

마튼은 가죽 채찍으로 후려 맞은 사람처럼 표정이 일그러졌다. 겁먹은 어머니의 비통한 울음소리가 소년의 귀에 들려왔다. 어머니는 아들의 이름을 불렀다. 그러나 소년은 고통스러운 미소를 여전히 머금은 채 앞으로 나섰다.

"내게 충성을 맹세하겠느냐, 종놈아? 네가 섬기는 내 아버지의 이름으로?"

마튼은 소년을 물끄러미 바라보았다. 두 눈에는 믿을 수 없다는 눈빛만이 가득했다.

"가라." 마튼의 목소리는 나지막했다. "가서 손장난이나 해."

더욱 소름 끼치는 미소를 머금고서, 소년은 그 자리를 떠났다.

문을 닫고 왔던 길로 돌아가는 사이에 소년은 어머니가 통곡하는 소리를 들었다. 사람의 죽음을 알리려고 운다는 유령 밴시의 곡성처럼 구슬픈 소리였다. 그리고 뒤이어, 놀랍게도, 아버지의 부하가 울음을 썩 그치라며 어머니를 때리는 소리가 났다.

울음을 썩 그치라고!

뒤이어 들려온 것은 마튼의 웃음소리였다.

소년은 여전히 웃음을 지우지 않은 채 운명의 시험이 기다리는 곳을 향해 걸어갔다.

5

제이미는 상점가에 갔다가 돌아오는 길이었다. 그러다가 훈련장을 건너가는 롤랜드를 목격하고 서쪽에서 일어난 유혈 사태와 반란의 따끈따끈한 소문을 전해 주러 달려갔다. 그러나 제이미는 말도 꺼내지 못한 채 한쪽으로 물러나고 말았다. 아기 때부터 알고 지낸 두 소년은 사내아이들이 으레 그렇듯이 다투기도 하고 투덕거리기도 하고, 함께 태어나서 자란 성벽 안쪽 땅의 셀 수 없이 많은 곳을 탐험하기도 한 사이였다.

롤랜드는 쓰디쓴 웃음을 머금은 채 멍하니 앞을 응시하며 제이미의 눈앞을 성큼성큼 걸어갔다. 소년이 향하는 곳은 사나운 오후의 열기를 막으려고 커튼을 쳐 놓은 코트의 오두막이었다. 코트는 오후가 되면 낮잠을 잤는데 그래야 밤에 미로처럼 복잡한 번화가의 저급한 매음굴을 누비며 마음껏 오입질을 할 수 있기 때문이었다.

제이미는 무슨 일이 벌어질지 대번에 직감했고, 두려움과 희열 속에서 롤랜드를 따라갈지, 아니면 다른 친구들을 찾으러 갈지 고민했다.

그러다가 최면에서 깨어나듯이 정신을 차리고 본관 건물 쪽으로 뛰어가며 악을 썼다.

"커스버트! 알레인! 토머스!"

뜨겁게 팽창한 대기 속에서 제이미가 외치는 소리는 가냘프고 조그맣게 들렸다. 친구들은 이미 알았다, 롤랜드가 그들 가운데 맨 먼저 선을 넘으리라는 것을. 사내아이 특유의 직감으로 그들 모두 알고 있었다. 그러나 지금은 일러도 너무 일렀다.

롤랜드의 얼굴을 물들인 섬뜩한 웃음은 제이미에게 그 어떤 전쟁과 반란과 요술의 소문보다도 더 큰 충격이었다. 그 웃음은 파리가 들끓는 양상추 좌판 위로 이 빠진 노인의 입이 전하는 소문 따위보다 더욱 많은 이야기를 담고 있었다.

롤랜드는 스승의 오두막으로 걸어가 문을 걷어찼다. 안쪽으로 쾅 하고 열린 문은 거칠게 회칠한 벽에 부딪혀 다시 튕겼다.

소년이 그 오두막 안에 들어온 것은 그때가 처음이었다. 문 바로 안쪽의 소박한 주방은 그늘이 져서 서늘했다. 식탁이 한 개. 등받이가 곧은 의자 두 개. 찬장 두 개. 빛이 바랜 리놀륨 바닥의 시커먼 발자국은 아이스박스 앞쪽에서 식칼이 걸린 조리대 앞쪽으로, 다시 식탁 쪽으로 이어졌다.

그곳에는 공인의 사생활이 있었다. 그 누추한 안식처에 사는 남자는 밤마다 술과 여자를 진탕 즐기면서도 할아버지부터 손자까지 3대에 이르는 수많은 소년들에게 구타와 사랑을 베풀었고, 그들 중 일부는 총잡이로 키워냈다.

"코트!"

소년은 식탁을 걷어차 거실 건너편의 조리대로 날려 버렸다. 벽의 선반에 걸려 있던 칼들이 반짝이며 와르르 쏟아져 내렸다.

안쪽 침실에서 뒤척이는 소리가 나직이 들려오더니, 잠에서 막 깬 사람의 헛기침 소리가 났다. 소년은 속임수인 것을 알고 방으로 들어서지 않았다. 일찌감치 눈을 뜬 스승이 외눈을 반짝이며 문 옆에 서서, 무방비한 침입자의 목을 부러뜨리려고 기다리는 중이었다.

"코트, 썩 나와라, 종놈아!"

이제 소년은 귀족어로 이야기했다. 코트가 침실 문을 열었다. 얇은 속바지 차림인 그는 안짱다리에 땅딸막한 사내였고, 머리부터 발끝까지 흉터투성이였으며, 온몸이 근육으로 불끈거렸다. 배는 산처럼 불룩했다. 소년은 그 배가 강철 스프링처럼 탄탄한 것을 경험을 통해 알고 있었다. 우그러지고 패인 대머리 밑에서 성한 한쪽 눈이 이쪽을 노려보며 이글거렸다.

소년은 정식으로 경례를 했다.

"나는 네게 더 배울 것이 없다, 종놈아. 오늘은 내가 너를 가르칠 것이다."

"너한테는 아직 이르다, 햇병아리 놈아." 코트의 말투는 태연했지만, 그 역시 귀족어로 말하고 있었다. "판단컨대 아무리 적게 잡아도 2년은 이르다. 한 번만 물어보마. 지금이라도 포기하겠느냐?"

소년은 대답하는 대신 흉측할 정도로 고통스러운 미소를 지을 뿐이었다. 암적색 하늘 아래 피로 물든 영광과 치욕의 결투장에서 수십 번이나 그 미소를 보았던 코트에게는 충분한 대답이었다. 어쩌면 그가 신뢰하는 유일한 대답인지도 몰랐다.

"실로 유감이구나." 스승은 멍하니 중얼거렸다. "너는 누구보다 유망한 제자였다. 솔직히 말해 근 20년 만에 보는 최고의 재목이다. 그런 네가 불구가 되어 앞이 안 보이는 길을 떠난다면 실로 슬픈 일일 게다. 허나 세상은 변해 버렸다. 머잖아 난세가 닥칠 게다."

소년은 말이 없었다(어차피 정연한 설명 같은 것은 해 보라고 해도 할 자신이 없었다.). 그러나 섬뜩한 미소는 그제야 조금 누그러졌다.

"허나 혈통이라는 것은 지금도 엄연히 존재한다, 서쪽에서 반란과 마법이 준동하든 말든 간에. 나는 네 몸에 흐르는 피의 종이다, 애송아. 나는 너의 명령을 받아들여 바로 지금, 이것이 마지막이라 할지라도, 그 명령에 온 마음으로 복종한다."

뒤이어 코트는 한쪽 무릎을 꿇고 고개를 숙였다. 소년을 때리고 차고 피 떡으로 만들고, 조롱하고, 매독에 걸려 눈깔이 먼 놈이라고 욕하던 코트가.

소년은 경외감을 느끼며 스승의 굵직한, 그러나 무방비한 목에 손을 댔다.

"일어나라, 종이여. 자비의 이름으로."

코트는 천천히 일어섰다. 이목구비가 우묵한 구멍 같은 그의 무표정한 얼굴 뒤에 숨은 것은 어쩌면 고뇌인지도 몰랐다.

"시간 낭비다. 포기해라, 멍청한 꼬맹아. 나는 맹세를 깨뜨릴 용의가 있다. 포기하고 기다려라."

소년은 말이 없었다.

"좋다. 정 원한다면 그렇게 해라." 코트의 목소리는 일 이야기를 하는 사람처럼 담담했다. "한 시간 후에 보자. 마음에 드는 무기를 들고 와라."

"당신은 곤봉을 들 건가?"

"항상 곤봉이었다."

"이제껏 몇 번이나 그 곤봉을 빼앗겼는가, 코트?" 그 질문은 이렇게 묻는 것이나 마찬가지였다. '이제껏 중앙 홀 뒤편의 결투장에서 총잡이가 되어 돌아온 소년이 몇 명이나 되는가?'

"오늘은 누구에게도 빼앗기지 않을 거다." 코트는 느릿느릿 말했다. "애석하구나. 기회는 한 번뿐이다, 꼬맹아. 극성스러운 자는 무용한 자와 똑같은 벌을 받는 법. 기다릴 수는 없겠느냐?"

소년은 자신을 굽어보던 마튼의 모습을 떠올렸다. 그 웃음도. 그리고 닫힌 문 너머에서 들려온, 어머니를 때리던 소리도.

"그럴 수는 없다."

"좋다. 네가 고를 무기는?"

소년은 말이 없었다.

코트는 비뚤배뚤한 이를 드러내며 빙그레 웃었다.

"시작은 꽤 현명하구나. 한 시간 후다. 네 양친과 친구들을 두 번 다시 못 볼 공산이 크다는 걸 아느냐?"

"추방이 어떤 건지는 나도 안다." 롤랜드는 나지막이 말했다.

"그만 가 봐라. 가서 네 아버지의 얼굴을 떠올리며 명상해라. 큰 도움이 될 게다."

소년은 돌아보지 않고 그 자리를 떠났다.

6

창고의 지하실은 거짓말처럼 서늘하고 눅눅했고, 거미줄과 지하수의 냄새가 났다. 좁다란 창문으로 비친 햇살 속에 먼지가 춤추고 있었지만 한낮의 열기는 조금도 느껴지지 않았다. 소년은 매를 이 지하에서 기르고 있었고, 매 역시 이곳이 마음에 드는 눈치였다.

데이비드는 이제 하늘을 누비지 않았다. 깃털은 3년 전과 달리 날짐승 특유의 번들거리는 윤기가 보이지 않았지만, 눈빛만큼은 여전히 날카롭고 차분했다. 사람들은 매와 친구가 되는 것은 불가능하다고 했다. 그러려면 스스로도 절반은 매가 되어야 한다고 했다. 친구도 없이, 애초에 친구를 사귈 필요도 없이 홀로 떠도는 사람이 아니면, 불가능하다고. 매는 애정이나 도덕 따위에는 관심이 없는 짐승이었다.

데이비드는 이제 늙은 매였다. 소년은 자신만이라도 젊은 매이기를 바랐다.

"하이."

소년은 부드러운 목소리로 인사하며 끈이 묶인 횃대 앞에 팔을 내밀었다.

매는 소년의 팔뚝으로 내려와 머리 씌우개도 쓰지 않은 채 얌전히 서 있었다. 소년은 반대편 손으로 주머니를 뒤져 육포 한 조각을 꺼냈다. 매는 소년의 손가락에서 육포를 냉큼 낚아채어 한 입에 삼켰다.

소년은 데이비드를 조심스레 쓰다듬었다. 코트가 이 광경을 보았더라면 틀림없이 자기 눈을 의심했을 테지만, 어차피 그는 소년의 매가 온 것 역시 믿지 못했다.

"넌 오늘 죽을 거야." 소년은 매를 쓰다듬는 손을 멈추지 않고 말했다. "제물이 될 거야, 우리가 훈련하면서 너에게 바쳤던 그 작은 새들처럼. 기억하니? 잊어버렸어? 괜찮아. 오늘부터는 내가 바로 매니까. 해마다 오늘이 돌아오면 널 기리며 하늘에 총을 쏠게."

데이비드는 소년의 팔뚝에 조용히 서서 눈도 깜박이지 않았다. 자신의 생사는 아랑곳하지 않고서.

"넌 늙었어." 소년의 목소리는 생각에 잠긴 듯했다. "아마 내 친구라고 할 수도 없을 거야. 1년 전만 해도 그 조그만 육포 따위가 아니라 내 눈알을 뽑으려고 했겠지, 안 그래? 코트는 코웃음을 칠 거야. 하지만 우리가 가까이 가면…… 그 경계심 강한 남자한테 가까이 갈 수만 있다면…… 그 사람이 감쪽같이 속으면…… 어느 쪽이 이길까, 데이비드? 연륜, 아니면 우정?"

데이비드는 말이 없었다.

소년은 매에게 머리 씌우개를 씌우고 횃대 끄트머리에 묶인 젓갖을 찾았다. 둘은 창고를 나섰다.

7

중앙 홀 뒤편의 뜰은 사실 뜰이 아니라 초록빛 회랑이었고, 빽빽하게 자란 산울타리가 곧 회랑의 벽이었다. 까마득히 오랜 옛날부터 그곳은 성인식을 치르는 장소였다. 코트의 전임자인 마크가 지나치게 열중한 도전자의 칼에 찔려 목숨을 잃기 훨씬 전부터였다. 많은 소년들이 스승이 입장하는 길인 회랑 동쪽 끝에서 사나이로서 그곳을 떠났다. 동쪽 끝은 중앙 홀에 면해 있어서 빛으로 가득한 세계의 모든 문명과 음모를 마주하는 입구였다. 두들겨 맞아서 피투성이가 된 채로 도전자가 입장하는 길인 회랑의 서쪽 끝을 통해 살그머니 빠져나간, 그리하여 영원히 아이로 남은 소년들은 그보다 더 많았다. 회랑의 서쪽 끝이 마주 보는 것은 농장과 그 농장 너머 변경에 사는 주민들이었다. 그 너머는 야만 세계의 울창한 삼림이었다. 그 너머는 갈란이었다. 그리고 갈란 너머는 모헤인 사막이었다. 사나이가 된 소년은 암흑과 무지에서 광명과 사명을 향해 전진했다. 패배한 소년은 영원토록 후퇴할 뿐이었다. 회랑은 사냥터만큼이나 평탄한 풀밭이었다. 길이는 정확히 45미터였다. 한복판에는 풀을 깎아서 땅이 드러난 자리가 있었다. 그곳이 바로 넘어야 할 선이었다.

보통은 성인식의 일정을 정확히 예측할 수 있었기 때문에, 회랑의 양쪽 끝은 긴장한 관중과 친척들로 발 디딜 틈이 없게 마련이었다. 열여덟 살에 치르는 경우가 가장 흔했던 것이다(스물다섯 살까지

도전하지 않은 남자는 생사가 걸린 냉혹한 시험과 마주할 엄두를 못 낸 필부로서 이름 없는 삶을 살아야 했다.) 그러나 이날 그곳에는 제이미 드 커리와 커스버트 올굿, 알레인 존스, 토머스 휘트먼뿐이었다. 소년이 들어설 서쪽 끝에 모여 있던 그들은 경악하다 못해 입을 헤 벌리고 있었다.

"왜 빈손이야, 이 바보야!" 괴로운 표정의 커스버트가 낮은 목소리로 다그쳤다. "무기는 어디다 두고 왔어!"

"무기는 가져왔어." 소년이 대답했다.

이 황당무계한 사건이 궁전 본관에 있는 어머니에게…… 그리고 마튼에게까지 알려졌을까 하는 궁금증이 어렴풋이 떠올랐다. 아버지는 사냥을 떠나서 며칠 후에야 돌아올 참이었다. 소년은 그 점이 아쉬웠다. 아버지가 있었다면 인정까지는 아니더라도 이해는 해 주었을 것이므로.

"코트는 와 있어?"

"코트는 여기 있다." 회랑 반대편에서 들려온 목소리였다.

뒤이어 짤따란 러닝셔츠 차림의 코트가 나타났다. 이마에 묶은 두꺼운 가죽 띠는 눈으로 흘러내리는 땀을 막기 위한 것이었다. 허리에는 등을 똑바로 펴 줄 지저분한 벨트를 매고 있었다. 한 손에 든 아이언우드 곤봉은 손잡이 쪽은 가늘었지만 반대쪽은 뭉툭하고 주걱처럼 넓적했다. 그는 유서 깊은 의례용 문답을 읊기 시작했다. 오로지 엘드 왕까지 거슬러 올라가는 혈통을 이유로 선택받은 소년들은 누구나 유년기부터 그 문답을 외웠다. 어쩌면 남자로 거듭날지도 모를 운명의 날에 대비하여.

"소년이여, 그대는 진지한 목적을 지니고 이곳에 왔는가?"

"저는 진지한 목적을 지니고 이곳에 왔습니다."

"그대는 아버지의 집에서 추방당한 자로서 이곳에 왔는가?"

"그렇습니다."

코트를 쓰러뜨릴 때까지는 추방당한 자로 남을 신세였다. 만약 코트에게 진다면, 소년은 영원토록 추방당할 운명이었다.

"그대가 선택한 무기를 지니고 왔는가?"

"그렇습니다."

"그대의 무기는 무엇인가?"

이 부분은 스승의 특권이었다. 상대의 무기가 팔맷돌이든 창이든 활이든, 거기에 맞춰 전술을 택할 여유가 생기기 때문이었다.

"저의 무기는 데이비드입니다."

코트는 아주 잠깐 말문이 막혔다. 그는 당황했고, 혼란스러워 하는 기색이 뚜렷했다. 다행이었다.

어쩌면 성공할지도 몰랐다.

"그걸로 나를 상대할 건가, 소년이여?"

"그렇습니다."

"누구의 이름으로?"

"제 아버지의 이름으로."

"그 이름을 말하라."

"스티븐 디셰인, 엘드의 혈통을 잇는 자."

"좋다, 이제 덤벼라."

그 말과 함께 코트는 회랑으로 들어섰다. 곤봉을 이 손에서 저 손으로 바꿔 쥐면서. 소년들은 그런 코트와 대결하려고 걸어오는 자기네 카텟의 우두머리를 보고 새 떼처럼 안절부절못하며 한숨을 쉬었다.

저의 무기는 데이비드입니다, 스승님.

코트는 그 말이 무슨 뜻인지 이해했을까? 만약 이해했다면, 죄다 간파했을까? 그렇다면 소년은 이미 패배한 것이나 마찬가지였다. 관건은 상대의 허를 찌르는 것이었다. 그 다음은 늙은 매에게 얼마만큼 힘이 남아 있느냐의 문제였다. 매는 팔뚝에 그저 시큰둥하고 멍청하게 앉아 있기만 할까, 코트가 아이언우드 곤봉으로 소년을 머리가 터지도록 두들겨 패는 동안? 아니면 작열하는 하늘 높이 날아올라 달아나 버릴까?

두 사람은 아직 선을 넘지 않은 채 서로에게 점점 가까워졌고, 그러는 동안 소년은 감각이 사라진 손가락으로 매의 머리 씌우개를 벗겼다. 조그마한 머리 씌우개가 초록빛 풀밭에 떨어진 순간, 코트가 우뚝 멈춰 섰다. 소년은 매를 내려다보는 늙은 전사의 눈이 경악으로 물들어 휘둥그레진 것을, 뒤이어 그 눈에 깨달음의 빛이 천천히 떠오르는 것을 목격했다. 스승은 *이제야* 이해했던 것이다.

"아, 이 멍청한 꼬맹이 같으니."

코트는 신음하다시피 내뱉었다. 그리고 소년은 자신을 향한 그 말에 느닷없이 분노가 치솟았다.

"덮쳐!" 롤랜드는 팔을 들면서 외쳤다.

데이비드는 소리 없는 갈색 탄환처럼 날아가서 두툼한 날개를 한 번, 두 번, 세 번 퍼덕이다 코트의 얼굴에 부딪힌 다음, 발톱으로 헤집고 부리로 난자했다. 핏방울이 뜨거운 공기 속으로 흩날렸다.

"하이! 롤랜드!" 커스버트는 기뻐서 어쩔 줄 모르며 외쳤다. "선제점이야! 내 가슴에 새겨 둘게!" 그러면서 일주일 동안 가시지 않을 멍이 남을 만큼 세게 자기 가슴을 두드렸다.

코트는 균형을 잃고 비틀비틀 물러섰다. 아이언우드 곤봉이 휙 올라와 머리 주위의 허공을 헛되이 두들겼다. 물결처럼 너울거리며 공격하는 매는 너무 빨라서 흐릿한 깃털 더미로 보일 뿐이었다.

한편 소년은 화살처럼 돌진했다. 주먹을 쐐기처럼 똑바로 뻗고서, 팔꿈치를 쭉 펴서 고정한 채로. 지금이 기회였다. 그리고 기회는 십중팔구 한 번뿐이었다.

그러나 코트는 상황을 너무나 빨리 파악했다. 매가 시야의 9할을 가린 와중에도 뭉툭한 아이언우드 곤봉을 위로 쳐들고서, 이 시점에서 전세를 역전시킬 하나뿐인 공격을 냉정하게 실행했던 것이다. 그는 곤봉으로 자신의 얼굴을 세 번 강타했다. 팔 근육이 불끈거릴 만큼 인정사정없이.

데이비드는 뼈가 부러지고 몸이 뒤틀린 채 추락했다. 한쪽 날개가 미친 듯이 퍼덕거리며 땅바닥을 쳤다. 냉혹한 육식동물의 눈은 피가 줄줄 흐르는 스승의 얼굴을 사납게 노려보았다. 코트의 성치 않은 눈은 이제 눈구멍에서 불룩하게 튀어나와 있었다.

소년이 코트의 관자놀이를 노리고 날린 발차기는 정통으로 명중했다. 그것으로 끝이어야 했건만, 끝이 아니었다. 코트는 한순간 멍한 표정을 지었을 뿐, 이내 소년의 발을 노리고 달려들었다.

소년은 폴짝폴짝 뛰면서 뒤로 물러나다가 발을 헛디디고 말았다. 그러고는 벌러덩 자빠졌다. 멀리서 절망으로 얼룩진 제이미의 비명이 들려왔다.

코트는 제자를 덮쳐서 끝장낼 준비가 되어 있었다. 소년은 우위를 잃었고, 두 사람 다 이를 알고 있었다. 잠깐 동안 그들은 서로를 바라보았다. 쓰러진 제자 위에 서 있는 스승은 얼굴 왼쪽 절반에서 피가 주룩주룩 흘러내렸고, 성치 않은 눈은 퉁퉁 부어서 이제 가느다란 흰색 선으로밖에 보이지 않았다. 이날 밤에는 매음굴 순례를 쉬어야 할 판이었다.

무언가 소년의 손을 날카롭게 베었다. 데이비드였다. 부리가 닿는 것이면 뭐든 무턱대고 쪼아 대고 있었다. 양 날개는 모두 부러진 채였다. 아직 숨이 붙어 있는 것이 놀라울 지경이었다.

소년은 데이비드를 돌덩이처럼 움켜잡았다. 콱콱 내리꽂히는 부리가 손목의 살을 갈가리 찢는데도 아랑곳하지 않았다. 코트가 양팔을 펼치고 날아오르는 순간, 소년은 매를 허공으로 던졌다.

"하이! 데이비드! 죽여!"

다음 순간 코트는 태양을 가리며 소년을 덮쳤다.

8

매는 두 사람 사이에 끼어 짓뭉개졌고, 소년은 못이 박인 엄지손가락이 자신의 눈을 노리고 더듬거리는 것을 눈치챘다. 소년은 고개를 흔들어 그 손가락을 피하는 동시에 사타구니를 노리고 내리찍는 코트의 무릎을 막기 위해 허벅지를 들었다. 그러면서 나무처럼 굵직한 코트의 목을 단단한 손날로 세 번 내리쳤다. 홈이 팬 돌기둥을 치는 느낌이 들었다.

그러자 코트가 나지막한 끙 소리를 토했다. 그의 몸이 부르르 떨렸다. 소년은 땅에 떨어진 곤봉을 찾아 더듬거리는 손의 기척을 희미하게 느꼈고, 잭나이프처럼 순식간에 발을 날려 곤봉을 멀리 차 버렸다. 데이비드는 코트의 오른쪽 귀를 발톱으로 움켜잡았다. 반대쪽 발톱은 스승의 뺨을 가차 없이 헤집어 누더기로 만들었다. 뜨뜻한 피가 소년의 얼굴에 흩뿌려져 구리판을 자를 때 나는 비릿한 냄새를 풍겼다.

코트는 일격에 매의 등을 부러뜨렸다. 또다시 주먹이 꽂혔고, 이번에는 매의 목이 섬뜩한 각도로 홱 꺾였다. 그런데도 매는 발톱을 펴지 않았다. 이제 코트의 귀는 사라지고 두개골 안으로 통하는 시뻘건 구멍만이 남아 있었다. 매는 세 번째 주먹을 맞고서야 코트의 얼굴을 놓고 멀리 나가떨어졌다.

그리하여 얼굴이 드러난 순간, 소년은 스승의 콧날을 향해 혼신의 힘이 담긴 수도(手刀)를 날려 가느다란 코뼈를 박살 냈다. 피가 분무처럼 뿜어 나왔다.

코트의 손이 소년의 엉덩이를 붙잡으려고 정신없이 더듬거렸다. 바지를 내려서 다리를 못 쓰게 하려는 속셈이었다. 소년은 옆으로 몸을 굴려 피한 다음 코트의 곤봉을 쥐고 일어섰다.

코트도 히죽 웃으며 한쪽 무릎을 짚고 일어섰다. 놀랍게도, 두 사람은 선의 양쪽에서 서로 마주 보고 있었다. 다만 이제는 위치가 바뀌어 결투가 시작할 때 롤랜드가 출발했던 쪽이 코트의 자리였다. 늙은 전사의 얼굴은 장막 같은 피로 뒤덮여 있었다. 멀쩡한 한쪽 눈에 분노가 이글거렸다. 짓뭉개진 코는 섬뜩한 각도로 기울어 있었다. 양 뺨은 누더기처럼 너덜너덜했다.

롤랜드는 생가죽 공이 날아오기를 기다리는 포인츠 경기 결승전의 타자처럼 스승의 곤봉을 쳐들었다.

코트는 돌진할 것처럼 이쪽저쪽으로 움찔거리다가 롤랜드를 향해 똑바로 달려들었다.

받아칠 준비가 되어 있었던 롤랜드는 그 마지막 속임수에 조금도 흔들리지 않았다. 서툰 속임수라는 것은 어차피 둘 다 아는 바였다. 아이언우드 곤봉이 수평 포물선을 그리며 코트의 두개골을 때리자 둔탁한 타격음이 울려 퍼졌다. 코트는 옆으로 털썩 쓰러져 멍하니 롤랜드를 올려다보았다. 입가에서 침이 가느다랗게 흘러내렸다.

"항복해라, 아니면 죽든가." 롤랜드가 말했다. 입속에 젖은 솜이 꽉 찬 느낌이 들었다.

그 말에 코트는 빙긋이 웃었다. 의식을 거의 잃은 그는 이후 일주일 동안 혼수상태로 자기 오두막에 누워 있게 될 처지였지만, 그럼에도 이때만큼은 비정하면서도 떳떳한 자기 삶의 기운을 모조리 끌어 모아 버티고 있었다. 그는 제자의 눈에서 대화를 갈구하는 빛을 보았다. 그 빛이 얼마나 간절한지는 둘 사이에 쳐진 피의 장막 너머로도 확인할 수 있었다.

"항복하겠소, 총잡이여. 웃으며 항복하겠소. 그대는 오늘 아버지의 얼굴과 그보다 앞선 모든 선조들의 얼굴을 똑똑히 기억했소. 참으로 대단하오!"

코트의 성한 눈이 스르르 감겼다.

총잡이는 코트의 몸을 부드럽게, 그러나 집요하게 흔들었다. 이제 다른 소년들이 주위를 둘러싸고 있었다. 그들은 롤랜드의 등을 두드리고 목말을 태우고 싶어서 손이 부들부들 떨릴 지경이었지만, 롤랜드와 자신들 사이에 새롭게 생긴 격차를 감지하고 두려웠던 나머지 뒤로 물러섰다. 하지만 그다지 낯설지는 않았다. 그들과 롤랜드 사이에는 늘 격차가 존재했기 때문이었다.

코트가 다시 눈을 떴다.

"열쇠요." 총잡이가 말했다. "제 타고난 권리 말이에요, 스승님. 저한테는 그게 필요해요."

롤랜드의 타고난 권리란 다름 아닌 총이었다. 아버지의 리볼버처럼 묵직한 백단향 손잡이가 달린 것은 아니었지만, 그래도 총은 총이었다. 소수에게만 허락된 물건이었다. 그가 이제 고대의 법에 따라 어머니의 품을 떠나서 머무르게 될 막사 지하의 육중한 금고 속에, 그의 몫인 수습 총잡이용 리볼버가 보관되어 있었다. 강철과 니켈로 만든 무겁고 조잡한 구식 총이었다. 그러나 롤랜드의 아버지 역시 그 총을 차고 수습 기간을 마쳤고, 지금은 이 땅을 지배하고 있었다. 적어도 명목상으로는.

"그래, 그렇게나 두렵더냐?" 코트가 중얼거렸다. 잠꼬대하는 사람처럼. "그렇게나 다급하더냐? 그래, 그랬을 테지. 그토록 다급했으니 어리석은 결단을 내렸겠지. 그런데도 네가 이겼구나."

"열쇠를 주세요."

"매는 멋진 미끼였다. 훌륭한 무기였고. 저 망할 새를 길들이기까지 얼마나 걸렸느냐?"

"전 데이비드를 길들이지 않았어요. 친구가 됐죠. 열쇠 주세요."

"내 벨트 밑에 있다, 총잡이여."

총잡이는 코트의 벨트 밑으로 손을 뻗었다. 코트의 단단한 배가 누르는 느낌이 들었다. 커다란 근육들이 이제 축 처져서 쉬고 있었다. 열쇠는 놋쇠 고리에 걸려 있었다. 총잡이는 열쇠를 손에 꾹 쥐었다. 하늘에 던지며 승리의 환호를 외치고 싶은 격한 충동을 억누르면서.

총잡이가 일어서서 마침내 친구들 쪽으로 돌아서려는 순간, 코트의 손이 발을 붙잡았다. 총잡이는 마지막 공격인가 하고 한순간 가슴이 철렁했지만, 코트는 가만히 올려다보며 못이 박인 손가락을 까딱거릴 뿐이었다.

"난 이제 잘 거다." 속삭이듯 차분한 목소리였다. "아주 늘어지게 푹 잘 거다. 글쎄, 어쩌면 그대로 못 깨어날지도 모르지. 나는 네게 더 가르칠 것이 없다, 총잡이여. 너는 나를 넘어섰다, 그것도 네 아버지보다 두 살이나 어린 나이에. 지금까지는 네 아버지가 최연소 통과자였는데 말이다. 허나 네게 충고할 것이 있다."

"뭐죠?" 조급한 목소리.

"안달 난 표정 하지 마라, 이 굼벵아."

가슴이 철렁한 롤랜드는 스승의 명령대로 했다(다만 사람들이 으레 그렇듯이 그의 표정 뒤에 도사린 자의식은 스스로가 그 명령을 따르는 것을 인식하지 못했다.).

코트는 고개를 끄덕이고 단 한마디만 소곤거렸다.

"기다려라."

"뭘요?"

코트는 남은 기운을 쥐어짜서 한마디 한마디 힘주어 말했다.

"소문과 전설이 너보다 앞서 퍼지도록 해라. 세상에는 그 두 가지 모두를 퍼뜨리는 자들이 있게 마련이다." 그의 시선이 총잡이의 어깨 너머에 있는 소년들에게로 휙 움직였다. "바보들이 수고해 줄 게다, 아마도. 너의 그림자에 수염이 자라도록 내버려 두는 거다. 그 수염이 덥수룩하게 자랄 때까지." 그의 얼굴에 섬뜩한 웃음이 떠올랐다. "시간이 흐르면 그 소문이 마법사마저 홀릴지도 모른다. 무슨 말인지 알겠느냐, 총잡이여?"

"예. 알 것 같아요."

"내가 스승으로서 건네는 마지막 충고를 따르겠느냐?"

총잡이는 뒤꿈치에 체중을 싣고 몸을 뒤로 젖혔다. 쭈그리고 앉아서 생각에 잠긴 그 자세는 훗날 그의 모습이 어떠할지 알려 주는 전조였다. 그의 시선이 하늘로 향했다. 하늘은 자줏빛으로 물들어가는 중이었다. 한낮의 열기가 사그라지는 가운데 서쪽의 소나기구름이 비를 예고했다. 갈큇발 같은 번개가 먼 산기슭의 완만한 비탈을 찔러 댔다. 그 너머는 산맥이었다. 그 산맥 너머에 유혈과 부조리의 근원이 있었다. 총잡이는 피곤했다. 뼛속까지 피곤했다.

총잡이는 다시 코트를 내려다보았다.

"스승님, 전 오늘 저녁에 데이비드를 묻어 줄 거예요. 그다음엔 매음굴을 찾아가서 스승님이 왜 안 오시는지 궁금해 할 사람들한테 이유를 알려 줄 거고요. 어쩌면 거기서 재미를 좀 볼지도 모르죠."

코트는 입술을 일그러뜨리며 고통스러운 미소를 지었다. 그러고는 잠들었다.

총잡이는 일어서서 친구들 쪽으로 돌아섰다.

"들것을 준비해서 댁으로 모셔. 간호사도 한 명 부르고. 아니, 두 명. 알았어?"

소년들의 시선은 여전히 총잡이에게 못 박혀 있었다. 누구도 대번에 빠져나오지 못할 긴박한 순간에 사로잡힌 탓이었다. 그들은 롤랜드가 불타는 원에 휩싸이기를, 또는 마법처럼 변신하기를 기다리고 있었다.

제4장 느림보 돌연변이 265

"간호사는 두 명을 불러." 총잡이는 한 번 더 지시한 다음 빙긋이 웃었다. 소년들도 미소로 답했다. 불안한 미소로.

"이 빌어먹을 말몰이꾼 자식아!" 커스버트가 버럭 외치며 활짝 웃었다. "혼자 다 해치우는 게 어딨어, 우린 손가락만 빨게 생겼잖아!"

"내일은 또 내일의 기회가 있겠지." 총잡이는 오래된 격언을 인용하며 씩 웃었다. "알레인, 너 엉덩이가 왜 이렇게 무거워! 빨리 움직여!"

알레인은 들것을 만들기 시작했다. 토머스와 제이미는 나란히 본관 의무실로 향했다.

총잡이와 커스버트는 서로를 마주 보았다. 둘은 언제나 가장 가까운 친구였다. 또는 각자의 성격이 허용하는 한도 안에서 가장 가까운 사이였다. 커스버트의 눈에 무언가에 혹해서 골똘히 생각하는 빛이 떠올랐다. 총잡이는 그런 커스버트에게 서쪽으로 추방당하고 싶지 않거든 앞으로 1년 또는 1년 반 동안은 성인식에 도전하지 말라고 타이르고 싶은 마음이 간절했다. 그러나 그는 커스버트와 함께 가혹한 시련을 거쳐 왔고, 그래서 잘난 체한다고 오해받을 위험을 무릅쓰면서까지 그런 말을 입에 담고 싶지는 않았다. *나도 책략을 꾸미기 시작하는구나.* 그 생각에 살짝 자괴감이 느껴졌다. 뒤이어 마튼이, 다시 어머니가 떠올랐고, 그는 친구를 향해 모사꾼의 미소를 지어 보였다.

나는 최초가 될 운명이야. 총잡이는 생각했다. 전에도 여러 차례 막연히 떠올린 생각이었지만, 이제 비로소 실감할 수 있었다. *내가 첫 번째야.*

"가자." 총잡이가 말했다.

"기꺼이, 총잡이여."

둘은 산울타리로 둘러싸인 회랑의 동쪽 끝을 나섰다. 토머스와 제이미는 벌써 간호사들을 데리고 돌아오는 길이었다. 간호사들은 하얀 여름용 로브를 입은 모습이 꼭 유령 같았다. 가슴에는 붉은 십자가 그려져 있었다.

"데이비드 묻는 거 도와줄까?" 커스버트가 물었다.

"응. 그래 주면 고맙지."

나중에, 어둠이 내려앉고 거센 뇌우가 퍼부을 때, 보이지 않는 거대한 탄약통이 하늘을 구르는 것처럼 천둥이 치고 파란 번갯불이 유흥가의 미로 같은 뒷골목을 환히 밝히는 동안, 말뚝에 묶인 말들이 고개를 숙이고 꼬리마저 힘없이 늘어뜨린 사이에, 총잡이는 여자를 한 명 골라서 동침했다.

짧고 황홀한 경험이었다. 정사를 마친 두 사람이 말없이 나란히 누워 있을 때, 잠깐 동안 우박이 요란하게 쏟아졌다. 아래층 저 멀리서 누군가 래그타임풍의 피아노로 「헤이 주드」를 연주했다. 총잡이는 생각에 잠겨 미음속 깊숙이 침잠했다. 우박 쏟아지는 소리로 물든 침묵 속에서, 잠에 빠져들기 직전, 그는 자신이 최후의 총잡이일지도 모른다는 생각을 처음으로 떠올렸다.

9

총잡이는 제이크에게 모든 것을 빠짐없이 이야기하지는 않았지만, 그래도 거의 다 이야기한 셈이었다. 그는 제이크의 지각 능력이 몹시 강한 것을 이미 알고 있었다. 그 점에서 소년은 공감과 텔레파시를 결합한 '터치' 능력이 뛰어났던 알레인과 비슷했다.
"자느냐?" 총잡이가 물었다.
"아뇨."
"내 이야기를 이해할 수 있겠느냐?"
"이해할 수 있냐고요?" 소년은 뜻밖에도 비웃는 말투로 물었다. "이해할 수 있냐고요? 지금 농담하세요?"
"아니."
총잡이는 수세에 몰린 느낌이 들었다. 그가 이때껏 남에게 성인식 이야기를 털어놓지 않았던 것은 그 일에 대해 상반된 감정을 품어 왔기 때문이었다. 물론 매는 더없이 적법한 무기였지만, 그럼에도 속임수는 속임수였다. 또한 배신이었다. 이후 저지를 수많은 배신의 시작이었다. *대답해 봐라······ 너는 정말로 이 아이를 검은 옷의 남자에게 바칠 각오가 되어 있는 거냐?*
"그래요, 이해해요." 소년이 말했다. "그건 게임이었어요, 안 그래요? 어른들은 게임을 안 하면 못 견디나요? 뭐든지 다 이유로 갖다 붙여서 게임을 해야 해요? 어른이 되는 사람이 있기는 한가요, 아니면 성인식만 치르면 끝인가요?"
"세상에는 네가 모르는 것도 있다." 총잡이는 슬슬 올라오는 분노를 억누르려고 애썼다. "넌 아직 어린애다."
"맞아요. 하지만 아저씨가 저를 뭘로 보는지는 저도 알아요."
"뭐라고 생각하느냐?" 총잡이는 긴장된 목소리로 물었다.
"포커 칩이죠."
총잡이는 돌을 찾아서 아이의 머리를 깨 버리고 싶은 충동이 들었다. 그렇게 하는 대신 그는 차분하게 말했다.

"이제 자라. 어린애는 잠을 충분히 자야 한다."

그러는 동안 머릿속에는 마튼이 한 말이 메아리쳤다. *가서 손장난이나 해.*

총잡이는 어둠 속에 꼿꼿이 앉아 있었다. 경악하다 못해 마비된 채로, 동시에 (태어나서 처음으로) 스스로를 혐오하게 되리라는 예감에 겁먹은 채로.

10

그다음 번의 깨어 있는 시간 동안 선로는 지하수 강 쪽으로 가까워졌고, 두 사람은 느림보 돌연변이들과 맞닥뜨렸다.

제이크는 첫 번째 돌연변이를 보고 목이 터져라 비명을 질렀다.

정면을 보며 핸드카의 핸들을 펌프질하던 총잡이가 오른쪽으로 홱 고개를 돌렸다. 초록빛을 띤 썩은 호박 등처럼 생긴 덩어리가 그들 아래쪽에서 희미하게 꺼떡거리고 있었다. 총잡이는 처음으로 냄새를 감지했다. 어렴풋한, 역한, 눅눅한 냄새였다.

그 초록빛 덩어리는 얼굴이었다. 너그러운 마음을 품고 보면 얼굴이라고 부를 법도 했다. 납작한 코 위로 벌레처럼 자루가 달린 눈이 무표정하게 두 사람을 올려다보고 있었다. 총잡이는 사타구니부터 뱃속까지 본능적인 혐오감이 치솟았다. 그는 핸들을 더 부지런히 펌프질했다.

기이한 빛을 띤 그 얼굴이 시야에서 사라졌다.

"저게 도대체 뭐죠?" 제이크가 총잡이 쪽으로 기어오며 물었다.
"도대체……" 다음 말은 어렴풋이 빛나는 형상 세 덩어리가 나타났다가 핸드카 뒤편으로 멀어지는 바람에 이어지지 못했다. 그들은 선로와 보이지 않는 강 사이에 서서 이쪽을 보고 있었다. 미동도 않고서.
"느림보 돌연변이다. 우릴 건드리진 않을 게다. 우리가 겁을 먹은 만큼 놈들도……"
셋 중 한 덩어리가 그들 쪽으로 어기적어기적 걸어왔다. 얼굴에 굶주린 천치의 표정이 씌워져 있었다. 어렴풋이 보이는 알몸은 빨판이 달린 팔다리가 흐물흐물 움직이는 울퉁불퉁한 덩어리로 변해 있었다.
소년은 또다시 비명을 지르며 겁먹은 강아지처럼 총잡이의 다리에 달라붙었다.
흐물거리는 팔 한 짝이 핸드카의 평평한 바닥을 지나 뻗어 왔다. 그 팔에서는 습기와 어둠의 냄새가 났다. 총잡이는 핸들을 놓고 총을 뽑았다. 굶주린 천치처럼 멍한 얼굴의 이마에 총알이 박혔다. 놈이 자빠지면서 늪의 인광처럼 어렴풋한 빛도 월식을 맞은 달처럼 꺼져 갔다. 총구의 환한 화염은 두 사람의 어두운 망막에 불도장처럼 새겨져 쉬이 사라지지 않았다. 지하의 어둠 속에서 연소된 화약의 냄새는 뜨겁고 거칠고 낯설었다.
돌연변이들은 더 있었다. 아까보다 더 많았다. 대놓고 이쪽으로 다가오는 놈은 없었지만 선로 쪽으로 점점 모여들고 있었다. 소리 없는, 소름 끼치는 단체 관광객들처럼.
"펌프질은 네가 맡아야겠다. 할 수 있겠느냐?"

"예."

"그럼 준비해라."

제이크는 총잡이 곁에 붙어 서서 자세를 잡았다. 소년은 지나가는 눈으로 느림보 돌연변이들을 보았을 뿐, 지그시 관찰하거나 필요 이상으로 눈여겨보지는 않았다. 소년은 불룩하게 팽창한 공포를 정신의 차폐막으로 삼고 있었다. 본능적인 무의식이 땅구멍에서 솟아나 방패를 만들기라도 한 것처럼. 총잡이가 보기에 소년에게 터치 능력이 있다면 불가능한 일도 아니었다.

총잡이는 쉬지 않고 핸들을 펌프질했지만 속력을 높이지는 않았다. 느림보 돌연변이들이 사람의 공포를 감지한다는 것은 이미 아는 바였으나, 놈들이 오로지 공포 때문에 자극을 받는지는 미심쩍었다. 어쨌거나 그와 소년은 빛의 세상에서 온 생물이었고, 온전한 존재였다. *그러니 놈들이 우리를 얼마나 미워할까.* 총잡이는 느림보 돌연변이들이 검은 옷의 남자도 똑같이 미워했을지 궁금해졌다. 그러지는 않았을 듯싶었다. 아니, 어쩌면 그는 이 거대한 어둠 속을 검은 날개처럼 날아서 통과했을지도 몰랐다.

제이크가 나지막이 지른 비명 소리가 들리자 총잡이는 별로 당황한 기색도 없이 고개를 돌렸다. 돌연변이 넷이 핸드카를 향해 비틀비틀 달려들고 있었다. 그중 한 놈은 잡을 곳을 찾아 더듬거렸다.

총잡이는 핸들을 놓고 다시 총을 뽑았다. 그의 동작은 이번에도 느긋하고 태연했다. 맨 앞에 있던 돌연변이의 머리에 총알이 박혔다. 돌연변이는 한숨 같기도 하고 흐느낌 같기도 한 소리를 내며 헤벌쭉 웃었다. 두 손은 생선처럼 흐물거렸다. 죽은 손이었다. 다닥다닥 붙은 손가락은 진흙에 묻힌 지 오래된 장갑의 손가락 같았다. 그 시체의 손 한 짝이 제이크의 발을 붙들고 당기기 시작했다.

제이크의 날카로운 비명이 화강암 자궁 속에 메아리쳤다.

총잡이는 그 돌연변이의 가슴을 쏘았다. 녀석의 헤 벌어진 입에서 침이 주르륵 흘러내렸다. 제이크가 핸드카 옆으로 떨어지려 했다. 총잡이는 제이크의 팔을 잡고 당기느라 하마터면 자신도 균형을 잃을 뻔했다. 돌연변이의 힘은 놀랄 만큼 강력했다. 총잡이는 놈의 머리에 총을 두 발 더 쏘았다. 한쪽 눈이 촛불처럼 꺼졌다. 그런데도 여전히 당기고 있었다. 그들은 경련하듯 꿈틀거리는 제이크의 몸을 붙들고 무언의 줄다리기를 벌였다. 소년을 잡아당기는 느림보 돌연변이들의 모습에서는 간절한 소망 같은 것이 느껴졌다. 그 소망이란 말할 것도 없이 포식이었다.

핸드카의 속력이 점점 느려졌다. 나머지 돌연변이들이 모여들기 시작했다. 그들은 다리 저는 자, 몸이 성치 않은 자, 눈이 먼 자였다. 어쩌면 그저 자신들을 구원할 예수를 찾는지도 몰랐다. 나사로를 무덤에서 부활시켰듯이 그들을 어둠으로부터 구원해 줄 예수를.

여기가 이 아이의 끝이구나. 총잡이의 머릿속에 더없이 냉정한 생각이 떠올랐다. *여기가 바로 그자가 준비한 끝이다. 내버려 두고 펌프질을 하든가, 멈춰서 함께 어둠에 묻히든가. 어느 쪽이든 아이는 여기서 끝장난다.*

총잡이는 혼신의 힘을 다해 소년의 팔을 끌어당기고 돌연변이의 배에 총을 발사했다. 시간이 정지한 듯한 한순간, 돌연변이가 손을 더욱 꽉 쥐자 제이크는 다시 핸드카 모서리에서 미끄러지기 시작했다. 그러다가 진흙에 불어터진 장갑 같은 손이 스르륵 풀렸고, 느림보 돌연변이는 점점 느려지는 핸드카 뒤로 얼굴을 처박고 쓰러졌다.

여전히 웃음을 머금은 채로.

"아저씨가 절 버리실 줄 알았어요." 소년은 흐느끼고 있었다. "전 아저씨가…… 저를……"

"내 벨트를 잡아라. 있는 힘껏, 꽉 잡는 거다."

조그마한 손이 벨트를 붙잡고 매달렸다. 소년은 경련하듯 움찔거리며 소리 없이 흐느꼈다.

총잡이가 다시 꾸준히 펌프질을 하자 핸드카에 속력이 붙었다. 한 발짝 물러나서 두 사람의 뒷모습을 바라보는 느림보 돌연변이들의 얼굴은 조금도 인간 같지 않았다(또는 가슴 아플 만큼 인간적이었다.). 그것은 어마어마한 수압 아래의 어둠 속에 사는 심해어들이 흔히 그렇듯이 어렴풋한 인광을 발하는 얼굴, 분노도 증오도 품지 않고 그저 반쯤 얼이 빠진, 어리석은 후회로 얼룩진 얼굴이었다.

"수가 줄고 있다." 총잡이가 말했다. 단단하게 긴장했던 아랫배와 사타구니가 아주 살짝 느슨해졌다. "놈들은 이제……"

앞쪽 레일 위에 느림보 돌연변이들이 쌓아 둔 돌이 보였다. 길은 봉쇄되어 있었다. 서둘러서 어설프게 쌓은 탓에 1분이면 너끈히 치울 수 있을 듯싶었지만, 어쨌거나 여기서 멈춰야 했다. 그리고 누군가 내려서 돌을 치워야 했다. 소년은 신음 소리를 내며 총잡이에게 달라붙어 덜덜 떨었다. 총잡이는 핸들을 놓았고, 핸드카는 관성을 따라 소리 없이 돌무더기 쪽으로 굴러가다가 쿵 부딪혀서 멈췄다.

느림보 돌연변이들이 다시 모여들기 시작했다. 태연하게, 흡사 캄캄한 꿈속에서 배회하다가 길을 물어볼 행인을 만난 사람들처럼. 까마득히 오래된 바위산 아래의 이 지하에서 저주받은 자들이 모여 노상 예배를 하는 듯한 광경이었다.

"저것들이 우릴 붙잡을까요?" 소년이 나지막이 물었다.

"그럴 일은 절대 없을 거다. 이제 잠시 입을 다물어라."

총잡이는 돌무더기를 바라보았다. 굳이 말할 것도 없이 돌연변이들은 힘이 약했기 때문에 큰 바위를 날라다가 선로를 막지는 못했다. 돌은 조그만 것들뿐이었다. 단지 그들을 멈춰 세울 만큼만, 누구든 붙잡아서……

"내려라." 총잡이가 말했다. "저 돌은 네가 치워야 한다. 내가 엄호해 주마."

"싫어요." 제이크의 목소리는 소곤거리듯이 조그마했다. "제발요."

"너한테 총을 줄 수는 없다, 그렇다고 내가 돌을 치우면서 총을 쏠 수도 없는 노릇이다. 네가 내려야 한다."

제이크는 필사적으로 눈을 굴렸다. 소년은 잠깐 동안 머리가 돌아가는 속도에 맞춰 몸이 부들부들 떨리는 듯하더니, 이내 핸드카 옆으로 꼼지락거리며 내려가 돌을 이쪽저쪽으로 치우기 시작했다. 미친 사람처럼 빠르게, 고개도 들지 않고서.

총잡이는 총을 뽑아 들고 기다렸다.

돌연변이 두 놈이, 걷는 것이 아니라 휘청거리면서, 반죽처럼 흐물거리는 팔을 뻗고 제이크 쪽으로 다가갔다. 총이 불을 뿜었다. 빨갛고 하얀 창처럼 날카로운 빛이 어둠을 꿰뚫었고, 총잡이는 그 빛 때문에 눈이 바늘에 찔린 것처럼 따가웠다. 소년은 비명을 지르면서도 쉬지 않고 돌을 이쪽저쪽으로 던졌다. 도깨비불 같은 인광이 춤을 추듯이 너울거렸다. 이제 제대로 볼 수 없는 것이 가장 힘들었다. 모든 것이 그림자와 잔상으로 변해 버렸다.

인광조차 보이지 않을 만큼 시커먼 돌연변이 한 놈이 벽장 귀신처럼 흐물거리는 팔로 제이크를 노리고 느닷없이 달려들었다. 머리의 절반을 차지할 만큼 커다란 두 눈이 물기를 머금고 번들거렸다.
제이크는 다시 비명을 지르며 벗어나려고 몸부림쳤다.
총잡이는 잔광에 흐려진 눈 때문에 손이 걷잡을 수 없이 떨리기 전에 반사적으로 방아쇠를 당겼다. 가늠쇠 너머의 머리 두 개는 고작 몇 센티미터밖에 떨어져 있지 않았다. 쓰러진 것은 돌연변이 쪽이었다.
제이크는 정신없이 돌을 치웠다. 돌연변이들은 보이지 않는 경계선 바로 앞까지 몰려들어 조금씩 조금씩 가까워졌고, 이제는 정말로 지척까지 와 있었다. 어느새 나머지 무리까지 합세해서 머릿수가 점점 더 불어났다.
"됐다, 이제 올라와라. 어서."
제이크가 움직인 순간, 돌연변이들이 달려들기 시작했다. 제이크는 발판 모서리 위로 올라와 주춤주춤 일어섰다. 총잡이는 이미 있는 힘껏 펌프질을 하는 중이었다. 리볼버 두 정은 모두 총집에 들어가 있었다. 이제 달아날 시간이었다. 지금이 유일한 기회였다.
기괴하게 생긴 손들이 핸드카의 금속 발판을 두들겼다. 제이크는 두 손으로 총잡이의 벨트에 매달려 있었다. 총잡이의 허리에 얼굴을 바짝 붙인 채로.
돌연변이 한 무리가 선로 위로 달려왔다. 너나 할 것 없이 넋이 빠진 얼굴은 무엇을 기대하는지 태평하기만 했다. 총잡이의 핏줄은 아드레날린으로 가득했고, 핸드카는 레일 위를 날아가듯이 달려 어둠 속으로 사라졌다. 중간에 가엾은 돌연변이 너덧 놈이 전속력으로 달리는 핸드카에 치이기도 했다. 놈들은 꼭지에서 떨어지는 썩은 바

나나처럼 힘없이 날아갔다.

적막하게 흐르는 구슬픈 어둠 속을, 핸드카는 쉬지 않고 달렸다. 한참의 시간이 흐른 후에 제이크는 핸드카가 일으킨 바람 속으로 고개를 들었다. 두려웠지만 그래도 알아야 했다. 총구의 화염이 아직도 망막에 남아 어른거렸다. 보이는 것은 어둠뿐이었고 들리는 것은 강물이 흘러가는 소리뿐이었다.

"다 사라졌어요." 제이크가 중얼거렸다.

문득 어둠 속에서 선로가 끊어질 거라는, 그래서 둘 다 선로 위로 날아가 땅에 처박혀 사지가 뒤틀린 끔찍한 꼴이 되리라는 두려움이 엄습했다. 소년은 전에도 차를 타고 다녔다. 성격이 까탈스러운 제이크의 아버지 엘머 체임버스는 언젠가 뉴저지 주의 고속도로에서 140킬로미터가 넘게 밟다가 교통경찰에게 걸려 차를 세운 적도 있었는데, 그 경찰관은 제이크 아버지가 운전면허증과 함께 건넨 20달러 지폐를 거부하고 딱지를 끊었다. 하지만 이런 경험은 처음이었다. 앞에도 뒤에도 바람과 암흑과 공포뿐이었고, 들리는 것은 킬킬대는 웃음소리 같은 물소리뿐이었다. 그 소리는 검은 옷의 남자의 목소리 같았다. 총잡이의 양팔은 미쳐 버린 인간 공장의 피스톤처럼 핸들을 펌프질했다.

"이제 다 사라졌어요." 제이크는 소심하게 중얼거렸다. 소년의 입에서 흘러나온 말을 바람이 낚아채 갔다. "이제 천천히 가도 돼요. 충분히 멀어졌어요."

그러나 총잡이의 귀에는 들리지 않았다. 그들은 기묘한 어둠 속으로 계속 달려갔다.

11

그들은 사흘 '낮' 동안 아무 일 없이 전진했다.

12

깨어 있는 시간이 네 번째로 돌아왔을 때(이제 절반쯤 왔을까? 4분의 3쯤? 알 수 없었다, 그저 아직은 계속 나아갈 기운이 남아 있다는 것만 알 뿐), 그들 아래에서 날카로운 충격음이 들려왔다. 핸드카가 기우뚱하는가 싶더니 선로가 왼쪽으로 완만하게 꺾였고, 그들의 몸은 원심력에 이끌려 곧장 오른쪽으로 기울었다.

앞쪽에 빛이 보였다. 너무 희미하고 이질적인 불빛이라 처음에는 흙도 공기도 불도 물도 아닌, 완전히 새로운 원소 같았다. 어떤 색도 띠지 않은 그 빛을 인식할 근거는 단지 촉각이 아닌 다른 차원에서 손과 얼굴을 되찾았다는 사실뿐이었다. 그들의 눈은 빛에 너무나 민감해진 나머지 광원을 약 10킬로미터 앞둔 곳에서 이미 그 불빛을 알아보았다.

"종점이에요." 제이크의 목소리는 딱딱했다. "저기가 끝이에요."

"아니." 총잡이는 기묘한 확신에 차 있었다. "끝이 아니다."

총잡이의 말이 옳았다. 그들은 빛에 도달했을 뿐 낮의 세상으로 나오지는 못했다.

광원에 가까워지면서 그들은 비로소 볼 수 있었다. 왼편의 바위벽은 뒤쪽 멀리 사라지고 없었고, 그들이 따라가던 선로는 다른 선로들과 합쳐져 거미줄처럼 교차하는 복잡한 선로망을 이루고 있었다. 수많은 선로가 불빛을 받아 반들거렸다. 그중 몇 군데에는 지붕 덮인 화물차와 객차, 레일 위로 운행할 수 있게 개조한 역마차 따위가 방치되어 있었다. 지하의 광막한 사르가소 해에 갇힌 유령 선단 같은 그 광경에 롤랜드는 불안해졌다.

불빛이 환해지자 눈이 살짝 피곤했지만, 환해지는 속도는 두 사람이 충분히 적응할 만큼 느렸다. 그들은 심해에 내려갔던 잠수부들이 단계를 나누어 천천히 상승하듯이 어둠에서 빛으로 천천히 나아갔다.

그들 앞쪽에, 이제 점점 가까워지는 곳에, 거대한 격납고가 어둠 속으로 길게 뻗어 있었다. 그 건물에 박힌 노란 네모꼴 불빛들은 스물너덧 개나 되는 입구였다. 장난감 건물의 창문만 한 입구들은 두 사람이 가까이 갈수록 점점 커져서 높이가 6미터에 이르렀다. 그들이 탄 핸드카는 중간쯤의 입구를 통해 안으로 들어갔다. 입구 위쪽에 적힌 것은 총잡이가 보기에 여러 언어의 글자들 같았다. 놀랍게도 맨 마지막 줄은 그도 읽을 수 있었다. 귀족어의 기원에 해당하는 고대 언어로 이렇게 적혀 있었다.

10번 선로 지상행 서쪽 방면

입구 안쪽의 불빛은 더 환했다. 선로들은 줄줄이 이어진 분기점을 거치며 만나고 합쳐졌다. 그곳의 교통 신호기 가운데 일부는 여전히 작동했다. 영원토록 꺼지지 않을 빨강과 초록과 노랑 불빛이 깜박거렸다.

선로 양편의 플랫폼은 수많은 열차가 내뿜은 그을음 때문에 시커멨고, 안쪽으로 들어갈수록 점점 더 높아졌다. 두 사람은 그 사이를 지나 중앙 터미널 같은 곳으로 나왔다. 총잡이는 핸드카가 천천히 굴러가다가 멈추도록 놔두고 제이크와 함께 주위를 둘러보았다.

"지하철 같아요." 제이크가 말했다.

"지하철?"

"아니에요. 아저씨는 제가 무슨 말을 하는지 모르실 거예요. 이젠 저도 제가 무슨 말을 하는지 모르겠는걸요."

소년은 갈라진 시멘트 바닥으로 기어 올라갔다. 한때는 신문이나 책을 거래하거나 팔았을 매점이 이제는 적막하게 텅 비어 있었다. 구두 가게도 있었다. 총포상도(총잡이는 리볼버와 라이플을 보고 곧바로 흥분해서 몸이 달았지만, 자세히 살펴보니 총열이 납으로 막혀 있었다. 그는 대신 활 한 자루를 등에 메고 화살통 한 개를 챙겼다. 화살은 무게 균형이 엉망이라 거의 무용지물이었다.). 여자 옷을 파는 가게도 있었다. 어디선가 컨버터가 돌아가며 오랜 세월 그래 왔듯이 쉬지 않고 공기를 환기시켰다. 그러나 이제는 그 기계의 수명도 얼마 남지 않은 모양이었다. 회전음 사이로 언뜻언뜻 삐걱거리는 소리가 들렸다. 아무리 철저하게 통제해 봤자 영구 기관이란 바보의 몽상일 뿐이라는 것을 일깨워 주는 소리였다. 공기에서 기계 냄새가 났다. 소년의 신발과 총잡이의 장화가 덤덤한 메아리를 남겼다.

"저기요! 저기……" 소년이 외쳤다.

총잡이는 돌아서서 소년에게 다가갔다. 소년은 책 진열대 앞에 얼어붙은 듯이 우두커니 서 있었다. 안쪽 깊숙한 구석에 미라가 있었다. 금색 띠가 들어간 파란색 제복 차림이었다. 보아하니 역무원의 제복 같았다. 미라의 무릎에는 까마득히 오래되었지만 완벽하게 보존된 신문이 놓여 있었다. 신문은 총잡이가 건드리자 부스러져서 먼지로 변했다. 미라의 얼굴은 오래되어 쪼글쪼글해진 사과 같았다. 조심스레, 총잡이는 미라의 뺨을 건드려 보았다. 먼지가 살짝 피어올랐다. 먼지가 가라앉자 살가죽 속으로 미라의 입속이 보였다. 입속에서 금니가 반짝거렸다.

"독가스다." 총잡이가 중얼거렸다. "옛사람들은 이런 효과를 일으키는 가스를 만들었다. 바네이한테서 들은 적이 있다."

"학문을 가르쳐 준 선생님 말이죠?"

"그래. 그 사람이다."

"이 옛사람들은 그걸로 전쟁을 했을 거예요." 소년의 목소리는 어두웠다. "다른 옛사람들을 죽였겠죠."

"네 말이 옳을 게다."

미라는 열두어 구가 더 있었다. 두세 구를 빼면 모두 금실로 장식한 청색 제복 차림이었다. 총잡이가 보기에 독가스는 드나드는 열차가 거의 없는 시각에 살포된 모양이었다. 어쩌면 아득히 먼 과거에 이 역은 지금은 사라진 군대와 그들이 내세운 대의명분의 군사적 표적이었는지도 몰랐다.

그 생각에 총잡이는 마음이 무거워졌다.

"슬슬 출발하자."

총잡이는 10번 선로와 핸드카 쪽으로 걸음을 옮겼다. 그러나 소년은 반항하듯이 뒤에 머물렀다.

"안 갈 거예요."

총잡이는 놀라서 뒤로 돌아섰다.

소년은 일그러진 표정으로 떨고 있었다.

"아저씬 내가 죽어야 원하는 걸 얻을 수 있어요. 그러니까 난 알아서 살 길을 찾을 거예요."

총잡이는 어정쩡하게 고개를 끄덕였다. 이제부터 하려는 일 때문에 스스로를 혐오하면서.

"알았다, 제이크." 부드러운 목소리. "기나긴 나날과 즐거운 밤들을 누리기를."

총잡이는 돌아서서 플랫폼 쪽으로 걸어간 다음, 핸드카 위로 가뿐하게 뛰어내렸다.

"아저씬 누군가하고 거래를 했어요!" 등 뒤에서 소년이 악을 썼다. "난 다 알아요!"

그 말에 대꾸하지 않은 채로, 총잡이는 핸드카의 티(T) 자 모양 핸들 앞에 활을 조심스레 내려놓았다.

소년은 주먹을 불끈 쥐고 있었다. 괴로움 때문에 일그러진 표정을 하고서.

저렇게 어린 아이를 참 간단히도 속여 먹는구나. 총잡이는 스스로에게 중얼거렸다. *저 아이는 자신의 놀라운 직감으로, 자신이 지닌 '터치'로 거듭 또 거듭 이 결론에 이르렀다. 그런데 너는 거듭 또 거듭 아이의 눈을 다른 쪽으로 돌렸다. 하긴, 그게 뭐 얼마나 어려운 일이었겠느냐? 어차피 친구라고는 너 하나밖에 없는 어린애인데.*

문득 단순한 생각이(거의 계시 같은 생각이) 총잡이의 머릿속에 떠올랐다. 여기서 포기하고 소년과 함께 돌아서자는 생각, 그리하여 소년을 새로운 힘의 중심으로 키우면 그만이라는 생각이었다. 굳이 이토록 굴욕적이고 과거의 악몽을 되새기는 방식으로 암흑의 탑을 찾을 필요는 없었다. 그렇지 않은가? 소년이 장성한 후에 탐색을 재개하면 그만이었다. 그때쯤이면 둘이서 함께 검은 옷의 남자를 싸구려 태엽 인형처럼 박살 낼 수 있을 테니.

아무렴, 그렇지. 총잡이는 스스로를 비웃었다. *그렇고말고.*

여기서 돌아서면 둘 다 죽는다는 냉철한 깨달음이 느닷없이 그를 덮쳐 왔다. 어쩌면 죽느니만 못할 수도 있었다. 저 뒤쪽의 느림보 돌연변이들과 함께 이 지하에 매장당한다면. 이 썩어 버린 역무원들과 함께. 어쩌면 그가 아버지에게서 물려받은 총들은 두 사람이 죽고 나서도 오랫동안 살아남을지도 몰랐다. 그 은둔자가 붙들고 있던 불멸의 주유기처럼, 부패한 광채를 띤 토템으로서.

배짱을 좀 보여라. 총잡이는 마음에도 없는 말을 스스로에게 들려주었다.

그는 핸들을 잡고 펌프질하기 시작했다. 핸드카는 석제 플랫폼으로부터 멀어져 갔다.

소년이 악을 질렀다. *"잠깐만요!"* 그러고는 핸드카가 플랫폼 앞쪽의 어둠과 만날 지점을 향해 대각선으로 달려갔다. 총잡이는 속도를 높이고 싶은 충동에 휩싸였다. 어렴풋하게나마 소년을 홀로 두고 가 버리고 싶은 충동이었다.

그렇게 하는 대신, 그는 핸드카로 뛰어내리는 소년을 받아 주었다. 소년이 매달리자 얇은 셔츠 너머의 심장이 세차게 두근거리는 느낌이 들었다.

이제 끝이 바로 눈앞에 있었다.

13

강물 소리는 두 사람의 꿈조차 천둥소리로 채울 만큼 커졌다. 총잡이는 다른 어떤 이유도 아닌 변덕 때문에 소년에게 펌프질을 맡겼고, 핸드카가 나아가는 동안 자신은 형편없는 화살 몇 개에 하얗고 가느다란 실을 매서 어둠 속으로 발사했다.

활 역시 형편없기는 마찬가지라서, 믿기 힘들 만큼 잘 보존되었는데도 불구하고 시위의 장력이나 조준의 정확성은 엉망이었다. 총잡이는 활을 고칠 방법이 없다는 것을 잘 알았다. 시위를 교체해 봤자 노후한 본체에는 도움이 안 될 터였다. 화살은 어둠 속 멀리까지 날아가지 못했지만 그래도 마지막 한 발은 축축하게 젖은 채로 돌아왔다. 소년이 물까지 거리가 얼마나 되냐고 물었을 때 총잡이는 그저 어깨만 으쓱했지만, 속으로는 썩은 활로 발사한 화살이니 50미터도 못 날아갔을 거라고 생각했다. 그만큼만 갔어도 다행이었다.

그럼에도 물소리는 점점 더 커졌고, 점점 더 가까워졌다.

역을 떠난 후 세 번째로 깨어 있는 시간을 보내는 동안, 또다시 유령 같은 빛이 점점 커졌다. 두 사람은 기묘한 인광을 뿜는 바위 속의 터널에 들어선 참이었다. 터널의 서쪽 벽은 수없이 많은 조그만 별들로 반짝거렸다. 소년은 그 별들을 *화석*이라고 불렀다. 마치 유령의 집에라도 들어선 것처럼 섬뜩하고 초현실적인 형상들이 보였다.

사나운 물소리는 주위를 둘러싼 바위를 천연 증폭기로 삼아 두 사람에게 더욱 크게 전해졌다. 그렇다고 하더라도 물소리는 기이할 정도로 꾸준히 들려왔다. 양편의 벽이 점점 더 넓어지며 뒤쪽으로 물러났기 때문에 총잡이는 이제 곧 물을 건널 만한 지점이 나올 거라고 짐작했지만, 그곳에 가까워지는 동안에도 물소리는 그치지 않았다. 이제 선로가 오르막으로 이어지는 기색이 더욱 뚜렷해졌다.

선로는 새로 나타난 빛을 향해 일직선으로 뻗어 나갔다. 총잡이가 보기에 바위 벽의 화석 덩어리들은 수확절 축제에서 구경거리로 팔곤 하던 늪지 가스를 담은 유리관 같았다. 소년이 보기에는 끝없이 이어진 네온관 같았다. 그러나 그 푸르스름한 빛 덕분에 두 사람은 오랫동안 자신들을 둘러싸고 있던 선로 양편의 바위 벽이 두 개의 비쭉배쭉한 반도로 변해 앞쪽의 캄캄한 심연에서 끊어진 것을 알 수 있었다. 그들은 지하에 흐르는 강 위의 낭떠러지로 향하고 있었던 것이다.

선로는 깊이를 알 수 없는 낭떠러지 너머로 계속 이어졌다. 까마득히 오래된 교각들이 선로를 받치고 있었다. 그리고 위쪽에, 믿을 수 없을 만큼 멀게 느껴지는 곳에, 바늘구멍만 한 빛이 보였다. 인광도 형광등 불빛도 아닌, 엄연한 진짜 햇빛이었다. 검은 천에 바늘로 낸 구멍처럼 조그마했지만 그 의미만큼은 가슴이 철렁할 만큼 묵직했다.

"잠깐만요." 소년이 말했다. "잠깐만 멈춰요. 제발요."

총잡이는 영문도 묻지 않고 핸드카가 저절로 멈추도록 핸들을 놓았다. 강의 물소리는 쉬지 않고 으르렁거리며 아래쪽에서, 앞쪽에서 메아리쳤다. 젖은 바위 벽의 인공적인 빛이 갑자기 몹시도 증오스러웠다. 그는 처음으로 폐소 공포증에 휩싸이는 기분을 느꼈다. 이 생매장 같은 상태에서 벗어나 홀가분해지고 싶은 충동이 강하게, 거의 억누를 수 없을 만큼 치솟았다.

"이대로 계속 가는 거죠?" 소년이 물었다. "그 사람이 원하는 게 그거죠? 우리가 핸드카를 몰고 저기로…… 저 위로…… 가서 떨어지는 거 말이에요."

총잡이는 그렇지 않다는 것을 알면서도 이렇게 대답했다.

"그자가 뭘 원하는지는 나도 모른다."

그들은 핸드카에서 내려 낭떠러지 가장자리로 조심조심 다가갔다. 발밑의 돌바닥이 점점 더 높아지다가 갑자기 가파른 낭떠러지로 바뀌었고, 선로를 받치던 지면은 사라지고 선로만 외로이 시커먼 어둠 위로 뻗어 나갔다.

총잡이는 무릎을 꿇고 아래를 내려다보았다. 어렴풋이 보이는 교각은 믿기 힘들 만큼 복잡하게 연결된 강철 들보와 버팀대로 이루어져 있었고, 으르렁대는 캄캄한 강물에 가려 밑동이 보이지 않았다. 그 모든 것이, 우아한 포물선을 그리며 허공 위로 뻗은 선로를 떠받치고 있었다.

총잡이는 시간과 물의 치명적인 결합이 철골 구조물에 어떤 영향을 미쳤을지 상상이 갔다. 교각이 얼마나 더 버틸 수 있을까? 조금? 거의 힘들까? 아예 불가능할까? 문득 앞서 본 미라의 얼굴이 떠올랐다. 튼튼해 보이던 살가죽이 살짝 닿은 손가락에 부스러져 가루가 되던 광경도.

"여기서부턴 걸어가자." 총잡이가 말했다.

총잡이는 소년이 또다시 악을 쓸 거라고 지레짐작했지만, 소년은 총잡이보다 앞서서 선로 위로 걸어갔다. 용접된 금속판을 차분하게, 한 발 한 발 디디면서. 총잡이는 그 뒤를 따라 심연 위로 나아갔다. 소년이 혹시라도 발을 헛디디면 잡아 줄 준비를 하고서.

살갗이 땀으로 뒤덮여 번들거리는 느낌이 들었다. 교각은 부식된 상태였다, 그것도 심하게. 발밑의 교각은 저 아래에서 거칠게 흐르는 강과 함께 떨고 있었다. 보이지 않는 버팀 줄에 묶인 채 살며시 흔들리고 있었다. 곡예사가 따로 없구나. 총잡이는 속으로 생각했다. *보세요, 어머니, 그물도 없어요. 공중을 날아가게 생겼네요.*

총잡이는 걷다가 한 번 무릎을 꿇고 발밑의 침목을 살펴보았다. 금속제 침목은 녹이 두껍게 슬어 있었고, 군데군데 구멍도 나 있었다(총잡이는 그 이유를 얼굴로 느낄 수 있었다. 부식의 친구인 신선한 공기가 불어왔던 것이다. 지상으로 나가는 출구가 이제 지척에 있다는 뜻이었다.). 게다가 주먹으로 두들겼더니 섬뜩하게도 부르르 떨렸다. 한 번은 경고하듯이 삐걱거리는 소리가 발밑에서 들려왔다. 철제 교각이 슬슬 무너질 채비를 한다는 느낌이 들었지만, 그는 이미 허공 위에 있었다.

물론 소년은 총잡이보다 40킬로그램은 덜 나갔기 때문에 끄떡없었다. 가는 길이 점점 더 험해지지만 않으면.

그들 뒤편의 핸드카는 희끄무레한 어둠 속으로 녹아들었다. 선로 왼쪽의 플랫폼은 약 20미터 정도 더 뻗어 있었다. 오른쪽보다 더 튀어나오기는 했지만 이 역시 뒤편에서 끊어졌고, 이제 심연 위에는 그들뿐이었다.

바늘구멍처럼 조그만 햇빛은 처음에는 두 사람을 조롱하듯이 조금도 커지지 않았다(어쩌면 정확히 그들이 다가가는 속도에 맞춰 멀어지는 중인지도 몰랐다. 그 또한 사소한 마법일 터였다.). 그러나 총잡이는 차츰 깨달았다. 그 빛은 더 커지고 더 또렷해지는 중이었다. 그들은 아직 빛의 아래쪽에 있었지만, 선로는 그 빛에 닿기 위해 계속 위쪽으로 이어졌다.

소년은 놀란 목소리로 소리를 지르고는 느닷없이 옆으로 휘청하더니, 양팔을 바람개비처럼 천천히, 빙빙 돌렸다. 다시 앞으로 걸어가기까지 한참 동안 그렇게 선로 가장자리에서 휘청거린 듯했다.

"하마터면 빠질 뻔했네요." 소년은 무덤덤한 목소리로 조그맣게 말했다. "거기 구멍이 있어요. 저 아래까지 순식간에 도착하기 싫으면 조심해서 건너세요. 사이먼 가라사대, 크게 한 걸음 내디딜지어다."

총잡이가 알기로 그 게임의 이름은 '어머니 가라사대'였다. 어릴 적에 커스버트와 제이미, 알레인과 하던 놀이였기에 또렷이 기억했지만, 그는 말을 보태지 않고 조용히 구멍을 건넜다.

"다시 돌아가세요." 제이크의 표정은 진지했다. "깜빡했잖아요, '그래도 될까요?'라고 물어봐야 하는데."

"미안하다만 지금은 그럴 때가 아닌 것 같다."

소년이 밟았던 침목은 거의 다 부서져서 아래쪽으로 축 처져 있었고, 부식된 리벳에 매달려 대롱거렸다.

위쪽으로, 더욱 위쪽으로. 악몽 속에서 행군하는 느낌이었고, 그래서 실제보다 더 오래 걸은 것처럼 피곤했다. 공기 자체가 진해져서 엿처럼 변한 느낌이, 걷는 것이 아니라 수영을 하는 느낌이 들었다. 총잡이는 이 철교와 저 아래의 강 사이에 펼쳐진 끔찍한 공간을 거듭 또 거듭 상상하며 망상에 빠져들었다. 두뇌는 그 공간을 구석구석 선명하게 조망했고, 무슨 일이 벌어질지도 훤히 내다보았다. 금속제 침목은 비명 같은 소리와 함께 구부러져서 끊어지고, 그의 몸은 휘청거리다 선로를 벗어나고, 손은 존재할 리 없는 손잡이를 찾아 허우적대고, 장화 뒷굽은 위태롭게 부식된 레일을 스치며 달그락거리고…… 그다음은 추락, 공중에서 빙글빙글 돌면서, 방광에 힘이 빠져 가랑이가 뜨뜻하게 젖은 채로, 거센 바람이 얼굴을 때리는 통에 머리카락은 겁먹은 사람의 캐리커처인 양 나풀거리고, 눈꺼풀은 위로 뒤집히고, 시커먼 강물은 그를 반기며 더욱 빠르게, 그의 비명 소리마저 삼켜 버릴 기세로 거세게……

발밑의 쇠가 끼익 소리를 냈다. 총잡이는 서두르지 않고 차분하게 체중을 이동시켜 부식된 침목을 건너갔다. 그 절체절명의 순간에 그는 추락하는 상상을 하지 않았고, 이때껏 얼마나 왔고 앞으로 얼마나 가야 하는지도 생각하지 않았다. 소년은 쓰고 버릴 장기짝이라는 것도, 이제 그의 명예를 팔아치울 흥정이 마침내 성사되기 직전이라는 것도 생각하지 않았다. 그 거래가 다 끝나면 속이 얼마나 후련할까!

"여긴 침목이 세 개나 비어 있어요." 소년의 목소리는 냉랭했다. "뛰어서 건너야겠네요. 자! 준비! *이야호오!*"

한순간 햇빛을 가린 소년의 뒷모습이 총잡이의 눈에 들어왔다. 엉거주춤 몸을 숙이고 팔을 활짝 편 모습이 마치 다른 길이 아무것도 없다면 날아가는 것도 방법이라고 말하는 듯했다. 소년이 건너편에 착지하자 그 반동으로 교각 전체가 술 취한 사람처럼 휘청거렸다. 발밑의 금속제 침목은 항의하듯 삐걱거렸고, 저 아래에서는 무언가 떨어져서 먼저 쿵 소리가, 뒤이어 첨벙 소리가 들려왔다.

"건너갔느냐?" 총잡이가 물었다.

"옙. 근데 여긴 엄청 심하게 썩었어요. 꼭 어떤 사람들의 머릿속처럼 말이죠. 아저씨가 지금 서 있는 곳보다 더 위태로운 것 같아요.

전 괜찮지만, 아저씬 힘들어요. 그러니까 돌아가세요. 전 신경 쓰지 말고 돌아가란 말이에요."

소년의 목소리는 냉랭했지만 한 꺼풀 아래에는 겁에 질려 어쩔 줄 모르는 기색이 숨어 있었다. 소년의 심장은 핸드카로 뛰어내려서 자신을 잡아 준 총잡이에게 매달렸을 때처럼 정신없이 뛰고 있었다.

총잡이는 선로에 나 있는 구멍을 건너갔다. 한 번 성큼 걷는 것으로 충분했다. 크게 한 걸음 내디딘 것으로. *그래도 될까요, 어머니? 어머니 가라사대, 그럼, 당연하지.* 소년은 무력하게 떨고 있었다.

"돌아가세요. 아저씨한테 죽고 싶지 않아요."

"*가란 말이다, 제발.*" 총잡이의 목소리는 거칠었다. "우리가 여기서 주절거리고 있으면 꼼짝없이 무너질 거다."

소년은 비틀거리며 앞을 향해 걸어갔다. 떨리는 두 손을 앞으로 뻗은 채로, 손가락을 활짝 펴고서.

그들은 계속 올라갔다.

사실이었다, 선로는 아까보다 훨씬 심하게 부식되어 있었다. 침목이 한 개, 두 개, 심지어 세 개씩 빠진 곳이 번번이 눈에 띄었고, 총잡이의 머릿속에는 레일 사이의 기다란 빈칸이 자꾸만 떠올랐다. 하는 수 없이 돌아서든가, 아니면 레일 위로 올라서서 아찔하게 균형을 잡으며 심연 위를 지나가야 할 만큼 기다란 빈칸이.

총잡이는 햇빛에 시선을 고정시켰다.

그 빛은 이미 색깔을, 파란색을 띠고 있었고, 거리가 가까워질수록 엷어져서 화석의 빛을 감쌌다. 남은 거리는 50미터, 100미터일까? 총잡이는 가늠할 수 없었다.

두 사람은 걸었다. 이제 총잡이는 발을 내려다보며 침목에서 침목으로 걸음을 옮겼다. 다시 고개를 들었을 때 앞쪽의 빛은 더 커져서 구멍이 되어 있었고, 단순한 빛이 아니라 출구이기도 했다. 출구가 지척에 있었다.

이제 30미터. 그 이상은 아니었다. 잰걸음으로 아흔 걸음. 어렵지 않았다. 어쩌면 검은 옷의 남자를 아직 잡을 수 있을지도 몰랐다. 어쩌면, 환한 햇살 속으로 나서면, 머릿속에 핀 악한 꽃들은 시들어 버리고 뭐든 다 할 수 있을지도 몰랐다.

무언가 햇빛을 가로막았다.

총잡이는 고개를 들었고, 흠칫 놀랐고, 구멍에서 나온 두더지처럼 가만히 올려다보았다. 시커먼 형상이 햇빛을 막고 있었다. 먹어치우고 있었다. 어깨와 가랑이의 윤곽을 따라 하늘의 파란 빛을 가느다랗게, 조롱하듯이 들여보내면서.

"안녕하신가, 친구들!"

검은 옷의 남자의 목소리는 자연이 만든 이 거대한 목구멍을 통해 증폭되어 두 사람에게 메아리쳤다. 비꼬는 느낌이 가득한 목소리가 우렁차게 진동했다. 총잡이는 턱뼈를 찾아 무턱대고 뒷주머니를 더듬거렸지만, 없었다. 어디선가 쓰고 잃어버렸으므로.

검은 옷의 남자가 그들 머리 위에서 웃었다. 웃음소리는 밀물 때 동굴을 채우는 파도처럼 두 사람을 덮치고 사방으로 울려 퍼졌다. 소년은 비명을 지르고 비틀거리며 또다시 바람개비처럼 허우적거렸다. 희박한 공기 속에서 소년의 두 팔이 빙빙 돌아갔다.

발밑의 교각이 끊어져 아래로 꺼졌다. 레일 두 줄이 꿈속의 광경처럼 천천히 휘어져 비스듬히 기울었다. 소년은 펄쩍 뛰면서 밤하늘의 갈매기처럼 한 손을 높이, 더 높이 쳐들어 구멍 건너편 가장자리를 붙들고 매달렸다. 그곳에 매달린 채 무서운 비밀을 마침내 깨달은 새까만 눈으로 총잡이를 올려다보았다.

"도와주세요."

우렁찬, 쩌렁쩌렁한 목소리.

"게임은 이걸로 끝이야. 어서 오게, 총잡이여. 안 그러면 영영 나를 못 잡을 거야."

모든 칩이 테이블 위에 쏟아져 있었다. 모든 카드가 뒤집히고 남은 것은 단 한 장이었다. 대롱거리는 소년은 살아 있는 타로 카드, '매달린 남자'였다. 또한 페니키아인 뱃사람이기도 했다. 죄도 없이 조난당해서 파도치는 칠흑 같은 바다에 간신히 떠 있는.

기다려라, 잠깐만 기다리면 된다.

"나 그냥 갈까?"

목소리가 너무 크다, 내가 생각을 못하게 방해하는 거다.

"도와주세요. 도와주세요, 롤랜드 아저씨."

교각은 점점 더 휘어졌다. 비명 같은 소리를 내면서, 저절로 허물어져 내리면서, 금방이라도……

"그럼 그냥 가야겠군."

"안 된다! 거기 서라!"

총잡이의 두 다리는 주인을 싣고 느닷없이 펄쩍 뛰었다. 주인이 갇혀 있던 마비 상태를 다리가 깨뜨렸다. 그는 선로에 매달려 대롱거리는 소년을 넘어 진정으로 '커다란 한 걸음'을 내디뎠고, 주춤거리며 착지하자마자 냅다 질주했다. 빛을 향하여, 머릿속의 눈에 검은 정물화처럼 새겨진 암흑의 탑을 그에게 안겨 줄……

느닷없이 내려앉은 정적 속으로.

시커먼 형상으로 보이던 검은 옷의 남자는 사라지고 없었다. 교각이 더욱 내려앉으면서 총잡이의 심장 박동마저 사라져 들리지 않았다. 교각이 느린 작별의 춤을 시작하며 심연으로 허물어져 내리는 사이에 총잡이는 손을 뻗어 환한 저주의 입술 같은 바위 모서리를 붙들었다. 그리고 그의 등 뒤에서, 소름 끼치는 정적 속에서, 아득히 먼 저 아래에서 소년의 목소리가 들려왔다.
"가세요, 그럼. 여기 말고 다른 세계도 있으니까요."
그 순간 철교가 끊어지면서 교각 전체가 무너져 내렸다. 한편 총잡이는 바위 위로 몸을 끌어올려 환한 빛과 잔잔한 바람과 새로운 카의 현실 속으로 들어서면서, 자신이 뒤통수에도 얼굴이 달린 신 야누스가 아닌 것을 통탄하며 뒤를 돌아보았으나…… 그곳에는 깊고 깊은 침묵뿐, 아무것도 없었다. 소년이 추락하면서 비명 한 번 지르지 않았으므로.
이윽고 롤랜드는 일어서서, 가파른 돌투성이 비탈면으로 무거운 걸음을 내디뎠다. 비탈면은 푸른 초원으로, 검은 옷의 남자가 다리를 벌리고 팔짱을 낀 채 서 있는 곳으로 이어졌다.
술 취한 듯이 비틀거리는 총잡이의 얼굴은 유령처럼 창백했고, 이마 아래의 부릅뜬 두 눈은 초점을 잃고 이리저리 흔들렸다. 셔츠는 마지막으로 정신없이 바위를 기어오를 때 묻은 하얀 흙먼지로 얼룩덜룩했다. 정신을 타락시킬 일이 앞으로 더 많이 있을 테니 시간이 흐르면 이번 일은 사소해 보이리라는 생각이 떠올랐지만, 그렇다고 해도 그는 여전히 제이크의 기억으로부터 달아날 신세였다. 여러 회랑과 여러 도시를 지나, 이 여관에서 저 여관으로. 제이크의 얼굴을 피해 달아나면서 그 얼굴을 잊으려고 여자도 안고 살인도 저

지르겠지만, 그래 봤자 결국에는 어느 여관방에 켜진 촛불에서 자신을 바라보는 소년의 얼굴을 발견할 신세였다. 그는 이미 그 소년이었고, 그 소년은 이미 그였다. 그는 스스로 창조한 늑대 인간이 되고 말았다. 깊은 꿈속에서 그는 소년이 되어 소년처럼 낯선 도시의 언어로 이야기할 터였다.

이게 바로 죽음이구나. 안 그런가? 그렇지 않은가?

총잡이는 느릿느릿 걸음을 옮겼다. 돌투성이 비탈을 휘청휘청 내려가 검은 옷의 남자가 기다리는 곳으로 향했다. 그곳의 선로는 자연의 섭리를 따르는 태양 아래 심하게 마멸된 상태였다. 마치 처음부터 없었던 것처럼.

검은 옷의 남자는 양손의 손등으로 머리에 덮인 후드를 젖히며 껄껄 웃었다.

"자!" 남자가 외쳤다. "여기는 끝이 아니야, 시작의 끝일 뿐이지. 안 그런가? 자네 성장했군, 총잡이! 몰라보게 성장했어! 이야, 정말 대단해!"

총잡이는 보이지도 않을 만큼 빠르게 총을 뽑아 열두 발을 쏘았다. 총구의 화염은 햇빛마저 무색케 했고, 우레 같은 총성은 그들 뒤편의 바위 비탈에 부딪혀 커다랗게 울려 퍼졌다.

"이런, 이런." 검은 옷의 남자는 껄껄 웃으며 말했다. "어휴, 이런, 이런, 이런. 우리가 함께 있으면 굉장한 마법이 펼쳐진다고, 자네랑 나, 우리 둘이 함께 있으면. 자넨 스스로를 못 죽이는 거랑 마찬가지로 나 역시 죽이지 못해."

검은 옷의 남자는 뒷걸음으로 물러섰다. 몸을 총잡이 쪽으로 향한 채, 히죽히죽 웃는 얼굴로 어서 오라고 손짓하면서.

"이리 오게. 이리 와. 어서. 그래도 될까요, 어머니? 어머니 가라사대, 그럼, 당연하지."

총잡이는 닳아빠진 장화를 신은 발로 그를 따라 걸으며 대화를 나눌 곳으로 향했다.

총잡이와
검은 옷의 남자

제5장
총잡이와 검은 옷의 남자

1

 검은 옷의 남자가 대화를 나누자며 총잡이를 인도한 곳은 고대의 살육장이었다. 총잡이는 그곳이 어딘지 대번에 알아보았다. '골고다.' 해골이 쌓인 곳이라는 뜻이었다. 하얗게 바랜 해골들이 두 사람을 무덤덤하게 올려다보고 있었다. 소, 코요테, 사슴, 토끼, 너구리. 이쪽에는 먹이를 먹는 도중에 죽임을 당한 까투리의 해골이 석고 실로폰처럼 널려 있었고, 저쪽에는 들개가 재미 삼아 죽인 것으로 보이는 조그맣고 가느다란 두더지의 뼈가 보였다.
 골고다는 완만한 비탈에 움푹 팬 땅이었다. 그 아래쪽의 더 완만한 기슭에는 유카 나무와 난쟁이 전나무가 보였다. 머리 위의 하늘은 총잡이가 지난 1년간 보았던 것보다 더 연한 푸른빛이었다. 그리고 형용할 수 없는 어떤 기운이 여기서 너무 멀지 않은 곳에 바다가 있다고 말하고 있었다.

나는 지금 서쪽에 있다, 커스버트. 총잡이는 감탄하며 생각했다. 아직은 중간 세계가 아니라고 해도 거기서 그리 멀지 않은 곳이다.

검은 옷의 남자는 오래된 아이언우드 통나무에 걸터앉았다. 남자의 장화는 흙먼지와 땅바닥에 어수선하게 널린 뼛가루로 하얗게 덮여 있었다. 남자는 다시 후드를 쓰고 있었지만 총잡이의 눈에는 네모난 턱과 턱 아래의 그늘이 또렷이 보였다.

그늘진 입술이 씰룩거리다가 웃는 표정으로 바뀌었다.

"땔감을 좀 모아오게, 총잡이. 산 이쪽은 기후가 온화하지만, 그래도 이 정도 고도에서는 냉기가 칼처럼 배를 쑤시게 마련이니까. 게다가 이곳은 죽음의 전당이고 말이지, 응?"

"네놈을 죽여 버릴 것이다."

"아니, 안 그럴걸. 자넨 날 못 죽여. 그래도 자네가 희생으로 바친 이삭을 위해 땔감을 모으는 것 정도는 할 수 있을 거야."

총잡이는 검은 옷의 남자가 무슨 말을 하는지 알아듣지 못했다. 그는 묵묵히 그 자리를 떠나 여느 주방의 심부름꾼 아이처럼 땔감을 모았다. 수확은 얼마 되지 않았다. 산 이쪽에는 마귀풀이 자라지 않았고 아이언우드는 불이 붙을 성싶지 않았다. 이미 돌처럼 단단하게 굳었기 때문이었다. 그는 결국 불이 붙을 만한 잔가지를 한 아름 모아서 돌아왔다. 잔가지는 여기저기 흩어진 뼛가루 때문에 밀가루를 뿌린 것처럼 허옜다. 태양은 키가 제일 큰 유카 나무 너머로 기울어 붉은빛을 띠고 있었다. 그 석양이 악의가 깃든 무정한 눈으로 이쪽을 바라보고 있었다.

"훌륭해." 검은 옷의 남자가 말했다. "정말 대단해! 이렇게 꼼꼼할 수가! 참으로 유능하군! 자네에게 경의를 표하는 바이네!"

남자는 그렇게 말하고는 킬킬 웃었다. 총잡이가 땔감을 남자의 발치에 와르르 쏟자 뼛가루가 풍선처럼 뭉실뭉실 피어올랐다.

검은 옷의 남자는 움찔하지도, 펄쩍 뛰지도 않았다. 그저 불 피울 준비를 시작할 뿐이었다. 땔나무 더미가 표의 문자의 형태를(이번에는 재가 아니라 생생한 형태를) 갖추는 동안, 총잡이는 홀린 듯이 가만히 지켜보았다. 다 끝나고 보니 그곳에는 높이가 50센티미터를 살짝 넘는 조그맣고 복잡한 쌍둥이 굴뚝과 비슷한 더미가 서 있었다. 검은 옷의 남자는 손을 하늘 높이 쳐들었다. 끝이 가늘고 잘생긴 손 아래로 펑퍼짐한 소매가 나부끼는가 싶더니, 남자가 재빨리 손을 아래로 내렸다. 집게손가락과 새끼손가락을 쭉 펴고 나머지 손가락을 모은 그 손 모양은 사악을 쫓는 유서 깊은 수인이었다. 땔나무 더미에 파란 불길이 일어나 불이 붙었다.

"성냥도 있기는 해." 남자의 목소리는 유쾌했다. "하지만 자네가 마법을 좋아할 것 같아서. 여흥 삼아 해 본 거야, 총잡이. 자, 이제 저녁을 준비해."

남자의 치렁치렁한 로브가 사락거리더니, 가죽을 벗기고 내장도 발라낸 통통한 토끼의 주검이 땅으로 툭 떨어졌다.

총잡이는 묵묵히 토끼를 꼬치에 꿰어서 모닥불에 구웠다. 해가 지평선 아래로 모습을 감추는 사이에 군침 도는 냄새가 흘러 퍼졌다. 검은 옷의 남자가 마지막 대결의 장소로 택한 이 우묵한 땅에 자줏빛 그림자들이 굶주린 듯이 떠다녔다. 토끼가 노릇하게 구워지는 동안 총잡이는 뱃속에서 쉬지 않고 들려오는 꼬르륵 소리에 시달렸다. 그러나 육즙이 아래로 떨어지지 않을 만큼 고기가 다 익었을 때, 총잡이는 말없이 검은 옷의 남자에게 꼬치를 통째로 건넸다.

그러고는 이제 거의 홀쭉해진 자신의 걸낭을 뒤져 마지막 남은 육포를 꺼냈다. 짜디짠 육포를 입에 넣자 헤진 입속이 아릿했고, 눈물 같은 맛이 났다.

"별 쓸데없는 짓을 다 하는군." 검은 옷의 남자가 말했다. 분노와 즐거움을 용케도 함께 담은 목소리였다.

"신경 쓰지 마라." 총잡이는 비타민을 제대로 섭취하지 못한 탓에 입속 곳곳이 조그맣게 헐어 있었다. 그런 입속에 짜디짠 육포가 들어가자 섬뜩한 웃음이 저절로 지어졌다.

"마법에 걸린 고기는 영 께름칙한가?"

"물론."

검은 옷의 남자가 후드를 뒤로 젖혔다.

총잡이는 남자의 얼굴을 물끄러미 바라보았다. 어찌 보면 후드가 가리고 있던 얼굴은 마음이 언짢아질 정도로 실망스러웠다. 준수하게 균형 잡힌 그 얼굴에는 난세를 헤쳐 오며 엄청난 비밀들에 관여한 남자라면 지닐 법한 흉터나 곡절이 전혀 보이지 않았다. 길고 검은 머리카락은 부스스했고, 지저분하게 엉겨 있었다. 이마는 넓었고 까만 두 눈은 반짝거렸다. 코는 별 특징이 없었다. 입술은 두툼하고 육감적이었다. 피부색은 총잡이와 마찬가지로 창백했다.

총잡이가 마침내 입을 열었다.

"더 연배가 있을 줄 알았는데."

"어째서? 나는 불사신이나 다름없어, 롤랜드 자네처럼 말이야. 적어도 지금은 그래. 자네한테 더 익숙한 얼굴을 하고 나타날 수도 있었지만 그래도, 음, 내 타고난 얼굴을 보여 주기로 마음먹었지. 저길 봐, 총잡이. 해가 지고 있어."

해는 이미 지평선 아래로 가라앉은 후였고, 서쪽 하늘에는 음산한 노을이 용광로처럼 이글거렸다.
"자넨 앞으로 영겁처럼 느껴질 만큼 오랜 시간 동안 해가 뜨는 걸 못 볼 거야." 검은 옷의 남자가 말했다.
총잡이는 산맥 지하의 동굴을 떠올리고 하늘을 올려다보았다. 별자리들이 동심원을 그리며 하늘 가득 퍼져 있었다.
"상관없다." 총잡이의 목소리는 나지막했다. "이제는."

2

검은 옷의 남자는 날렵한 손동작으로 카드를 섞었다. 카드는 크기가 커다랬고 뒷면에 복잡한 문양이 그려져 있었다.
"이건 타로 카드야, 총잡이. 뭐, 그 비슷한 거지. 널리 쓰이는 카드에다 내가 개발한 카드 몇 장을 골라서 섞었으니까. 자, 이제 눈을 크게 뜨고 보도록 해."
"뭘 보라는 거냐?"
"내가 자네의 미래를 점쳐 줄 거거든. 카드를 일곱 장 뒤집을 거야, 한 번에 한 장씩. 그리고 다른 카드랑 같이 묶어서 의미를 파악할 거야. 내가 카드 점을 치는 건 길르앗이 아직 건재하고 귀부인들이 궁전 서쪽 잔디밭에서 포인츠 게임을 하던 시절 이후로 처음이라네. 그리고 자네 같은 남자한테 점을 쳐 주는 건 이번이 *아예* 처음일 것 같군." 남자의 목소리에 또다시 조롱하는 기색이 묻어났다. "자네는 이 세계의 마지막 모험가야. 마지막 남은 정의의 수호자인 거지. 얼마나 뿌듯한가, 롤랜드! 그런데 자네는 스스로가 암흑의 탑에 얼마만큼 가까이 있는지를 까맣게 몰라, 이제 탐색을 재개할 때가 됐는데도. 여러 세계가 자네의 머리를 둘러싸고 돌고 있어."

"그게 무슨 소리냐, 재개라니? 나는 탐색을 그만둔 적이 없다."

그 말에 검은 옷의 남자는 진심으로 폭소를 터뜨렸지만, 뭐가 그리 우스운지는 말하지 않았다.

"좋다, 어디 내 운명을 점쳐 봐라." 총잡이의 목소리는 냉랭했다.

첫 번째 카드가 뒤집혔다.

"'매달린 남자'가 나왔군." 검은 옷의 남자가 말했다. 캄캄해진 이후로 그는 다시 후드를 쓰고 있었다. "지금처럼 같이 묶을 카드가 없는 경우에는, 매달린 남자는 죽음이 아니라 힘을 의미해. 자네는 매달린 남자야, 총잡이. 지옥의 구덩이를 넘어 목표를 향해 쉬지 않고 터벅터벅 걸어가는 사나이. 동행 한 명은 벌써 그 구덩이에 처넣었지, 안 그래?"

총잡이는 말이 없었다. 뒤이어 두 번째 카드가 뒤집혔다.

"'뱃사람'이야! 봐, 눈썹은 또렷하고, 뺨에는 수염도 안 났고, 눈은 다쳤어. 이 사람은 빠져죽을 거야, 총잡이. 아무도 구명줄을 던져 주지 않아. 그 아이, 제이크 말이야."

총잡이는 움찔할 뿐, 말이 없었다.

세 번째 카드가 뒤집혔다. 웬 젊은 남자의 어깨 위에 개코원숭이가 활짝 웃는 표정으로 다리를 벌리고 서 있었다. 남자의 얼굴은 위쪽을 향하고 있었고, 공포에 물든 표정이 전형적으로 묘사되어 있었다.

"'사로잡힌 남자'야." 검은 옷의 남자가 말했다. 모닥불의 불빛이 드리운 그림자가 카드 위에서 불안하게 흔들렸고, 이 때문에 개코원

숭이 밑에 있는 남자의 얼굴은 말 못할 두려움에 질려 꿈틀대는 것처럼 보였다. 총잡이는 카드에서 시선을 돌렸다.

"살짝 당황한 것 같지, 안 그런가?"

검은 옷의 남자는 금방이라도 킬킬 웃을 것 같았다.

남자가 네 번째 카드를 뒤집었다. 머리에 숄을 쓴 여성이 앉아서 물레를 돌리고 있었다. 총잡이의 멍한 눈에 그 여성은 교활하게 웃는 동시에 흐느끼는 것처럼 보였다.

"이번엔 '그늘 속의 여인'이군. 이 여자 얼굴이 두 개로 보이나, 총잡이? 맞았어. 적어도 두 개야. 파란 접시를 깨 버린 거지!"

"그게 무슨 소리냐?"

"나도 몰라."

총잡이는 자신의 적이 진실을 얘기한다는 생각이 들었다. 적어도 이번만큼은.

"왜 나한테 이런 걸 보여 주는 거냐?"

"묻지 마!" 검은 옷의 남자가 날카롭게 쏘아붙였다. 그러면서도 그는 웃고 있었다. "따지지 마, 그냥 보기만 해. 무의미한 의식이라고 생각해도 좋아. 그렇게 해서 마음이 편해진다면. 교회에 가는 것처럼 말이지."

남자는 킥킥대며 다섯 번째 카드를 뒤집었다.

활짝 웃는 사신이 뼈만 남은 손으로 거대한 낫을 쥐고 있었다.

"'죽음'이군." 태연한 목소리. "허나 자네 몫은 아니야."

여섯 번째 카드가 뒤집혔다.

총잡이는 그 카드를 보고 뱃속에서 뭔가 꿈틀거리는 듯한 기묘한 기대감을 느꼈다. 거기에는 두려움과 기쁨도 섞여 있었다. 그 감정을 통틀어 뭐라고 불러야 할지 알 수가 없었다. 토하고 싶은 마음과 춤추고 싶은 마음이 동시에 드는 느낌이었다.

"'탑'이야." 검은 옷의 남자가 나직이 말했다. "탑이 나왔어."

총잡이의 운명을 의미하는 매달린 남자 카드는 한가운데에 놓였다. 뒤이어 나온 카드 네 장은 별의 주위를 도는 위성처럼 네 귀퉁이에 한 장씩 놓였다.

"그 카드는 어디다 놓을 거냐?" 총잡이가 물었다.

검은 옷의 남자는 탑 카드를 매달린 남자 카드 위에 놓았다. 매달린 남자가 완전히 가려지도록.

"그게 무슨 의미냐?" 총잡이가 물었다.

검은 옷의 남자는 대답하지 않았다.

"말해라, 빌어먹을 놈아!"

대답은 없었다.

"마음대로 해라. 일곱 번째 카드는 뭐냐?"

검은 옷의 남자는 일곱 번째 카드를 뒤집었다. 환한 창공에 해가 떠오르는 그림이었다. 큐피드와 요정들이 해를 둘러싸고 놀고 있었다. 그 아래에는 널따란 들판이 붉은색으로 물들어 있었다. 장미일까, 아니면 피? 총잡이는 알 수가 없었다. *어쩌면.* 그는 속으로 생각했다. *둘 다일지도.*

"일곱 번째 카드는 '생명'이로군." 검은 옷의 남자가 나직이 말했다. "허나 자네 몫은 아니야."

"이 카드는 어디다 놓을 거냐?"

"지금은 자네가 알 바 아니야. 또는 내 알 바가 아니거나. 난 자네가 찾는 그 위대한 분이 아니야, 롤랜드. 그분의 사자일 뿐이지."

검은 옷의 남자는 그 카드를 꺼져 가는 모닥불에 아무렇게나 던져 버렸다. 카드는 불에 타면서 오그라들다가 불길로 변했다. 총잡이는 심장이 겁을 먹고 얼음장처럼 변하는 느낌이 들었다.
"이제 자도록 해." 검은 옷의 남자가 태평한 목소리로 말했다.
"어쩌면 꿈이나 뭐 그 비슷한 걸 꿀지도 모르니까."
"총알이 안 통한다면 내 손으로 해치워 주마."
총잡이는 발을 힘껏 굴러 느닷없이 몸을 날렸고, 두 팔을 앞으로 쭉 편 채 모닥불을 뛰어넘어 달려들었다. 검은 옷의 남자는 히죽 웃으며 총잡이의 시야를 가득 채울 만큼 커지더니, 메아리가 울리는 기다란 복도 저편으로 물러났다. 조롱하는 웃음소리가 온 세상을 가득 메웠고, 총잡이는 추락하며, 죽어가며, 잠들었다.
그리고 꿈을 꾸었다.

3

우주는 공허했다. 아무것도 움직이지 않았다. 아무것도 없었다.
총잡이는 어안이 벙벙한 상태로 둥둥 떠다녔다.
"빛을 좀 비춰 볼까."
검은 옷의 남자의 무심한 목소리가 들렸고, 뒤이어 빛이 비쳤다. 총잡이는 무심결에 그 빛이 꽤 멋지다고 생각했다.
"이제 위쪽에는 별이 반짝이는 어둠을. 아래쪽에는 물을."
그 말대로 이루어졌다. 총잡이는 끝없이 펼쳐진 바다 위로 둥둥 떠다녔다. 위쪽에는 끝없이 펼쳐진 별들이 반짝였지만, 그가 오랜 세월 길잡이로 삼아 온 별자리들은 하나도 보이지 않았다.

"육지." 검은 옷의 남자가 불러내자 육지가 나타났다. 육지는 감전된 것처럼 쉬지 않고 부르르 떨면서 물속으로부터 저절로 솟아올랐다. 붉고 메마른, 갈라진 땅거죽에 아무것도 자라지 않는 황량한 땅이었다. 마그마가 끊임없이 솟구치는 화산들은 못 생긴 사춘기 소년의 얼굴에 난 거대한 여드름 같았다.

"좋아. 이제 준비가 됐군. 식물을 좀 심어 볼까. 나무, 풀과 초원."

그 말대로 이루어졌다. 공룡들이 여기저기서 뒤엉켜 으르렁대고 포효하며 서로를 잡아먹었고, 역한 냄새를 뿜으며 부글거리는 타르 구덩이에 빠지기도 했다. 드넓은 열대 우림이 곳곳으로 뻗어 나갔다. 거대한 양치식물의 톱니 같은 잎이 하늘에 살랑거렸다. 그중 몇 그루에는 대가리가 두 개 달린 딱정벌레가 기어 다녔다. 총잡이는 그 모든 것을 보았다. 그러면서도 자신이 거인이 된 듯한 느낌이 들었다.

"이제 인간을 창조해 볼까." 검은 옷의 남자가 나직이 말했다. 그러나 총잡이는 추락하고 있었다, 끝도 없이…… 위쪽으로. 드넓고 기름진 대지의 지평선이 둥그렇게 휘어지기 시작했다. 그랬다, 지구는 둥글다고 했다. 그의 스승 바네이에 따르면 세상이 변질하기 한참 전에 이미 입증된 사실이었다. 하지만 이건……

멀리 더 멀리, 높이 더 높이. 총잡이가 경악한 눈으로 바라보는 사이에 대륙은 모습을 갖추었고, 그 위로 동심원 모양의 구름들이 뒤덮여 있었다. 지구의 대기가 구름을 태반처럼 붙들고 있었다. 그리고 태양은 지구의 어깨 너머로 떠오르며……

총잡이는 비명과 함께 팔을 들어 눈앞을 가렸다.

"빛이 있으라!"

그 목소리는 이제 검은 옷의 남자의 것이 아니었다. 목소리는 굉음이 되어 메아리쳤다. 그 소리는 광활한 공간을 가득 채우고 공간 사이의 공간마저 빠짐없이 채웠다.

"빛이여!"

총잡이는 추락하고, 또 추락했다.

태양이 쪼그라들었다. 운하가 파인 붉은 행성이 총잡이 곁으로 빙그르르 회전하며 지나갔다. 위성 두 개가 그 행성 주위로 맹렬하게 돌고 있었다. 그 너머에 회전하는 돌멩이들로 이루어진 띠와 어마어마하게 커다란 행성 한 개가 있었다. 가스가 부글거리는 그 행성은 스스로를 지탱할 수 없을 만큼 거대해서 타원형을 띠고 있었다. 그 너머에서는 얼음 결정으로 이루어진 띠를 고리처럼 두른 행성이 보석 같이 반짝였다.

"빛이여! 빛이 있으라······!"

다른 행성이 하나, 둘, 셋 더 나타났다. 마지막 행성 너머 저 멀리, 얼음과 돌로 이루어진 외로운 행성 하나가 지저분한 동전만큼이나 어두운 태양을 둘러싸고 생기 없는 암흑 속에서 공전하고 있었다.

그 너머는 암흑이었다.

"그만."

총잡이의 말은 어둠 속에서 맥 빠진 소리가 되어 메아리도 남기지 못했다. 그 어둠은 암흑보다도 캄캄했고 칠흑보다도 새까맸다. 거기에 견주면 인간 영혼의 어두운 밤은 대낮이었고, 산 지하의 어둠은 빛의 얼굴에 묻은 얼룩일 뿐이었다.

"빛이여!"

"그만해라. 그만, 제발……"

별들이 쪼그라들기 시작했다. 성운 전체가 하나로 모여 빛나는 얼룩으로 변했다. 온 우주가 총잡이를 둘러싸고 쪼그라드는 느낌이었다.

"그만해라 제발 그만 그만 그만……"

검은 옷의 남자의 목소리가 총잡이의 귓가에서 비단결처럼 부드럽게 속삭였다.

"그럼 생각을 바꿔. 탑 생각은 다 떨쳐 버리는 거야. 자신의 길을 걸어, 총잡이, 스스로의 영혼을 구하는 평생의 임무를 시작하란 말이야."

총잡이는 정신을 바짝 차렸다. 충격 속에서 외로이, 암흑에 휩싸인 채로, 자신에게 닥친 궁극의 의미 앞에 전율하며, 그는 정신을 바짝 차리고 최후의 대답을 외쳤다.

"거절한다!"

"그럼 빛이 있으라!"

그러자 빛이 비쳤다. 막막한 태초의 빛이 그를 망치처럼 두들겼다. 그 거대한 광채 앞에서 의식은 살아남을 길이 없었지만, 의식이 사라지기 전, 총잡이는 무언가를 뚜렷이 보았고, 그것이 우주만큼이나 중요하다고 믿었다. 그는 괴로움에 몸부림치며 그것을 붙들었고, 빛에 눈이 멀고 정신이 파괴되기 전에 자기 안으로 깊숙이 도피했다.

총잡이는 빛과 그 빛 속에 함축된 지식으로부터 달아났고, 그리하여 자신을 되찾았다. 나머지 평범한 인간들이 그러는 것처럼. 가장 위대한 인간들도 그러는 것처럼.

4

아직 밤이었다. 그날 밤인지 아니면 그다음 날 밤인지 대번에 알 수는 없었다. 총잡이는 자기 안의 악마를 못 이기고 검은 옷의 남자에게 달려들었던 자리에서 힘겹게 몸을 일으킨 다음, 월터 오딤(롤랜드가 여행 중에 만났던 몇몇은 그 남자를 이렇게 불렀다.)이 앉아 있던 아이언우드 통나무를 바라보았다. 남자의 모습은 보이지 않았다.

어마어마한 절망감이 홍수처럼 밀려왔고(맙소사, 그 짓을 처음부터 다시 해야 하다니.), 뒤이어 등 뒤에서 검은 옷의 남자의 목소리가 들려왔다.

"나 여기 있어, 총잡이. 곁에 있는 건 좀 별로라서 말이지. 자네 잠꼬대를 하더라고."

총잡이는 기진맥진한 몸으로 무릎을 디디고 몸을 뒤로 돌렸다. 모닥불은 다 타서 붉은 숯과 회색 재로 변해 있었고, 이제는 익숙해진 타고 남은 나무의 흔적이 보였다. 검은 옷의 남자는 그 옆에 앉아 기름이 번들거리는 토끼 뼈를 들고 징그럽게 입을 쩝쩝거리고 있었다.

"자네 꽤 잘 버티던데." 검은 옷의 남자가 말했다. "자네 아버지한테는 그 환상을 도저히 보여 줄 수가 없었어. 침을 질질 흘리는 바보가 돼서 깨어났을 테니까."

"뭐였나, 그건?" 총잡이가 물었다. 목소리가 어눌하고 떨렸다. 일어서려고 버둥거렸다가는 다리가 꺾일 것만 같았다.

"우주야." 검은 옷의 남자는 태연하게 대답했다. 그가 트림을 하고 던져 버린 토끼 뼈는 불 속에 떨어져 번들리다가 까맣게 변했다.

컵처럼 우묵한 골고다 상공에서는 바람이 울부짖고 신음하는 소리를 냈다.

"우주라고?" 총잡이가 멍한 표정으로 물었다. 우주는 그의 귀에 익은 말이 아니었다. 맨 처음 떠오른 생각은 검은 옷의 남자가 시를 읊는구나 하는 것이었다.

"자네는 탑을 찾고 있지." 검은 옷의 남자가 말했다. 질문처럼 들리는 말이었다.

"그렇다."

"음, 그러면 안 돼." 검은 옷의 남자는 몹시도 비정하게 웃었다. "자네가 영혼을 어디다 저당 잡히든 아니면 그냥 팔아 치우든, 그런 건 아무도 신경 쓰지 않아, 롤랜드. 지난번에는 그 생각 때문에 정신을 놔 버리기 직전까지 간 것 같던데 말이지. 탑은 세상의 반대편에서도 자넬 죽일 수 있다고."

"넌 나에 대해 아무것도 몰라." 총잡이가 차분하게 말하자 상대의 입가에서 웃음이 사라졌다.

"난 자네 아버지를 위인으로 만들었다가 파멸시켰어." 험악한 목소리. "자네 어머니한테는 마튼이라는 이름으로 접근했고. 자네도 항상 그럴 거라고 의심했지, 안 그런가? 그러고 나서 나는 그녀를 취했어. 자네 어머니는 버드나무처럼 휘어서 나한테 굴복하더군…… 하지만(아마 자네한테는 위안이 될 텐데) 자네 어머니는 결코 완전히 꺾이지는 않았어. 어쨌거나 그건 다 이미 정해진 일이었고, 정해진 대로 이루어졌을 뿐이야. 나는 지금 암흑의 탑을 지배하시는 왕의 말단 부하에 지나지 않아. 그리고 지구는 이미 그 왕의 붉은 손 안에 있어."

"붉다고? 왜 붉은색인 거냐?"

"그건 알 것 없어. 지금은 그분 얘기를 할 때가 아니니까. 하지만 이대로 계속 나아간다면 자네는 원치 않아도 그분에 대해 더 알게 될 거야. 한 번 겪은 고통을 두 번 겪는 식으로 말이지. 이건 시작이 아니라 시작의 끝에 지나지 않아. 그걸 명심하는 게 좋을 거야…… 어차피 다 잊어버리겠지만."

"무슨 말인지 모르겠다."

"그래. 자넨 몰라. 과거에도 몰랐고. 앞으로도 모를 테고. 자네한 텐 상상력이란 게 없으니까. 그쪽으로는 아예 젬병이지."

"내가 봤던 게 뭐냐? 마지막에 본 것 말이다. 그게 뭐였느냐?"

"자네한테는 뭘로 보였는데?"

총잡이는 묵묵히 생각했다. 담배가 피우고 싶었지만 남은 것이 없었다. 검은 옷의 남자는 흑마법으로도 백마법으로도 그의 담배쌈지를 채워 주려 하지 않았다. 나중에 자신의 '저절로 불룩해지는 주머니'에서 담배를 찾을 터였지만, 당장은 그 나중이 까마득히 먼 훗날 같았다.

"빛이 있었다." 총잡이는 한참 만에 입을 열었다. "하얗고 거대한 빛이. 그다음엔……" 그는 말끝을 흐리고 검은 옷의 남자를 물끄러미 바라보았다. 남자는 몸을 앞으로 숙이고 있었고, 얼굴에 낯선 감정이 드러나 있었다. 기만이나 부정이라기에는 너무나 또렷한 감정이었다. 그것은 경외감, 아니면 경이감이었다. 어쩌면 그 둘은 같은 것인지도 몰랐다.

"너도 모르는구나." 총잡이의 입가에 웃음이 떠올랐다. "죽은 자를 되살리는 위대한 마법사께서. 모른단 말이지. 이 가짜 같으니!"

"내가 가짜란 건 나도 알아. 하지만 자네가 본 게 뭔지는…… 그건 나도 몰라."

"하얀 빛이 있었다." 총잡이는 다시 말했다. "그다음엔…… 풀잎이 한 장 있었다. 풀잎 한 장이 모든 것을 채웠다. 그리고 나는 조그마했다. 아주 미미했다."

"풀잎이라." 검은 옷의 남자가 눈을 감았다. 얼굴이 해쓱하고 초췌해 보였다. "풀잎 한 장. 확실해?"

"그렇다." 총잡이는 인상을 찌푸렸다. "허나 자줏빛이었다."

"할 얘기가 있어, 롤랜드, 스티븐의 아들이여. 내 얘기를 들어 볼 텐가?"

"좋다."

그렇게 검은 옷의 남자는 이야기를 시작했다.

5

우주는 (남자의 말에 따르면) '위대한 전체'로서, 유한한 정신이 파악하기에는 너무나 거대한 모순을 제기한다. 생명이 깃든 뇌가 생명이 없는 뇌를 상상하지 못하듯이(스스로는 할 수 있다고 생각할지도 모르지만), 유한한 정신은 무한을 파악하지 못하는 법이다.

우주가 존재한다는 무미건조한 사실은 그 자체로 실용주의자와 낭만주의자를 모두 무릎 꿇게 한다. 세계가 아직 변질하기 전인 까마득히 먼 과거, 인류가 현실이라는 거대한 돌기둥에서 미미한 조각 몇 개를 떼어낼 만한 기술과 과학의 역량을 성취한 시절이 있었다.

그렇다고는 해도 과학(원한다면 '지식'으로 바꿔 읽어도 무방한데)의 거짓된 빛은 고작 얼마 안 되는 선진국에서만 환하게 빛났다. 그 점에서는 한 회사(또는 비밀결사)가 선두에 있었다. 그 회사의 이름은 노스 센트럴 양자공학이었다. 그러나 이용할 만한 사실 자료는 어마어마하게 증가했는데도 불구하고 통찰력은 놀랄 만큼 부족했다.

"총잡이, 까마득히 오래전에 우리 선조들은 사람의 몸을 부패시키는 암이라는 질병을 정복했어. 노화도 거의 정복할 뻔했고, 달에 착륙해서 걸어다니기도……"

"나는 그런 거짓말은 안 믿는다." 총잡이의 목소리는 냉랭했다.

그 말에 검은 옷의 남자는 그저 웃기만 했고, 이렇게 대꾸했다.

"안 믿어도 돼. 하지만 사실이야. 그 밖에도 그들은 수많은 싸구려 기적을 만들었어. 하지만 그토록 많은 정보를 갖고도 통찰력은 거의, 또는 전혀 얻지 못했지. 냉동한 정자로 아기를 만드는 인공 수정이나 태양열로 달리는 자동차의 경이로움을 기리는 시는 한 편도 쓰이지 않았던 거야. 그중 어떤 것도 현실의 진정한 원리를 파악했던 것 같지는 않아. 새로운 지식은 언제나 더욱 굉장한 수수께끼로 이어지게 마련이거든. 뇌에 관한 생리학 지식을 더 많이 얻게 되면 영혼이 존재할 가능성은 줄어들지만, 그렇게 연구한 덕분에 영혼이 존재할 개연성은 더 커지는 것처럼 말이야. 무슨 말인지 알겠나? 당연히 모르겠지. 자넨 이미 이해력의 한계에 부딪혔으니. 하지만 괜찮아. 그건 요점이 아니니까."

"그럼 뭐가 요점이냐?"

"우주가 던지는 가장 큰 수수께끼는 생명이 아니라 그 크기에 있어. 거대한 우주는 생명을 망라하고, 암흑의 탑은 거대한 우주를 망라하는 거야. 경이로움과 가장 친숙한 존재인 어린아이는 이렇게 묻지. '아빠, 하늘 위에는 뭐가 있어요?' 그럼 아빠는 이렇게 답해. '캄캄한 우주가 있지.' 아이가 물어. '우주 위에는 뭐가 있어요?' 아빠가 답해. '은하가 있지.' 아이가 또 물어. '은하 너머에는요?' 아빠는 답하고. '다른 은하.' 아이가 끝까지 물어. '다른 은하 너머에는요?' 아빠의 답은 이거야. '아무도 몰라.'

"알겠어? 크기가 인간을 좌절시키는 거야. 물고기한테는 자기가 사는 호수가 곧 우주야. 그런 물고기가 바늘에 주둥이가 꿰여서 우주의 한계인 줄 알았던 은빛 수면 위로 끌려 나오면, 그래서 공기 때문에 숨을 쉴 수가 없고 빛은 퍼런색이라 미쳐 버릴 것 같은 새로운 우주에 들어서면 무슨 생각을 할까? 아가미도 안 달린 이족보행 동물들이 자기를 질식할 것 같은 상자에 처넣고 젖은 풀로 덮어서 죽게 놔두면?

"아니면 연필심의 끄트머리를 확대해 보는 것도 괜찮아. 어느 순간 아찔한 깨달음이 머릿속을 쾅 때리는데, 바로 연필심이 단단하지가 않다는 거야. 연필심은 무수히 많은 악의 행성처럼 자전하고 공전하는 원자들로 이루어져 있어. 우리 눈에 단단하게 보이는 건 사실 인력(引力)으로 묶인 느슨한 그물일 뿐이야. 실제 크기로 보면 그 원자들 사이의 거리는 몇 킬로미터일 수도 있고, 심연일 수도 있고, 억겁일 수도 있어. 원자 자체는 양성자 및 중성자로 이루어진 원자핵과 그 주위를 도는 전자들로 이루어져 있지. 원자보다 더 작은 아원자 입자로 내려갈 수도 있다, 이 말이야. 그렇다면 그다음은? 타키온? 무(無)일까? 당연히 아니지. 우주의 모든 것은 무를 부정해. 끝을 암시하는 것 자체가 모순이니까.

"자네가 우주의 한계 바깥으로 떨어진다고 가정해 봐. 그럼 거기에 판자 울타리가 있고 막다른 길이라는 표지판이 붙어 있을까? 없어. 아마 자넨 뭔가 딱딱하고 둥그스름한 걸 발견할 거야, 달걀 껍데기 안에 있는 병아리처럼. 그리고 그 껍데기를 부수면(또는 문을 열면) 우주의 끝을 열어젖힌 자네에게 쏟아지는 빛은 얼마나 환하고 거셀까? 자네는 그 틈을 통해 우리 우주 전체가 실은 풀잎 한 장 위의 원자 한 개의 일부라는 걸 발견하지는 않을까? 잔가지 한 개를 태우는 건 영원의 영원을 소각하는 짓이라고 억지로 생각하게 되지는 않을까? 실재란 하나의 무한이 아니라 무한들의 무한에 대응하는 것이라고 여기게 되지는 않을까?

 "어쩌면 자네가 본 건 우리 우주가 만물의 구조에서 차지하는 자리인지도 몰라…… 결국 풀잎 한 장 속의 원자 한 개에 지나지 않는 거지. 미세한 바이러스부터 머나먼 말머리성운까지 우리가 인지하는 모든 것이 풀잎 한 장에 담겨 있고, 그 풀잎이 낯선 시간의 흐름 속에서는 고작 한 철밖에 못 산다면 어떨까? 그 풀잎이 낮에 잘린다면? 그 풀잎이 시들기 시작하면, 거기서 나온 부패한 독은 우리가 사는 우주와 우리 삶에까지 스며들어 모든 것을 황색과 갈색으로 변해 메마르게 할까? 어쩌면 그 일은 이미 벌어지고 있는지도 몰라. 사람들은 세계가 변질했다고들 하니까. 사실 그 말은 세계가 말라비틀어지기 시작했다는 뜻인지도 모르지.

 "생각해 봐, 총잡이, 그런 관점에서 보면 우리가 얼마나 미미한지를! 만약 신이 그 모든 것을 지켜본다면, 과연 무한히 많은 각다귀 종들 가운데 단 한 종의 각다귀들을 위해 정의를 행하려 할까? 그의 눈에는 참새 한 마리가 추락하는 광경이 보일까, 그 참새는 깊은 우주로 떨어져 나와 표류하는 수소 원자 한 개보다 더 작은데? 만약 그가 본다면…… 그런 신의 성격은 어떨까? 어디에 사는 신일까? 어떻게 무한을 초월해서 살 수가 있을까?

"자네가 나를 잡으려고 건넌 모헤인 사막을 상상해 봐. 그리고 그 사막의 모래 한 알 한 알에 1조 개의 우주가, 세계가 아니라 우주가 담겨 있다고 상상해 봐. 그리고 그 우주 하나 하나에 무한히 많은 우주가 담겨 있다고 상상해 봐. 우리는 풀잎 위의 처량한 전망대에서 그 우주들을 굽어보고 있어. 장화로 모래를 한 번 차면 수십억 개의 우주 수십억 개를 암흑 속으로 날려 버리는 셈인 거야. 결코 끝나지 않을 사슬 속으로.

"크기야, 총잡이…… 중요한 건 *크기*라고……

"한 발 더 나아가 볼까. 모든 세계와 모든 우주가 하나의 중심, 하나의 지주, 하나의 탑에서 만난다고 가정해 봐. 그리고 그 탑 안에는 어쩌면 하느님한테까지 닿을지도 모르는 계단이 있어. 자넨 그 계단을 올라갈 엄두가 나겠나, 총잡이? 일체의 무한한 현실 위 어딘가에, 방이 하나 있다면……?

"자넨 올라갈 엄두도 못 낼 거야."

총잡이의 머릿속에서 그 말이 메아리쳤다. *자넨 올라갈 엄두도 못 낼 거야.*

6

"누군가는 이미 엄두를 냈다." 총잡이가 말했다.

"그게 누군데?"

"신이다." 총잡이의 목소리는 나직했다. 그의 눈이 반짝였다. "신은 올라갈 엄두를 냈다…… 또는, 네가 말한 그 왕이…… 아니면…… 그 방은 비어 있는가, 예언자여?"

"나도 몰라." 검은 옷의 남자의 무덤덤한 표정에 두려움이 스쳤다. 독수리의 날개처럼 부드러운 그림자였다. "게다가 말이지, 난 아예 물어보지도 않아. 어리석은 짓일지도 모르니까."

"죽어서 나자빠질까 봐 두려운 거냐?"

"두려운 건 아마도…… 알고 나서 져야 할 책임이겠지."

검은 옷의 남자는 한동안 말이 없었다. 밤은 몹시도 길었다. 상공에는 은하수가 황홀하게 펼쳐져 있었지만, 한편으로는 등불 같은 별들 사이의 공허가 섬뜩하기도 했다. 총잡이는 잉크처럼 새까만 하늘이 갈라지고 그 틈으로 빛이 급류처럼 쏟아지면 기분이 어떨지 궁금했다.

"불을 피워라. 춥다."

"자네가 직접 해. 이 집사님께선 오늘 비번이셔."

7

총잡이가 꾸벅꾸벅 졸다가 깨어나 보니 검은 옷의 남자는 기분 나쁜 눈초리로 그를 뚫어지게 보고 있었다.

"뭘 그렇게 보는 거냐?" 오래전 코트가 곧잘 하던 말이 떠올랐다. "누이의 엉덩이라도 보는 거냐?"

"당연히 자네를 보고 있지."

"그럼 그만 봐라." 총잡이는 모닥불을 휘저어 정교하게 쌓인 표의 문자를 흐트러뜨렸다. "나는 남의 눈길을 싫어한다." 그러고는 혹시 동이 트는지 보려고 동쪽으로 눈을 돌렸지만, 이날 밤은 끝나지 않을 것처럼 길기만 했다.

"벌써부터 빛을 기다리느라 안절부절못하는군."

"나는 빛을 섬기기 위해 태어난 몸이다."

"어이쿠, 그랬지, 참! 그걸 다 잊어버리다니 내가 너무 무례했군! 하지만 아직 할 얘기가 많아. 자네랑 나, 둘이서. 내 주인이신 왕께서 그렇게 말씀하셨어."

"그 왕이란 건 누구냐?"

검은 옷의 남자가 빙긋이 웃었다.

"그럼 진실을 얘기해 볼까, 자네도 나도? 거짓말은 여기서 끝내고? '글래머'도 쓰지 않고?"

"나는 이때껏 우리가 진실을 얘기한 줄 알았다."

그러나 검은 옷의 남자는 롤랜드의 말을 못 들은 양 일방적으로 떠들었다.

"남자 대 남자로 진실을 이야기해 볼까? 친구가 아니라 대등한 사이로? 이런 제안은 흔치 않아, 롤랜드. 내 생각에 진실이란 건 대등한 사이에서만 얘기할 수 있어. 친구나 연인은 배려심이라는 거미줄에 걸려 끝도 없이 거짓말을 하기 때문이지. 얼마나 짜증스러운지!"

"너를 짜증 나게 할 생각은 없다. 그러니 진실을 이야기하도록 하자." 이날 밤 총잡이는 진실이 아닌 것을 이야기한 적이 없었다. "우선 글래머가 뭔지부터 말해 봐."

"뭐긴, 그건 마법이야, 총잡이! 우리 왕의 마법이 오늘 밤을 연장시켰어. 밤은 우리가 대화를 끝낼 때까지 계속 이어질 거야."

"얼마나?"

"오랫동안. 그 이상은 말 못해. 나도 모르거든." 검은 옷의 남자가 불 앞으로 다가섰다. 숯의 불빛이 그의 얼굴에 그늘을 드리우며 이글거렸다. "물어봐. 아는 대로 대답해 줄게. 자네가 날 잡았잖아, 그러니 상을 줘야지. 솔직히 못 잡을 줄 알았어. 하지만 자네의 탐색은 이제 겨우 시작이야. 물어봐. 묻고 답하다 보면 금세 본론에 도달할 테니까."

"너의 왕이란 자는 누구냐?"

"나는 그분을 본 적이 없지만, 자넨 분명히 그분을 만날 거야. 하지만 그 전에 먼저 '늙지 않는 이방인'부터 만나야 해." 검은 옷의 남자는 악의 없는 웃음을 지었다. "그리고 그자를 죽여야 해, 총잡이. 허나 자네가 알고 싶은 건 그런 게 아니지."

"네 주인인 왕을 한 번도 본 적이 없다면, 너는 어떻게 그 왕의 존재를 아는 거냐?"

"그분은 내 꿈속으로 찾아오셔. 애송이의 모습으로 오신 적도 있어, 내가 가난하고 이름 없는 자로 머나먼 변방에 살던 시절에. 그분께선 수백 년 전에 내게 임무를 부여하시고 보상을 약속하셨어. 물론 최고의 임무를 맡기 전의 애송이 시절에는 이런저런 잔심부름도 많이 했지. 자네가 내 최고의 임무야, 총잡이. 자네가 나의 절정이라고." 남자가 킥킥 웃었다. "알겠나, 누군가 진심으로 자네를 생각해 주고 있다고."

"그 이방인 말인데, 이름은 있는 거냐?"

"아, 이름이야 있지."

"그 이름이 뭐냐?"

"레기온." 검은 옷의 남자가 나직이 말했다. 곧바로 그의 말을 자르듯이 동쪽의 캄캄한 산자락 어딘가에서 산사태가 일어났고, 여자의 절규 같은 퓨마의 울음소리가 들려왔다. 그 소리에 총잡이는 몸서리를 쳤고 검은 옷의 남자 역시 움찔했다. "내 생각엔 그것 역시 자네가 알고 싶은 게 아닐 것 같은데. 그렇게 멀리까지 내다보는 건 자네답지 않으니까."

총잡이는 자신이 해야 할 질문이 무엇인지 알고 있었다. 그 생각은 이날 밤 내내 그를 괴롭혔다. 생각해 보면 몇 년 전부터였다. 입술에서 맴도는 그 질문을 그는 말하지 않았다…… 아직은.

"그 이방인이라는 자는 탑의 하수인이냐? 너처럼?"

"아무렴. 그는 어둠을 몰고 오는 자야. 세상을 검게 물들이는 자고. 모든 시대에 존재하는 자이기도 하지. 그런데 그자보다 더 위대한 존재가 하나 있어."

"그게 누구냐?"

"이제 질문은 그만해!" 검은 옷의 남자가 외쳤다. 근엄한 척하려는 목소리였지만 애원하는 것처럼 들렸다. "나도 몰라! 알고 싶지도 않고. '최종계'에 관해 이야기하는 건 영혼의 타락에 관해 이야기하는 거랑 마찬가지니까."

"그러니까 그 늙지 않는 이방인 너머에 암흑의 탑이 있고, 그 탑 안에 뭔가 있다는 거냐?"

"맞았어." 소곤거리는 목소리. "하지만 자네가 알고 싶은 건 그런

게 아닐 텐데."

사실이었다.

"좋다." 총잡이는 마침내 세상에서 가장 오래 묵은 질문을 던졌다. "나는 성공하는 거냐? 목적을 이룰 수 있는 거냐?"

"내가 그 질문에 대답하면 자넨 날 죽일 거야, 총잡이."

"나는 반드시 너를 죽일 것이다. 너는 죽어 마땅하니까."

총잡이의 손이 반들반들한 리볼버 손잡이로 내려갔다.

"그 총으로는 문을 열지 못해, 총잡이. 총은 문을 영원히 닫을 뿐이야."

"나는 어디로 가야 하는 거냐?"

"우선 서쪽에서 출발하도록 해. 바다로 가서. 세계가 끝나는 곳이 바로 자네가 여행을 시작하는 곳이야. 언젠가 자네에게 충고를 한 사람이 있었지…… 자네가 아득히 오래전에 때려눕힌……"

"그래, 코트였다." 총잡이는 조바심이 나서 남자의 말을 끊었다.

"그 사람은 기다리라고 했지. 어리석은 충고였어. 자네 아버지를 제거하려는 내 계획은 그때 이미 진행 중이었거든. 아버지는 자네를 먼 나라로 보냈어. 그리고 자네가 돌아왔을 땐……"

"그 얘기는 꺼내지 마라." 그 말을 하는 총잡이의 머릿속에 어머니의 자장가 소리가 들렸다. *자장자장 우리 아기, 우리 예쁜 아기, 가서 네 바구니를 가져오렴.*

"그럼 이렇게 말해 볼까. 자네가 돌아왔을 때 마튼은 이미 서쪽으로 떠난 후였어, 반란에 가담하려고. 어쨌거나 다들 그렇게 말했으니까 자네도 그렇게 믿었지. 그런데 사실 마튼은 어떤 마녀와 함께 자네를 노리고 함정을 팠고, 자넨 그 함정에 빠졌던 거야. 착한 소년이었거든! 그리고 마튼이 사라진 지 한참 후에도 그곳에는 가끔 마튼을 떠올리게 하는 남자가 한 명 있었어, 안 그런가? 수사처럼 기다란 옷을 입고 회개하는 사람처럼 머리를 박박 민……"

"월터." 총잡이는 조그맣게 중얼거렸다. 이제껏 깊이 의심해 온 일이었는데도, 노골적인 진실 앞에 그는 경악할 수밖에 없었다. "*네 놈이 마튼이었구나. 애초에 길르앗을 떠나지 않았던 거다.*"

검은 옷의 남자가 키들키들 웃었다.

"항상 곁에서 모셨습지요."

"지금 당장 죽여 버리겠다."

"그건 공정하다고 할 수 없지. 게다가 다 옛날 일 아닌가. 지금은 함께 회포를 풀 시간이야."

"너는 떠난 적이 없다." 총잡이는 경악한 표정으로 되뇌었다. "그저 변신했을 뿐."

"자, 앉아." 검은 옷의 남자가 청했다. "난 자네한테 이야기를 들려줄 거야, 자네가 듣고 싶어 하는 만큼. 내가 보기엔 자네가 들려줄 이야기 쪽이 훨씬 더 길 것 같지만."

"나는 사적인 이야기 같은 건 안 한다." 총잡이가 투덜거렸다.

"하지만 오늘 밤엔 해야 해. 그래야 이해할 수 있으니까."

"뭘 이해한다는 거냐? 나의 목표? 너도 알지 않느냐. 내 목표는 암흑의 탑을 찾는 것이다. 나는 그러겠다고 맹세한 몸이다."

"우리가 이해하려는 건 자네의 목표가 아니야, 총잡이. 자네의 정신이지. 자네의 우직하고, 저돌적이고, 집요한 정신. 세계사를 통틀어 봐도 그런 정신은 없었어. 아마 우주의 역사상 처음일 거야.

"지금은 말을 할 때야. 역사를 논할 때란 말이야."

"그럼 말해 봐라."

검은 옷의 남자가 로브의 펑퍼짐한 소매를 흔들었다. 은박지로 싼 꾸러미가 떨어져서 꼬깃꼬깃한 표면에 꺼져가는 모닥불의 불빛이 복잡하게 되비쳤다.

"담배야, 총잡이. 한 대 피우겠나?"

총잡이는 토끼 고기는 거절할 수 있었지만 담배는 그럴 수가 없었다. 그는 조급하게 은박지를 벗겼다. 담배를 말아 피울 초록색 나뭇잎 속에 잘게 썬 고급 담뱃잎이 들어 있었다. 나뭇잎은 놀랄 만큼 촉촉했다. 그토록 훌륭한 담배는 근 10년 만이었다.

총잡이는 담배 두 대를 말아서 향이 잘 배어나도록 각각 한쪽 끝을 물어뜯었다. 한 대를 내밀자 검은 옷의 남자가 받았다. 둘은 저마다 모닥불에서 불붙은 잔가지를 한 개씩 들었다.

총잡이는 담배에 불을 붙여 향긋한 연기를 깊이 빨아들인 다음, 눈을 감고 곰곰이 맛을 음미했다. 그러고는 흡족한 표정으로 느리고 길게 연기를 뿜었다.

"맛이 괜찮지?"

"그래 훌륭하다."

"마음껏 즐겨. 앞으로 아주 오랫동안 피울 일이 없을 테니까."

총잡이는 그 말을 덤덤하게 넘겼다.

"좋아. 그럼 시작해 볼까.

"자네가 먼저 알아 둬야 할 게 있어. 바로 암흑의 탑은 언제나 존재했고, 그 탑에 관해 알고 나서 권력도 부도 여자도 마다하고 오로지 탑을 탐한 소년들 또한 언제나 있었다는 거야…… 그 탑에 이르는 문을 찾아 헤맨 소년들이……."

8

 그렇게 시작된 이야기는 하룻밤 내내 이어졌다. 못 다한 이야기가 얼마나 남았는지(또는 얼마만큼이 사실이었는지)는 신만이 알 일이었지만, 나중에 총잡이는 이때 나눈 이야기를 거의 기억하지 못했고…… 유별나게 실용적인 그의 머릿속에서, 그 이야기는 별로 중요한 것 같지도 않았다. 검은 옷의 남자는 다시금 그에게 바다로 가라고 했다. 그리고 이곳에서 서쪽으로 30킬로미터 정도밖에 떨어지지 않은 그 바닷가에서 그가 *패를 뽑는* 힘을 부여받을 거라고도 했다.
 "그런데 정확히 말하면 꼭 그런 것도 아니야." 검은 옷의 남자는 다 타 버린 모닥불에 꽁초를 던지며 말했다. "자네한테 무슨 힘 같은 걸 주고 싶어 하는 사람은 아무도 없어, 총잡이. 그 힘은 그냥 자네 안에 있는 거야. 내가 자네한테 이런 사정을 가르쳐 줘야 하는 건 자네가 그 소년을 제물로 바쳤기 때문이기도 하지만, 한편으로는 규칙이기 때문이기도 해. 그건 자연의 섭리야. 물은 위에서 아래로 흐르고, 자네는 내 이야기를 들어야 한다, 이거지. 내가 알기로 자네는 세 명을 뽑을 텐데…… 뭐, 그거야 내가 알 바 아니지. 별로 알고 싶지도 않고."
 "세 명이라." 총잡이는 신탁을 떠올리며 중얼거렸다.
 "그때부터 시끌벅적 재미있어질 거야! 하지만 그때쯤이면 난 이미 한참 전에 사라지고 없겠지. 잘 있어, 총잡이. 내 임무는 여기까지야. 사슬은 지금도 자네 손안에 있어. 그 사슬이 자네 목에 감기지 않도록 조심해."
 알 수 없는 외부의 힘에 떠밀려서, 롤랜드는 이렇게 말했다.

"할 말이 하나 더 있을 거다, 그렇지 않으냐?"

"그래, 맞아." 검은 옷의 남자는 깊이를 알 수 없는 그윽한 눈으로 총잡이를 보며 빙긋 웃었다. 그러고는 한 손을 뻗어 그를 가리켰다. "빛이 있으라."

그러자 빛이 있었다. 이번에는 빛이 있어서 좋았다.

9

모닥불의 잔해 곁에서 깨어난 롤랜드는 자신이 10년이나 늙어 버린 것을 알아차렸다. 검었던 머리는 관자놀이 부근의 숱이 줄었고 색도 늦가을 거미줄처럼 은색으로 변해 있었다. 얼굴의 주름은 전보다 더 깊었고, 살갗도 더 거칠었다.

그가 모아 온 잔가지 가운데 남은 것들은 돌처럼 단단하게 변했고, 검은 옷의 남자는 썩어가는 검은 로브 속에서 히죽 웃는 해골이 되어 있었다. 이 뼈 무덤의 새로운 뼈, 골고다에 세로 생긴 해골이었다.

정말로 너냐? 믿기 힘들구나, 월터 오딤…… 믿기 힘들다, 한때 마튼이었던 자여.

그는 일어서서 주위를 둘러보았다. 그러다 느닷없이 돌아서서, 어찌된 영문인지 10년이나 지속된 전날 밤을 함께 새운 동행(그것이 정말로 월터의 해골이라면)에게 서둘러 다가갔다. 그는 히죽 웃는 해골의 턱뼈를 떼어내서 청바지 왼쪽 뒷주머니에 아무렇게나 쑤셔 넣었다. 산의 지하에서 잃어버렸던 턱뼈의 자리에 꼭 들어맞았다.

"나한테 거짓말을 얼마나 한 거냐?" 그는 혼자서 중얼거렸다. 보나마나 잔뜩 했을 터였다. 그러나 감쪽같은 거짓말의 비결은 진실과 거짓을 섞는 것이었다.

암흑의 탑. 저 앞 어디선가, 그 탑이 그를 기다리고 있었다. 시간의 중심에서, 거대한 우주의 중심에서.

그는 다시 서쪽으로 향했다. 동트는 해를 등지고 바다로 향하면서, 그는 자기 삶의 한 시절이 뭉텅이로 사라져 버린 것을 깨달았다.

"너를 사랑했다, 제이크." 그는 큰소리로 말했다.

뻣뻣하던 몸이 풀어지자 걸음은 더 빨라졌다. 그날 저녁 무렵에 그는 육지가 끝나는 곳에 도착했다. 그는 시야 양편으로 끝없이 뻗어 나가는 인적 없는 바닷가에 앉았다. 파도는 쉬지 않고 모래톱으로 밀려와 부서지고, 또 부서졌다. 저무는 해가 드넓은 바다의 수면을 가짜 황금의 빛깔로 물들였다.

총잡이는 그곳에 앉아 있었다. 고개를 들어 석양을 보면서. 그렇게 자신만의 꿈에 잠긴 채로, 하나둘 떠오르는 별들을 바라보았다. 그의 결의는 변하지 않았고 그의 마음 역시 흔들리지 않았다. 이제 전보다 성긴 머리카락은 관자놀이 쪽이 반백으로 변한 채 바람에 나부꼈고, 백단향 손잡이가 달린 아버지의 리볼버는 그의 다리 양옆에 매끈하고 치명적인 총신을 숨기고 있었다. 그리고 그는 외로웠지만, 외로움을 결코 불행이나 굴욕으로 여기지 않았다. 어둠이 내려앉았고, 세상은 변질했다. 총잡이는 *패를 뽑을* 시간을 기다리며 암흑의 탑이 나오는 기나긴 꿈을 꾸었다. 언젠가 어느 황혼녘에 그는 뿔피리를 불며 마침내 그 탑에 들어설 것이다. 상상도 못할 최후의 전투를 벌이기 위하여.

옮긴이 | 장성주

고려대 동양사학과를 졸업하고 출판 편집자를 거쳐 전업 번역자로 일하고 있다. '스티븐킹교'의 평신도를 자처하며 묵묵히 신앙생활에 정진해왔으나, 앞으로는 '스티븐킹교' 포교 활동에도 힘쓸 생각이다. 번역서로는 스티븐 킹의 『다크타워』 시리즈와 『별도 없는 한밤에』, 레이 브래드버리의 『일러스트레이티드 맨』, 데즈카 오사무의 『아돌프에게 고한다』, 『워킹데드』 시리즈, 세계음식기행 『쿡스투어』, 우메즈 카즈오의 『표류교실』 1~3 등이 있다.

다크타워 1

1판 1쇄 펴냄 2009년 5월 10일
1판 5쇄 펴냄 2015년 11월 27일
2판 1쇄 펴냄 2017년 8월 3일
2판 3쇄 펴냄 2024년 8월 27일

지은이 | 스티븐 킹
옮긴이 | 장성주
발행인 | 박근섭
책임편집 | 김준혁
펴낸곳 | 황금가지

출판등록 | 2009. 10. 8 (제2009-000273호)
주소 | 135-887 서울 강남구 신사동 506 강남출판문화센터 5층
전화 | 영업부 515-2000 **편집부** 3446-8774 **팩시밀리** 515-2007
홈페이지 | www.goldenbough.co.kr

도서 파본 등의 이유로 반송이 필요할 경우에는 구매처에서 교환하시고
출판사 교환이 필요할 경우에는 아래 주소로 반송 사유를 적어 도서와 함께 보내주세요.
135-887 서울 강남구 신사동 506 강남출판문화센터 6층 민음인 마케팅부

한국어판 ⓒ ㈜민음인, 2017. Printed in Seoul, Korea
ISBN 978-89-6017-211-1 04840
ISBN 978-89-6017-210-4 04840 (set)

㈜민음인은 민음사 출판 그룹의 자회사입니다.
황금가지는 ㈜민음인의 픽션 전문 출간 브랜드입니다.